LOUISA MAY ALCOTT

# ADORÁVEIS ESPOSAS

Tradução
UBK Publishing House

ubook
UBK Publishing House

COORDENAÇÃO Alessandra Brito
EDIÇÃO Nikita Sigrist
COPIDESQUE Eduarda Rimi
REVISÃO Emerson Xavier e Nádia Maia
CAPA E PROJETO GRÁFICO Clarissa Duarte
DIAGRAMAÇÃO Cristiano Marques
IMAGEM DE CAPA Ludmila Ivashchenko | Shutterstock | Freepik
IMAGEM DO MIOLO vat2522 | Adobe Stock

Dados Internacionais de Catalogação na Publicação (CIP)
(Câmara Brasileira do Livro, SP, Brasil)

Alcott, Louisa May, 1832-1888
Adoráveis esposas / Louisa May Alcott ; [tradução UBK Publishing House]. -- Rio de Janeiro : Ubook Editora, 2022.

Título original: Good wives

ISBN 978-85-9556-315-5

1. Ficção norte-americana I. Título.

22-107501 CDD-813

**Índices para catálogo sistemático:**
1. Ficção : Literatura norte-americana 813
Cibele Maria Dias - Bibliotecária - CRB-8/9427

**Ubook Editora S.A**
Av. das Américas, 500, Bloco 12, Salas 303/304,
Barra da Tijuca, Rio de Janeiro/RJ.
Cep.: 22.640-100
Tel.: (21) 3570-8150

"O amor é a única coisa que podemos levar conosco."

# Sumário

CAPÍTULO UM

# Fofoca

A fim de recomeçarmos e irmos ao casamento de Meg com a mente livre, é apropriado fofocar um pouquinho sobre as March. Deixe-me dizer que, se há alguém de idade mais avançada pensando que tem "amor" demais nesta história, como temo que possa haver (ao passo que não tenho medo de que os jovens façam objeção do tipo), limito-me a repetir as palavras da sra. March: "O que mais se poderia esperar quando se tem quatro garotas alegres em casa e um vizinho jovem e elegante logo ao lado?"

Os três anos que se passaram trouxeram poucas mudanças para a tranquila família. A guerra chegara ao fim, e o sr. March, seguro em casa, ocupava-se com livros e com sua pequena paróquia, que ganhara um bom pastor tanto por natureza quanto por graça – um homem calmo e estudioso, rico em sabedoria, que é melhor do que conhecimento, dotado da caridade que o levava a chamar toda a humanidade de "irmão" e da piedade que floresce do caráter, características de um sujeito augusto e adorável.

Esses atributos, apesar da pobreza e da rigorosa integridade que o afastaram dos sucessos mais mundanos, atraíram para ele muitas pessoas admiráveis com tanta naturalidade quanto as ervas adocicadas atraem abelhas e, igualmente, ele lhes dava o mel no qual cinquenta anos de dura experiência não destilaram nenhuma gota amarga. Homens jovens e honestos descobriam que o estudioso de cabelos grisalhos era tão jovem de coração quanto eles. Mulheres preocupadas instintivamente lhe traziam suas dúvidas, certas de encontrar a mais gentil simpatia e o mais sábio conselho. Pecadores contavam seus pecados ao senhor de coração puro e eram tanto repreendidos quanto remidos. Homens talentosos encontravam nele boa companhia. Homens ambiciosos vislumbravam aspirações mais nobres quando conversavam com o pastor, e até mesmo os mundanos confessavam que as crenças dele eram belas e verdadeiras, embora "não valessem a pena".

Para aqueles que viam de fora, as cinco mulheres enérgicas pareciam governar a casa, e assim de fato era em muitos aspectos, mas o estudioso tranquilo, sentado entre seus livros, ainda era o chefe da família, a consciência doméstica, a âncora e o consolo, pois aquelas damas ocupadas e ansiosas sempre se voltavam para ele em tempos conturbados, encontrando nele os valores de bom marido e bom pai, no sentido mais verdadeiro dessas palavras sagradas.

As meninas entregavam o coração à proteção materna; as almas, à paterna; e a ambos, que viviam e trabalhavam tão fielmente por elas, davam um amor que crescia ainda mais conforme amadureciam e as unia ternamente pelo laço mais doce que abençoa a vida e supera a morte.

Embora já grisalha, a sra. March continuava tão ativa e alegre quanto da última vez em que a vimos, e tão absorta nos assuntos de Meg que as casas e os hospitais, ainda cheios de ex-soldados feridos e viúvas que precisavam de consolo, com certeza sentiam falta das visitas maternais da missionária.

John Brooke cumpriu seu dever bravamente por um ano, feriu-se, foi mandado para casa e não voltou para a guerra. Não recebeu estrelas nem condecorações, mas as merecia, pois arriscou corajosamente tudo o que tinha, e a vida e o amor são muito preciosos quando um sujeito está no ápice da juventude. Perfeitamente resignado com sua dispensa, concentrou-se na própria recuperação, preparando-se para entrar nos negócios e conquistar um lar para Meg. Com o bom senso e a vigorosa independência que o caracterizavam, ele recusou as ofertas mais generosas do sr. Laurence e aceitou o emprego de contador, sentindo-se mais satisfeito por começar a buscar seus objetivos ganhando um salário honesto do que correndo riscos por tomar dinheiro emprestado.

Meg passou o tempo trabalhando e esperando, tornando-se mais madura, mais sábia nas artes domésticas e mais bonita do que nunca, pois o amor tende a embelezar. É certo que ela ainda tinha ambições e esperanças de garota e que estava um pouco decepcionada com a perspectiva de um começo humilde para sua nova vida. Ned Moffat se casara com Sallie Gardiner havia pouco tempo, e Meg não conseguiu deixar de comparar a bela casa, a suntuosa carruagem, os muitos presentes e as esplêndidas roupas da amiga com suas próprias coisas, desejando secretamente poder ter aqueles luxos. Mas, de qualquer forma, a inveja e o descontentamento logo desapareciam quando ela pensava em todo o amor e em todo o trabalho paciente que John empreendera na casinha que a esperava e, quando eles se sentavam juntos ao entardecer, conversando sobre seus planos simples, o futuro se mostrava tão mais bonito e brilhante que ela esquecia o esplendor de Sallie e se sentia a garota mais rica e feliz entre todos os cristãos.

Jo não voltou para a casa de tia March, pois a velha senhora gostava tanto de Amy que a subornou com aulas de desenho dadas por um dos melhores professores; entretanto, por causa dessa vantagem, Amy serviria a uma senhora mais dura de lidar. Assim, a caçula das irmãs devotava as manhãs ao dever, as tardes, ao prazer, e prosperava continuamente. Enquanto isso, Jo se dedicava à literatura e aos cuidados de Beth, que continuou debilitada muito tempo depois de a febre ter passado. Não estava exatamente inválida, mas nunca mais foi a criatura rosada e saudável de antes, embora permanecesse sempre esperançosa, feliz, serena e ocupada com algumas tarefas tranquilas que amava. Era amiga de todos e o anjo da casa, muito antes que aqueles mais a amavam sequer soubessem reconhecer.

Enquanto o *The Spread Eagle* lhe pagasse um dólar por coluna, por sua "baboseira", como ela chamava, Jo se sentiria uma mulher rica, e, assim, dedicava-se a seus pequenos romances com diligência. Mas grandes planos fervilhavam em seu cérebro ocupado e em sua mente ambiciosa, e a velha bancada de alumínio no sótão sustentava uma pilha de manuscritos manchados que crescia aos poucos e que um dia colocaria o nome March no rol da fama.

Laurie, que fora para a faculdade para agradar ao avô, vivia a experiência da maneira mais fácil possível para sua satisfação pessoal. Amado por todos – graças ao dinheiro, aos modos, ao talento extremo e ao coração bondoso que já o colocara em muitos problemas por tentar tirar outras pessoas deles –, ele corria grande perigo de cair em ruína, e provavelmente teria caído, como muitos outros garotos promissores, se não tivesse um talismã contra o mal no velho bondoso que só desejava ver seu sucesso, na amiga maternal que cuidara dele como se fosse um filho e, por último, mas não menos importante, no carinho de quatro meninas inocentes que o amavam, admiravam e que acreditavam nele de todo o coração.

Sendo apenas um rapaz, humano, ainda que formidável, é claro que ele aprontava, flertava, ficava mais vaidoso ou mais sentimental, fazia esportes aquáticos ou ginástica, conforme ditava a moda universitária, zombava, falava gírias, e, mais de uma vez, chegou perigosamente perto de suspensões e expulsões. Entretanto, como seu bom humor e seu amor pela diversão eram as causas dos deslizes, sempre conseguia se safar por meio de uma confissão sincera, uma expiação honrosa ou pelo poder irresistível de persuasão que lhe era nato. Na verdade, Laurie se orgulhava de sua habilidade de escapar por um fio e gostava de entreter as meninas com relatos detalhados de seus triunfos sobre tutores zangados, professores austeros e inimigos derrotados.

Os "homens da minha classe", como o convencido rapaz os chamava, eram heróis aos olhos das garotas, que não se cansavam das façanhas daqueles "bons companheiros", e frequentemente tinham a oportunidade de se deliciar com o sorriso dessas grandiosas criaturas quando Laurie levava os amigos para casa.

Amy, que desfrutava especialmente dessa grande honra, tornara-se uma beldade entre eles, pois aprendera, ao longo dos anos, a usar o dom de exercer todo o fascínio com o qual fora dotada. Meg estava muito absorta com seu querido John para se preocupar com qualquer outro homem, e Beth continuava muito tímida para fazer mais do que espiá-los e se perguntar como Amy ousava mandar neles. Jo se identificava bastante com eles e achava muito difícil não imitar as atitudes, as falas e as façanhas dos rapazes, que lhe pareciam mais naturais do que o decoro prescrito para as moças. Todos eles gostavam imensamente de Jo, mas nunca se apaixonavam por ela, ao passo que poucos escapavam sem dar um ou dois suspiros sentimentais inspirados por Amy. E falando em sentimentos, chegamos ao "Ninho dos Pombinhos".

Era esse o nome da casinha marrom que o sr. Brooke havia preparado para ser o primeiro lar de Meg. Laurie a batizou assim, dizendo que era bastante apropriada para o lindo casal apaixonado que "mais se parecia com um par de pombinhos, sempre arrulhando um atrás do outro". Era uma casa pequenina, com um jardim modesto nos fundos e, na frente, um gramado pouco maior que um lenço de bolso. Ali Meg pretendia colocar uma fonte, arbustos e muitas flores adoráveis, embora, naquele momento, a fonte fosse muito parecida com uma urna surrada, o arbusto consistisse em um amontoado de lariços, indecisos se floresceriam ou morreriam, e as muitas flores fossem apenas uma fileira de pauzinhos que indicavam onde as sementes foram plantadas. Mas, por dentro, era completamente encantadora, e a noiva feliz não via defeitos em canto algum. Claro, o corredor era tão estreito que era uma sorte eles não terem um piano, porque nunca passaria; a sala de jantar era tão pequena que mal cabiam seis pessoas; e as escadas da cozinha pareciam ter sido construídas com o propósito expresso de arremessar tanto os criados quanto a porcelana para dentro do depósito de carvão. Mas, uma vez habituados a essas pequenas falhas, nada poderia ser melhor, pois o bom senso e o bom gosto se mostravam na decoração, e o resultado era bastante satisfatório. Não havia mesas de mármore, espelhos de corpo inteiro ou cortinas de renda na salinha de estar; no lugar disso, havia móveis simples, muitos livros, um ou dois retratos bonitos, um vaso de flores na janela e, espalhados por toda parte, os lindos presentes recebidos de mãos amigas, que eram mais especiais pelas mensagens de amor que carregavam.

Não penso que a escultura de mármore da deusa Psiquê dada por Laurie tenha perdido algo de sua beleza só porque John improvisou um suporte para colocá-la, que qualquer estofador poderia ter drapeado as cortinas de musselina mais graciosamente do que as mãos artísticas de Amy, ou que qualquer cômodo transbordasse desejos mais auspiciosos, palavras mais alegres e esperanças mais felizes do que aquele em que Jo e a mãe organizaram as poucas caixas e pacotes de Meg. Também tenho certeza de que a nova cozinha jamais teria ficado tão aconchegante e arrumada se Hannah não tivesse arrumado todas as panelas e potes uma dúzia de vezes e deixado o fogão pronto para ser aceso no minuto que "a sra. Brooke" fosse para casa. Além do mais, duvido que alguma jovem esposa tenha começado a vida com um enxoval tão abundante, pois Beth confeccionara utensílios o suficiente para durar até as bodas de prata e criou três tipos diferentes de panos de prato apenas para as louças do noivado.

Pessoas que contratam alguém para fazer esse tipo de coisa não sabem o que perdem, pois as tarefas domésticas se tornam belas se feitas por mãos amorosas, e Meg teve tantas provas disso que tudo em seu novo ninho, desde o rolo de massa na cozinha até o vaso de prata na mesa da sala, transbordava amor e ternura.

Planejaram tempos felizes em conjunto, fizeram passeios solenes para comprar tudo o que era necessário, cometeram erros engraçados e deram boas risadas por causa das barganhas ridículas que Laurie tentava negociar. Brincalhão como sempre, o rapaz, apesar de estar quase no fim da faculdade, continuava sendo o menino que todas conheciam. Um de seus caprichos mais recentes era trazer, em suas visitas semanais, algum artigo novo, útil e engenhoso para a nova dona de casa: um saco de alfinetes de costura novos e esplendorosos, um maravilhoso ralador de noz-moscada que quebrou no primeiro uso, um limpador de facas que estragou todas as facas, uma vassoura que arrancava a parte felpuda do tapete e deixava a sujeira, um sabão que deveria poupar trabalho mas que descascava a pele das mãos, colas infalíveis que se agarravam firmemente a nada além dos dedos do comprador iludido, e todo tipo de lataria, desde um cofrinho de brinquedo para moedas antigas até uma incrível caldeira que lavaria roupas no próprio vapor, com toda a probabilidade de explodir durante o processo.

Em vão, Meg implorou que Laurie parasse. John morria de rir daquilo, e Jo passou a chamá-lo de "sr. Toodles".[1] Ele estava obcecado por apoiar a engenhosidade ianque e ver os amigos devidamente equipados, por isso, toda semana, aparecia com um novo absurdo.

Enfim tudo ficou pronto, até mesmo detalhes como os sabonetes coloridos escolhidos por Amy e a mesa posta por Beth para a primeira refeição.

— Está satisfeita? Acha que parece um lar? Pensa que será feliz aqui? — perguntou a sra. March, enquanto ela e a filha passeavam de braços dados pelo novo reino, mais apegadas uma à outra do que nunca.

— Sim, mamãe, estou perfeitamente satisfeita, graças a todos vocês, e tão feliz que nem consigo expressar — respondeu, com um olhar que dizia mais que palavras.

---

1 Referência ao personagem da peça *The Toodles* (1848), de William E. Burton, cuja esposa adorava comprar todo tipo de coisa inútil em leilões. [N.E.]

— Se tivessem pelo menos um ou dois criados, seria melhor — disse Amy, vinda da sala de estar, onde tentava decidir se a estátua de bronze de Mercúrio ficaria melhor na estante ou no suporte acima da lareira.

— A mamãe e eu conversamos sobre isso, e decidi seguir o conselho dela primeiro. Haverá tão pouco para fazer com Lotty me ajudando aqui e ali que só terei trabalho suficiente para não ficar ociosa ou sentir saudade de casa — respondeu Meg com tranquilidade.

— Sallie Moffat tem quatro criados... — comentou Amy.

— Se Meg tivesse quatro criados, não caberiam na casa, e o patrão e a patroa teriam que acampar no jardim — interrompeu Jo, que usava um grande avental azul e terminava de polir as maçanetas das portas.

— Sallie não é esposa de um homem pobre, e muitos criados são adequados para aquele lar. O começo de Meg e John é humilde, mas tenho certeza de que haverá tanta felicidade nesta casinha quanto naquela mansão. É um erro terrível permitir que garotas como Meg não façam nada além de se preocupar com roupas, dar ordens e fofocar. Quando me casei, queria que minhas roupas novas se desgastassem ou rasgassem logo, para que eu pudesse ter o prazer de consertá-las, pois estava farta de trabalhar em adereços desnecessários e de tricotar mais e mais meus lenços de bolso.

— E por que não se metia na cozinha para fazer arte, como a Sallie diz que faz para se divertir, embora nada dê muito certo e os criados riam dela? — perguntou Meg.

— Depois de um tempo, eu me inteirei da cozinha, mas não para "fazer arte", e sim para aprender com Hannah como fazer as coisas da maneira correta, então não haveria motivos para os criados rirem de mim. No começo, era por diversão, mas chegou um momento em que fiquei verdadeiramente grata por não só dispor de vontade, como também de habilidade para cozinhar comida saudável e saborosa para minhas filhas e de me virar sozinha quando não pude mais contratar ajuda. Meg, querida, você começou do lado oposto, mas as lições que aprender agora lhe serão úteis quando John enriquecer, pois a dona de uma casa, por mais abastada que seja, tem que saber o jeito certo como o trabalho deve ser feito, se ela deseja ser servida bem e honestamente.

– Sim, mamãe, tenho certeza disso – disse Meg, ouvindo com respeito os conselhos, porque as melhores mulheres não param de falar de assuntos domésticos. – Você sabe que este quarto é o meu favorito – acrescentou Meg, um instante depois, enquanto subiam as escadas e olhavam para o pequeno cômodo onde estavam muito bem guardadas as roupas de cama, mesa e banho.

Beth estava lá, colocando delicadamente as pilhas de lençóis branquinhos nas prateleiras, animada com os arranjos. As três riram enquanto Meg falava, porque aquele armário guardava também uma piada interna. Veja, tendo dito que se Meg se casasse com "aquele tal de Brooke" ela não teria um tostão do seu dinheiro, tia March encontrou-se em um dilema quando o tempo aplacou sua ira e a fez se arrepender da promessa. Ela nunca traíra a própria palavra antes, e precisou se esforçar para contornar a situação. Por fim, elaborou um plano com o qual poderia se satisfazer. A sra. Carrol, mãe de Florence, recebeu ordens para comprar, mandar fazer e bordar um generoso suprimento de roupas de cama, mesa e banho e enviá-lo como seu presente. Tudo foi feito dentro dos conformes, mas o segredo vazou e foi muito apreciado pela família, e tia March tentou parecer totalmente alheia ao assunto e insistiu que não daria nada além das pérolas antiquadas há muito prometidas para a primeira noiva do quarteto de irmãs.

– Donas de casa sempre gostam dessas coisas, e isso me alegra muito. Tive uma amiga que possuía apenas seis peças de roupa de cama quando se casou, mas que se contentava com seu variado conjunto de tigelas – disse a sra. March, acariciando as toalhas de mesa cor de damasco, com uma verdadeira apreciação feminina de sua delicadeza.

– Não tenho uma tigela sequer, mas esses conjuntos vão durar o resto dos meus dias, como disse Hannah. – Meg parecia muito contente, como deveria.

Um jovem alto, de ombros largos e cabelos aparados, usando um chapéu de feltro e um casaco esvoaçante, veio a passos largos pela estrada, pulou a cerca baixa sem abrir o portão e se dirigiu diretamente à sra. March, com as mãos estendidas, dizendo calorosamente:

– Aqui estou, mamãe! Sim, está tudo bem.

As últimas palavras foram uma resposta ao olhar amavelmente questionador da velha senhora, complementado por um semblante sincero que encerrou a cerimônia de chegada, como de costume, após um beijo maternal.

– Para a sra. John Brooke, com os parabéns e as saudações do fabricante. Abençoada seja, Beth! Que espetáculo revigorante é ver você, Jo. Amy, está ficando bonita demais para uma senhorita solteira.

Enquanto falava, Laurie entregou um pacote de papel pardo para Meg, puxou a fita de cabelo de Beth, encarou com deboche o grande avental de Jo e imitou com zombaria os gestos de Amy. Depois, apertou a mão de todas, e começaram a conversar.

– Cadê o John? – perguntou Meg, ansiosa.

– Pegando a licença para amanhã, madame.

– Quem venceu a última partida, Teddy? – perguntou Jo, que persistia no interesse por esportes masculinos, apesar de seus 19 anos.

– A gente, é claro. Queria que estivesse lá para ver.

– Como vai a adorável srta. Randal? – perguntou Amy, com um sorriso significativo.

– Mais cruel do que nunca. Não vê como estou sofrendo? – Laurie bateu no peito e deu um suspiro melodramático.

– E que arte tem ali dentro agora? Abra logo o pacote e veja, Meg – disse Beth, espiando com curiosidade o embrulho.

— É uma coisa útil para se ter em casa em caso de incêndio ou ladrões — esclareceu Laurie conforme uma sineta de vigia era retirada do pacote, em meio às risadas das garotas. — Quando John estiver fora e a madame se assustar, sra. Meg, basta balançar isso na janela da frente para despertar a vizinhança num instante. Formidável, não é? — Ele deu uma sacudida na sineta que as fez tapar os ouvidos. — Mas que agradecimento e tanto de sua parte! E por falar nisso, lembrei que você deve agradecer à Hannah por salvar seu bolo de casamento. Enquanto eu passava pela casa de vocês, vi que o carregavam para dentro e, se ela não o tivesse protegido com unhas e dentes, eu teria roubado um pedacinho, porque parecia delicioso.

— Será que algum dia você vai crescer, Laurie? — perguntou Meg, em um tom maternal.

— Estou fazendo meu melhor, senhora, mas não posso ficar muito mais alto, receio, afinal, 1,80 m é o máximo que os homens atingem nestes tempos perdidos em que vivemos — respondeu o jovem cavalheiro, cuja cabeça estava mais ou menos nivelada com o pequeno candelabro que pendia do teto. — Suponho que seja uma profanação comer qualquer coisa neste palácio novinho em folha, então, como estou verde de fome, minha proposta é que adiemos esta conversa.

— A mamãe e eu vamos esperar por John. Há algumas últimas coisas para resolver — disse Meg, animada.

— Beth e eu vamos até Kitty Bryant para comprar mais flores para amanhã — acrescentou Amy, amarrando um chapéu pitoresco sobre seus pitorescos cachos e desfrutando do efeito tanto quanto os demais.

— Vamos, Jo, não deixe um companheiro para trás. Estou tão exausto que não consigo chegar em casa sozinho. Mas não tire o avental, o que quer que faça, pois é estranhamente adequado para você — disse Laurie, enquanto Jo ignorava a zombaria do amigo e oferecia um braço como apoio para seus passos cansados.

— Agora, Teddy, quero falar seriamente com você sobre amanhã — começou Jo, enquanto caminhavam juntos. — Por favor, prometa que vai se comportar, que não vai tramar pegadinha alguma nem estragar nossos planos.

– Nem uma pegadinha sequer.

– E nada de ficar falando coisas engraçadas quando precisarmos manter a seriedade.

– Mas eu nunca faço isso. Você é a especialista nesse quesito.

– E imploro que não fique olhando para mim durante a cerimônia, porque vou rir se fizer isso.

– Você nem vai me notar, porque vai chorar tanto que as lágrimas vão obscurecer sua visão.

– Mas eu nunca choro, a não ser que esteja muito aflita.

– Como ao ver um amigo partir para a faculdade, não é mesmo? – interrompeu Laurie, com uma risadinha sugestiva.

– Não fique se achando. Eu só dei uma choradinha para imitar as meninas.

– Exatamente. Jo, como vai o vovô esta semana? Amigável?

– Muito. Por que pergunta? Aposto que já se meteu numa confusão e quer saber como ele vai reagir – quis saber Jo sem rodeios.

– O que é isso, Jo? Acha mesmo que eu olharia sua mãe nos olhos e diria "está tudo bem" se não estivesse? – retrucou Laurie com ar ofendido.

– Não, não acho.

– Então pare de ser desconfiada. Só preciso pedir um pouco de dinheiro – disse Laurie, caminhando novamente, apaziguado pelo tom carinhoso de Jo.

– Você gasta demais, Teddy.

– Ora, eu não, é o dinheiro que se gasta sozinho e, num piscar de olhos, desaparece.

– Você é tão generoso e bondoso que deixa as pessoas pedirem emprestado e não consegue dizer "não" a ninguém. Ouvimos falar de Henshaw e de tudo que fez por ele. Se você sempre gastasse dinheiro assim, ninguém iria culpá-lo – disse Jo calorosamente.

– Ah, ele exagerou. Você não iria gostar se eu deixasse aquele bom sujeito trabalhar até a morte só por falta de um empurrãozinho quando ele vale bem mais que muitos de nós, preguiçosos, iria?

– Claro que não, mas não vejo a utilidade de você ter 17 coletes, infinitas gravatas e um chapéu novo a cada vez que volta para casa. Pensei que já tivesse superado sua fase engomadinha, mas, de vez em quando, ela se renova. Agora, a moda é ser simplesmente horrível, pentear o cabelo como se a vaca o tivesse lambido, usar casacos justos, luvas laranja e botas de bico quadrado. Se fosse barato ficar feio, eu não diria nada, mas, ainda por cima, é caro, e em nada me agrada.

Laurie jogou a cabeça para trás e riu tanto dessa ofensa que o chapéu de feltro caiu, sendo em seguida pisado por Jo. Tal gesto de insulto apenas ajudou Laurie a pontuar as vantagens de usar roupas rudimentares e úteis, enquanto dobrava o chapéu pisoteado e o enfiava no bolso.

– Seja boazinha e pare de me dar sermões! Já aguento o bastante durante a semana e quero relaxar quando volto para casa. Vou me recompor até amanhã, apesar das despesas, e ser muito agradável com meus amigos.

– Só vou parar de te atormentar quando você deixar o cabelo crescer. Não sou aristocrática, mas não quero ser vista com uma pessoa que se parece com um pugilista – observou Jo severamente.

– Este estilo despretensioso ajuda nos estudos, por isso o adotamos – retrucou Laurie, que decerto não poderia ser acusado de vaidade, tendo sacrificado voluntariamente os belos cabelos encaracolados por um corte baixo. – A propósito, Jo, acho que o pequeno Parker está mesmo ficando desesperado por causa de Amy. Ele fala dela sem parar, escreve poemas e sonha acordado de uma maneira muito esquisita. É melhor cortar esse mal pela raiz, não é? – acrescentou Laurie, em um tom confidencial e fraterno, depois de um minuto de silêncio.

— Mas é óbvio. Não queremos mais casamentos nesta família por um bom tempo. Misericórdia, onde é que essas crianças estão com a cabeça? — Jo parecia escandalizada como se Amy e o "pequeno" Parker ainda não fossem adolescentes.

— Eles crescem tão rápido. Não sei onde vamos parar, madame. Você é só uma criança, e ainda assim será a próxima, Jo, e então só nos restará ficar aqui, lamentando — disse Laurie, abanando a cabeça por causa da degeneração da época.

— Não perca o sono por isso. Não sou do tipo que agrada. Ninguém vai me querer, e isso é uma bênção, pois sempre deve haver uma solteirona na família.

— Na verdade, é você que não quer dar uma chance a ninguém — disse Laurie, olhando de rabo de olho e enrubescendo um pouco mais no rosto queimado de sol —, nem mostrar seu lado amável. Se um sujeito sem querer tem um mero vislumbre desse lado e não consegue esconder que gosta, você o trata como a sra. Gummidge[2] tratou seu amado: jogando um balde de água fria e ficando tão ríspida que ninguém ousa chegar perto ou olhar para você.

— Não gosto desse tipo de coisa. Estou ocupada demais para me preocupar com besteiras e acho terrível separar famílias assim. Chega de falar disso. O casamento de Meg virou a cabeça de todos, e não falamos de mais nada a não ser de pretendentes e demais absurdos. Não quero ficar nervosa, então vamos mudar de assunto. — Ela estava pronta para de fato jogar água fria em alguém ao sinal da mais sutil provocação.

Quaisquer que tenham sido seus sentimentos, Laurie os aliviou na forma de um assobio longo e baixo e na terrível previsão que reiterou quando se separaram no portão:

— Escreva o que eu digo, Jo: você será a próxima.

---

2 Referência ao personagem do romance *David Copperfield* (1850), de Charles Dickens, que é muito rabugenta e reclama da solidão. [N.E.]

CAPÍTULO DOIS

# O primeiro casamento

As rosas de junho que pendiam da varanda desabrocharam luminosas bem cedinho naquela manhã, deleitando-se com o raiar do sol sem nuvens, como pequenas vizinhas adoráveis. As faces coradas de suas pétalas estavam bastante animadas, enquanto balançavam ao vento, sussurrando uma à outra o que viam, pois algumas espiavam pelas janelas da sala de jantar onde o banquete estava posto; outras subiram para acenar e sorrir para as irmãs enquanto vestiam a noiva no quarto; outras davam as boas-vindas àqueles que iam e vinham atarefados pelo jardim, pela varanda e pela entrada da casa; e todas, desde a flor mais rosada e esplendorosa até o botãozinho mais pálido, ofereciam como homenagem sua beleza e perfume à gentil senhorita que cuidara delas durante tanto tempo.

Meg se parecia muito com uma rosa, pois tudo que pode haver de melhor e mais doce em um coração e em uma alma parecia florescer em seu rosto naquele dia, tornando-o bonito e delicado, com um encanto mais belo que a própria beleza. Ela não queria seda, nem renda, nem flores de laranjeira.

— Não quero um casamento da moda. Quero apenas estar rodeada daqueles que amo, para quem poderei olhar e ser eu mesma.

Ela confeccionara o próprio vestido de noiva, costurando nele as esperanças e expectativas românticas e inocentes de uma menina. As irmãs trançaram as sedosas madeixas, e os únicos ornamentos que usaria seriam os lírios do vale, as flores preferidas de "seu John".

— Você se parece mesmo com nossa querida Meg, só que tão mais linda e adorável que eu lhe abraçaria se não fosse amarrotar seu vestido! — exclamou Amy, fitando a irmã com satisfação quando ficou pronta.

— E isso é o suficiente para mim. Mas, por favor, me abracem e me encham de beijos, todas vocês, e não se importem com o vestido. Quero muitos carinhos assim hoje. — Meg abriu os braços para as irmãs, que se agarraram a ela com rostos primaveris por um instante, sentindo que o novo amor não interferira nos antigos. — Agora preciso dar o nó na gravata de John e depois ficar alguns minutos a sós com o papai no escritório. — A noiva correu para realizar esses pequenos ritos, e depois passou a seguir a mãe aonde quer que fosse, consciente de que, apesar dos sorrisos no rosto materno, havia uma tristeza secreta escondida no coração, pois o primeiro pássaro estava prestes a alçar voo do ninho.

Aproveitemos que as mais jovens estavam terminando de se arrumar, dando os últimos retoques aos visuais simples, para contar algumas mudanças que três anos fizeram em suas aparências, já que àquela altura todas estavam mais belas do que nunca.

Os traços de Jo suavizaram, e ela aprendeu a andar com tranquilidade, senão com graça. Os cachinhos tosados cresceram e se transformaram em cachos bem volumosos, bem mais adequados para a diminuta cabeça de uma pessoa tão alta. Adquirira um frescor nas bochechas bronzeadas, um brilho suave nos olhos, e apenas palavras gentis eram proferidas por sua língua afiada.

Beth crescera e ficara mais magra, mais pálida e mais quieta. Os olhos grandes, bonitos e amáveis abrigavam uma expressão entristecedora, embora não fosse triste em si. Era a sombra da dor, que com uma paciência patética assolava o rosto da jovem. Ainda assim, Beth raramente se queixava e sempre falava com esperança que "estaria melhor em breve".

Amy era considerada "a flor da família". Aos 16 anos, ela tinha o ar e o porte de uma mulher crescida, não tão bela, mas dona daquele encanto indescritível chamado *graça*. Era notável nas curvas de seu corpo, no modo como gesticulava, no esvoaçar do vestido quando andava e na maneira como seu lindo cabelo pendia sem querer com harmonia. O nariz ainda a afligia, pois nunca seria como o de uma estátua grega, assim como a boca, muito larga, e o queixo proeminente. Esses traços incômodos traziam personalidade para seu rosto, mas ela não percebia isso e se consolava com sua pele uniforme, seus olhos azuis aguçados e cachos mais dourados e abundantes do que nunca.

As três usavam vestidos de tecido fino e prateado (seus melhores vestidos de verão), com rosas no cabelo e no decote, e pareciam exatamente o que eram: garotas cheias de frescor e de coração feliz, parando por um momento em suas vidas ocupadas para ler com olhos lacrimejantes o capítulo mais doce do romance da vida de uma mulher.

Não haveria nenhuma performance cerimoniosa, tudo deveria ser o mais natural e acolhedor possível. Assim, quando tia March chegou, ficou escandalizada ao ver a noiva correr para recebê-la e ao encontrar o noivo pendurando uma guirlanda que havia caído, além do vislumbre que teve do pastor que consagraria aquela união subindo as escadas com um semblante sério e uma garrafa de vinho debaixo de cada braço.

— Meu Deus do céu, mas que calamidade! — gritou a velha senhora, tomando o assento de honra que lhe fora reservado e suavizando as dobras de seu vestido lavanda com um sonoro farfalhar. — Você não devia ser vista até o último minuto, criança.

— Não sou um espetáculo, titia, e ninguém veio para me olhar, criticar meu vestido ou saber o preço do banquete. Estou muito feliz para me preocupar com o que alguém diz ou pensa, e meu casamento será à minha maneira. John, querido, aqui está o martelo. — Meg se afastou para ajudar "aquele sujeito" naquela tarefa inadequada.

O sr. Brooke sequer disse "obrigado", mas, ao pegar a ferramenta nada romântica, beijou a noiva com um olhar que fez tia March pegar o lenço de bolso para socorrer os velhos olhos afiados, que marejavam.

Um barulho, um grito e uma risada de Laurie, acompanhados pela exclamação indecorosa "Por Júpiter Amon! Jo arruinou o bolo de novo!", causaram um alvoroço momentâneo, que mal havia cessado quando um bando de primos apareceu e "toda a gente deu as caras", como Beth costumava dizer quando criança.

— Não deixe aquele moleque gigante se aproximar de mim, ele me perturba mais que os mosquitos — sussurrou a velha senhora para Amy, enquanto os cômodos se enchiam de gente e a cabeça de cabelos pretos de Laurie se elevava acima das demais.

— Ele prometeu se comportar hoje, e, de fato, ele sabe ser elegante, quando quer — retrucou Amy, saindo de fininho para avisar àquele Hércules para tomar cuidado com a besta, o que apenas fez com que ele pegasse no pé da velha senhora com um ímpeto maior ainda.

Não houve procissão nupcial, mas um silêncio repentino tomou conta do ambiente enquanto o sr. March e o jovem casal ocupavam seus lugares sob o arco verde. A mãe e as irmãs se reuniram perto, como se relutassem em desistir de Meg. A voz paterna falhou mais de uma vez, o que só tornou a cerimônia mais bela e solene. A mão do noivo tremia visivelmente, e ninguém ouvia suas respostas. Meg, por sua vez, olhou direto nos olhos do futuro marido e disse "eu aceito!" com uma confiança tão terna no rosto e na voz que o coração da mãe se encheu de alegria. Tia March fungou alto.

Jo não chorou, embora tenha chegado muito perto disso em determinado momento, e só se safou de derramar uma lágrima ao notar que Laurie a olhava fixamente, com uma mistura engraçada de alegria e emoção nos olhos travessos. Beth manteve o rosto escondido no ombro da mãe, e Amy permaneceu de pé como uma estátua graciosa, com um raio de sol agradável tocando a testa branca e a flor em seus cabelos.

Receio que não fizesse parte da cerimônia, mas, no momento em que se casou, Meg gritou:

– O primeiro beijo é da mamãe! – E, virando-se, beijou a mãe com muito amor.

Durante os 15 minutos seguintes, ela parecia uma rosa desabrochada mais do que nunca, e todos se valeram ao máximo de seus privilégios, desde o sr. Laurence até a velha Hannah, que, adornada com um penteado ao mesmo tempo medonho e maravilhoso, jogou-se nos braços dela, chorando, soluçando e rindo:

– Abençoada seja, meu amor, infinitas vezes! O bolo não teve um estrago, e tudo está muito bonito.

Todos se recompuseram depois disso e disseram algo inteligente, ou ao menos tentaram, o que também serviu, pois as risadas fluem facilmente quando os corações estão leves. Não houve exibição de presentes, uma vez que o casal já estava instalado na casinha, nem uma refeição elaborada, mas sim uma oferta abundante de bolo, doces e frutas, adornados com flores. O sr. Laurence e a tia March deram de ombros e sorriram um para o outro ao ver que água, limonada e café eram os únicos néctares que as três Hebes[3] ofereciam. Ninguém disse nada, até que Laurie, que insistiu em servir a noiva, apareceu diante dela, com uma bandeja cheia na mão e uma expressão confusa no rosto.

3 Na tradição grega, Hebe é a deusa da juventude e, dedicada aos trabalhos domésticos, dentre suas atribuições estava servir néctar e ambrosia aos outros deuses. [N.E.]

— Por acaso Jo quebrou todas as garrafas de vinho por acidente — sussurrou ele —, ou estou louco por achar que vi algumas por aí de manhã?

— Não está. Seu avô gentilmente nos ofereceu as melhores que tinha, e tia March enviou algumas, mas o papai guardou um pouco para Beth e despachou o resto para o Lar dos Soldados. Como você sabe, ele acha que vinho deve ser tomado apenas quando se está doente, e a mamãe diz que nem ela nem as filhas jamais oferecerão vinho a qualquer jovem sob seu teto.

Meg falou sério e esperava ver Laurie franzir o cenho ou rir, mas ele não fez nenhum dos dois e disse, à sua impetuosa maneira:

— Gosto assim! Já vi estragos o bastante e gostaria que todas as mulheres pensassem como você.

— Espero que esse conhecimento de causa não venha de experiência própria. — Havia um tom ansioso na voz de Meg.

— Não. Eu juro. Palavra de honra. Mas também não pense tão bem assim de mim, é só porque vinho não é uma das minhas tentações. Quando se é criado onde essa bebida é tão comum como a água e quase tão inofensiva, não há muito interesse, mas, quando uma moça bonita o oferece, é difícil recusar, entende?

— Mas deve recusar, para o bem dos outros, senão para o seu próprio. Vamos, Laurie, me prometa e me dê mais uma razão para que hoje seja o dia mais feliz da minha vida.

Uma exigência tão repentina e tão séria fez o jovem hesitar um momento, pois aquela exposição era mais difícil do que a abnegação em si. Meg sabia que, se prometesse, ele manteria sua palavra a todo custo. Sentindo o poder que tinha, ela o usou, tal como uma mulher crescida faria para o bem de um amigo. Ficou em silêncio e encarou Laurie com um rosto iluminado pela felicidade e um sorriso que dizia "Hoje ninguém pode me recusar nada".

Laurie certamente não recusaria e, com um sorriso, estendeu-lhe a mão, dizendo com carinho:

— Eu prometo, sra. Brooke!

— Sou muito, muito grata.

— Proponho um brinde: Vida longa à sua resolução, Teddy! — gritou Jo, batizando-o com gotinhas de limonada, erguendo a taça, satisfeita.

O brinde foi feito e o juramento, lealmente mantido, apesar de muitas tentações. Com sabedoria instintiva, as meninas aproveitaram um momento feliz para ajudar o amigo, coisa pela qual ele foi grato ao longo de toda sua vida.

Depois da refeição, as pessoas passearam, em duplas e trios, pela casa e pelo jardim, desfrutando do sol dentro e fora de casa. Meg e John estavam juntos no meio do gramado quando Laurie foi tomado por uma inspiração que deu o toque final àquele casamento incomum.

— Todas as pessoas casadas, deem as mãos e dancem ao redor do mais novo casal, como os alemães fazem, enquanto nós, solteirões e solteironas, saltitamos em duplas do lado de fora! — gritou Laurie, iniciando a dança com Amy, com disposição e habilidade tão contagiantes que todos seguiram seu exemplo sem questionar. O sr. e a sra. March e o casal de tios Carrol começaram, e outros se juntaram rapidamente; até Sallie Moffat, após um momento de hesitação, levantou a cauda do vestido e puxou Ned para o círculo. A cereja do bolo foi o sr. Laurence e a tia March. O pomposo velho cavalheiro se aproximou solenemente da velha dama, que simplesmente enfiou a bengala debaixo do braço e saltou para dar as mãos aos demais e dançar em torno dos noivos, enquanto os jovens percorriam o jardim como borboletas em um dia de verão.

Quando a necessidade de fôlego encerrou o baile improvisado, as pessoas começaram a ir embora.

— Desejo felicidades, minha querida, desejo-lhe sinceramente todas as felicidades do mundo, mas acho que vai se arrepender — disse tia March à Meg, acrescentando ao noivo, enquanto ele a conduzia à carruagem: — Você tem um tesouro em mãos, meu jovem, seja merecedor.

— Esse é o casamento mais bonito que já vi em tempos, Ned, e não entendo o motivo, pois não era nem um pouco estiloso — comentou a sra. Moffat com o marido, enquanto se afastavam.

— Laurie, meu rapaz, se alguma vez quiser se meter em algo desse tipo, peça a uma daquelas meninas para ajudá-lo, e eu ficarei perfeitamente satisfeito — disse o sr. Laurence, sentando-se na poltrona para descansar depois do agito da manhã.

— Farei meu melhor para satisfazê-lo, senhor — foi a resposta obediente e incomum de Laurie, conforme retirava com cuidado o ramalhete que Jo prendera em sua lapela.

A casinha não era longe, e a única viagem nupcial que Meg faria era o passeio tranquilo com John da velha casa para a nova. Quando ela surgiu, parecendo uma bonita quacre em seu vestido branco e chapéu de palha amarrado com uma fita da mesma cor, todos se reuniram em torno dela para dizer "adeus" tão ternamente que era como se ela estivesse de partida para um longo período fora.

— Não pense que vamos nos separar, mamãe, ou que eu te amo menos só porque amo tanto John — disse ela, agarrada à mãe, com os olhos marejados. — Eu virei todos os dias, papai, e espero manter meu antigo lugar em seus corações, mesmo casada. Beth vai passar muito tempo comigo, e as outras vão aparecer de vez em quando para rir das minhas lutas domésticas. Obrigada a todos vocês por esse casamento tão feliz. Adeus, adeus!

Todos ficaram lá, parados, observando a partida da primogênita, com os rostos transbordando amor, esperança e orgulho repleto de carinho enquanto ela se afastava, apoiando-se no braço do marido, com as mãos cheias de flores e o sol de junho iluminando seu rosto feliz — e assim começou a vida de casada de Meg.

CAPÍTULO TRÊS

# Tentativas artísticas

As pessoas levam muito tempo para aprender a diferença entre talento e genialidade, especialmente jovens ambiciosos, tanto homens quanto mulheres. Amy estava aprendendo essa distinção por meio de muita atribulação. Confundindo entusiasmo com inspiração, ela tentou cada ramo da arte com audácia imberbe. Durante um bom tempo, houve uma pausa na dedicação às "tortinhas de lama", para se concentrar nos desenhos requintados feitos à pena, área na qual ela mostrou tanto bom gosto e habilidade que seu gracioso trabalho manual provou ser tanto agradável quanto lucrativo. Mas seus olhos excessivamente cansados fizeram com que a pena fosse posta de lado para dar lugar a tentativas ousadas de criar arte através de pirogravuras. Enquanto durou essa mania, a família viveu com medo constante de uma conflagração, pois o odor de lenha queimada invadia a casa o tempo todo, a fumaça saía do sótão e se espalhava com uma frequência alarmante, atiçadores incandescentes ficavam jogados de forma descuidada, e Hannah nunca se deitava sem um balde de água do lado e um sino à mão para o caso de incêndio. O rosto do anjo Rafael foi ousadamente retratado em uma tábua, e o deus Baco no topo de um barril de cerveja. Um querubim cantando enfeitou a tampa do pote de açúcar, e tentativas de reproduzir Romeu e Julieta forneceram muitos gravetos para as lareiras por algum tempo.

Abrir mão do fogo e investir no óleo foi uma transição natural para os dedos queimados de Amy, que passou a se dedicar à pintura com ardor equivalente. Um amigo artista lhe deu paletas, pincéis e tintas que já não usava mais, e ela se deixou levar, produzindo paisagens pastoris e marinhas, porém de uma forma nunca vista em terra ou mar. Suas monstruosidades em forma de gado teriam sido premiadas em uma feira agrícola, e o perigoso sacudir de suas embarcações teria enjoado o observador mais náutico, se o total desrespeito a todas as regras conhecidas da construção naval não o matasse de rir à primeira vista. Rapazes bronzeados e Madonas de olhos escuros que encaravam as pessoas de um canto do ateliê sugeriam uma influência de Murillo; as sombras amarronzadas e oleosas de rostos com um quê de escárnio nos lugares errados lembravam Rembrandt; senhoras gorduchas e bebês rechonchudos, Rubens; e vislumbres de Turner apareciam em tempestades de trovões azuis, relâmpagos alaranjados, chuva marrom e nuvens roxas, com uma pitada de borrões vermelhos no meio, que poderia ser o sol ou uma boia, uma camisa de marinheiro ou uma túnica de rei, a depender do que agradasse o espectador.

Depois vieram os retratos de carvão, e toda a família foi pendurada em fila na parede, com um ar tão rude e surrado que parecia ter sido conjurada de uma carvoaria. Suavizados em esboços de giz de cera, a situação melhorou como um todo, pois as semelhanças eram consistentes, e o cabelo de Amy, o nariz de Jo, a boca de Meg e os olhos de Laurie foram avaliados como "bem-feitos". Seguiu-se um regresso ao barro e ao gesso, e as estatuetas fantasmagóricas de seus conhecidos assombravam os cantos da casa ou tombavam das prateleiras do armário direto na cabeça das pessoas. As crianças da região eram atraídas para posar como modelos, até que relatos incoerentes de suas atividades misteriosas fizeram com que a srta. Amy ganhasse a fama de jovem ogra.

Os esforços nessa área, no entanto, foram bruscamente encerrados por um acidente imprevisível que dizimou sua motivação. Tendo sido abandonada por seus modelos por um tempo, ela tentou fazer um modelo do próprio pé bonito. A família tomou um susto com o som de um grande estrondo seguido de gritos e, correndo para o resgate, encontrou a jovem entusiasta saltando em desespero pelo galpão, com o pé preso em uma panela cheia de gesso, que endurecera com rapidez inesperada. O pé foi salvo, com muita dificuldade e algum perigo, pois Jo ria tanto enquanto cavoucava o gesso que a faca foi longe demais, fazendo um corte no pé maltratado e deixando uma lembrança duradoura de mais uma tentativa artística.

Depois disso, Amy se deu por vencida, até que uma obsessão por desenhar a natureza a levou a vagar por rios, campos e bosques para estudá-los de perto e buscar ruínas que conseguisse copiar. Pegou inúmeros resfriados por se sentar na grama úmida para reproduzir "um pedacinho incrível" da natureza, como pedras, tocos, cogumelos e plantinhas, ou "uma massa celestial de nuvens", que pareceria mais um amontoado de penas de ganso quando terminado o desenho. Ela sacrificou a pele perfeita ao passar horas no rio durante o verão, para estudar luz e sombra, e adquiriu uma ruga na testa de tanto procurar "pontos de vista", ou seja lá como se chama o ato de cerrar os olhos.

Se "o gênio é a paciência eterna", como afirma Michelangelo, Amy tinha mesmo o direito de reivindicar o atributo divino, pois ela perseverou, apesar de todos os obstáculos, fracassos e desencorajamentos, acreditando firmemente que, com o tempo, faria algo digno de ser chamado de "alta arte".

Enquanto isso, ela aprendia, fazia e desfrutava de outras coisas, pois resolvera ser uma mulher atraente e habilidosa, mesmo que nunca se tornasse uma grande artista. Nesse ponto, teve mais sucesso: era uma dessas criaturas especialmente moldadas, que agradam sem esforço, fazem amigos em todos os lugares e levam a vida com tanta graciosidade e leveza que almas menos afortunadas são tentadas a acreditar que tais pessoas nascem com a estrela da sorte. Todos gostavam de Amy, uma vez que, entre seus bons dons, estava o tato. Ela tinha um senso instintivo daquilo que era agradável e adequado, sempre dizia a coisa certa à pessoa certa, fazia exatamente o que se adequava à hora e ao lugar e era tão dona de si que suas irmãs diziam que "se Amy fosse a um tribunal sem nenhum ensaio prévio, ainda assim saberia exatamente o que fazer".

Uma de suas fraquezas era o desejo de adentrar na "melhor sociedade", sem ter certeza do que "melhor" significava exatamente. Dinheiro, posição social, requintes da moda e maneiras elegantes eram coisas muito desejáveis a seus olhos, e ela gostava de se enturmar com aqueles que as possuíam, muitas vezes confundindo o falso com o verdadeiro e admirando o que não era admirável. Sem nunca se esquecer de que era uma dama nobre por nascimento, Amy cultivava gostos e sentimentos aristocráticos, para que, quando chegasse a oportunidade, estivesse pronta para ocupar o lugar do qual a pobreza a excluíra desde que a família perdera todo o dinheiro.

A "boa dama", como seus amigos a chamavam, desejava sinceramente poder carregar tal alcunha. Em seu coração, era mesmo uma dama, mas ainda precisava aprender que o dinheiro não pode comprar uma natureza refinada, que a posição social nem sempre confere nobreza e que a boa criação é o que conta, apesar de qualquer inconveniente externo.

– Quero pedir um favor, mamãe – disse Amy, com ar importante certo dia.

– Bem, e o que é, minha menina? – respondeu a mãe, que ainda enxergava a jovem majestosa como "uma bebezinha".

– A aula de desenho entra em recesso na próxima semana e, antes que as meninas se despeçam para o verão, quero convidá-las para passar um dia aqui. Elas morrem de vontade de ver o rio, desenhar a ponte quebrada e copiar algumas coisas que admiram nos meus trabalhos. Elas têm sido muito gentis comigo de muitas maneiras, e sou muito grata, pois todas são ricas e, embora eu seja pobre, nunca me trataram diferente.

– E por que deveriam? – perguntou a sra. March, com o que as garotas chamavam de "ares de orgulhosa Maria Teresa da Áustria".

– Você sabe tão bem quanto eu que faz diferença para quase todo mundo, então não fique toda irritadiça como uma mamãe coruja quando seus filhotes são bicados por pássaros mais espertos. O patinho feio se tornou um cisne. – Amy sorriu sem azedume, pois sempre transparecia um temperamento feliz.

A sra. March riu e acalmou o orgulho materno ao perguntar:

– Bem, meu cisne, qual é seu plano?

– Gostaria de convidar as meninas para almoçar na próxima semana, para levá-las aos lugares que querem ver, remar no rio, talvez, e fazer uma festinha artística para elas.

– Bem, parece possível. O que quer para o almoço? Suponho que bolos, sanduíches, frutas e café sejam o suficiente, não é?

– Ah, minha nossa, não! Podemos servir língua de boi e frango, chocolate francês e sorvete também. As meninas estão acostumadas com essas coisas, e quero que o almoço seja adequado e elegante, mesmo que eu tenha que trabalhar para comprar o pão de cada dia.

– E quantas jovens estarão presentes? – perguntou a mãe, começando a ficar séria.

– Doze ou quatorze, mas ouso dizer que nem todas virão.

– Por Deus, minha filha, teremos que alugar uma diligência para levá-las!

– Ora, mamãe, mas por que diz isso? Provavelmente não mais do que seis ou oito virão, por isso vou alugar uma carruagem de carroceria maior e pedir emprestada a *chabanga* do sr. Laurence.

"Chabanga" era a maneira como Hannah pronunciava *char-à-banc*.

– Vai ficar caro demais, Amy.

— Não muito. Calculei o custo, e eu mesma pagarei.

— Querida, você não acha que, como essas garotas estão acostumadas com essas coisas, já que todo esse esforço não será nada de novo para elas, um plano mais simples não as agradaria mais? Seria uma experiência diferente, e muito melhor para nós do que comprar ou pedir emprestado o que não precisamos e tentar passar uma impressão que não está de acordo com nossa situação.

— Se não vai ser do meu jeito, então não quero. Sei que posso fazer isso perfeitamente, se você e as meninas ajudarem um pouco, e não vejo por que não posso, se estou disposta a pagar — disse Amy, com a determinação que uma oposição mais aberta transformaria em obstinação desregrada.

A sra. March sabia que a experiência era uma excelente professora e, sempre que possível, deixava as filhas aprenderem sozinhas a lição que ela teria ensinado de bom grado, se não apresentassem tanta resistência em aceitar conselhos, como se estivessem tomando um remédio amargo.

— Muito bem, Amy, se está mesmo determinada e pensa que não vai ter gastos exorbitantes de dinheiro, tempo e ânimo, não direi mais nada. Fale com as meninas e, seja qual for sua decisão, farei meu melhor para ajudar.

— Obrigada, mamãe, você é sempre muito gentil. — Amy correu para contar o plano às irmãs.

Meg concordou imediatamente e prometeu ajudar, oferecendo de bom grado tudo que tinha, desde o espaço da casinha até seus melhores talheres. Jo fez cara feia quando ouviu o plano e disse que não se meteria com aquilo, a princípio.

— Por que diabos você deveria gastar seu dinheiro, preocupar sua família e virar a casa de cabeça para baixo para um bando de garotas que não se importam com você? Pensei que tivesse orgulho e bom senso suficientes para não bajular qualquer mortal só porque usa sapatos franceses e anda emperiquitada com as bobagens da moda – disse Jo, que, tendo sido arrancada do trágico clímax de seu romance, não estava no melhor humor para engajar em interações sociais.

– Não fico bajulando ninguém e, assim como você, odeio ser tratada com condescendência! – retrucou Amy indignada, pois ambas ainda brigavam quando tais questões surgiam. – As meninas se importam comigo, e eu com elas, e há muita gentileza, bom senso e talento entre elas, apesar do que você chama de bobagens da moda. Você não se esforça para fazer as pessoas gostarem de você, estar em meio a um círculo social relevante e cultivar seus bons modos e gostos. Eu, sim, e quero aproveitar ao máximo todas as oportunidades que surgirem. Você pode sair pelo mundo com os cotovelos ressecados para fora e o nariz empinado e chamar isso de independência, se quiser. Eu não sou assim.

Quando Amy afiava a língua e falava o que queria, em geral, levava a melhor, pois raramente o bom senso não estava ao seu lado, ao passo que Jo nutria o amor pela liberdade e o ódio às convenções de forma tão desmedida que se perdia em seus argumentos. A definição de Amy daquilo que Jo chamava de independência foi uma sacada tão boa que ambas riram, e a discussão tomou um rumo mais amigável. Muito contrariada, Jo consentiu em sacrificar um dia à sra. Grundy[4] e ajudar a irmã com aquilo que considerava ser "um completo absurdo".

Os convites foram enviados, quase todos aceitos, e a segunda-feira seguinte foi reservada para o grande evento. Hannah estava mal-humorada porque o trabalho da semana estava desorganizado e ela profetizou que se as roupas não fossem devidamente lavadas e passadas, nada mais funcionaria. Esse engasgo na mola principal da máquina doméstica teve consequências no geral, mas o lema de Amy era "*nil desesperandum*" e, tendo decidido o que fazer, ela continuou,

4 Referência à personagem da peça *Speed the Plough* (1798), de Thomas Morton, que é uma alegoria à censura, ao decoro rígido e à moralidade. [N.E.]

apesar de todos os obstáculos. Para começar, as comidas de Hannah não ficaram boas: o frango ficou duro, a língua, muito salgada e o chocolate, pouco cremoso. Além disso, o bolo e o sorvete custaram mais do que Amy esperava, assim como a carruagem grande e as várias outras despesas, que pareciam insignificantes no início, mas que se mostraram alarmantes depois. Beth pegou uma gripe que a deixou de cama. Meg recebeu um número incomum de visitas que a manteve em casa, e Jo estava em um estado de espírito tão conflituoso que seu jeito desastrado, os incidentes e os erros foram mais numerosos e graves do que o normal.

Foi combinado que, se o tempo não estivesse bom na segunda-feira, as jovens iriam na terça, arranjo que irritou Jo e Hannah até o limite máximo. Na segunda-feira de manhã, o tempo estava com aquele aspecto indeciso que é mais exasperante do que uma chuva torrencial. Chuviscou, fez um pouco de sol, ventou um tantinho, e nada se estabilizou até que fosse tarde demais para que alguém tomasse uma decisão. Amy se levantara ao alvorecer, tirando as pessoas da cama e as apressando durante o café da manhã para que colocassem a casa em ordem. A sala de estar parecia particularmente desorganizada, mas, sem tempo para suspirar pelo que faltava, ela usou suas habilidades e fez o melhor com o que tinha, colocando cadeiras sobre os pontos gastos no tapete e cobrindo as manchas nas paredes com suas estátuas caseiras, o que deu um ar artístico ao cômodo, assim como os lindos vasos de flores que Jo espalhou.

No fim das contas, o almoço ficou com boa aparência e, ao fiscalizá-lo, Amy esperava de coração que estivesse gostoso, e que os copos, as louças e a prataria emprestados voltassem para casa em segurança. As carruagens foram preparadas, Meg e a sra. March estavam prontas para fazer as honras, Beth ajudou Hannah nos bastidores e Jo havia se comprometido a ser tão alegre e agradável quanto sua mente distraída, a dor de cabeça que estava e a desaprovação muito nítida que sentia de tudo e de todos envolvidos naquele evento pudessem permitir. Enquanto se vestia, cansada,

Amy procurou se animar, antecipando o momento feliz em que, após o almoço, ela partiria com as amigas para uma tarde de prazeres artísticos, prevendo que a "chabanga" e a ponte quebrada seriam os pontos altos do dia.

Depois vieram as horas de suspense, durante as quais ela andou da sala de estar à varanda, enquanto as expectativas dos demais mudavam junto com o clima. Uma senhora chuva, às onze da manhã, evidentemente extinguiu o entusiasmo das jovens que chegariam ao meio-dia, pois ninguém apareceu; e, às duas da tarde, a família, exausta, sentou-se sob um feixe de sol tímido para saborear as porções perecíveis do banquete, para que nada se perdesse.

– O tempo vai ficar firme hoje, sem dúvidas, e elas virão, então precisamos agir e ficar prontas – disse Amy, enquanto o sol a acordava na manhã seguinte. Ela falava com vigor, embora secretamente desejasse não ter combinado nada para a terça-feira, pois seu interesse, assim como o bolo, estava azedando um pouco.

– Não posso comprar mais lagostas, então terão de ficar sem a salada especial hoje – disse o sr. March, meia hora depois, com uma expressão de desespero plácido.

– Use o frango então. Não tem importância se está duro, se for usado para uma salada fria – aconselhou a esposa.

– Hannah o deixou na mesa da cozinha por um minuto, e os gatinhos comeram tudo. Lamento muito, Amy – acrescentou Beth, que ainda era a protetora dos gatos.

– Então vou comprar lagosta, pois só a língua não é suficiente – disse Amy, decidida.

– Quer que eu corra até a cidade e traga uma? – perguntou Jo, com a magnanimidade de um mártir.

– Você a traria debaixo do braço, sem papel algum, só para me irritar. Deixe que eu mesma vou – respondeu Amy, que estava começando a ficar nervosa.

Envolta em um lenço espesso e munida de uma cesta chique, ela partiu, sentindo que uma caminhada ao ar livre acalmaria seu espírito perturbado e ajudaria nas atividades do dia. Após alguma demora, o objeto de desejo foi adquirido, assim como um molho pronto, para evitar mais perda de tempo em casa, e ela tomou o caminho de volta, bem contente com a própria capacidade de antecipação.

Como havia apenas uma única senhorinha adormecida no veículo compartilhado que tomou, Amy tirou o lenço e passou o tempo tentando se lembrar onde gastara todo seu dinheiro. Estava tão distraída com sua caderneta cheia de valores indecifráveis, que não percebeu um recém-chegado, que entrara no veículo sem que este parasse completamente, até que uma voz masculina disse:

— Bom dia, srta. March.

Então, olhando para cima, ela viu um dos amigos mais elegantes de Laurie, da faculdade. Fervorosamente esperando que ele descesse antes dela, Amy ignorou por completo a cesta a seus pés e, parabenizando a si mesma por estar usando seu novo vestido de passeio, devolveu a saudação do jovem com a habitual delicadeza bem-humorada.

Eles conversaram animadamente, pois a preocupação maior de Amy foi apaziguada quando descobriu que o cavalheiro desceria primeiro. Ela estava falando em um tom peculiarmente altivo, quando a senhora idosa se levantou. Ao se encaminhar para saltar do veículo, cambaleando até a porta, a mulher chutou a cesta, e... Ah, o horror! A lagosta, enorme e brilhante, foi revelada aos olhos nobres de um Tudor!

— Por Deus, ela esqueceu o jantar! — exclamou o jovem desavisado, cutucando o monstro escarlate de volta ao seu recipiente com a pompposa bengala que trazia consigo e se preparando para entregar a cesta para a velhinha.

— Por favor, não... é... é minha — murmurou Amy, tão vermelha quanto o animal.

— Oh, é mesmo? Peço-lhe desculpas. É uma lagosta bem bonita, não? — disse o jovem Tudor, com descontração e um ar de interesse verdadeiro que fazia jus à sua boa criação.

Amy recuperou o fôlego, corajosamente colocou a cesta no banco e disse, rindo:

— Você não gostaria de provar a salada que faremos com ela e conhecer algumas damas encantadoras que vão comê-la também?

Aquilo era o tato de Amy se revelando, pois duas das fraquezas dominantes da mente masculina foram provocadas. A lagosta foi imediatamente rodeada por uma auréola de reminiscências agradáveis, e a curiosidade sobre "as damas encantadoras" desviou a atenção do rapaz do contratempo cômico.

"Acho que ele vai rir e zombar disso com Laurie, mas ao menos não vou presenciar", pensou Amy, enquanto Tudor se curvava e partia.

Ela não mencionou esse encontro em casa (embora tenha notado que, graças ao incidente, seu novo vestido estava arruinado por porções de molho que respingaram pela saia), mas seguiu com os preparativos, que pareciam mais cansativos do que antes. Ao meio-dia, tudo estava pronto novamente. Sentindo que os vizinhos se mostravam interessados naquela movimentação, ela queria apagar da memória o fracasso do dia anterior e substituí-lo por um evento de sucesso. Assim, Amy solicitou a "chabanga" e partiu, efusiva, para escoltar as convidadas ao banquete.

— Ouçam, elas estão vindo! Vou até a varanda para recebê-las, porque é a coisa hospitaleira a se fazer, e quero que minha pobre menina se divirta depois de toda a chateação — disse a sra. March, agindo sem mais demora. Mas, depois de uma rápida olhada, ela voltou para dentro, com uma expressão indescritível. Parecendo um pouco perdida, Amy estava sentada na carruagem com apenas uma jovem dama.

— Vá, Beth, e ajude Hannah a tirar metade das coisas da mesa. É um absurdo servir um almoço que seria para doze garotas a apenas uma! — gritou Jo, correndo pelos cômodos, agitada demais até para fazer uma pausa e rir.

Amy chegou, bastante calma e agindo muito cordialmente com a única convidada que cumprira a promessa. O resto da família, em uma reviravolta dramática, desempenhou igualmente bem seus papéis, e a srta. Eliott pensou serem pessoas muito engraçadas, pois era impossível controlar a afetação que as tomava. Depois do almoço remodelado, da visita ao ateliê e ao jardim e do debate entusiasmado sobre arte, Amy chamou uma carruagenzinha modesta (lá se foi a "chabanga" elegante) e conduziu a amiga pelos arredores até o pôr do sol, quando a festa foi encerrada.

Ao chegar em casa, parecendo muito cansada, mas serena como sempre, observou que todos os vestígios do infeliz evento haviam desaparecido, exceto um franzido suspeito nos cantos da boca de Jo.

— A tarde estava um encanto para seu passeio, minha querida — disse a mãe, com tanto respeito como se todas as doze damas tivessem aparecido.

— A srta. Eliott é uma garota adorável e parecia estar se divertindo, pelo menos eu achei — observou Beth, com carinho incomum.

— Posso pegar um pouco do bolo? Preciso muito, porque recebo tantas visitas, mas não sei cozinhar coisas tão deliciosas assim — perguntou Meg.

— Pode levar tudo, porque aqui em casa só eu gosto de doces, e o bolo vai embolorar antes que eu consiga comer tudo — respondeu Amy, pensando com um suspiro nos gastos que teve para que tudo acabasse daquele jeito.

— É uma pena que Laurie não esteja aqui para nos ajudar — comentou Jo, enquanto se sentavam para tomar sorvete e comer salada de lagosta pela segunda vez em dois dias.

Um olhar de aviso da mãe extinguiu quaisquer outros comentários, e toda a família comeu em silêncio heroico, até que o sr. March observou sutilmente:

– Salada era um dos pratos favoritos dos antigos, e John Evelyn...[5] – Uma explosão de risadas encurtou a "história das saladas", para grande surpresa do sábio cavalheiro.

– Embrulhe tudo num cesto e o envie para os Hummel. Os alemães gostam de comilança. Estou farta de olhar para tudo isso, e vocês não precisam morrer de comer só porque fui uma tola! – exclamou Amy, enxugando os olhos.

– Eu achei que fosse morrer quando vi duas meninas andando naquele trambolho enorme, sei-lá-como-é-o-nome, parecendo duas sementinhas soltas numa casca de noz, e a mamãe toda agitada para receber uma multidão – suspirou Jo, exaurida de tanto rir.

– Lamento muito que tenha se desapontado, querida, mas todos nós fizemos nosso melhor para agradá-la – disse a sra. March, em um tom cheio de pesar materno.

– Estou satisfeita. Eu fiz o que me propus, e a culpa não é minha que não tenha dado certo. Estou conformada – disse Amy, com a voz um pouco trêmula. – Agradeço muito a todos por me ajudarem e agradecerei ainda mais se não tocarem no assunto por um mês, pelo menos.

Durante vários meses, ninguém tocou no assunto, mas a palavra "banquete" sempre arrancava um sorriso de todos, e o presente de aniversário de Laurie para Amy foi uma pequena lagosta feita de coral em formato de amuleto para sua correntinha.

---

5 John Evelyn (1620–1706) foi um estudioso que se destacou, dentre outras coisas, por sua dedicação à jardinagem. Em sua obra *Acetaria: A Discourse of Sallets* (1699), ele discorre sobre a tradição e a virtude de comer salada. [N.E.]

CAPÍTULO QUATRO

# Lições literárias

A sorte sorriu de repente para Jo e deixou cair uma de suas moedas no caminho da moça. Não exatamente uma moeda de ouro, mas duvido que mesmo um milhão teria concedido uma felicidade mais verdadeira do que a diminuta quantia que ela conseguiu com seu trabalho.

A cada tantas semanas, Jo se fechava em seu quarto, vestia sua roupa de escrever e "caía em um vórtice", como ela dizia, dedicando-se ao seu romance com todo coração e alma, pois, até que terminasse, não conseguiria ficar em paz. A roupa em questão consistia em um avental de lã preta, no qual ela limpava a ponta da pena à vontade, e um gorro do mesmo material, adornado com uma fita vermelha bem alegre, com a qual ela enrolava o cabelo quando estava pronta para entrar em ação. Esse gorro era um sinal para os olhos inquiridores da família, que durante esses períodos mantinham distância, apenas dando uma espiadinha ocasional para perguntar, com interesse: "Dói ser um gênio, Jo?" Nem sempre se atreviam a fazer essa pergunta, mas de todo modo notavam o gorro e compreendiam a situação. Se esse expressivo artigo de vestuário estivesse abaixado até a testa, era um sinal de que trabalho duro estava em andamento; em momentos animados, ficava torto; e, quando o desespero tomava conta da escritora, era arrancado e jogado no chão. Em tais circunstâncias, os intrusos se retiravam em silêncio, e, até que a fita vermelha estivesse no lugar novamente, ninguém ousava falar com Jo.

Ela não se achava de modo algum um gênio, porém, quando a vontade de escrever surgia, entregava-se por completo, sentia-se feliz e não se lembrava de qualquer necessidade, preocupação ou mau tempo, isolada, segura e satisfeita em um mundo imaginário, cheio de amigos quase tão reais e queridos para ela como qualquer outro de carne e osso. O sono lhe abandonava, as refeições esfriavam, e dia e noite eram curtos demais para desfrutar da felicidade plena que só a abençoava em tais momentos e que fazia a vida valer a pena, mesmo que não desse frutos. A inspiração divina geralmente durava uma ou duas semanas, e então Jo emergia de seu "vórtice", faminta, sonolenta, irritada ou desanimada.

Mal se recuperara de um desses ataques quando foi convencida a acompanhar a srta. Crocker em uma palestra e, em troca de sua virtude, foi recompensada com uma nova ideia. Era uma palestra sobre as pirâmides, e Jo ficou um tanto surpresa com a escolha desse assunto, entretanto, convenceu-se de que algum grande mal social seria remediado ou alguma grande necessidade, suprida pela apresentação das glórias dos faraós para uma audiência cujos pensamentos estavam ocupados com o preço do carvão e da farinha e cujas vidas eram dedicadas a tentar resolver enigmas mais difíceis que os da esfinge.

Chegaram cedo, e, enquanto a srta. Crocker ajeitava o calcanhar da meia, Jo se divertia examinando os rostos das pessoas que ocupavam os demais assentos. À sua esquerda, estavam duas mães de família, com testas e chapéus igualmente enormes, discutindo os Direitos das Mulheres e tricotando. Além delas, havia um par de namorados bem humildes, de mãos dadas de forma carinhosa, uma solteirona carrancuda comendo balinhas de menta retiradas de um saco de papel, e um velho cavalheiro tirando uma soneca preparatória, escondido por um pano. À sua direita, o único vizinho era um rapaz de aparência erudita, absorto em um jornal.

Havia ali algumas ilustrações, e Jo examinou aquele trabalho artístico, perguntando-se sem muito interesse que concatenação fortuita de circunstâncias resultaria naquela imagem melodramática de um índio vestido em trajes de guerra, tombando sobre um precipício, com um lobo agarrado em seu pescoço, enquanto dois jovens cavalheiros enfurecidos, com pés estranhamente pequenos e olhos grandes, esfaqueavam-se por perto e, ao fundo, uma mulher desgrenhada corria para longe com a boca escancarada. Pausando para virar a página, o rapaz a viu olhando e, com a educação de uma criança, ofereceu metade do jornal, dizendo sem rodeios:

— Quer ler? É uma história e tanto.

Jo aceitou com um sorriso, pois nunca superara sua simpatia por garotos, e logo se viu envolvida no conhecido labirinto de amor, mistério e assassinato, pois a história pertencia àquela classe literária leve em que paixões tiram férias e, quando a imaginação do autor falha, uma grande catástrofe limpa o palco e elimina metade da *dramatis personae*, deixando a outra metade jubilando-se com a ruína dos outros.

— História de primeira, não é? — perguntou o rapaz, enquanto os olhos de Jo percorriam o último parágrafo.

— Acho que tanto eu quanto você poderíamos escrever algo melhor se tentássemos — respondeu Jo, perplexa com a admiração dele por aquele lixo.

— Eu seria um sujeito de sorte se conseguisse escrever assim. Dizem que a autora tira uma boa grana com essas histórias. — Ele apontou para o nome "sra. S.L.A.N.G. Northbury" sob o título do conto.

— E você a conhece? — perguntou Jo, com súbito interesse.

— Não, mas sou um leitor ávido das histórias dela e conheço um sujeito que trabalha no escritório onde este jornal é impresso.

— E você disse que ela ganha bem com histórias assim? — Jo olhou com mais respeito para o grupo de pontos de exclamação que adornavam toda a página.

— Acho que sim! Ela sabe exatamente do que as pessoas gostam e recebe muito bem por isso.

Naquele instante, a palestra começou, à qual Jo dedicou pouca atenção, pois, enquanto o professor Sands discorria sobre Belzoni, Quéops, escaravelhos e hieróglifos, ela pegava secretamente o endereço do jornal e tomava a decisão ousada de tentar o prêmio de cem dólares oferecido nas colunas por um conto sensacionalista. Quando a palestra terminou e o público despertou, ela já havia dado o pontapé na esplêndida sorte que construiria para si (não sendo a primeira fundada em papel) e já estava profundamente envolvida na elaboração de sua história, ainda incapaz de decidir se o duelo deveria vir antes da fuga ou depois do assassinato.

Ela não disse nada sobre o plano em casa, mas colocou mãos à obra no dia seguinte, para a inquietação da mãe, que sempre parecia um pouco ansiosa quando "o gênio entrava em ação". Jo nunca havia ousado aquele estilo antes, contentando-se em produzir histórias rasas para o *The Spread Eagle*. Sua experiência e carga de leitura variada eram úteis agora, fornecendo-lhe ideias de efeito dramático, enredo, diálogos e fantasias. A história era tão cheia de desespero e angústia quanto seu conhecimento limitado dessas emoções incômodas lhe permitiam escrever; e, tendo situado a narrativa em Lisboa, ela encerrou com um terremoto, criando um desfecho surpreendente e apropriado. O manuscrito foi enviado em segredo, acompanhado por uma modesta nota que dizia que, se o conto não recebesse o prêmio, pelo qual a escritora nem esperava mesmo, ela ficaria muito contente por receber qualquer quantia que considerassem justa.

Seis semanas é muito tempo de espera, e ainda mais tempo para uma menina guardar um segredo, mas Jo fez as duas coisas, e estava começando a perder toda a esperança de ver seu manuscrito de novo quando chegou uma carta que lhe tirou o fôlego. Ao abri-la, um cheque de cem dólares caiu em seu colo. Por um instante, ela olhou para o papel como se fosse uma cobra, depois, leu a carta e começou a chorar. Se o amável cavalheiro que escreveu aquela nota gentil pudesse ver a felicidade imensa que dava a uma semelhante, acho que ele dedicaria suas horas de lazer, se tivesse alguma, a investir nesse tipo de diversão, uma vez que Jo valorizou mais a carta do que o dinheiro recebido. Aquelas palavras eram um incentivo e, depois de anos de esforço, foi um deleite descobrir que de fato aprendera a fazer algo, ainda que fosse apenas escrever uma história sensacionalista.

Havia pouquíssimas jovens mais orgulhosas que Jo naquele momento, que, ao se recompor, assustou a família inteira ao aparecer com a carta em uma mão e o cheque na outra, anunciando que ganhara o prêmio. Claro que houve uma grande comoção e, assim que a história foi publicada, todos leram e elogiaram, embora, depois de o pai ter dito que a linguagem era boa, que o enredo era inovador e interessante e a tragédia, bastante emocionante, ele tenha balançado a cabeça e dito à sua maneira austera:

– Mesmo assim, você pode fazer melhor que isso, Jo. Mire no ponto mais alto e esqueça o dinheiro.

– Mas o dinheiro é a melhor parte. O que você vai fazer com essa fortuna? – perguntou Amy, espiando o papel mágico com reverência.

– Mandar a Beth e a mamãe para a praia por um ou dois meses – respondeu Jo prontamente.

À praia elas foram, depois de muita discussão, e, embora Beth não tenha voltado para casa tão robusta e corada quanto se poderia desejar, ela estava muito melhor, e a sra. March afirmou ter rejuvenescido dez anos naquele passeio. Jo ficou satisfeita com o investimento do dinheiro do prêmio e se dedicou ao trabalho com alegria, decidida a ganhar mais daqueles cheques magníficos.

E, realmente, ela ganhou vários naquele ano. Começou a se sentir poderosa em casa; através da magia de uma pena, o "lixo" que escrevia se transformou em conforto para todos. *A filha do duque* pagou a conta do açougueiro, *A mão fantasma* colocou tapeçaria nova nos cômodos, e *A maldição dos Coventry* abençoou os March com muita comida e roupas de qualidade.

A riqueza é certamente uma coisa muito desejável, mas a pobreza tem seu lado positivo, e uma das doces vantagens da adversidade é a satisfação genuína que vem do trabalho honesto produzido pela mente e pelas mãos, e à inspiração provocada pela necessidade devemos metade das bênçãos sábias, belas e úteis do mundo. Jo teve um gostinho dessa satisfação e deixou de invejar as meninas mais ricas, muito reconfortada por poder suprir os próprios desejos sem precisar pedir um tostão a ninguém.

Pouca atenção do público geral foi dada às histórias, contudo, havia mercado para elas. Encorajada por esse fato, Jo resolveu ousar na busca pela fama e fortuna. Depois de copiar seu precioso romance pela quarta vez, lê-lo para todos os amigos íntimos e enviá-lo com medo e tremor a três editoras, por fim se desfez dele, com a condição de encurtá-lo em um terço e omitir todas as partes que particularmente admirava.

— Preciso decidir entre voltar para o sótão e adequá-lo novamente, além de pagar eu mesma pela impressão, ou cortá-lo para agradar os compradores e ficar com o que der. A fama é uma coisa muito boa de se ter em casa, mas o dinheiro é mais conveniente, por isso quero que esse assunto importante seja tema desta reunião — disse Jo, convocando um conselho familiar.

— Não estrague o livro, minha menina, pois há mais nele do que pensa, e a ideia está bem trabalhada. Espere e deixe que a história amadureça — foi o conselho do pai, e ele praticava o que pregava, tendo esperado pacientemente trinta anos para que os próprios frutos de seu trabalho amadurecessem, sem pressa para colhê-los mesmo àquela altura, quando estavam doces e maduros.

— Parece que Jo vai lucrar mais com a tentativa do que com a espera — disse a sra. March. — A crítica é o melhor teste desse tipo de trabalho, pois lhe mostrará méritos e defeitos não percebidos e ajudará com que faça melhor da próxima vez. Somos muito parciais, mas os elogios e as críticas de outras pessoas serão úteis, mesmo que receba apenas um dinheirinho.

— Sim — disse Jo, franzindo o cenho —, é isso mesmo. Estou há tanto tempo trabalhando neste romance que não sei mais se é bom, ruim ou indiferente. Será uma grande ajuda ter pessoas não envolvidas comigo e imparciais analisando a história e me dizendo o que pensam.

— Eu não cortaria uma palavra sequer. Vai arruinar tudo se fizer isso, pois o interessante da história está mais na mente do que nas ações dos personagens, e vai ser uma bagunça se não explicar as coisas conforme desenrola a história — disse Meg, que acreditava piamente que aquele livro era o romance mais notável já escrito.

— Mas o sr. Allen disse: "Deixe as explicações de fora, seja breve e dramática e deixe os personagens contarem a história" — explicou Jo, voltando-se para a nota do editor.

— Então faça o que ele disse. Ele sabe o que vende, nós não. Escreva um livro bom e popular e receba o máximo de dinheiro possível. Cedo ou tarde, quando tiver construído um nome, você vai ter o privilégio de divagar e colocar pessoas filosóficas e metafísicas em seus romances — disse Amy, com uma visão estritamente prática do assunto.

— Bem — retrucou Jo, rindo —, se meus personagens são "filosóficos e metafísicos", não é minha culpa, pois não sei nada sobre essas coisas, exceto aquilo que papai tenta nos explicar, às vezes. Se há um pouquinho de suas ideias sábias em meio ao romance, melhor para mim. Agora, Beth, o que você acha?

— Queria apenas que fosse impresso *logo* — foi tudo o que Beth disse, sorrindo, embora tenha colocado uma ênfase inconsciente na última palavra, e um vislumbre de tristeza nos olhos que nunca perdiam a candura infantil gelou o coração de Jo por um instante, com medo de que aquilo fosse um mau agouro.

Ela decidiu, assim, colocar a empreitada em prática "logo".

Com firmeza espartana, a jovem autora colocou seu primogênito sobre a mesa e o cortou tão impiedosamente quanto um ogro. Na esperança de agradar cada um da família, ela seguiu o conselho de todos e, como o velho e o burro da fábula, não agradou a ninguém.

O pai gostava do traço metafísico que inconscientemente entrara na narrativa, fazendo com que essa característica fosse mantida, embora Jo tivesse suas dúvidas. A mãe achava que havia detalhamento demais, então a descrição foi cortada, e, com ela, muitos elos necessários na história. Meg tinha apreciado a arte da tragédia, então Jo deixou toda a agonia para agradar à irmã, enquanto Amy se opunha ao elemento cômico, de modo que, com as melhores intenções, a autora apagou as cenas bem-humoradas que traziam alívio à narrativa sombria. Então, para complicar ainda mais, ela reduziu a obra em um terço e, com confiança, enviou o pobre romance picotado, como um pássaro depenado, para encarar seu destino naquele grande e tumultuado mundo exterior ao lar dos March.

Bem, o livro foi impresso, e ela recebeu trezentos dólares por ele, assim como muitos elogios e críticas, ambos muito maiores do que esperava. Jo mergulhou em um estado de desconcerto do qual precisou de certo tempo para se recuperar.

— Mamãe, você disse que as críticas me ajudariam. Como isso é possível quando são tão contraditórias, a ponto de eu não saber se escrevi um livro promissor ou se feri todos os dez mandamentos?! — gritou a pobre Jo, virando uma pilha de bilhetes, cuja leitura a enchia de orgulho e alegria em um instante, e ira e consternação no outro. — Este homem diz: "Um livro requintado, cheio de verdade, beleza e seriedade"; "Tudo é adorável, puro e saudável", disse outro – continuou a perplexa autora. – E então, alguém diz: "A teoria do livro é ruim, cheia de fantasias mórbidas, ideias espiritualistas e personagens irreais." Veja, como não criei teoria alguma, não acredito no Espiritualismo e baseei os personagens em pessoas da vida real, não vejo como essa crítica pode estar certa. Outro diz: "É um dos melhores romances americanos em anos", mas não sou tapada de acreditar nisso, e o seguinte afirma que "Embora seja original, e escrito com grande ímpeto e sentimento, é um livro perigoso". Não é! Alguns zombam dele, outros superestimam, e quase todos insistem que tenho uma teoria profunda para expor, quando na verdade apenas escrevi por prazer e dinheiro. Quem me dera tê-lo impresso inteiro, ou, melhor ainda, nada, pois odeio ser incompreendida assim.

A família e os amigos encheram a jovem autora de elogios e carinho. No entanto, foi um momento difícil para a sensível e querida Jo, cujas intenções eram tão boas, mas que achava ter feito tão mal. No fim, aquilo tudo foi bom para ela, pois aqueles cuja opinião realmente importava fizeram os comentários que precisavam ser feitos, sendo este o melhor aprendizado para um autor. Quando a primeira mágoa passou, ela riu do pobre livrinho, embora ainda acreditasse no potencial dele e se sentisse mais sábia e forte com o tombo levado.

– Não ser um gênio como John Keats não é o fim do mundo. E, no fim das contas, quem riu por último fui eu, pois as partes que foram tiradas diretamente da vida real são apontadas como impossíveis e absurdas, e as cenas que tirei da minha própria cabeça bobinha são vistas como "encantadoramente naturais, ternas e verdadeiras". Hei de me consolar com isso e, quando estiver pronta, vou me reerguer e escrever outro livro.

CAPÍTULO CINCO

# Experiências domésticas

Como a maioria das jovens recém-casadas, Meg começou a vida matrimonial com a determinação de ser uma dona de casa exemplar. John sempre deveria encontrar em casa um paraíso tranquilo e um rosto sorridente aguardando por ele, deveria partir todos os dias com vontade de voltar e nunca notar a perda de um botão sequer. Ela colocava tanto amor, energia e alegria no trabalho que seus esforços geralmente eram bem-sucedidos, apesar de alguns obstáculos. Seu paraíso não era tranquilo, pois aquela adorável mulher estava sempre ansiosa demais para agradar e agitada como uma verdadeira Marta bíblica, sobrecarregada com tantos cuidados. Às vezes, ficava exausta demais até para sorrir. John passou a ter problemas de digestão depois de uma série de pratos elaborados e, ingrato, exigiu um cardápio mais simples. Quanto aos botões, Meg logo adquiriu o hábito cotidiano de se perguntar aonde iam parar, de sacudir a cabeça por causa do descuido dos homens e de ameaçar mandar o marido costurá-los por si próprio, para ver se a costura assim aguentaria o manuseio bruto daqueles dedos desajeitados e impacientes.

De todo modo, eram muito felizes, mesmo depois de descobrirem que não podiam viver só de amor. John não achava que Meg perdera a beleza, embora ela ficasse distorcida por trás do vapor da jarra de café. Meg também não sentia a ausência de romance quando o marido, após o beijo de despedida pela manhã, perguntava com ternura: "Devo mandar carne de vitela ou de carneiro para o jantar, querida?" A casa não era mais um lugar exótico e se tornara um lar, e o jovem casal logo sentiu que era uma mudança para melhor. No início, eles brincavam de casinha como duas crianças. Depois, John focou nos negócios com seriedade, sentindo o peso da responsabilidade de um chefe de família sobre os ombros, e Meg, guardando os vestidos de cambraia, investiu nos aventais e colocou as mãos na massa, como dito antes, com mais energia que discrição.

Enquanto a obsessão por cozinhar pratos diferentes durou, ela transitou pelos livros de receitas como se aquilo fosse um exercício matemático, resolvendo os problemas com paciência e cuidado. Às vezes, a família era convidada a comer um abundante banquete de sucesso, e, outras vezes, Lotty era dispensada em segredo com potes cheios de fracassos, que deveriam ser escondidos de todos os olhares nos convenientes estômagos dos pequenos Hummel. Quando John passava a noite absorto nos livros de contabilidade, ela dava uma pausa temporária no entusiasmo culinário, e um ajuste regrado se seguia, durante o qual o pobre homem era submetido a uma dieta de pão, picadinho e café requentado, o que era um desafio, mas ele suportava com louvável bravura.

Antes de encontrar o meio-termo, porém, Meg acrescentou aos bens domésticos aquilo que os jovens casais mal conseguem sobreviver sem: potes. Como uma verdadeira dona de casa, ela desejava ver sua despensa cheia de conservas caseiras. Assim, estava determinada a fazer a própria geleia de groselha. Pediu que John conseguisse uma dúzia de potes e uma quantidade extra de açúcar, pois as groselhas estavam maduras e deviam ser usadas de imediato. Como John acreditava piamente que a esposa estava à altura de qualquer coisa e se sentia orgulhoso das habilidades dela, naturalmente, ele confiou em Meg para aproveitar a única safra de frutas da maneira mais agradável para o inverno. Enviou para casa quatro dúzias de lindos potinhos, quilos de açúcar e um garoto para colher as groselhas para Meg. Com seu belo cabelo preso em uma redinha, as mangas enroladas até o cotovelo e um avental xadrez que tinha um aspecto requintado, a jovem dona de casa entrou em ação, não tendo dúvidas quanto ao sucesso de sua empreitada, afinal, não vira Hannah fazer geleia centenas de vezes? A quantidade de potes a surpreendeu no início, mas John gostava tanto de geleia e os potinhos ficavam tão lindos na prateleira de cima que Meg resolveu encher cada um e passou um longo dia selecionando frutinhas, fervendo, esforçando-se e fazendo um rebuliço na cozinha. Ela fez o melhor que pôde, pediu conselhos ao livro de receitas e escarafunchou a própria memória para descobrir o que Hannah fazia de diferente. Ela mediu, ferveu e adoçou tudo de novo, mas aquela coisa terrível não virava geleia por nada.

Sentiu o ímpeto de correr para casa, de avental e tudo, e pedir à mãe para lhe dar uma mão, entretanto, ela e John haviam concordado que nunca incomodariam ninguém com suas preocupações, experimentos ou brigas (e riram desta última palavra como se a ideia fosse muito absurda). Eles se agarraram à resolução e sempre que conseguiam agir sem ajuda assim o faziam, e ninguém interferia, pois a sra. March orientara os demais membros da família sobre o assunto. Então Meg batalhou sozinha com os doces durante todo aquele dia quente de verão, e às cinco horas da tarde, por fim, sentou-se no chão da cozinha, torceu as mãos sujas, deu um grito e chorou.

Na empolgação inicial daquela nova vida, Meg muitas vezes dissera: “Meu marido sempre saberá que pode trazer um amigo para casa quando quiser. Estarei sempre preparada. Não haverá correria, nem broncas, nem desconforto; ele sempre encontrará uma casa limpa, uma esposa alegre e um bom jantar. John, querido, nunca se incomode em pedir minha autorização, convide quem quiser e tenha certeza de que essa pessoa será bem-recebida por mim.”

Quão encantadoras eram aquelas palavras! John quase brilhava de orgulho ao ouvi-la dizer aquilo e sentia que era abençoado por ter uma esposa excelente. Entretanto, embora já tivessem recebido algumas visitas, nunca aconteceu de ser inesperado, e Meg nunca tivera a oportunidade de se destacar... até então. As coisas sempre acontecem assim nesta vida trágica: há uma inevitabilidade que só podemos admirar, lamentar e suportar o melhor que pudermos.

Se John não tivesse se esquecido da história da geleia, teria sido realmente imperdoável escolher aquele dia, de todos os dias do ano, para levar um amigo para jantar sem aviso. Dando parabéns a si mesmo por ter pedido uma bela refeição naquela manhã, tendo a certeza de que estaria pronta pontualmente e se regozijando em deliciosas antecipações, imaginando o momento em que sua bela esposa correria para recebê-lo, ele levou o amigo até sua morada, com a satisfação irreprimível de um jovem anfitrião e marido.

Contudo, vivemos em um mundo de desilusões, como John descobriu quando chegou ao seu ninho de amor. A porta da frente geralmente ficava aberta de forma hospitaleira. Naquele momento, estava não apenas fechada, mas trancada, e a lama do dia anterior ainda adornava os degraus. As janelas da sala de estar estavam fechadas e cobertas pelas cortinas, não havia nenhuma bela esposa costurando no alpendre, vestida de branco, com um lacinho no cabelo, ou uma anfitriã de olhos brilhantes, dando um sorriso tímido enquanto recebia e cumprimentava o convidado. Não havia nada do gênero, nem alma viva por perto, exceto por um rapaz de pele avermelhada, dormindo debaixo dos arbustos.

— Receio que tenha acontecido alguma coisa. Fique no jardim, Scott, enquanto procuro a sra. Brooke — disse John, assustado com o silêncio e a quietude.

Correu ao redor da casa, guiado por um cheiro pungente de açúcar queimado, e o sr. Scott andou atrás dele, aturdido. Ele parou discretamente à distância quando Brooke desapareceu dentro da casa, mas podia ver e ouvir e, sendo um solteirão, divertiu-se com a cena.

Na cozinha, reinava a confusão e o desespero. Uma porção de geleia repousava dentro dos potes, outra estava esparramada pelo chão, e uma terceira borbulhava no fogão. Lotty, com uma calma teutônica, comia pão e tomava suco de groselha, pois a geleia ainda estava em um estado irrecuperavelmente líquido, enquanto a sra. Brooke, com o avental sobre a cabeça, sentada em um canto, soluçava com pesar.

– Minha querida, o que aconteceu? – questionou John, entrando na cozinha e avistando as pobres mãos escaldadas da amada, ouvindo relatos de agonia em resposta e sentindo uma secreta consternação com a lembrança de que havia um convidado no jardim.

– Oh, John, estou tão cansada, irritada, preocupada e acalorada! Tentei e tentei até atingir meu limite. Por favor, me ajude ou vou morrer! – A exausta dona de casa se atirou aos braços do marido, recebendo-o da maneira mais *doce* possível, literalmente, porque o avental estava coberto de geleia, tal como o chão e o resto da cozinha.

– O que a preocupa, querida? Aconteceu algo terrível? – perguntou o ansioso John, beijando com ternura o topo da redinha de cabelo, que estava toda torta.

– Sim – soluçou Meg em desespero.

– Então me diga de uma vez. Não chore. Suporto qualquer coisa menos isso. Vamos, fale logo, meu amor.

– A ge... a geleia! A geleia não quer dar o ponto, e não sei o que fazer!

John Brooke riu de uma maneira que nunca mais ousaria rir, e o zombeteiro Scott sorriu involuntariamente assim que ouviu a gargalhada do amigo, que foi o golpe final no infortúnio de Meg.

– É só isso? Jogue tudo pela janela, meu amor, e não se preocupe mais com isso. Comprarei litros e litros de geleia se é o que quer, mas, pelo amor de Deus, deixe de histeria, pois eu trouxe Jack Scott para jantar e...

John não falou mais nada, porque Meg o afastou e juntou as mãos em um gesto trágico ao cair em uma cadeira, exclamando em um tom de indignação que misturava censura e desespero:

— Um homem está aqui para jantar, e a casa soterrada nessa bagunça! John Brooke, como pôde fazer uma coisa dessas?

— Xiu! Ele está no jardim! Me esqueci da maldita geleia, mas agora é tarde — disse John, analisando os arredores com ansiedade.

— Você deveria ter me avisado, ou me dito hoje de manhã, e se lembrado de como eu estava ocupada! — continuou Meg, petulante, pois até mesmo pombinhas bicam quando nervosas.

— Eu não sabia disso pela manhã, e não havia tempo para avisar, porque encontrei com ele na saída do trabalho. Não pensei em pedir autorização, já que você sempre me deu aval para fazer o que eu quisesse. Nunca tentei tal coisa antes, e que raios me partam se eu tentar de novo! — argumentou John, aflito.

— Espero mesmo que não faça isso de novo! Mande seu amigo embora. Não posso recebê-lo assim, e não fiz o jantar.

— Ora, como assim? Onde está a carne e os legumes que mandei, e o pudim que prometeu fazer? — exclamou John, correndo para a despensa.

— Não tive tempo de cozinhar nada, pensei que poderíamos jantar na mamãe. Me desculpe, fiquei muito ocupada! — Meg começou a chorar de novo.

Embora John fosse um homem meigo, ele ainda era humano, então, depois de um longo dia de trabalho, voltar para casa cansado, faminto e cheio de expectativa e se deparar com uma casa caótica, uma mesa vazia e uma esposa irritada não era nada reconfortante e não proporcionava o descanso merecido. Ainda assim, ele se conteve, e a tempestade teria passado se não fosse por uma palavra infeliz.

– É um infortúnio, sei disso, mas, se você fizer alguma coisa, vamos superar e nos divertir. Não chore, querida. Se esforce um pouquinho e nos arranje algo para comer. Estamos famintos como caçadores, então o menu tanto faz. Prepare para nós alguns frios, pão e queijo. Não queremos geleia, de todo modo.

Era para ser uma piada inofensiva, mas *aquela* palavra selou seu destino. Meg achou cruel demais da parte dele zombar de seu triste fracasso, e o último pingo de paciência desapareceu enquanto John falava.

– Resolva você mesmo esse infortúnio! Estou cansada de "me esforçar um pouquinho" pelos outros. É mesmo típico de um homem oferecer frios, pão e queijo para a visita. Isso não vai acontecer sob meu teto. Leve esse tal Scott à casa da mamãe e lhe diga que estou fora, doente, morta, qualquer coisa. Não vou recebê-lo, e vocês dois podem rir de mim e de minha geleia o quanto quiserem. Aqui vocês não ficam – vociferou sua revolta em um só fôlego, arrancou o avental e saiu da cozinha na mesma hora para desabar em seu quarto.

O que aquelas duas criaturas fizeram em sua ausência, ela nunca soube, mas o sr. Scott não foi levado à casa da sra. March, e, quando Meg desceu, depois de terem saído juntos para caminhar, encontrou vestígios de uma refeição censurável que a encheu de horror. Lotty relatou que os dois comeram e riram muito, e que o patrão mandara jogar fora as geleias e esconder os potes.

Meg ansiava por correr e contar tudo à mãe, mas foi impedida pela vergonha que sentia por sua falha, por sua falta de lealdade a John, "que sabia ser cruel, mas ninguém deveria saber disso". Depois de uma limpeza simples, ela se arrumou e se sentou para esperar o retorno de John, a fim de perdoá-lo.

Infelizmente, John não apareceu tão cedo, pois não encarou a situação da mesma forma. Ele levara tudo na brincadeira com Scott, pedira desculpas pela esposa como pôde e fora tão bom anfitrião que o amigo gostou do jantar improvisado e prometeu aparecer novamente. Contudo, John estava zangado, embora não tenha demonstrado, porque sentia que Meg o abandonara em hora de necessidade. “Não é nada correto dizer a um homem que ele tem a total liberdade de levar pessoas para uma visita se, quando ele fizer isso, você vai ficar nervosa e jogar a culpa nele, deixando-o desamparado, para ser zombado ou tratado com pena! Não mesmo, por Deus, não foi correto! E Meg deve saber disso”, pensou o rapaz.

Por dentro, estivera enfurecido durante o jantar, porém, quando a tempestade passou e ele caminhou de volta para casa depois de se despedir de Scott, seus ânimos se acalmaram.

— Pobrezinha! Foi duro para ela tentar me agradar tanto. Ela errou, claro, mas é jovem. Devo ser paciente e ensiná-la — disse para si mesmo.

Ele esperava que Meg não tivesse ido até a mãe, porque odiava pessoas fofocando e se metendo em sua vida. Por um instante, ele ficou furioso novamente só de pensar nisso, entretanto, o medo de que Meg chorasse mais uma vez amoleceu seu coração e o guiou até em casa mais rápido, com a resolução de ser calmo e gentil, mas firme, bastante firme, e mostrar à esposa onde ela falhara em seu dever com seu marido.

Meg também estava resolvida a ser “calma e gentil, mas firme” e lhe mostrar seu dever. Ela ansiava correr ao seu encontro, pedir perdão e ser beijada e confortada, como estava certa de que seria, ainda que não tenha feito nada do tipo e, quando viu John chegando, começou a cantarolar com naturalidade, enquanto costurava, como qualquer dama faz em seu tempo livre, sentada em sua sala de estar.

John ficou um tanto decepcionado por não encontrar uma amável Níobe e, sentindo que sua dignidade precisava receber o primeiro pedido de desculpas, não fez nada, apenas entrou e se deitou no sofá com um comentário singularmente relevante:

— É noite de lua nova, querida.

— Não tenho objeção quanto a isso — foi o comentário igualmente apaziguador de Meg. Alguns outros tópicos de interesse genérico foram levantados pelo sr. Brooke e dizimados pela sra. Brooke, e a conversa cessou. John foi até uma janela, abriu o jornal e se envolveu nele, figurativamente falando. Meg foi para outra janela e costurou como se novas rosetas para as pantufas fossem essenciais à sobrevivência. Nenhum dos dois falou mais nada. Ambos pareciam bastante "calmos e firmes", e ambos sentiam um incômodo desesperador.

"Oh, Deus", pensou Meg, "a vida de casada é muito difícil, e requer uma paciência infinita, tanto quanto requer amor, como diz a mamãe". A palavra "mamãe" a lembrou de outros conselhos maternos dados tempos antes e que haviam sido recebidos com protestos incrédulos. "John é um bom homem, mas tem defeitos, e você deve aprender a reconhecê-los e a suportá-los, lembrando-se dos seus. Ele é muito assertivo, mas nunca será inflexível, se você argumentar com gentileza e não o contrariar com impaciência. Ele é muito correto e meticuloso com a verdade, o que é uma boa característica, embora você o chame de 'melindroso'. Nunca o engane com comportamentos ou palavras desonestas, Meg, e ele lhe dará a confiança que você merece e o apoio de que precisa. Ele tem um temperamento diferente do nosso, que explodimos e depois nos acalmamos; o dele é mais frio, de raiva controlada que raramente é despertada e demonstrada, mas que, uma vez atiçada, é difícil de apagar. Tenha cuidado, muito cuidado, para não provocar essa raiva nociva contra si mesma, pois a paz e a felicidade dependem do respeito dele por você. Fique atenta, seja a primeira a pedir perdão se ambos errarem, e se resguarde contra ressentimentos, mal-entendidos e palavras precipitadas que muitas vezes abrem caminho para a tristeza e o arrependimento", disse a sra. March à época.

Meg recordou as palavras da mãe enquanto costurava, especialmente a última. Aquele havia sido o primeiro desentendimento sério do casal, e, enquanto repassava a situação mentalmente, as coisas precipitadas que dissera soaram tolas e indelicadas, sua própria raiva parecia infantil e a lembrança do pobre John voltando para casa e encontrando aquela situação derreteu seu coração. Ela olhou para ele com lágrimas nos olhos, mas ele não percebeu. Ela largou o trabalho e se levantou, decidida a ser a primeira a pedir perdão, mas ele não pareceu ouvi-la. Meg atravessou a sala muito devagar, porque o orgulho era difícil de engolir, e ficou ao lado do marido, que não a olhou. Por um minuto, ela sentiu como se realmente não fosse capaz, porém pensou consigo: "Este é o primeiro passo. Vou fazer minha parte, e não há vergonha nenhuma nisso." Inclinando-se, Meg beijou o marido na testa com suavidade. Claro que aquilo resolveu tudo. O beijo penitente era melhor do que um mar de palavras, e John a sentou em seus joelhos no mesmo instante, dizendo com ternura:

– Foi terrível rir dos potinhos de geleia. Me perdoe, minha querida. Prometo nunca mais fazer isso!

Ah, mas ele fez! Minha nossa, centenas de vezes! E Meg também aprendeu a rir do episódio. Ambos afirmavam que foi a geleia mais doce que já fizeram, porque a paz familiar foi preservada naqueles potinhos.

Depois disso, Meg recebeu o sr. Scott para jantar com um convite especial e serviu-lhe um banquete maravilhoso, sem que houvesse uma esposa nervosa como parte da recepção. Ela se comportou de modo tão alegre e gracioso, e fez tudo correr tão encantadoramente bem que o sr. Scott disse a John que ele era um homem de sorte e foi para casa balançando a cabeça com pesar, ao refletir sobre as dificuldades da solteirice.

No outono, Meg viveu novos desafios e experiências. Sallie Moffat reviveu a amizade das duas, e sempre corria até a casinha para fofocar ou convidava "aquela pobrezinha" a passar o dia em sua mansão. Era agradável, pois, quando o clima estava nublado, Meg muitas vezes se sentia sozinha. Todos estavam ocupados na casa da mãe, John ficava ausente até a noite, e não havia nada para fazer a não ser costurar, ler ou ficar à toa. Então, naturalmente, Meg começou a participar do mundo de fofocas e ociosidade da amiga. Entretanto, ver de perto as coisas bonitas de Sallie fez com que Meg as desejasse e se lamentasse por não ter nada daquilo. Sallie era muito gentil, e muitas vezes lhe oferecia as cobiçadas quinquilharias, mas a jovem as recusava, sabendo que John não iria gostar daquilo. E então essa adorável mulher resolveu fazer algo que John desaprovaria ainda mais.

Ela sabia qual era o salário do marido e amava sentir que ele confiava nela, não apenas para compartilhar sua felicidade, como também aquilo que alguns homens parecem valorizar mais: o dinheiro. Ela sabia onde ele o guardava e tinha aval para pegar o quanto quisesse, a única condição era que ela contasse cada centavo, pagasse as contas todo mês e se lembrasse de que era esposa de um homem pobre. Até então, ela agira bem, fora prudente e correta, mantivera as cadernetas de contabilidade organizadas e as mostrara ao marido mensalmente sem qualquer receio. Naquele outono, porém, a serpente entrou no paraíso de Meg e a tentou, tal como acontecia a muitas outras Evas modernas, não com maçãs, mas com vestidos. Meg não gostava de se sentir pobre e de que a tratassem com pena. Isso a irritava, embora tivesse vergonha de confessar e, de vez em quando, tentava se consolar comprando algo bonito, para que Sallie não pensasse que ela precisava economizar. Meg sempre se sentia mal depois, pois as coisas bonitas raramente eram necessárias; entretanto, custavam tão pouco que não valia a pena se preocupar. As pequenas bobagens começaram a se acumular sem que percebesse, e nos passeios de compras ela já não era mais uma observadora passiva.

Contudo, essas bobagens custavam mais do que se imaginava e, quando fez as contas no final do mês, a soma total a assustou bastante. John estava muito ocupado no primeiro mês e deixou todas as contas sob seu encargo; no mês seguinte, ele estava ausente; mas, no terceiro, ele fez uma grande reforma trimestral, e Meg nunca mais se esqueceria daquela ocasião.

Alguns dias antes, ela fizera uma coisa horrível e sua consciência estava pesada. Sallie saíra para comprar sedas, e Meg ansiava por uma nova. Só queria uma que fosse bonita e clarinha, para usar nas festas, porque seu vestido de seda preta era muito comum e vestimentas de tecido leve para a noite só eram adequadas para menininhas. Lembrou-se que Tia March dava a cada uma das irmãs um presente de 25 dólares no Ano Novo. Faltava apenas um mês, e à sua frente estava uma linda seda violeta que era uma pechincha. Meg tinha em mãos o dinheiro para a compra. John sempre dissera que o que era dele era dela, mas será que ele acharia certo gastar os futuros 25 dólares, mais uma parcela de mesma quantia, retirada do fundo familiar? Essa era a questão. Sallie a atiçara, oferecera-se para emprestar o dinheiro e, com a melhor das intenções, provocara Meg além de seus limites. Em um momento diabólico, o lojista ergueu o tecido lindo e cintilante e disse:

– Garanto que é uma pechincha, minha senhora.

E Meg respondeu:

– Vou levar!

O tecido foi cortado e pago, Sallie se deliciou, e a sra. Brooke riu como se aquilo tudo fosse uma coisa trivial, indo embora e sentindo como se tivesse roubado algo e a polícia estivesse em seu encalço.

Quando chegou em casa, tentou aliviar as pontadas de remorso abrindo a maravilhosa seda, que agora parecia menos extravagante e não a agradava, e as palavras "cinquenta dólares" pareciam estampar cada pedacinho do tecido. Ela a guardou, mas a seda a assombrava, não do modo agradável como um vestido novo faz, e sim com pavor, como o fantasma de uma loucura que não a deixaria em paz. Quando John fechou os livros naquela noite, o coração de Meg pesou e, pela primeira vez em sua vida de casada, ela sentiu medo do marido. Os olhos castanhos e bondosos pareciam severos e, embora John estivesse estranhamente alegre, ela imaginava que ele descobrira tudo, e resolvera não contar. As contas da casa estavam todas pagas, e as cadernetas, todas em ordem. John elogiou a esposa e estava prestes a abrir a velha carteira, a que chamavam de "banco", quando Meg, sabendo que estava quase vazia, parou a mão dele, dizendo, nervosa:

– Você ainda não deu uma olhada na minha caderneta de despesas particulares.

John nunca pedia para ver aquela caderneta, mas Meg sempre insistia que ele assim fizesse e gostava do típico espanto masculino que o marido demonstrava diante das coisas estranhas que as mulheres compravam, confuso quanto às diferenças entre tantos panos e adornos, nervoso com a compra de algo chamado "pega-marido" e curioso sobre como uma coisinha composta por três botões de rosa, um tantinho de veludo e um par de fitas poderia ser um chapéu e custar seis dólares. Assim como das outras vezes, decifrar os gastos e fingir estar horrorizado com a "extravagância" da esposa parecia divertido, sendo aquela parte da rotina algo que o deixava particularmente orgulhoso de sua prudente Meg.

Ela pegou a caderneta e a colocou devagar diante de John. Meg se posicionou atrás da cadeira sob o pretexto de acariciar as rugas da testa cansada do marido e disse, com o pânico crescendo a cada palavra:

– John, querido, estou com vergonha de mostrar meu livro de contas, pois tenho sido terrivelmente extravagante nos últimos tempos. Tenho saído tanto que preciso ter coisas bonitas, sabe, e Sallie me aconselhou tanto a comprá-las, que acabei comprando. Meu dinheiro do Ano Novo pagará metade, mas logo me arrependi, porque eu sabia que você pensaria mal de mim.

John riu e a trouxe para seu lado, dizendo:

– Não fique aí escondida. Não vou ter um acesso só porque você comprou um par de botas maravilhosas. Tenho orgulho dos pés bem-cuidados de minha esposa e não me importo se ela pagar oito ou nove dólares por um par de botas ou algo do tipo, se for de qualidade.

Aquela havia sido uma das últimas "quinquilharias" de Meg, e John olhou para as botas nos pés dela enquanto falava. "Ai, que dirá ele quando chegar àqueles horríveis cinquenta dólares!", pensou Meg, com um arrepio.

— É pior do que um par de botas. É um vestido de seda — disse, com a calma superficial do desespero, pois queria que o pior passasse logo.

— Bem, querida, e "qual é o diabo do total?", como diria o sr. Mantalini.[6]

Aquilo não soou nada como John, mas ele a olhava do jeito objetivo que a esposa sempre conseguira encarar e responder com um olhar igualmente franco. Ela virou a página e a cabeça ao mesmo tempo, apontando para o total, que já seria ruim o suficiente sem os terríveis cinquenta, mas que se tornava hediondo com aquele acréscimo. Por um instante, a sala ficou muito quieta, e então, com um perceptível esforço para não mostrar descontentamento, John disse:

— Bem, não penso que cinquenta dólares seja uma quantia muito alta para um vestido, com todos os babados, rendas e frufrus necessários para o acabamento.

— O vestido não está nem costurado, nem acabado — suspirou Meg, sentindo-se fraca, de súbito, pensando no que ainda precisava ser gasto para terminar a peça.

— Vinte e cinco metros de seda parece pano demais para vestir uma mulher pequena, mas não tenho dúvidas de que minha esposa vai ficar tão elegante quanto a de Ned Moffat quando estiver com o vestido — disse John, seco.

6 Referência ao personagem do romance *Nicholas Nickleby* (1839), de Charles Dickens, que vive luxuosamente às custas da esposa, levando-a à falência. [N.E.]

— Sei que está zangado, John, mas não pude evitar. Não quero desperdiçar seu dinheiro e não pensei que essas coisinhas somadas custariam tanto. Não consigo resistir quando vejo Sallie comprar tudo o que quer e ter pena de mim porque não posso. Tento me contentar e ser feliz, mas é difícil, e estou cansada de ser pobre.

As últimas palavras foram ditas tão baixinho que Meg pensou que o marido não as ouvira, mas estava enganada, e elas o feriram profundamente, pois John negara a si mesmo muitos prazeres em prol da esposa. Ela desejou ter mordido a língua assim que as palavras saíram. John colocou os cadernos de lado e se levantou, dizendo com voz trêmula:

— Era disso que eu tinha medo. Eu faço meu melhor, Meg.

Se ele a tivesse repreendido, ou mesmo sido grosseiro, isso não teria partido o coração dela como aquelas poucas palavras. Meg correu para ele e o abraçou, chorando, com lágrimas arrependidas:

— Oh, John, meu companheiro querido, bondoso e trabalhador. Eu não quis dizer isso! Foi tão perverso, tão falso e tão ingrato! Como pude? Oh, como pude?!

John foi muito gentil, perdoou a esposa no mesmo instante e não proferiu reprovação alguma, mas Meg sabia que fizera e dissera algo que não seria esquecido logo, mesmo se ele fosse capaz de nunca mais trazer o assunto à tona. A sra. Brooke havia prometido amá-lo na riqueza e na pobreza, e então ela, sua esposa, censurara o marido por sua pobreza, depois de gastar o salário suado dele de forma imprudente. Foi horrível, e o pior de tudo foi que John permaneceu quieto depois. Era como se nada tivesse acontecido, exceto pelo fato de que ele passara a permanecer na cidade até mais tarde e trabalhar à noite, enquanto ela ficava em casa e caía no sono depois de chorar muito. Uma semana de remorso quase deixou Meg doente, e a descoberta de que John cancelara o pedido de um novo sobretudo para si a deixou em um desespero patético de se ver. Ele simplesmente respondeu às perguntas perplexas da esposa sobre o cancelamento:

— Não tenho dinheiro, minha querida.

Meg não disse mais nada, e, alguns minutos depois, ele a encontrou no corredor com o rosto enterrado no velho sobretudo, chorando como se seu coração fosse se partir fisicamente.

Eles tiveram uma longa conversa naquela noite, e Meg aprendeu a amar mais o marido por sua condição financeira, porque aquilo parecia ter sido o fator que o tornara um bom homem, dando-lhe força e coragem para lutar à sua maneira e lhe ensinando uma paciência amável com a qual suportava e confortava os anseios e fracassos comuns daqueles que ele amava.

No dia seguinte, ela deixou o orgulho de lado, foi até Sallie, disse a verdade e lhe pediu para comprar a seda como um favor. A bondosa sra. Moffat o fez de bom grado e teve a delicadeza de não presentear a amiga logo em seguida. Meg, então, refez a encomenda do sobretudo e, quando John chegou em casa, ela o vestiu e perguntou se ele gostava do novo "vestido". É possível imaginar como ele respondeu, como recebeu o presente e como as coisas correram bem depois. John chegava cedo em casa, Meg não ficava perambulando pelas lojas, e aquele sobretudo era colocado todos os dias de manhã por um marido muito feliz e tirado à noite por uma esposa muito dedicada. Assim o ano passou e, em meados do verão seguinte, Meg teve uma nova experiência, a mais profunda e terna da vida de uma mulher.

Laurie entrou sorrateiramente na cozinha do ninho dos pombinhos em um sábado, todo animado, e foi recebido com um estrondo alto, pois Hannah batia as tampas de duas panelas.

— Como está a nova mãezinha? Cadê todo mundo? Por que não me contou antes de eu vir para casa? — indagou Laurie, tentando se fazer ouvir.

— Feliz como uma rainha, aquela querida! Todo mundo está lá em cima paparicando-os. Não queríamos rebuliço. Vá para a sala, vou avisar que você está aqui — disse Hannah, extasiada.

Jo apareceu, carregando orgulhosa um pacotinho embrulhado em panos fofos. Ela parecia bastante séria, mas seus olhos cintilavam e havia um tom estranho de emoção reprimida em sua voz.

— Feche os olhos e estenda os braços — disse ela, de forma convidativa.

Laurie se encostou em um canto e colocou as mãos atrás de si com um gesto de súplica.

— Não, obrigado. Melhor não. Tenho certeza de que vou derrubá-lo ou machucá-lo.

— Então não vai conhecer seu sobrinho — disse Jo sem rodeios, virando-se como se fosse embora.

— Eu vou, eu vou! Só que você deve se responsabilizar por qualquer dano. — Obedecendo às ordens, Laurie fechou os olhos com bravura enquanto algo era posto em seus braços. Gargalhadas de Jo, de Amy, da sra. March, de Hannah e de John fizeram com que ele abrisse os olhos no minuto seguinte, e ele viu que estava segurando dois bebês em vez de um.

Não admira que tenham gargalhado, porque a expressão no rosto do rapaz era engraçada demais até mesmo para fazer o mais austero dos homens morrer de rir. Ele ficou paralisado, com os olhos vidrados, ora nos bebês inocentes ora nos espectadores felizes, de modo tão desesperado que Jo caiu no chão e chorou de rir.

— Meu Deus do céu, gêmeos! — foi tudo o que Laurie conseguiu dizer por um tempo, depois, voltando-se para as mulheres com um semblante cômico, ele acrescentou: — Alguém pegue estes bebês! Se eu começar a rir, posso derrubá-los!

Jo resgatou os bebês e marchou para lá e para cá, com um em cada braço, como se já tivesse desvendado todos os mistérios de como cuidar daquelas criaturas, enquanto Laurie ria até que as lágrimas escorressem por suas bochechas.

– Foi a melhor pegadinha dos últimos tempos, não foi? Como eu decidi que queria surpreendê-lo, não falei nada e me orgulho muito disso – disse Jo, quando conseguiu recuperar o fôlego.

– Nunca fiquei tão chocado na vida. Mas que diversão! São meninos? Já pensaram nos nomes? Quero vê-los de novo. Segure-os, Jo, porque, minha nossa, um já seria demais para mim! – respondeu Laurie, olhando para as crianças como se fosse um cão terra-nova, grandão e bondoso, fitando um par de gatinhos.

– Menino e menina. Não são lindinhos? – disse o orgulhoso papai, olhando radiante para aquelas criaturinhas avermelhadas que se remexiam como se fossem anjos sem asas.

– As crianças mais lindas que já vi. Qual é qual? – Laurie se curvou como um galho para examinar os prodígios.

– Amy colocou uma fitinha azul no menino e uma rosa na menina, tal como os franceses, para que a gente saiba quem é quem. Além do mais, um tem olhos azuis, e a outra, castanhos. Dê um beijinho neles, tio Teddy – disse a travessa Jo.

– Acho que não vão gostar muito... – começou Laurie, com timidez incomum para tais assuntos.

– Claro que vão, já se acostumaram. Vamos, ande logo, senhor! – ordenou Jo antes que ele escapasse.

Laurie fez careta e obedeceu com um beijinho gentil na bochechinha de cada um, o que fez os outros rirem de novo e os bebês abrirem o berreiro.

– Olha aí! Sabia que eles não iriam gostar! Aquele ali é o menino, veja como chuta e sacode os punhos, como um bom rapaz. Ora, jovem Brooke, mexa com alguém do seu tamanho, ouviu? – exclamou Laurie, encantado com o golpe que recebeu daquele punho minúsculo, sacudido no ar a esmo.

— Ele vai se chamar John Laurence, e a menina, Margaret, em homenagem à mamãe e à vovó. Vamos chamá-la de Daisy, para não confundirmos as Megs, e suponho que chamaremos o menino de Jack, a menos que encontremos um nome melhor — disse Amy, com o ânimo de tia.

— Por que não o chamam de Demi? — disse Laurie.

— Daisy e Demi! Boa! Sabia que o Teddy encontraria a solução! — comemorou Jo, batendo palmas.

Teddy certamente encontrara uma solução, pois os bebês foram Daisy e Demi até o final da história.

CAPÍTULO SEIS

# Visitas

Vamos, Jo, está na hora.

– De quê?

– Não vá me dizer que se esqueceu que havia prometido me acompanhar em meia dúzia de visitas hoje.

– Fiz muitas coisas imprudentes e tolas na vida, mas acho que nunca fiquei maluca o suficiente para prometer que faria meia dúzia de visitas num dia, quando basta uma para me aborrecer durante uma semana inteirinha.

– Sim, você prometeu, foi uma barganha entre nós. Eu tinha que terminar o retrato de giz de cera de Beth para você, que em troca iria comigo retribuir as visitas dos vizinhos.

– Eu iria *se* o tempo estivesse bom. Foi o combinado, e eu me apego a isso, Shylock.[7] Tem um monte de nuvens se formando a leste, o céu não está limpo, portanto, não vou.

– Ora, isso é desculpa esfarrapada. Está um dia lindo, sem perspectiva de chuva, e você se orgulha de cumprir promessas, portanto,

7 Referência ao personagem da peça O *mercador de Veneza* (1605), de William Shakespeare, um agiota judeu que empresta dinheiro ao seu rival cristão. [N.E.]

seja honrada, venha comigo e cumpra seu dever, e depois fique em paz por mais seis meses.

Naquele momento, Jo estava particularmente absorta na manufatura de roupas, pois tornara-se a principal costureira da família, orgulhando-se de si mesma, já que era capaz de manejar uma agulha tão bem quanto uma pena. Era muito irritante ser interrompida enquanto trabalhava na primeira prova de um traje e obrigada a fazer visitas no meio de um dia produtivo e quente de julho. Ela odiava visitas formais e nunca as fazia até que Amy a instigasse com uma barganha, suborno ou promessa. No caso em questão, não havia escapatória e, depois de ter largado as tesouras com rebeldia, enquanto protestava que sentia uma tempestade chegando, ela cedeu, guardou os materiais, pegou seu chapéu e suas luvas com um ar de resignação e disse à Amy que a vítima estava pronta.

— Jo March, você é maldosa o bastante para irritar um monge! Não pretende fazer as visitas nesse estado, espero! — gritou Amy, analisando-a com espanto.

— Por que não? Estou arrumada, fresquinha e confortável, e isso é bastante apropriado para um passeio poeirento num dia quente. Se as pessoas se importam mais com minha roupa do que comigo, não quero vê-las. Você pode se vestir com requinte por nós duas e ser tão elegante quanto quiser. Para você, vale a pena se vestir assim; para mim, não. Essas firulas só me aborrecem.

— Oh, minha nossa! — suspirou Amy. — Vejam só, agora ela está tendo um acesso nervoso para me distrair antes que eu consiga vesti-la de forma adequada. Saiba que em nada me agrada sair hoje, mas é uma dívida que temos com a sociedade, e não há ninguém para pagá-la a não ser você e eu. Farei qualquer coisa que quiser, Jo, se colocar uma boa roupa e me ajudar a manter nossas amizades. Você fala tão bem, parece tão aristocrática nos melhores trajes e se comporta de modo tão encantador quando tenta, que me enche de orgulho. Tenho medo de ir sozinha; venha comigo e tome conta de mim.

— Mas você é mesmo uma raposinha astuta, bajulando sua velha irmã assim. Essa lorota de que sou aristocrática e bem-educada, e de que você tem medo de ir a qualquer lugar sozinha! Não sei o que é mais absurdo. Bem, eu vou, já que é preciso, e farei meu melhor. Você comanda a expedição, e eu obedeço cegamente. Está bom assim para você? — disse Jo, com uma súbita mudança de postura, deixando de lado a malícia e assumindo a submissão de cordeiro.

— Você é um anjo! Agora, vista suas melhores roupas, e direi como deve se comportar em cada lugar para que cause uma boa impressão. Quero que as pessoas gostem de você; se tentasse ser um pouco mais agradável, elas com certeza gostariam. Arrume o cabelo de um jeito bem bonito e coloque uma rosa no seu chapéu. É adequado, porque você fica séria demais quando veste roupas lisas. Coloque as luvas claras e leve o lenço bordado. Vamos passar na casa de Meg e pedir emprestada a sombrinha branca, assim você pode ficar com a minha cinza.

Enquanto se vestiam, Amy emitia as ordens, e Jo as obedecia, não sem protestar: reclamou enquanto se enroscava em seu novo vestido de organdi, franziu o cenho para si mesma ao dar um laço irrepreensível nas fitinhas do chapéu, lutou ferozmente com os alfinetes ao colocar o colarinho e fez careta para o lenço que a irmã indicara, cujo bordado era tão irritante ao seu olhar quanto aquela missão era para seus sentimentos. Quando enfiou as mãos nas luvas apertadas de três botões, adornadas por uma borla, como último toque de elegância, voltou-se para Amy com uma expressão idiota e disse:

— Não poderia estar mais miserável, mas, se acha que estou apresentável, então posso morrer feliz.

— Está bastante satisfatório. Vire-se devagar e me deixe ver com cuidado. — Jo girou, Amy deu um retoque aqui e ali, depois deu um passo para trás, com a cabeça pendendo de lado, e comentou graciosamente: — Sim, ficou bom. O adereço de cabeça está ótimo, esse chapéu branco com a rosa é encantador. Mantenha os ombros retos e relaxe as mãos, não importa se as luvas pinicam. Há uma coisa que você faz muito bem, Jo: usar um xale. Não fica bem em mim, mas é bom vê-la vestindo um, estou bem contente de a tia March ter dado aquele para você, é uma peça muito bonita. É simples, mas belo, e as dobras que recaem sobre os braços são realmente artísticas. A ponta do meu mantô está centralizada? O laço do meu vestido está igual de ambos os lados? Gosto de mostrar minhas botas. Meus pés são bonitos, embora meu nariz não seja.

— Você é a coisinha linda e alegre de sempre — disse Jo, olhando para a pena azul contrastando com o cabelo dourado da irmã. — E a senhora pode, por gentileza, me dizer se devo arrastar meu melhor vestido pelo chão empoeirado ou segurá-lo?

— Enquanto anda, tem que segurá-lo, mas largue-o quando estiver dentro das casas. O estilo farfalhante combina com você, que deve aprender a manejar a saia dos vestidos de forma graciosa. Você não abotoou uma das mangas, faça isso logo. Se não tiver cuidado com os pequenos detalhes, nunca vai estar pronta, porque eles dão o toque final.

Jo suspirou e abriu os botões da luva para abotoar a manga. Por fim, ambas ficaram prontas e partiram, "lindas como duas pinturas", disse Hannah, enquanto se pendurava na janela superior para observá-las.

— Agora, Jo querida, os Chester se consideram pessoas muito elegantes, por isso quero que se comporte da melhor forma. Não faça nenhum dos seus comentários abruptos, ou qualquer coisa estranha, está bem? Fique calma, tranquila e quieta, é seguro e feminino, e você consegue agir assim por quinze minutos, tenho certeza — disse Amy ao se aproximarem da primeira casa, depois de pegarem a sombrinha branca e serem inspecionadas por Meg, com um bebê em cada braço.

– Bem, "calma, tranquila e quieta"... sim, acho que consigo. Já interpretei damas empertigadas no palco, então posso tentar. Sou muito boa em atuar, você vai ver só, então fique despreocupada, minha querida.

Amy ficou aliviada, entretanto, não esperava que a travessa Jo cumprisse a promessa ao pé da letra. Durante a primeira visita, ela se sentou com cada membro do corpo graciosamente composto e cada dobra do vestido devidamente drapeada, calma como um mar de verão, tranquila como um boneco de neve e quieta como a esfinge. Em vão, a sra. Chester fez menção ao seu "encantador romance" e as srtas. Chester falaram de festas, piqueniques, óperas e modas recentes. Tudo e todos foram respondidos com um sorriso, um aceno e um "sim" ou "não" quase inaudível. Em vão, Amy sussurrou o verbo "converse", tentou cutucá-la e deu-lhe chutes discretos com o pé. Jo ficou sentada como se estivesse alheia a tudo isso, comportando-se com uma expressão digna de Maud: friamente comum, esplendidamente sem graça.

– Mas que criaturazinha arrogante e sem graça é aquela srta. March mais velha! – foi o comentário infelizmente audível de uma das damas quando a porta se fechou atrás das convidadas. Jo riu em silêncio, ao passo que Amy parecia enojada com o fracasso de suas instruções e, naturalmente, culpou Jo.

– Como pôde me enganar desse jeito? Eu só queria que se comportasse de forma digna e respeitável, mas você parecia uma estátua. Tente ser sociável na casa dos Lamb, fofoque como as outras garotas e mostre interesse por roupas, garotos e qualquer bobagem que venha à tona. Essa família está entre os melhores círculos e são pessoas valiosas para termos contato. Não podemos deixar de causar uma boa impressão por nada neste mundo.

— Serei um amor. Vou fofocar e dar risadinhas, além de me espantar e me entusiasmar com qualquer coisinha que seja de seu agrado. Gosto dessa ideia, vou imitar aquilo que chamam de "mocinha encantadora". Vou conseguir, já que agora tenho May Chester como modelo; basta melhorá-la. Veja só se os Lamb não vão dizer "Mas que criatura animada e simpática é Jo March!".

Amy estava ansiosa e tinha toda razão para isso, porque, quando Jo dava uma de excêntrica, não era possível prever o resultado. Amy não sabia que cara fazer enquanto observava a irmã entrar na sala da casa dos Lamb, cumprimentar com efusão todas as jovens damas, sorrir de modo encantador para os jovens cavalheiros e se unir à conversa com um ímpeto espantoso. Amy foi "sequestrada" pela sra. Lamb, que tinha a garota como uma favorita, e forçada a ouvir um longo relato do último ataque de Lucrécia, enquanto três cavalheiros jovens e encantadores pairavam por perto, esperando uma pausa para resgatá-la. Sitiada como estava, não poderia checar Jo, que parecia possuída por um espírito malicioso e falava sem parar, tagarela como nunca. Um mar de cabeças a rodeava, e Amy afiava a audição para ouvir o que acontecia, pois as frases quebradas a enchiam de curiosidade, e as frequentes gargalhadas a deixavam louca para compartilhar da diversão. Pode-se imaginar o sofrimento dela ao ouvir fragmentos do tipo:

— Ela é esplêndida na montaria. Quem a ensinou?

— Ninguém. Ela praticava se sentando em cima de uma velha sela numa árvore e segurando rédeas improvisadas. Agora, monta qualquer coisa, pois não tem medo, e o cocheiro a deixa montar os cavalos por um precinho mais barato porque ela os treina muito bem para transportarem as damas. É apaixonada por isso, muitas vezes eu digo que, se nada der certo, ela pode ser adestradora de cavalos e viver disso.

Amy se conteve com dificuldade ao ouvir essa fala de Jo, pois a irmã estava dando a impressão de que ela era uma jovem peralta, algo que simplesmente lhe causava aversão. Mas o que poderia fazer? A sra. Lamb estava no meio da história e, muito antes de concluí-la, Jo disparara a falar mais uma vez, fazendo mais revelações descabidas e cometendo gafes ainda mais vexatórias.

— Sim, Amy estava desesperada naquele dia, pois todos os animais bons haviam desaparecido e, dos três que restaram, um era manco, outro era cego, e o terceiro era tão revoltado que precisávamos alimentá-lo antes de qualquer coisa. Ótimos animais para se ter numa festa, não é?

— Qual ela escolheu? — perguntou um dos cavalheiros risonhos, que estava gostando do assunto.

— Nenhum deles. Ela ouviu falar de um cavalo jovem que ficava na casa da fazenda rio acima e, embora o animal nunca houvesse sido montado por uma dama, ela resolveu tentar, porque o bicho era bonito e vigoroso. As tentativas foram patéticas. Não havia ninguém para selar o cavalo, então ela mesma o fez, levando a sela até ele. Minha nossa, ela realmente remou pelo rio, colocou a sela sobre a cabeça e marchou até o celeiro, para o espanto do velho!

— E ela montou o cavalo?

— Claro que sim, e se divertiu muito. Pensei que voltaria para casa toda quebrada, mas ela manejou a situação muito bem e deu vida à festa.

— Eu chamo isso de bravura! — O jovem sr. Lamb lançou um olhar de aprovação à Amy, perguntando-se o que a mãe poderia estar dizendo para fazer a garota ficar tão vermelha e desconfortável.

Ela ficou ainda mais vermelha e desconfortável um instante depois, quando uma reviravolta repentina na conversa trouxe à tona o tema vestuário. Uma das jovens perguntou à Jo onde ela conseguira o lindo chapéu cinza que usara em um piquenique, e a tola Jo, em vez de mencionar o lugar onde fora comprado dois anos antes, deu a resposta sincera e desnecessária:

— Ah, Amy que pintou. Não se acha chapéus nesses tons suaves para vender, então pintamos os nossos da cor que quisermos. É maravilhoso ter uma irmã artista.

— Mas que ideia original, não é? — exclamou a srta. Lamb, que achou Jo muito divertida.

— Ora, e isso não é nada se comparado a uma de suas mais brilhantes façanhas. Não há nada que essa menina não possa fazer. Ela queria um par de botas azuis para a festa de Sallie, então pintou as botas brancas, encardidas, do mais belo tom de azul-celeste já visto, dando a impressão de que eram feitas de cetim — acrescentou Jo, orgulhosa pelas realizações da irmã, que estava extremamente exasperada e se sentiria melhor se pudesse arremessar sua bolsa na cara de Jo.

— Lemos uma história sua noutro dia e gostamos muito — observou a mais velha das moças da família Lamb, querendo elogiar a dama literária (que não se parecia nada com uma escritora naquele momento, é preciso reconhecer).

Qualquer menção às suas "obras" sempre tinha efeito negativo sobre Jo, que ficava rígida e parecia ofendida ou mudava de assunto com um comentário brusco, como fez naquele instante:

— Lamento que não tenha encontrado nada melhor para ler. Eu escrevo aquelas bobagens porque vende, e as pessoas comuns gostam. Vocês vão para Nova York neste inverno?

Como a srta. Lamb disse que havia gostado da história, aquele comentário não foi exatamente feliz ou elogioso. Assim que Jo notou o erro, temendo piorar a situação, de repente se lembrou de que estava a seu encargo anunciar a partida. Contudo, ela fez isso de maneira tão abrupta que três pessoas foram interrompidas enquanto falavam.

— Amy, precisamos ir. Adeus, queridas, venham e nos façam uma visita. Estamos ansiosas por isso. Não ouso convidá-lo, sr. Lamb, mas, se for, acho que não terei coragem de mandá-lo embora.

Jo falou com uma imitação tão cômica do estilo exagerado de May Chester que Amy saiu da sala o mais rápido possível, sentindo um forte desejo de rir e chorar ao mesmo tempo.

– Então, diga, fui ótima, não? – perguntou Jo satisfeita, enquanto se afastavam.

– Nada poderia ter sido pior – foi a resposta impiedosa de Amy. – O que tem de errado com você para sair contando aquelas histórias sobre a sela, os chapéus, as botas e todo o resto?

– Ora, é engraçado e diverte as pessoas. Elas sabem que somos pobres, então não adianta fingir que temos criados, que podemos comprar três ou quatro chapéus por estação e levar a vida fácil que elas levam.

– Mas não precisa sair por aí contando cada coisas íntimas nossas e expondo que somos pobres, é desnecessário. Você não tem um pingo de orgulho e nunca vai aprender quando deve segurar a língua e quando deve falar – disse Amy, desesperada.

A pobre Jo parecia envergonhada e esfregou a ponta do nariz com o lenço áspero, em silêncio, como se estivesse cumprindo uma penitência pelos pecados.

– Como devo me comportar aqui? – perguntou quando chegaram à terceira mansão.

– Do jeito que quiser. Lavo minhas mãos – foi a resposta breve de Amy.

– Pois bem, então vou me divertir. Os meninos estão em casa, e vamos todos partilhar um bom momento juntos. Só Deus sabe como preciso de uma mudança de ares, porque ser elegante faz mal para minha saúde – retrucou Jo, meio rouca e irritada com sua falta de jeito.

Uma recepção entusiasmada de três rapagões e várias crianças bonitinhas acalmou rapidamente seus sentimentos de desolação. Deixando Amy entreter a anfitriã e o sr. Tudor, que por acaso estava ali de visita também, Jo deu atenção aos jovens e se revigorou. Ouviu histórias da faculdade com profundo interesse, fez carinho nos cachorros, concordou sinceramente que "Tom Brown é o cara", a despeito da forma inapropriada de elogio, e, quando um dos garotos propôs uma visita ao tanque de tartarugas, ela foi com uma alegria que arrancou um sorriso da matriarca da família, enquanto aquela senhora maternal arrumava o chapéu que havia sido bagunçado por causa dos abraços filiais, tão apertados quanto os de um urso, mas muito carinhosos, e mais preciosos para ela do que o mais perfeito penteado feito por uma francesa inspirada.

Deixando a irmã à própria sorte, Amy continuou se divertindo a seu bel-prazer. O tio do sr. Tudor havia se casado com uma dama inglesa que era prima em terceiro grau de um lorde ainda vivo, e Amy tinha grande respeito pela família, pois, apesar de ter sido criada nos Estados Unidos, ela tinha aquela reverência por títulos que afeta mesmo os melhores homens e mulheres – aquela lealdade inconsciente à fé primitiva em reis que fez a nação mais democrática do mundo borbulhar com a vinda de um jovem real de cabelos amarelos, alguns anos antes, e que sinalizava os vestígios de devoção que o país mais jovem tem pelo mais velho, como um filho crescido tem por sua imperiosa mãe, que o segurou enquanto pôde e o deixou ir com repreensão quando ele se rebelou. Mas mesmo a satisfação de conversar com alguém vagamente ligado à nobreza britânica não fez com que Amy se esquecesse do tempo e, quando o número adequado de minutos havia passado, ela se afastou com relutância dos aristocratas e procurou por Jo, esperando fervorosamente não encontrar a irmã incorrigível em nenhuma situação que traria vergonha ao nome March.

Ainda que pudesse ter sido pior, Amy considerou a situação ruim. Jo estava sentada na grama, com um bando de rapazes ao redor e um cão de patas sujas repousando na saia de seu vestido para ocasiões formais, enquanto contava uma das pegadinhas de Laurie para o seu admirável público. Uma criança cutucava tartarugas com a estimada sombrinha de Amy, uma segunda comia biscoitos de gengibre em cima do melhor chapéu de Jo, e uma terceira jogava bola usando suas luvas, mas todos se divertiam. Quando Jo recolheu os bens danificados para partir, sua escolta a acompanhou, implorando que ela retornasse, pois acharam "muito divertido ouvir as histórias sobre as travessuras de Laurie".

— Meninos ótimos, não acha? Me sinto jovem e revigorada depois disso — disse Jo, caminhando com as mãos atrás das costas, em parte por hábito, em parte para esconder a sombrinha manchada.

— Por que você sempre evita o sr. Tudor? — perguntou Amy, sabiamente abstendo-se de fazer qualquer comentário sobre a aparência desgrenhada de Jo.

— Não gosto dele. Ele se acha, despreza as irmãs, deixa o pai doido de preocupação e não fala da mãe com respeito. Laurie diz que ele é soberbo, e eu não o considero uma companhia desejável, então não dou a mínima.

— Mas bem que poderia tratá-lo de forma civilizada, pelo menos. Você apenas acenou para ele com frieza e, em seguida, curvou-se e sorriu com cordialidade para Tommy Chamberlain, cujo pai tem uma mercearia. O correto teria sido curvar-se ao primeiro e meramente acenar ao segundo — disse Amy, com reprovação.

— Não, não seria — respondeu Jo. — Eu não gosto, não respeito e não admiro Tudor, mesmo que a sobrinha do sobrinho do tio do avô dele seja prima de terceiro grau de um lorde. Tommy é pobre, tímido, bondoso e muito esperto. Eu o considero e gosto de demonstrar isso, pois ele é um cavalheiro, apesar dos pacotes de papel pardo que embrulha todos os dias na mercearia.

— Não vale a pena discutir com você... — começou Amy.

— Nem um pouco, minha querida — interrompeu Jo. — Então vamos ser amigáveis e deixar um cartão aqui, já que os King evidentemente estão fora, e sou muito grata por isso.

Após deixarem o cartão de família nos King, as garotas seguiram seu rumo, e Jo deu graças mais uma vez ao chegar na quinta casa e descobrir que as damas estavam ocupadas.

— Vamos para casa, deixe tia March para outro dia. Podemos visitá-la a qualquer momento, e seria uma pena arrastar mais ainda nossos belos vestidos por essa poeira toda, quando já estamos cansadas e irritadas.

— Fale por você. É do agrado da tia March que a visitemos formalmente e bem-arrumadas. É uma coisinha de nada, mas que a deixa feliz, e não acho que sua roupa será mais danificada no caminho até lá do que deixando cachorros encardidos e um bando de garotos arruiná-la. Venha aqui, deixe-me tirar as migalhas do seu chapéu.

— Você é um amor, Amy! — disse Jo, olhando arrependida de seu vestido detonado para o da irmã, que ainda estava impecável. — Gostaria de ter a mesma facilidade de fazer pequenos gestos para agradar as pessoas, assim como você tem. Eu penso nisso, mas demoro para agir, então fico esperando a chance de fazer um grande favor, deixando as oportunidades menores escaparem, que na verdade são o que mais contam no fim de tudo, eu acho.

Amy sorriu, e seu coração amoleceu na hora. Ela disse com ar maternal:

— As mulheres devem aprender a ser agradáveis, em especial as que são pobres, pois não têm outra forma de retribuir as gentilezas que recebem. Se você se lembrasse disso e se esforçasse, as pessoas gostariam mais de você do que de mim, porque há algo a mais em você.

— Sou uma criatura rabugenta e caprichosa, e sempre serei, mas estou disposta a concordar com você. Só que é mais fácil para mim arriscar minha vida por uma pessoa do que ser agradável com ela quando não me apetece. É um terrível amar e odiar as coisas de maneira tão intensa, não é?

– É pior ainda não conseguir disfarçar. Não tenho problema algum em dizer que está certa em relação ao Tudor, mas não devo deixar isso claro para ele, e nem você, porque é inútil ser desagradável só porque ele é.

– Mas acho que as garotas devem mostrar a desaprovação que sentem por um jovem, e como podem fazer isso senão pelos modos? Sermões não adiantam nada, como infelizmente sei, desde que passei a lidar com Teddy. Contudo, consigo persuadi-lo de muitas maneiras sem dizer uma palavra, então penso que devemos fazer isso com todos que pudermos.

– Teddy é um rapaz notável e não pode servir de modelo – disse Amy, em um tom de solene convicção, que teria provocado ânsia no "rapaz notável" se ele tivesse ouvido. – Se fôssemos exemplares de beleza rara, ou mulheres de riqueza e posição, talvez tivéssemos alguma influência; entretanto, se fizermos cara feia para um bando de jovens cavalheiros porque não gostamos deles, e sorrirmos para outro porque os admiramos, não mudaria absolutamente nada, e seríamos consideradas esquisitonas e pudicas.

– Então, devemos tolerar coisas e pessoas que detestamos apenas porque não somos lindas e milionárias? Que bela moralidade.

– Não tenho como discutir sobre isso, apenas sei que o mundo é assim, e aqueles que se revoltam são motivo de piada por seus esforços. Não gosto de pessoas metidas a reformistas e espero mesmo que você não se torne uma.

– Eu gosto, e serei uma se puder, pois, apesar da zombaria, o mundo nunca evoluiria sem eles. Não podemos concordar nesse ponto, já que você pertence à velha ordem, e eu, à nova. Você vai se sair melhor, mas eu vou viver os momentos mais alegres e sinceros. Prefiro enfrentar críticas e vaias.

– Bem, recomponha-se agora e não perturbe a titia com essas ideias novas.

— Vou tentar, mas sempre sinto o ímpeto de ser sincera em alguns assuntos ou de demonstrar sentimentos revolucionários na presença dela. É minha sina, não posso evitar.

Encontraram tia Carrol com a velha. Ambas estavam absortas em algum assunto muito interessante, mas rapidamente o deixaram de lado quando as meninas entraram. O rosto das duas denunciava que estiveram palpitando sobre as sobrinhas. Jo não estava de bom humor e seu comportamento rebelde já havia se instaurado outra vez; Amy, que virtuosamente cumprira seu dever, manteve a calma e agradou a todos, com seu comportamento angelical. Aquele estado de espírito amável foi sentido de imediato, e as duas tias logo a cobriram com "minha querida" e "você só melhora a cada dia, criança".

— Vai ajudar na feira, querida? — perguntou a sra. Carrol, enquanto Amy se sentava ao lado dela com o ar de confidencialidade que os idosos tanto gostam nos jovens.

— Sim, titia. A sra. Chester perguntou se eu poderia ajudar, e me ofereci para cuidar de uma mesa, pois não tenho mais do que o meu tempo para oferecer.

— Eu não vou — afirmou Jo, decidida. — Detesto que me tratem com condescendência, e os Chester pensam que é um grande favor permitir que ajudemos em sua feira cheia de gente importante. Me espanta você ter aceitado, Amy, porque eles a querem lá apenas para trabalhar.

— Estou disposta a trabalhar. A feira é para todos, e penso que é muito amável da parte deles me deixarem participar do trabalho e da diversão. O que você interpreta como condescendência não me incomoda quando a intenção é das melhores.

— Está muito certa e correta. Admiro seu espírito grato, minha querida. É um prazer ajudar as pessoas que apreciam nossos esforços. Algumas não apreciam, e isso sim é penoso — observou tia March, olhando por cima dos óculos na direção de Jo, que se sentara distante, balançando-se na cadeira, com uma expressão um tanto morosa.

Se Jo estivesse consciente da enorme felicidade que estava em jogo para uma delas, teria se comportado como um anjinho na mesma hora, mas, infelizmente, não temos janelas em nossas cabeças e não podemos espiar o que se passa na mente de nossos amigos. É quase sempre melhor para nós que assim seja, porém, de vez em quando, seria uma economia de tempo e de nervos. Por causa do que falou em seguida, Jo se privou de vários anos de prazer e recebeu uma lição oportuna na arte de segurar a língua.

— Não gosto de fazer favores, eles me oprimem e me fazem sentir como uma escrava. Por isso, também prefiro fazer tudo sozinha e ser independente.

— Hum! — bufou tia Carrol sutilmente, dando uma olhadela para a tia March.

— Eu disse, não disse? — comentou tia March, balançando a cabeça para tia Carrol.

Para sua própria misericórdia, Jo não percebeu seu erro na hora e continuou sentada com o nariz arrebitado e um ar rebelde que era tudo menos convidativo.

— Você fala francês, querida? — perguntou a sra. Carrol, repousando uma mão no ombro de Amy.

— Muito bem, graças à tia March, que deixa Esther conversar comigo o tanto que eu quiser — respondeu Amy, com um olhar de agradecimento, o que fez a velha senhora sorrir com carinho.

— E o que você acha de aprender idiomas? — perguntou a sra. Carrol a Jo.

— Não sei uma palavra que não seja no meu. Sou muito burra para estudar qualquer coisa e não suporto francês, que é uma língua metida e boba — foi a resposta rude.

Outro olhar foi trocado entre as senhoras, e tia March disse a Amy:

— Suponho que esteja forte e saudável agora, minha querida? Seus olhos não a incomodam mais, certo?

— Não mesmo! Obrigada por perguntar, senhora. Estou ótima e quero alcançar grandes objetivos no próximo inverno, então estarei pronta para ir a Roma, assim que o feliz momento chegar.

— Boa menina! Você merece isso, e tenho certeza de que um dia irá — disse tia March, com um carinho de aprovação na cabeça da sobrinha.

— Cabeça quente, afastou-se da sua gente, sentou-se perto da lareira, inconsciente! — berrou Polly, curvando-se no poleiro atrás da poltrona para espiar o rosto de Jo com um ar tão cômico de investigação impertinente que era impossível não rir.

— Mas que pássaro mais observador — disse a velha.

— Vamos dar uma voltinha, minha querida? — berrou Polly, saltando em direção ao armário de porcelanas, com um olhar sugestivo.

— Obrigada, eu vou mesmo. Vamos, Amy. — Jo encerrou a estadia ali, sentindo ainda mais o efeito terrível que fazer visitas tinha em sua disposição.

Ela apertou as mãos das tias de forma cavalheiresca, ao passo que Amy distribuiu beijos e abraços, e assim partiram, deixando a impressão nítida do contraste de luz e sombra, o que fez tia March dizer:

— Faça o que for preciso, Mary, e eu entro com o dinheiro.

Tia Carrol respondeu decidida:

— Certamente farei, se o pai e a mãe dela consentirem.

## CAPÍTULO SETE

# Consequências

A feira da sra. Chester era tão elegante e seleta que as jovens das redondezas consideravam uma grande honra serem convidadas, e todas estavam de olho no evento. Amy havia sido convidada, mas Jo não, o que foi conveniente para todos, porque durante aquele período ela mal descruzava os braços, e foi preciso um bom número de golpes duros para ensinála a acalmar os próprios ânimos. A "criatura arrogante e sem graça" foi deixada em paz; por outro lado, o talento e o bom gosto de Amy foram devidamente reconhecidos pela oferta da mesa de artes, e ela se esforçou para preparar e assegurar contribuições apropriadas e valiosas.

Tudo correu sem problemas até o dia anterior à abertura da feira. Depois, ocorreu uma daquelas pequenas picuinhas quase impossíveis de se evitar quando cerca de 25 mulheres, idosas e jovens, todas com seus ressentimentos e preconceitos próprios, tentam trabalhar em conjunto.

May Chester tinha bastante ciúme de Amy porque todos gostavam mais dela, e só nesse evento ocorreram várias circunstâncias triviais que atiçaram ainda mais o sentimento. O delicado trabalho de Amy com pena eclipsou por completo os vasos pintados de May – essa foi a primeira gota. Depois, o galanteador Tudor dançou quatro vezes com Amy em certa festa recente e apenas uma com May — essa foi a segunda gota. Mas o principal agravante — a última gota —, a única desculpa para sua conduta pouco amistosa, foi um boato, que alguma fofoqueira prestativa tinha sussurrado ao seu ouvido, de que as moças da família March zombaram dela na casa dos Lamb. Jo deveria levar a culpa daquilo, pois sua imitação maldosa fora muito real para passar despercebida, e os brincalhões Lamb permitiram que a piada vazasse. No entanto, nada disso chegou aos culpados, então é possível imaginar o desânimo de Amy quando, na noite anterior à feira, enquanto ela dava os últimos retoques à sua bela mesa, a sra. Chester, que obviamente se ressentiu com a suposta zombaria sofrida pela filha, disse, em um tom neutro, mas com um olhar frio:

— Minha querida, acho que há uma comoção entre as damas quanto a eu ceder essa mesa a qualquer pessoa que não seja minha filha. Como é a mesa mais proeminente, e alguns dizem que é mesmo a mais atrativa de todas, e sendo minhas filhas as que mais se interessam pela feira, penso que uma delas deve ficar com esse espaço. Sinto muito, mas sei que se dedica demais à causa para se importar com uma decepçãozinha pessoal. Se quiser, pode ficar com outra mesa.

A sra. Chester imaginou de antemão que seria fácil, mas, quando chegou a hora, achou muito difícil falar tudo aquilo com naturalidade, especialmente diante dos olhos confusos de Amy que a encararam cheios de espanto e aflição.

Amy sentiu que havia algo por trás daquilo, porém não conseguiu adivinhar o quê, e disse baixinho, magoada e deixando isso bem claro:

— Talvez a senhora prefira que eu nem apareça, não é?

— Vamos, minha querida, não se sinta mal, por favor. É apenas uma questão de conveniência... Veja, minhas meninas naturalmente assumirão a liderança, e essa mesa é considerada o lugar delas. Acho que ela combina com você, e me sinto muito agradecida por seus esforços para deixá-la tão bonita, mas devemos desistir de nossos desejos pessoais. É óbvio que vou encontrar outro bom lugar para você. Que tal a mesa de flores? As garotas menores assumiram, mas desanimaram. Você poderia dar um toque encantador, e essa mesa é sempre um atrativo, como sabe.

– Especialmente para os cavalheiros – acrescentou May, com um olhar que esclareceu para Amy uma das causas da repentina mudança. Ela corou de raiva, mas não se manifestou abertamente contra aquele sarcasmo feminino e respondeu com doçura inesperada:

– Será do jeito que desejar, sra. Chester. Abro mão do meu espaço aqui e agora e aceito cuidar das flores, se é o que quer.

– Você pode expor suas artes em sua própria mesa, se preferir – começou May, sentindo a consciência pesar um pouco, enquanto olhava para as belas prateleiras, as conchas pintadas e as ilustrações exóticas que Amy fizera e organizara com tanto cuidado e delicadeza. Ela até quis ser gentil, mas Amy não pegou a intenção e disse rapidamente:

– Ah, mas é claro, se estão te atrapalhando... – E, jogando suas contribuições para dentro do bolso do avental, Amy se retirou apressada, sentindo que ela e suas obras de arte haviam sido insultadas demais àquela altura, sem possibilidade de perdão.

– Agora ela está zangada. Minha nossa, quem me dera eu não tivesse pedido que você falasse com ela, mamãe – disse May, olhando desolada para o espaço vazio em sua nova mesa.

– Briguinhas entre meninas passam logo – respondeu a mãe, sentindo-se um pouco envergonhada de sua contribuição naquilo, tanto quanto deveria.

As mocinhas da mesa de flores saudaram Amy e seus tesouros de bom grado, o que acalmou um pouco o espírito perturbado da jovem, que então colocou mãos à obra, determinada a ter um sucesso florido, se não artístico. Mas tudo parecia estar contra ela: era tarde, ela estava cansada, todos estavam ocupados demais com seus próprios problemas para ajudá-la, e as garotinhas eram apenas obstáculos, pois bagunçavam tudo e conversavam como um bando de maritacas, causando uma grande confusão nos esforços de Amy em preservar a ordem mais perfeita. O arco de sempre-vivas não ficava firme e ameaçava cair sobre a cabeça de todas ao menor vento; o melhor quadro de Amy levou um borrifo de água, que deixou uma lágrima marrom na bochecha do cupido; ela machucou as mãos com o martelo; e tudo isso sem mencionar o frio que fazia enquanto trabalhava exposta, o que a fez temer um tremendo resfriado. Qualquer leitora que tenha passado por situações tão aflitivas simpatizará com a pobre Amy e lhe desejará boa sorte em sua tarefa.

Houve uma grande indignação em casa quando ela contou a história naquela noite. A mãe disse que era uma pena, mas afirmou que ela agira bem; Beth declarou que não iria à feira; e Jo exigiu uma explicação do porquê de ela não ter recolhido suas belas artes e deixado aquelas pessoas más sem nada.

— Porque só por elas terem sido ruins comigo não quer dizer que eu também deva agir assim. Odeio esse tipo de coisa e, embora eu tenha o direito de estar magoada, não pretendo demonstrar. Isso vai fazer com que elas sintam muito mais do que palavras duras ou atos maldosos, certo, mamãe?

— Isso mesmo, minha querida. Dar a outra face é sempre melhor, embora não seja muito fácil às vezes — disse a mãe, com ar de quem sabia por experiência própria.

Apesar de várias tentações muito naturais de se ressentir e retaliar, Amy se apegou à sua resolução durante todo o dia seguinte, disposta a derrotar o inimigo pela bondade. Ela começou bem, graças a um lembrete silencioso que chegou de modo inesperado, mas muito oportuno. Ao arrumar a mesa naquela manhã, enquanto as garotinhas enchiam as cestas dentro da casa, ela retomou sua produção mais querida: um livrinho que o sr. March encontrara entre seus tesouros e no qual, em folhas de velino, ela destacara maravilhosamente os diferentes textos com novos adornos. Ao virar as páginas ricas em desenhos delicados com muito orgulho compreensível, viu um verso que a fez parar e refletir. Emolduradas em brilhantes arabescos escarlate, azuis e dourados, com fantasminhas gentis se ajudando mutuamente para cima e para baixo entre espinhos e flores, estavam as palavras: "Amarás o próximo como a ti mesmo".

"Eu deveria, mas não consigo", pensou Amy, enquanto seu olhar passava da página para o rosto descontente de May atrás dos grandes vasos, que não escondiam o vazio que seu belo trabalho preenchera anteriormente. Amy virou as folhas, lendo em cada uma um doce consolo para corações amargos e espíritos perturbados. Muitos sermões sábios e verdadeiros são pregados todos os dias por pastores nas ruas, nas escolas, no trabalho ou em casa. Mesmo uma mesa de feira pode se tornar um púlpito, se puder oferecer as palavras boas e úteis que nunca perdem o sentido. A consciência de Amy lhe passou um pequeno sermão com aquele texto, e ela fez o que muitos de nós nem sempre fazemos: levou o sermão a sério e imediatamente o pôs em prática.

Um grupo de meninas rodeava a mesa de May, admirando os belos objetos e conversando sobre a mudança de expositoras. Elas abaixaram a voz, mas Amy sabia que falavam dela, ouvindo só um lado da história e julgando de acordo. Não foi agradável, mas estava convicta a seguir o próprio sermão, e aquela era uma chance de provar. Ela ouviu May dizer com tristeza:

— É uma pena, porque não tive tempo de confeccionar mais coisas e não queria encher a mesa com bugigangas. Estava completinha, mas agora está um desastre.

— Arrisco dizer que ela traria as coisas de volta, se você pedisse — sugeriu alguém.

— E como eu ousaria, depois de todo o rebuliço? — começou May, mas não terminou, pois a voz agradável de Amy se fez ouvir:

— Pode ficar com tudo. Não precisa pedir, são suas se as quiser. Eu estava mesmo pensando em devolver as artes, já que pertencem mais à sua mesa do que à minha. Por favor, aceite-as e me perdoe se me precipitei em levar tudo embora ontem à noite.

Enquanto falava, Amy devolveu suas contribuições, com um aceno e um sorriso, e voltou correndo ao seu lugar, porque sentia que era mais fácil fazer um gesto amigável do que receber agradecimentos por isso.

— Isso é o que eu chamo de uma pessoa amável, não acham? — comentou uma das meninas.

A resposta de May foi inaudível, mas outra jovem, cujos ânimos estavam evidentemente um pouco azedos de tanto fazer limonada, acrescentou, com uma risada desagradável:

— Oh, sim, muito amável. Ela sabe que não conseguiria vender nada na mesa dela.

Aquilo, sim, foi duro. Quando fazemos pequenos sacrifícios, esperamos que, no mínimo, sejam apreciados, e por um instante Amy se arrependeu, sentindo que a virtude nem sempre era a própria recompensa. Entretanto, logo descobriu que estava certa em sua crença, porque isso a estimulou e sua mesa literalmente floresceu sob os cuidados de suas habilidosas mãos. As garotinhas foram muito gentis, e seu pequeno ato apaziguador descarregara a atmosfera.

Mesmo assim, foi um dia muito longo e difícil para Amy, sentada atrás da mesa, quase sempre sozinha, porque as meninas logo a abandonaram. Poucos se importavam com flores no verão, e os buquês começaram a murchar muito antes da noite cair.

A mesa de artes era a mais atrativa do lugar. Ao longo do dia, uma multidão se aglomerou em torno dela, e os compradores corriam para lá e para cá, com ares de importância e caixinhas de dinheiro cheias. Por vezes, Amy olhava para aquele movimento com tristeza, desejando estar no meio, onde se sentiria em casa e feliz, em vez de estar em um canto sem nada para fazer. Para alguns de nós, pode não parecer difícil, mas, para uma jovem bonita e alegre, não só era entediante, mas muito duro, e as lembranças de Laurie e de seus amigos fizeram daquilo um verdadeiro martírio.

Amy não voltou para casa até a noite e, quando chegou, estava tão pálida e quieta que a família soube que o dia havia sido difícil, embora ela não tenha reclamado e nem mesmo contado o que acontecera. A mãe preparou uma xícara de chá com muito amor, Beth a ajudou a trocar de roupa e fez uma pequena coroa de flores linda para seu cabelo, enquanto Jo surpreendeu a família, levantando-se com um cuidado incomum e insinuando de um jeito sombrio que o jogo estava prestes a mudar.

— Não faça nada imprudente, por favor, Jo. Não quero confusão, então deixe a poeira abaixar e se comporte — implorou Amy pela manhã antes de sair para encontrar mais flores e revigorar sua pobre mesinha.

— Apenas quero ser encantadoramente agradável com todos os conhecidos e mantê-los ao seu redor o máximo de tempo possível. Teddy e seus amigos darão uma mãozinha, e será divertido — respondeu Jo, inclinando-se sobre o portão para procurar por Laurie. Naquele momento, passos conhecidos foram ouvidos, e ela correu para encontrá-lo.

— É meu menino que se aproxima?

— Tão certo como é minha menina que me espera! — Laurie colocou a mão dela debaixo de seu braço com ares de um homem cujos desejos foram atendidos.

— Oh, Teddy, veja que problemão! — E Jo contou os deslizes de Amy com um zelo fraterno.

— Alguns de nossos amigos darão um pulinho lá, e que raios me partam se eu não os fizer comprar todas as flores e montar acampamento em frente à mesa logo depois — disse Laurie, tomando partido daquela causa com ardor.

— As flores não são nada bonitas, segundo Amy, e as frescas podem não chegar a tempo. Não quero ser injusta ou desconfiada, mas não me espantaria se não fossem entregues nunca. Quando as pessoas agem de modo mesquinho, é muito provável que o façam de novo — observou Jo, com um tom de repugnância.

— Mas o Hayes não entregou as melhores do nosso jardim? Eu mesmo pedi que as levasse.

— Eu nem estava sabendo disso. Ele se esqueceu, suponho. Como seu avô estava indisposto, não quis perturbá-lo, embora eu precisasse de algumas flores daquelas.

— Ora, Jo, e por que achou que precisava pedir? Elas são tanto suas como minhas. Não compartilhamos tudo? — respondeu Laurie, no tom que sempre fazia Jo ficar na defensiva.

— Céus, espero que não! Metade das suas coisas não me serviriam de nada. Mas não devemos debater filantropia aqui. Preciso ajudar Amy, por isso vá e fique lindo e, se tiver a gentileza de pedir que Hayes leve algumas flores bonitas para a feira, irei abençoá-lo para todo o sempre.

— Não pode me abençoar *agora*? — perguntou Laurie, tão sugestivamente que Jo bateu o portão na cara dele com pressa grosseira e gritou por entre as grades:

— Vai embora, Teddy, tenho mais o que fazer!

Graças aos conspiradores, o jogo virou naquela noite, pois Hayes mandou uma vastidão de flores, com uma linda cesta feita por ele para o centro de mesa. Em seguida, a família March apareceu em peso, e Jo se esforçou para levar o plano a cabo, e as pessoas não só compareceram, como permaneceram, rindo de suas bobagens, admirando o gosto de Amy e, ao que parecia, divertindo-se muito. Laurie e os amigos galantemente entraram na brincadeira, compraram os buquês, ficaram plantados nas imediações da mesa e fizeram daquele canto o mais animado do lugar. Amy sentiu-se à vontade e, por gratidão, se por nenhum outro motivo, mostrou-se tão vivaz e graciosa quanto possível, chegando à conclusão, àquela altura, que a virtude era, afinal, a recompensa em si.

Jo se comportou de modo exemplar e, enquanto Amy estava alegremente rodeada por sua guarda de honra, circulou pela feira, captando vários trechos das fofocas ao redor que lhe esclareceram a verdade sobre a mudança de ideia dos Chester. Ela se repreendeu por ter parte da culpa no mal-entendido e resolveu consertar as coisas para Amy o mais rápido possível. Também descobriu o que Amy fizera a respeito de suas peças de artes e a considerou um modelo de magnanimidade. Ao passar pela mesa de May, procurou pelas coisas da irmã, mas não viu nenhum sinal delas. "Colocaram fora de vista, ouso dizer", pensou Jo, que conseguia perdoar muita coisa, mas ficava fora de si por qualquer insulto à sua família.

— Boa noite, srta. Jo. A Amy está bem? — perguntou May como se procurasse uma brecha para reconciliação, pois queria mostrar que também sabia ser generosa.

— Ela vendeu tudo que valia a pena vender, e agora está se divertindo. A mesa de flores é sempre atrativa, como sabe, "especialmente para os cavalheiros". — Jo não resistiu àquela provocação oportuna, mas May foi tão humilde ao recebê-la que Jo se arrependeu um segundo depois e passou a elogiar os grandes vasos, que ainda permaneciam à venda.

— As ilustrações de Amy estão por aí? Pensei em comprá-las para o papai — disse Jo, muito ansiosa para saber qual destino o trabalho da irmã levara.

— Tudo que era de Amy foi vendido há muito tempo. Certifiquei-me de que as pessoas certas as vissem e consegui uma boa quantia para nós — respondeu May, que superara todo tipo de picuinha aquele dia, assim como Amy.

Muito feliz, Jo correu para contar a boa notícia, e Amy pareceu emocionada e surpresa com o relato do comportamento de May.

— Agora, senhores, quero que cumpram seu dever pelas outras mesas e sejam tão generosos como fizeram aqui, especialmente na mesa de artes — disse ela, mandando no "bando do Teddy", como as meninas chamavam os amigos da faculdade.

— Comprem tudo da mesa, façam o dinheiro valer — disse Jo, enquanto a devota falange se preparava para entrar em campo.

— Ouvir é obedecer. Amy é muito mais bonita do que May — disse Parker fazendo um esforço genuíno para ser espirituoso e terno ao mesmo tempo, e sendo logo podado por Laurie, que acrescentou:

— Muito bem, meu jovem, para um garotinho! — E começou a caminhar com ele, com um tapinha paternal em sua cabeça.

— Compre os vasos — sussurrou Amy para Laurie, como se fosse o último golpe de misericórdia contra o inimigo.

Para grande deleite de May, o sr. Laurence não só comprou vasos, como também percorreu a feira com um debaixo de cada braço. Os outros cavalheiros barganharam com entusiasmo e saíram de lá sobrecarregados de flores de cera, leques ornamentados, acessórios de filigrana e outras compras úteis e apropriadas.

Tia Carrol estava lá, ouviu a história, ficou satisfeita e sussurrou algo à sra. March, o que a fez irradiar de satisfação e olhar para Amy com uma mistura de orgulho e ansiedade, embora ela não tenha demonstrado a causa da alegria até vários dias depois.

Disseram que a feira foi um sucesso. Quando May deu boa noite para Amy, ela não foi efusiva como sempre, mas deu-lhe um beijinho afetuoso na bochecha e um olhar que dizia "me perdoe e esqueça o que aconteceu". Amy ficou satisfeita e, quando chegou em casa, encontrou os vasos sobre a cornija da lareira com um grande buquê em cada um.

— A recompensa ao mérito de uma magnânima March — anunciou Laurie com um floreio ao recebê-la.

Mais tarde naquela noite, Jo disse, enquanto penteavam os cabelos:

– Você é mais generosa e nobre em caráter e tem mais princípios do que eu pensava, Amy. Você foi um doce de pessoa, e eu a respeito de todo o coração.

– Todas nós a respeitamos e amamos por conseguir perdoar tão rápido. Deve ter sido terrível, ainda mais depois de trabalhar e se dedicar tanto para vender você mesma suas lindas artes. Não acho que eu teria agido com tanta gentileza assim – acrescentou Beth, deitada em seu travesseiro.

– Ora, meninas, não precisam me elogiar tanto. Só fiz o que fariam por mim. Vocês riem quando digo que quero ser uma dama, mas o que tento dizer é que quero ser uma dama de verdade, na maneira de pensar e de agir, então faço o que posso. Não consigo explicar exatamente, quero estar acima das mesquinharias, tolices e defeitos que estragam tantas mulheres. Há um longo caminho até lá, mas estou dando meu melhor e espero com o tempo ser igual à mamãe.

Amy falou sério, e Jo disse, com um abraço gentil:

– Agora entendo o que quer dizer, então nunca mais vou rir. Está progredindo mais rápido do que imagina, e quero me espelhar em você para aprender a ser educada. Você aprendeu o segredo da virtude. Não desista, querida, e será recompensada um dia. Ninguém ficará tão feliz quanto eu.

Uma semana depois, Amy recebeu sua recompensa, e a pobre Jo achou bem difícil ficar feliz. Tia Carrol enviou uma carta, e a sra. March sorria tanto enquanto lia que Jo e Beth, que estavam com ela, exigiram saber quais eram as boas-novas.

– Tia Carrol vai para o estrangeiro no próximo mês e quer...

– Que eu vá com ela! – gritou Jo, pulando da cadeira em euforia incontrolável.

– Não, querida, você não. Amy.

— Ah, mamãe! Ela é muito novinha, e eu deveria ser a primeira. Faz tanto tempo que quero isso, me faria tão bem, e seria esplêndido. Eu preciso ir!

— Receio que seja impossível, Jo. A titia solicitou Amy, ponto-final. Não cabe a nós ditarmos nossa vontade quando um favor assim é oferecido.

— É sempre assim. Amy se diverte, e eu trabalho! Não é justo! Não é justo! — gritou Jo, dramática.

— Receio que a culpa seja em parte sua, querida. Quando a titia falou comigo no outro dia, ela lamentou seus modos grosseiros e seu espírito demasiado independente, e aqui ela escreve, como se citasse algo que você disse: "No começo, pensei em Jo, mas como 'favores a oprimem' e ela 'não suporta francês', acho que não vou me atrever a convidá-la. Amy é mais amável, será uma boa companhia para Flo e receberá com gratidão qualquer ajuda que a viagem possa lhe oferecer."

— Ah, minha língua, minha abominável língua! Por que não consigo ficar de boca fechada? — gemeu Jo, lembrando-se das palavras que foram sua ruína.

Quando ouviu a explicação das frases citadas, a sra. March disse com pesar:

— Queria muito que você fosse, mas não há esperança desta vez, então tente passar por isso com a cabeça erguida e não estrague o prazer de Amy com censuras ou arrependimentos.

— Vou tentar — disse Jo, piscando muito enquanto se ajoelhava para pegar o cesto que havia derrubado com seu pulo. — Vou me espelhar em Amy e não só aparentar que estou feliz, mas realmente tentar me sentir assim. Não vou estragar um minuto da felicidade dela. Admito que não será fácil, pois é uma decepção terrível. — A pobre Jo salpicou com lágrimas amargas a almofadinha de alfinetes que segurava.

— Jo, querida, sou muito egoísta, não posso ficar sem você e fico feliz que vá ficar por aqui — sussurrou Beth, abraçando a irmã com tanto amor e carinho que Jo se sentiu reconfortada apesar do forte arrependimento que a fazia querer se estapear e humildemente implorar à tia Carrol que a oprimisse com aquele favor para ver o quanto ela o suportaria com gratidão.

Quando Amy chegou, Jo já estava recomposta para participar do júbilo familiar, não tão sincera como de costume, talvez, mas sem se afligir com a boa sorte de Amy. A mocinha em questão recebeu a notícia com grande alegria, teve uma espécie de êxtase solene, começou a separar as tintas e a empacotar os lápis naquela noite, preocupando-se pouco ou nada com coisas como roupas, dinheiro e passaportes.

— Não é uma mera viagem de lazer para mim, meninas — disse ela, altiva, enquanto raspava a melhor paleta. — Isso decidirá minha carreira, pois, se eu tiver algum talento, é em Roma que o descobrirei e farei algo para prová-lo.

— E se você não tiver talento? — perguntou Jo, com os olhos vermelhos, costurando os novos colarinhos para Amy.

— Nesse caso, voltarei para casa e darei aulas de desenho como meu ganha-pão — respondeu a aspirante à fama, com uma tranquila compostura, embora tenha feito uma careta ao pensar na possibilidade e raspado a paleta de cores com mais afinco, como se aquilo representasse sua última tentativa drástica antes de abrir mão de qualquer esperança.

— Não, não vai. Você odeia trabalhar duro. Vai se casar com um homem rico e voltar para casa somente para ficar rodeada de luxo pelo resto de seus dias — provocou Jo.

— Suas previsões às vezes acontecem, mas não acredito que essa vá se concretizar. Quem me dera acontecesse, pois, se eu não puder ser uma artista, gostaria de poder ajudar aqueles que são — retrucou Amy, sorrindo, como se o papel de Lady Bountiful[8] lhe coubesse melhor do que o de uma pobre professora de desenho.

---

8 Referência à personagem da peça *The Beaux Stratagem* (1707), de George Faquhar, que se popularizou como personificação de riqueza, generosidade e filantropia. [N.E.]

— Sei... — suspirou Jo. — Se assim deseja, assim será, pois seus desejos sempre são concedidos; os meus, nunca.

— Você quer ir? — perguntou Amy, pensativa.

— Mas é claro!

— Bem, daqui a um ou dois anos, eu mando alguém para buscá-la. Vamos procurar relíquias no Fórum Romano e colocar em prática todos os planos que já fizemos tantas vezes.

— Obrigada. Vou lembrá-la de sua promessa quando esse dia alegre chegar... se chegar — respondeu Jo, aceitando a oferta vaga, mas magnífica, tão agradecida quanto pôde.

Não havia muito tempo para se preparar, e a casa esteve em ebulição até Amy partir. Jo aguentou bem até o último vislumbre da fitinha azul no cabelo da irmã desaparecer. Então, ela se retirou para o seu refúgio no sótão, e chorou até não ter mais lágrimas. Amy também aguentou bastante até o navio zarpar. Porém, quando a prancha de embarque estava prestes a ser retirada, ela se deu conta de que logo um oceano inteiro se colocaria entre ela e aqueles que a amavam. Amy se agarrou a Laurie, em um último abraço, dizendo, com um soluço:

— Oh, tome conta deles por mim, e se alguma coisa acontecer...

— Eu vou, querida, eu vou, e se alguma coisa acontecer, estarei lá para apoiá-la — sussurrou Laurie, sem imaginar que precisaria cumprir sua palavra.

Então, Amy navegou rumo ao Velho Mundo, que é sempre novo e belo para olhos jovens, enquanto o pai e o amigo a observavam da margem, torcendo fervorosamente para que nada além de bons ventos soprassem na direção da menina de bom coração, que acenou para eles até que não pudessem ver nada além dos deslumbrantes raios do sol de verão resplandecendo no mar.

CAPÍTULO OITO

# Nossa correspondente no exterior

*Londres*

*Meus amores, aqui estou, sentada numa janela frontal do Hotel Bath, em Piccadilly. Não é um lugar chique, mas o titio vem aqui há anos e não se hospeda em nenhum outro lugar. No entanto, não ficaremos muito tempo, por isso não importa. Oh, não tenho nem como expressar o quanto gosto de tudo! Não consigo, então, envio algumas páginas do meu caderno, porque não faço nada além de rabiscar e desenhar desde que cheguei.*

*Enviei algumas linhas de Halifax, quando me sentia mal, mas logo fiquei bem, poucas vezes enjoada, passeando pelo convés o dia todo, com muitas pessoas adoráveis para me distrair. Todos foram muito amáveis comigo, especialmente os oficiais. Não ria, Jo, cavalheiros são realmente muito necessários a bordo do navio para ajudar quem precisa,* e como eles não têm nada para fazer, é uma bênção que sirvam de algo, caso contrário, fumariam até a morte.

A titia e Flo passaram mal o caminho todo, e queriam ser deixadas em paz, então, assim que eu fazia o que podia por elas, corria para me divertir. As caminhadas no convés, os pores do sol, o ar esplêndido, as ondas! Era tudo quase tão emocionante quanto montar um cavalo veloz, quando nos sentimos imponentes. Quem me dera Beth pudesse ter vindo, seria ótimo para ela. Quanto a Jo, ela teria subido e se sentado no topo da bujarrona, ou seja lá como chamam aquela coisa alta, teria feito amizade com os engenheiros e teria se metido a mexer no megafone do capitão, causando grande transtorno para todos e grande alegria para si.

Foi tudo um paraíso, mas fiquei contente por ver a costa irlandesa, muito bonita, tão verde e ensolarada, com cabanas marrons aqui e ali, ruínas em algumas das colinas e casarões de cavalheiros nos vales, com cervos se alimentando nos parques. Era bem cedinho, mas não me arrependi de me levantar para ver tudo aquilo, pois a baía estava cheia de barquinhos, a costa era tão pitoresca, e o céu tinha o mais lindo brilho rosado. Nunca esquecerei daquela vista.

Em Queenstown, um dos meus novos conhecidos, o sr. Lennox, desembarcou. Quando eu disse algo sobre os lagos de Killarney, ele suspirou e cantou, enquanto me olhava:

"Ó, já ouviu falar de Kate Kearney?

Ela mora nas margens do Killarney.

O perigo cintila no olhar dela,

Fatais são os olhos daquela donzela"

Sem pé nem cabeça, não é?

Paramos em Liverpool por algumas horas. É um lugar sujo e barulhento, e fiquei feliz de ir embora. O titio comprou um par de luvas de pele de cão, uns sapatos feios e grosseiros e um guarda-chuva, e se barbeou à la mutton chop. Ele ficou se achando por parecer um verdadeiro britânico, mas na primeira vez em que mandou limpar a lama dos sapatos, o engraxate sabia que aquele era um americano que os calçava e disse, com um sorriso: "Prontinho, senhor. Dei um toque ianque". O titio ficou satisfeito. Ah, preciso contar o que aquele desvairado sr. Lennox fez! Ele instigou o amigo, um rapaz chamado sr. Ward, que veio conosco, a comprar um buquê para mim, e a primeira coisa que vi no meu quarto foi um lindo arranjo, "com os cumprimentos de Robert Lennox", tal como dizia no cartão. Não é amável, meninas? Eu gosto de viajar.

Nunca chegarei ao assunto de Londres se não me apressar. A viagem foi como um passeio por uma longa galeria de fotos, cheia de lindas paisagens. As casas de campo foram meu maior deleite, com telhados de colmo, hera subindo até os beirais, janelas com treliças e mulheres robustas com crianças rosadinhas às portas. O próprio gado parecia mais tranquilo do que o nosso, pois estava coberto até o joelho em mares de trevos, e as galinhas cacarejavam contentes, como se nunca ficassem nervosas como as versões ianques.

Nunca vi cores mais perfeitas: a grama tão verde, o céu tão azul, o grão tão amarelo, o bosque tão escuro; fiquei em êxtase a viagem inteira. Flo também adorou, e nós pulamos de um lado para o outro, tentando ver tudo enquanto navegávamos a uma velocidade de quase cem quilômetros por hora. A titia preferia descansar, e o titio lia seus guias e não se espantava com nada. Foi assim que seguimos. Eu, Amy, corria para um lado: "Ó, aquele lugar cinzento entre as árvores deve ser Kenilworth!"; Flo, correndo para o outro: "Que lindo! Temos de ir lá um dia desses, não é, papai?"; o titio, calmamente admirando as próprias botas: "Não, minha querida, a menos que queira cerveja, pois ali é uma cervejaria".

Uma pausa, e Flo gritou: "Por Deus! Há uma forca, e um homem subindo!"; "Onde, onde?", perguntou Amy, olhando para dois postes altos com uma viga cruzada e correntes penduradas. "Uma mina de carvão", comentou o titio, piscando. "Lá está um belo rebanho de cordeiros, todos deitadinhos", disse Amy. "Olhe, papai, não são bonitos?", acrescentou Flo, com emoção. "São gansos, jovens senhoritas", respondeu o titio, em um tom que nos manteve caladas. Flo se sentou e começou a ler Flirtations of Captain Cavendish, e eu tive o cenário só para mim.

Claro que chovia quando chegamos a Londres, e não havia nada para ver a não ser nevoeiro e guarda-chuvas. Descansamos, desfizemos as malas e fizemos algumas compras. Tia Mary comprou algumas coisas para mim, pois saí com tanta pressa que deixei metade dos meus pertences para trás. Ganhei um chapéu branco e uma pena azul, um vestido de musselina combinando e o manto mais lindo que já se viu. Fazer compras na Regent Street é perfeitamente esplêndido. As coisas parecem ser tão baratas, fitas bonitas a apenas seis centavos por metro! Montei meu estoque, mas vou comprar as luvas em Paris. Não é chique e elegante?

Flo e eu, por diversão, pedimos uma carruagem, enquanto a titia e o titio estavam fora, e fomos dar uma volta, embora tenhamos aprendido depois que não era certo duas jovens senhoritas fazerem isso sozinhas. Foi tão engraçado, porque, quando a portinha de madeira se fechou, o homem conduziu tão rápido que Flo ficou assustada e me disse para mandá-lo parar, mas ele estava do lado de fora, e eu não conseguia alcançá-lo. Ele não me ouviu chamar, nem me viu balançar a sombrinha, e lá estávamos nós, bem desamparadas, chacoalhando e rodopiando pelas esquinas a um ritmo acelerado. Finalmente, no meu desespero, vi uma portinha que se projetava para fora e, ao abri-la, um olho vermelho apareceu, e uma voz emanando cerveja disse: "Pra onde, madame?"

Dei minhas ordens com a maior seriedade possível. Batendo a portinha com um "sim, madame", o homem fez o cavalo andar, como se estivéssemos indo a um funeral. Eu abri a portinha de novo e disse: "Um pouco mais rápido", então ele partiu, na velocidade insana de antes, e nós nos resignamos ao nosso destino.

Hoje o tempo estava bom, e fomos ao Hyde Park, bem pertinho, pois somos mais aristocráticos do que parecemos. O duque de Devonshire mora por lá. Vejo muitas vezes seus criados de libré no portão dos fundos, e a casa do duque de Wellington não é muito longe. Cada visão linda, meus caros! Eram tão boas quanto as que vemos no Punch, pois havia viúvas ricas e gorduchas passeando em suas carruagens vermelhas e amarelas, com lindos criados em meias de seda e casacos de veludo atrás e cocheiros cheios de pó de arroz no rosto à frente. Havia também as bonitas criadas, com as crianças mais rosadinhas que já vi a tiracolo, menininhas lindas, meio sonolentas, com chapéus ingleses esquisitos, e crianças maiores usando roupas lavanda, caminhando despreocupadas, e os guardas altos, com casacos vermelhos e boinas, tão engraçados que eu ansiava por esboçá-los.

"Rotten Row" significa "Route de Roi", ou o "caminho do rei", mas agora é mais uma escola de equitação do que qualquer outra coisa. Os cavalos são esplêndidos, e os homens cavalgam bem, mas as mulheres ficam rígidas e quicam, o que não está de acordo com nossas regras. Eu queria tanto lhes mostrar um galope americano veloz, pois elas trotam solenemente para cima e para baixo em seus trajes leves, como se estivessem circulando em uma Arca de Noé de brinquedo. Todos cavalgam: homens velhos, senhoras gordinhas, crianças pequeninas. Os jovens têm mania de flertar aqui: vi um casal trocar botões de rosa, porque está na moda usá-los na lapela, e eu achei uma ideia muito graciosa.

*De tarde, fomos à Abadia de Westminster, mas não esperem que eu a descreva, pois é impossível, por isso só vou dizer que foi sublime! Esta noite vamos ver uma peça de Fechter, um final apropriado para o dia mais feliz da minha vida.*

*Está tarde, mas não posso enviar esta carta de manhã sem contar o que aconteceu ontem à noite. Quem vocês acham que apareceu quando estávamos tomando chá? Os amigos ingleses de Laurie, Fred e Frank Vaughn! Fiquei tão surpresa, porque não os teria reconhecido não fosse pelos cartões. Os dois estão bem altos e com bigodes crescidos; Fred é bonito no estilo inglês, e Frank muito mais; está mancando só um pouquinho e não usa muletas. Laurie lhes contou onde estaríamos, e vieram nos convidar para ir à casa deles, mas o titio não quer ir, então teremos de vê-los como der. Eles foram ao teatro conosco, e nos divertimos muito: Frank deu toda a atenção a Flo, e Fred e eu conversamos sobre diversões passadas, presentes e futuras como se nos conhecêssemos a vida toda. Diga a Beth que Frank perguntou por ela e lamentou por seu estado de saúde. Fred riu quando eu falei de Jo e enviou seus "cumprimentos respeitosos àquele bom companheiro". Nenhum deles esqueceu o Acampamento Laurence, ou o quanto nos divertimos lá. Parece que faz tanto tempo, não é?*

A titia está batendo na parede pela terceira vez, por isso devo parar por aqui. Eu realmente me sinto como uma bela dama de Londres, escrevendo tão tarde, com meu quarto cheio de coisas bonitas e a mente lotada de parques, teatros, vestidos novos e criaturas elegantes que exclamam sobre tudo e giram seus bigodes loiros com a verdadeira educação inglesa. Estou morrendo de saudades e, apesar das minhas bobagens, continuo sendo sua amável

Amy

Paris

Queridas meninas,

Em minha última visita a Londres, contei da bondade dos Vaughn e da companhia agradável que nos fizeram. Gostei mais do que tudo das idas a Hampton Court e ao Museu Kensington, pois em Hampton vi os desenhos de Raphael e, no museu, salas cheias de pinturas de Turner, Lawrence, Reynolds, Hogarth, e de tantos outros grandes nomes. O dia em Richmond Park foi encantador, fizemos um piquenique inglês comum, e havia carvalhos e cervos esplêndidos para copiar. Também ouvi um rouxinol e vi cotovias levantarem voo. Passeamos por Londres o quanto pudemos graças a Fred e Frank, e lamentamos muito por partir, porque, embora os ingleses demorem para fazer amizade, quando fazem, não podem ser superados na hospitalidade, creio. Os Vaughn esperam nos encontrar em Roma no próximo inverno, e ficarei terrivelmente desapontada se eles não conseguirem, pois Grace e eu somos grandes amigas, e os rapazes são muito simpáticos, especialmente Fred.

E então, mal havíamos nos instalado aqui quando ele apareceu de novo, dizendo que estava de férias, a caminho da Suíça. A titia ficou séria a princípio, mas ele estava tão tranquilo que ela não disse nada. E agora nos damos bem e estamos muito felizes por ele ter vindo, já que fala francês como um nativo. Não sei o que faríamos sem ele. O titio não sabe dez palavras e insiste em falar inglês muito alto, como se isso fizesse as pessoas entenderem. A pronúncia da titia é antiquada, e Flo e eu, apesar de nos gabarmos de sabermos um bom tanto, descobrimos que não sabemos, então somos todos muito gratos por ter Fred para manter a conversa "fluindo", como diz o titio.

Que momentos deliciosos estamos desfrutando! Passeios da manhã à noite, pausas para almoços agradáveis nas lindas cafeterias e todo tipo de aventuras engraçadas. Em dias chuvosos, fico no Louvre, deleitando-me com as artes. Jo faria careta para algumas das melhores, porque ela não tem alma para a arte, mas eu tenho e estou cultivando o olhar e o gosto o mais rápido que posso. Ela iria gostar mais das relíquias de grandes figuras, como o chapéu e a casaca de Napoleão, sua antiga escova de dentes e o berço de seu bebê, ou os sapatinhos de Maria Antonieta, o anel de São Dinis, a espada de Carlos Magno, e muitas outras coisas interessantes. Falarei por horas a fio sobre isso quando chegar, mas não tenho tempo para escrever.

O Palais Royale é um lugar paradisíaco, cheio de joias e coisas adoráveis, e eu quase fico aborrecida por não poder comprá-las. Fred queria comprar algumas para mim, mas claro que não permiti. O Bois e os Champs Élysées são très magnifiques. Já vi a família imperial várias vezes; o imperador é um homem feio e mal-humorado, e a imperatriz, pálida e bonita, mas não sabe se vestir, porque estava usando um vestido roxo, chapéu verde e luvas amarelas. O herdeiro deles é um menino bonito, que se senta e conversa com o tutor e joga beijos para o povo enquanto passa em sua barouche de quatro cavalos, com postilhões vestidos com casacos de cetim vermelho e guarda montada na frente e atrás.

Com frequência caminhamos pelos Jardins das Tulherias. É um lugar lindo, embora os antigos Jardins de Luxemburgo me agradem mais. O cemitério Père Lachaise é muito curioso, pois muitos dos túmulos são como quartinhos e, olhando para dentro, vê-se uma mesa, com imagens ou quadros dos mortos, e cadeiras para os enlutados se sentarem quando vão até lá para lamentar. É tão francês!

Nossos quartos são na Rue de Rivoli. Sentados na varanda, admiramos a cintilante via. É tão agradável que passamos as noites ali conversando quando estamos muito cansados para sair. Fred é muito divertido, e é o jovem mais simpático que já conheci, com exceção de Laurie, cujas maneiras são mais charmosas. Quem me dera Fred fosse moreno, pois não gosto de homens loiros. No entanto, os Vaughn são muito ricos e vêm de uma família excelente, por isso não vou ver defeitos no cabelo loiro, já que o meu é ainda mais claro.

Na próxima semana, vamos para a Alemanha e para a Suíça e, como vamos viajar com pressa, só poderei enviar cartas apressadas. Levo meu diário e tento "me lembrar corretamente e descrever com clareza tudo o que vejo e admiro", como o papai me aconselhou. É uma boa prática para mim e, junto com meu caderno de rascunhos, poderei dar uma ideia melhor da viagem do que estes rabiscos.

Adieu, abraços ternos. Votre Amie,

Heidelberg

Minha querida mamãe,

Tendo uma hora tranquila antes de partirmos para Berna, vou tentar contar o que aconteceu, pois algumas coisas são muito importantes, como verá.

A viagem pelo Reno foi perfeita, e eu simplesmente me sentei e desfrutei dela o máximo que pude. Pegue os velhos guias do papai e leia sobre a região. Não tenho palavras bonitas o suficiente para descrevê-la. Em Koblentz nos divertimos muito, porque alguns estudantes de Bonn, com os quais Fred fez amizade no barco, fizeram uma serenata.

Era uma noite de luar límpido e, por volta da uma hora, Flo e eu fomos acordadas pela música mais deliciosa debaixo das nossas janelas. Nós nos escondemos atrás das cortinas, mas por olhadelas vimos Fred e os estudantes cantando lá embaixo. Foi a coisa mais romântica que já vi: o rio, a ponte, a grande fortaleza, a luz da lua banhando os arredores e a música que derreteria até mesmo um coração de pedra.

Quando terminaram, jogamos algumas flores e os observamos enquanto eles as recolhiam, beijavam as mãos das damas invisíveis e iam embora rindo, para fumar e beber cerveja, suponho. Na manhã seguinte, Fred me mostrou uma das flores amassadas no bolso do colete e parecia muito emocionado. Ri dele e disse que não fui eu que joguei aquela, mas sim Flo, o que pareceu desagradá-lo, pois ele atirou a pobre plantinha pela janela e voltou a ficar emotivo. Temo que vou ter problemas com esse rapaz, pelo menos é o que parece.

Visitar as águas termais em Nassau foi muito divertido, assim como Baden-Baden, onde Fred perdeu algum dinheiro, e eu o repreendi. Ele precisa de alguém para tomar conta dele quando Frank não está. Kate disse uma vez que esperava que ele se casasse logo, e concordo com ela que seria bom para ele. Foi encantador em Frankfurt. Vi a casa de Goethe, a estátua de Schiller e a famosa Ariadne de Dannecker. Foi tudo um encanto, mas eu teria gostado mais se conhecesse melhor a história. Não quis perguntar, porque todos sabiam ou fingiam que sabiam. Gostaria que Jo me contasse. Eu deveria ter lido mais, pois estou percebendo que não sei nada, e isso me mortifica.

Agora vem a parte séria, pois aconteceu aqui, e Fred acabou de sair. Ele tem sido tão gentil e alegre que todos nós gostamos muito dele. Nunca pensei em nada além de uma amizade passageira até a noite da serenata. Desde então, comecei a sentir que os passeios ao luar, as conversas na varanda e as aventuras diárias eram algo mais para ele do que diversão. Não flertei, mamãe, de verdade; lembrei-me do que a senhora disse e fiz meu melhor. Não posso evitar que as pessoas gostem de mim, nem tento fazer com que gostem, mas me aborrece agir como se não me importasse com elas, embora Jo diga que eu não tenho coração. Agora sei que a mamãe vai balançar a cabeça, e as meninas vão dizer "Ah, aquela terrível mercenariazinha!", mas já me decidi, e se Fred me pedir em casamento, eu aceitarei, embora não esteja loucamente apaixonada. Eu gosto dele, e nós nos damos muito bem. Ele é bonito, jovem, inteligente e muito rico, muito mais rico que os Laurence. Acho que a família dele não se oporia à união, e eu seria muito feliz, pois são pessoas amáveis, bem-educadas, generosas e que gostam de mim. Fred, como o gêmeo mais velho, ficará com a propriedade, suponho. É tão esplêndida! Uma casa na cidade em uma rua chique, não tão vistosa quanto as grandes casas do nosso país, mas duas vezes mais confortável e cheia de luxo substancial, tal como os ingleses acreditam ser o correto. Gosto disso, pois é genuíno. Já vi as louças, as joias da família, os velhos criados e as fotos da casa de campo, com o parque, a propriedade espaçosa, o terreno encantador e os cavalos elegantes. Ah, é tudo que eu queria! E prefiro isso a títulos pretensiosos aos quais as garotas se agarram tão facilmente e que não têm nada de sólido. Posso ser uma mercenária, mas odeio a pobreza e não quero suportá-la nem um minuto a mais que o necessário. Uma de nós deve se casar bem. Meg não se casou, Jo não vai, Beth ainda não pode, então eu vou, para que tudo fique bem para nós. Eu não me casaria com um homem que eu odiasse ou desprezasse, podem ter certeza disso, e, embora Fred não seja meu modelo de herói, ele se sai muito bem e, com o tempo, vou gostar muito dele se ele gostar muito de mim e me deixar fazer exatamente o que quero. Passei a última semana refletindo sobre o assunto, pois é impossível não ver que Fred gosta de mim. Ele ainda não disse nada, mas pequenas coisas demonstram. Ele nunca anda com Flo, sempre fica ao meu lado na carruagem, à mesa ou durante os passeios; parece excepcionalmente feliz quando estamos sozinhos e fecha a cara para qualquer outra pessoa que se aventura a falar comigo. Ontem no jantar, quando um oficial austríaco olhou para nós e depois disse algo ao amigo, um barão bem jovem, sobre "ein wonderschönes Blöndchen", Fred ficou tão feroz quanto um leão e cortou a carne de forma tão selvagem que ela quase voou do prato. Ele não é como os ingleses frios e rígidos; é explosivo, pois tem sangue escocês, como se poderia adivinhar pelos seus claros olhos azuis.

Bem, ontem fomos ao castelo durante o entardecer, próximo ao pôr do sol; Fred não foi conosco e disse que nos encontraria lá depois de passar no Post Restante para pegar cartas. Nós nos divertimos muito, aventurando-nos pelas ruínas, pelos depósitos onde ficam os enormes barris e pelos belos jardins feitos pelo príncipe-eleitor há muito tempo para a esposa inglesa. Gostei mais do grande terraço, pois a vista era divina, então, enquanto os demais foram ver os cômodos do lado de dentro, eu me sentei para tentar esboçar a cabeça de leão de pedra projetada da parede, em uma base de madeira escarlate. Senti como se tivesse entrado num romance, sentada ali, vendo o Neckar descer o vale, ouvindo a música da banda austríaca na parte debaixo e à espera do meu amado, como uma verdadeira donzela dos livros de ficção. Eu tinha a sensação de que algo ia acontecer e estava pronta. Não corei nem tremi; fiquei tranquila e só um pouco agitada por dentro.

Naquele instante, ouvi a voz de Fred, que logo passou correndo pelo grande arco para me encontrar. Ele parecia tão perturbado que eu me desliguei de mim e perguntei qual era o problema. Ele disse que havia acabado de receber uma carta demandando seu retorno para casa, pois Frank estava muito doente. Então, ele precisaria pegar imediatamente o trem noturno, e só tivera tempo para se despedir. Lamentei muito aquele infortúnio, e fiquei decepcionada, mas só por um minuto, porque ele disse, ao apertar minhas mãos, de uma maneira a não deixar margem para equívocos: "Eu voltarei logo, você não vai me esquecer, vai, Amy?"

Eu não fiz promessas, mas olhei nos olhos dele, que pareceu satisfeito. Não havia tempo para nada além de despedidas, pois o trem partiria em uma hora. Todos nós sentimos muita falta dele. Sei bem o que ele queria falar, mas acho, por algo que o ouvi insinuar, que ele prometera ao pai não fazer nada do tipo por um tempo, pois é um rapaz precipitado, e o velho cavalheiro teme acabar tendo uma nora estrangeira. Logo nos encontraremos em Roma e então, se eu não mudar de ideia, direi "Sim, obrigada", quando ele perguntar "Poderia se casar comigo, por favor?".

Claro que tudo isso é muito pessoal, mas queria que soubesse o que se passa. Não fique ansiosa por mim, lembre-se de que sou sua "prudente Amy" e tenha certeza de que não farei nada precipitado. Me mande os conselhos que quiser, vou colocá-los em prática, se puder. Quem me dera poder estar aí para uma boa conversa, mamãe. Continue me amando e confiando em mim.

Sempre sua,

Amy.

CAPÍTULO NOVE

# Doces problemas

Jo, estou preocupada com Beth.

– Ora, por que, mamãe? Ela aparenta estar excepcionalmente bem desde que os bebês chegaram.

– Não é a saúde dela que me preocupa agora, são seus ânimos. Tenho certeza de que há algo a perturbando, e quero que descubra o que é.

– O que a faz pensar assim, mamãe?

– Ela fica sentada sozinha um bom tempo e não conversa mais com o papai tanto quanto fazia antes. Eu a encontrei chorando por causa dos bebês outro dia. Quando ela canta, as músicas são sempre tristes e, de vez em quando, eu a vejo com um olhar que não entendo. Beth não é assim, e isso me preocupa.

– E você já falou com ela sobre isso?

– Tentei uma ou duas vezes, mas ela ou evitou minhas perguntas, ou pareceu tão angustiada que parei. Nunca forcei minhas filhas a me contarem nada e raramente preciso esperar muito tempo até que venham a mim.

A sra. March olhou para Jo enquanto falava, porém o semblante da filha indicava que ela estava inconsciente de qualquer desassossego secreto. Depois de costurar pensativa por um momento, Jo disse:

— Acho que ela está crescendo, então, começa a sonhar e a ter esperanças, além de medos e inquietações, sem saber os motivos exatos ou ser capaz de explicá-los. Beth tem 18 anos, mas nós não nos damos conta disso e a tratamos como uma criança, esquecendo que ela é uma mulher crescida.

— Ela é mesmo. Meu bom Deus, vocês crescem muito rápido — respondeu a mãe, com um suspiro e um sorriso.

— Não há nada que possa ser feito, mamãe, então você deve parar de se preocupar e deixar seus pássaros voarem para fora do ninho, um por um. Prometo não ir muito longe, se isso serve de consolo.

— É um grande alívio, Jo. Sempre me sinto forte quando você está em casa, agora que Meg partiu. Beth é muito frágil, e Amy nova demais para dependermos dela. Já você, quando o problema aparece, está sempre a postos.

— A senhora sabe que não me importo em meter a mão na massa, e sempre deve haver o famoso pau para toda obra em uma família. Amy é esplêndida em trabalhos delicados, mas eu não. Fico muito mais à vontade quando os tapetes precisam de uma limpeza pesada ou metade da família adoece de uma só vez. Amy está se destacando no exterior, mas se algo vai mal em casa, sou o homem para o serviço.

— Então deixo Beth em suas mãos, pois ela abrirá o coraçãozinho à sua Jo mais cedo do que a qualquer outra pessoa. Seja muito gentil e não a deixe pensar que alguém está vigiando ou falando sobre seu comportamento. Se Beth ficar forte e alegre de novo, não desejaria mais nada.

— Mas que mulher abençoada! Eu tenho um monte de desejos.

— Como assim, minha querida? Quais são eles?

— Vou resolver os problemas de Beth primeiro, e depois digo os meus. Eles não me atormentam tanto, então vão continuar esperando. — Jo voltou à costura, com um sábio aceno de cabeça que deixou o coração de sua mãe tranquilo, pelo menos naquele momento.

Enquanto estava aparentemente absorta em seus próprios assuntos, Jo observou Beth e, depois de muitas conjecturas conflituosas, por fim encontrou uma que parecia explicar a mudança da irmã. Um pequeno incidente deu a pista para Jo tentar solucionar o mistério, e o coração cheio de amor fez o resto. Em um sábado à tarde, fingiu-se de ocupada, escrevendo, enquanto estava no mesmo cômodo que Beth. No entanto, Jo prestava atenção na irmã, que parecia estranhamente quieta. Sentada à janela, o trabalho de Beth muitas vezes caía em seu colo, ao que ela apoiava a cabeça sobre a mão, em uma atitude de desânimo, com os olhos vidrados na enfadonha paisagem outonal. De repente, alguém passou embaixo da janela, assobiando como um melro, e uma voz gritou: "Tudo tão sereno! Passarei aí à noite."

Beth deu um pulo, inclinou-se para a frente, sorriu, acenou com a cabeça, observou o transeunte até que ele desaparecesse de vista e depois disse suavemente, como se falasse consigo mesma:

— Aquele garoto parece tão forte, saudável e feliz.

— Hum! — foi a resposta de Jo.

Ainda observando com atenção o rosto da irmã, Jo reparou que a cor viva que surgira ali desvaneceu tão rapidamente quanto apareceu, o sorriso murchou e uma lágrima derramada brilhava no parapeito da janela. Beth a secou e, em seu rosto meio virado, havia uma tristeza que fez os olhos da própria Jo marejarem. Com medo de se denunciar, ela saiu de fininho, murmurando algo sobre precisar de mais papel.

— Misericórdia, Beth ama Laurie! — disse Jo, sentada em seu quarto, pálida com o choque da descoberta que ela acreditava ter feito. – Eu nunca pensei nisso. O que a mamãe vai dizer? Me pergunto se ele... –Jo parou e corou com um pensamento repentino. – Se ele não a amar também, como seria horrível! Ele precisa amá-la. Nem que eu tenha que obrigá-lo! – Ela abanou a cabeça ameaçadoramente para a imagem do rapaz travesso que ria dela da parede. – Ah, minha nossa, é uma afronta. Meg está casada e com filhos, Amy está florescendo em Paris, e Beth está apaixonada. Sou a única que tem juízo suficiente para não se meter em encrencas – refletiu Jo com os olhos fixos no quadro. Depois, suavizou a testa enrugada e disse para o retrato: – Não, obrigada, o senhor é muito charmoso, mas não tem mais estabilidade do que um cata-vento. Por isso, não precisa escrever cartas comoventes e sorrir dessa forma insinuante, pois não vai servir de nada e não vou tolerar isso.

Então, ela suspirou e caiu em um devaneio do qual só acordou quando o entardecer a fez descer para fazer novas observações, que só confirmaram sua suspeita. Embora Laurie tenha flertado com Amy e brincado com Jo, seu jeito com Beth sempre foi peculiarmente gentil e amável. Contudo, conforme *todos* sempre tratavam Beth de tal maneira, ninguém imaginou que Laurie se importava mais com ela do que com as outras. Na verdade, a impressão que prevalecia na família era a de que "o nosso menino" se afeiçoava cada vez mais a Jo, que, no entanto, não queria ouvir uma palavra sobre o assunto e repreendia com veemência qualquer um que se atrevesse a sugerir isso. Se soubessem das várias situações ternas que a jovem havia cortado pela raiz, teriam tido a imensa satisfação de dizer "eu avisei". O problema era que Jo odiava galanteios e flertes, e nunca os permitia, tendo sempre uma piada ou uma gargalhada na manga para jogar ao menor sinal de perigo iminente.

No começo da faculdade, Laurie se apaixonava cerca de uma vez por mês, mas essas paixonites foram tão breves quanto ardentes, não causaram danos e divertiram muito Jo pelos revezamentos entre esperança, desespero e resignação, os quais foram confidenciados a ela pelo amigo em suas reuniões semanais. Entretanto, chegou um momento em que Laurie deixou de venerar muitas deusas, insinuou obscuramente estar engajado em uma única paixão arrebatadora e se entregou vez ou outra a ataques de tristeza *à la* Lord Byron. Ele evitava por completo o delicado assunto, escrevia cartas filosóficas para Jo, passou a estudar muito e disse que nada mais lhe interessava, a não ser se formar com glória. Isso agradava mais à jovem dama do que as confidências crepusculares, os carinhosos apertos de mão e os olhares eloquentes, pois, para Jo, a mente se desenvolvera mais cedo do que o coração, e ela preferia os heróis imaginários aos verdadeiros, porque, quando se cansava dos primeiros, simplesmente fechava os livros; os segundos eram menos administráveis.

As coisas estavam nesse compasso quando a grande descoberta foi feita, e Jo observou Laurie naquela noite como nunca fizera antes. Se não tivesse metido essa nova ideia na cabeça, ela não teria visto nada de anormal no fato de Beth estar muito quieta e de Laurie ser muito gentil com ela. Mas, tendo dado rédeas à fértil imaginação, galopou em grande ritmo, e o bom senso, enfraquecido por um longo período de escrita romântica, não veio em seu socorro. Como de costume, Beth se deitou no sofá e Laurie se sentou em uma cadeira baixa perto dela, divertindo-a com todo tipo de fofoca, pois ela dependia daquele "resumo semanal", e ele nunca a desapontava. Entretanto, naquela noite, Jo achou que os olhos de Beth descansavam no rosto vivo e bronzeado ao lado dela com um prazer peculiar, e que ela ouvia com exacerbado interesse o relato de um jogo de críquete ainda que os jargões fossem tão ininteligíveis para ela quanto sânscrito. Jo também imaginou ver mais gentileza nos modos de Laurie e pensou que ele estava controlando o tom de voz de propósito, rindo menos do que de costume, distraindo-se à toa e ajeitando a manta sobre os pés de Beth com uma assiduidade quase carinhosa.

"Quem sabe? Coisas mais estranhas do que isso já aconteceram", pensou Jo, enquanto andava pela sala. "Ela vai transformá-lo em um anjo, e ele vai tornar a vida de nossa querida muito mais fácil e agradável, se o amor for recíproco. Não vejo como ele poderia evitar gostar de Beth e acredito que o fará, se estivermos fora do caminho".

Como todos estavam fisicamente fora do caminho, menos ela, Jo começou a sentir que deveria sair dali o mais rápido possível. Mas para onde ir? E, ansiando para se sacrificar pela devoção fraterna, tentou resolver essa questão.

O velho sofá era comum, de três lugares, longo, largo, bem-almofadado e baixo, um tanto surrado, o que era normal, pois as meninas dormiram e se espalharam sobre ele quando bebês; penduraram-se no encosto, montaram nos braços e criaram animaizinhos debaixo dele quando crianças; e descansaram as cabeças exaustas, sonharam sonhos e tiveram ternas conversas quando jovens mulheres. Todas adoravam aquele sofá. O móvel era um refúgio familiar, e um dos cantos sempre foi o lugar favorito de Jo. Entre as muitas almofadas que adornavam o venerável sofá havia uma, dura, roliça, estofada de crina de cavalo e decorada com um botão em cada extremidade. Essa almofada repulsiva era sua propriedade especial, sendo usada como arma de defesa, barricada ou precaução para que as sonecas não durassem tanto.

Laurie conhecia bem essa almofada e tinha motivos para encará-la com profunda aversão, tendo sido impiedosamente agredido com ela no passado, quando esse tipo de brincadeira era permitido, e com frequência se frustrado, pois a bendita sempre o privava do assento que mais cobiçava, ao lado de Jo. Se "a salsicha", como a chamavam, estivesse no cantinho, era um sinal de que ele poderia se aproximar, mas se estivesse estirada no meio do sofá, ai do homem, mulher ou criança que ousasse tirá-la! Naquela noite, Jo se esqueceu de barricar seu canto e mal havia sentado quando uma forma maciça apareceu ao seu lado e, com os braços estendidos sobre o encosto do sofá e as pernas longas estendidas diante de si, Laurie exclamou, com um suspiro de satisfação:

— Ah, isso é que é vida boa, meu peixe!

— Sem gírias — reclamou Jo, tentando enfiar a almofada no meio, mas era tarde demais, todo o espaço estava ocupado e, rolando pelo chão, o objeto desapareceu de forma misteriosa.

— Pare, Jo, não fique na defensiva. Depois de estudar até quase morrer durante a semana, um sujeito merece ser mimado.

— Beth pode mimá-lo. Estou ocupada.

— Não, eu não devo perturbá-la, mas sei que você gosta... a menos que esteja de saco cheio. Está de saco cheio, pequena Jo? Você odeia o rapaz aqui e quer jogar almofadas nele?

Raramente se ouvia algo mais comovente do que esse apelo, mas Jo respondeu com uma pergunta:

— Quantos buquês você enviou à srta. Randal esta semana?

— Nem unzinho, juro. Ela está noiva agora.

— Fico feliz, porque essa é uma de suas extravagâncias tolas: mandar flores e mimos para garotas com as quais nem se importa — continuou Jo, repreendendo o amigo.

— As garotas sensatas com as quais me importo não me deixam mandar flores e mimos, então o que posso fazer? Preciso canalizar esses sentimentos.

— A mamãe não gosta de namoricos nem de brincadeira, e você flerta demais, Teddy.

— Eu daria qualquer coisa para responder "você também". Como não posso, direi apenas que não vejo mal em algumas bobeiras agradáveis, se todas as partes entenderem que é apenas brincadeira.

— Bem, parece mesmo agradável, mas não consigo aprender como fazer. Já tentei, porque é embaraçoso não fazer o que os outros fazem, mas parece que isso não é para mim — disse Jo, esquecendo-se da bronca que tinha começado.

— Aprenda com Amy, ela tem um talento e tanto para isso.

— Sim, ela faz isso muito bem e nunca parece passar do limite. Suponho que é natural para algumas pessoas agradar sem dificuldades, e para outras dizer e fazer sempre a coisa errada no lugar errado.

— Estou contente por você não conseguir flertar. É realmente revigorante ver uma garota sensata e direta, que consegue ser alegre e gentil sem se fazer de tola. Cá entre nós, Jo, algumas das garotas que conheço insistem tanto que me envergonho delas. Não fazem por mal, tenho certeza, mas se soubessem o que nós, rapazes, falamos sobre elas depois, tomariam jeito, eu imagino.

— E elas fazem a mesmíssima coisa, mas como têm línguas mais afiadas, vocês levam a pior, pois são tão tolos quanto elas. Caso se comportassem bem, elas fariam o mesmo, mas, sabendo que apreciam tolices, elas continuam, e depois vocês as culpam.

— E você está bem por dentro de tudo, madame — disse Laurie com superioridade. — Não gostamos de bobagens e flertes, embora às vezes possamos agir como se gostássemos. Entre cavalheiros, nunca se fala das meninas bonitas e modestas, a não ser com respeito. Abençoada seja sua alma inocente! Se pudesse estar no meu lugar por um mês, veria coisas que lhe surpreenderiam. Juro para você, quando vejo uma dessas garotas levianas, quero sempre dizer como nosso amigo Cock Robin: "Dê o fora, dê o fora, sua atrevida!"

Era impossível não rir do conflito engraçado entre a relutância cavalheiresca de Laurie em falar mal das mulheres e sua aversão natural pelas tolices nada femininas que estavam na moda. Jo sabia que o "jovem sr. Laurence" era considerado um dos pretendentes mais elegíveis pelas mães, recebia muitos sorrisos das filhas e era bajulado o suficiente por damas de todas as idades para se tornar um sujeitinho afetado, então Jo ficava com ciúme, temendo que ele se deixasse levar. Alegrava-se mais do que confessaria ao descobrir que ele ainda acreditava em meninas modestas. Voltando de repente ao seu tom de repreensão, ela disse, baixando a voz:

— Se precisa canalizar sentimentos, Teddy, vá e se dedique a uma dessas "meninas bonitas e modestas" que você respeita e não perca seu tempo com as bobas.

— Esse é mesmo seu conselho? — Laurie olhou para ela com uma estranha mistura de ansiedade e alegria no rosto.

— Sim, mas é melhor esperar até acabar a faculdade. Enquanto isso, vá se preparando. Você não é bom o bastante para... bem, para quem quer que seja a menina modesta. — Jo também fez uma cara estranha por quase ter deixado um nome escapar.

— Não sou mesmo! — concordou Laurie, com uma expressão humilde nada familiar para ele, olhos baixos e dedos enrolados na borla do avental de Jo.

"Pelo amor de Deus, não está funcionando!", pensou Jo. Acrescentando em voz alta, disse:

— Vá e cante para mim. Estou ávida por um pouco de música e gosto muito das suas.

— Prefiro ficar aqui, obrigado.

— Bem, não pode, não há espaço. Vá e seja útil, já que você é grande demais para ser apenas um enfeite. Pensei que não gostasse de ficar preso às cordinhas do avental de uma mulher — retrucou Jo, citando as próprias palavras rebeldes dele mesmo.

— Ah, mas depende de quem o usa! — Laurie puxou audaciosamente a borla do avental.

— Vai se levantar ou não? — exigiu Jo, abaixando-se para procurar pela almofada.

Laurie começou a cantar *The Bonnets of Bonnie Dundee*, e Jo saiu de fininho para não mais voltar até que o jovem cavalheiro tivesse partido indignado.

Jo demorou para pegar no sono naquela noite e estava prestes a adormecer quando o som de um soluço abafado a fez correr até a cama de Beth e perguntar:

— O que foi, querida?

— Pensei que estava dormindo — soluçou Beth.

— A dor voltou, meu amor?

— Não, é outra dor, mas posso suportá-la. — Beth tentou segurar o choro.

— Me conte tudo e deixe que eu cuide de você como fiz muitas vezes antes.

— Não tem como, não há cura. — A voz de Beth falhou e, agarrada à irmã, ela chorou tão desesperadamente que Jo ficou assustada.

— Onde dói? Devo chamar a mamãe?

— Não, não, não a chame, nem conte para ela. Vou ficar bem. Deite aqui e me faça um cafuné, vou ficar quieta e logo cair no sono, prometo.

Jo obedeceu. Enquanto sua mão deslizava suavemente pela testa quente e pelas pálpebras molhadas de Beth, seu coração pesava, e ela queria falar. No entanto, jovem como era, Jo aprendera que os corações, assim como as flores, não podem ser manuseados com rispidez; devem se abrir naturalmente. Por isso, embora acreditasse conhecer a causa da nova dor de Beth, ela apenas disse, em seu tom mais gentil:

— Alguma coisa a incomoda, querida?

— Sim, Jo — disse, depois de uma longa pausa.

— Não é melhor para você se me contar?

— Agora não, ainda não.

— Então não vou perguntar, porém lembre-se, Beth, que a mamãe e eu ficamos sempre muito felizes em ouvir e ajudar, se pudermos.

— Eu sei disso. Mais cedo ou mais tarde eu contarei.

— A dor melhorou?

— Ah, sim, muito. Você é um aconchego, Jo.

— Durma, querida. Vou ficar aqui com você.

Então, com as bochechas coladas, elas adormeceram e, no dia seguinte, Beth parecia estar bem de novo, pois, aos 18 anos, nem a cabeça nem o coração doem por muito tempo, e uma palavra amorosa pode remediar quase todos os males.

Entretanto, Jo estava decidida e, depois de ponderar sobre um projeto durante alguns dias, confidenciou-o à mãe.

— Você me perguntou noutro dia quais eram meus desejos. Vou contar um, mamãe — disse Jo, enquanto estavam sentadas no mesmo cômodo. — Eu quero ir para algum lugar neste inverno, só para variar.

— Por que, Jo? — A sra. March olhou para cima no mesmo instante, como se as palavras sugerissem um duplo sentido.

Com os olhos fixos no que estava fazendo, Jo respondeu, séria:

— Quero viver algo novo. Eu me sinto inquieta e ansiosa para ver, fazer e aprender mais. Fico matutando meus próprios problemas. Preciso me mexer, então, se eu puder ser liberada neste inverno, gostaria de arriscar e bater minhas asas.

— E vai se arriscar onde?

— Em Nova York. Tive uma ideia brilhante ontem. A sra. Kirke lhe mandou uma carta pedindo que você arranjasse uma jovem respeitável para dar aula aos filhos dela e para costurar. É difícil me imaginar fazendo isso, mas acho que devo tentar.

— Minha querida, sair de casa para trabalhar naquela grande pensão?! — A sra. March parecia surpresa, mas não descontente.

— Não é exatamente trabalhar, pois a sra. Kirke é sua amiga, a alma mais amável que já existiu, e tornaria as coisas agradáveis para mim, tenho certeza. A família dela fica separada dos hóspedes, e ninguém me conhece lá. E não me importo se conhecerem, é um trabalho honesto, e não me envergonho disso.

— Nem eu. Mas e a escrita?

— Vai melhorar com a mudança. Vou ver e ouvir coisas novas, ter novas ideias e, mesmo que não tenha muito tempo lá, trarei para casa muito material para escrever minhas tolices.

— Não tenho dúvida disso, mas são essas as únicas razões para essa súbita ideia?

— Não, mamãe.

— Posso perguntar quais são as outras?

Jo olhou para os lados, suspirou e depois disse devagar, corando nas bochechas:

— Posso estar sendo vaidosa e muito errada em dizer isso, mas receio que Laurie esteja gostando de mim.

— Então não se importa com ele da mesma maneira como ele começa a se importar com você? — A sra. March parecia ansiosa enquanto perguntava.

— Misericórdia, não! Eu amo aquele tolo, como sempre amei, e tenho muito orgulho dele, mas, quanto a qualquer coisa além disso, está fora de questão.

— Fico feliz, Jo.

— Posso saber por quê?

— Porque, querida, acho que não combinam. Como amigos, vocês são muito felizes, e suas frequentes brigas logo acabam, mas temo que entrariam em um conflito profundo se formassem um casal. Vocês são muito parecidos e gostam muito da liberdade, sem contar os temperamentos explosivos e a forte determinação;

seria muito difícil se darem bem em uma relação que precisa de paciência e tolerância infinitas, tanto quanto amor.

– Essa é a exata sensação que eu tenho, embora não conseguisse expressar. Ainda bem que você acha que ele só está começando a gostar de mim. Eu ficaria incomodada se o magoasse. Não poderia me apaixonar por ele só por gratidão, não é?

– Tem certeza dos sentimentos dele por você?

As bochechas de Jo coraram mais, e seu olhar era um misto de prazer, orgulho e dor comum às garotas quando falam nos primeiros amores:

– Temo que sim, mamãe. Ele não disse nada, mas transparece. Acho melhor eu me afastar antes que qualquer coisa a mais evolua.

– Concordo. Se pudermos organizar, você deve ir.

Jo parecia aliviada e, após uma pausa, disse, sorrindo:

– A sra. Moffat ficaria espantada com sua falta de manejo, se ela soubesse, e ficaria muito feliz por Annie ainda ter esperanças.

– Ah, Jo, as mães podem diferir na gestão familiar, mas a esperança é a mesma para todas: o desejo de ver os filhos felizes. Meg encontrou a felicidade dela, e estou contente com seu sucesso. Quanto a você, deixo que aproveite sua liberdade até que se canse dela, porque somente assim descobrirá que há algo melhor. Amy é minha maior preocupação agora, mas seu bom senso vai ajudá-la. Quanto a Beth, não projeto muita coisa, exceto o bem-estar dela. A propósito, ela parece mais animada nesses últimos dias. Já falou com ela?

– Sim, ela confessou estar com um problema e prometeu me contar mais cedo ou mais tarde. Eu não disse mais nada, porque acho que sei do que se trata. – Jo contou sua visão dos fatos.

A sra. March balançou a cabeça e não enxergou a situação pelo lado romântico, apenas ficou séria e repetiu a opinião de que, para o bem de Laurie, Jo deveria ir embora por um tempo.

— Não podemos falar para ele até que tudo esteja certo, assim poderei fugir antes que se dê conta e faça um drama. Beth deve pensar que minha ida será por puro prazer, como de fato será, porém nada pode ser dito sobre Laurie. Ela pode mimá-lo e confortá-lo depois que eu partir, e assim curá-lo dessa paixão. Ele já passou por muitos desafios do tipo, está até acostumado, logo vai superar.

Jo falou com esperança, mas não conseguiu se livrar do medo de que esse "desafio" talvez fosse mais difícil do que os outros e de que Laurie não superasse a paixonite tão facilmente.

O plano foi discutido em uma reunião familiar e aprovado, pois a sra. Kirke aceitou Jo com prazer e prometeu um lar agradável para ela. Dar aulas a tornaria independente, e os períodos de lazer se tornariam rentáveis enquanto Jo escrevesse, diante dos novos cenários e pessoas que seriam úteis e agradáveis. Jo gostava da perspectiva e estava ansiosa para partir, pois o ninho da casa se tornara muito apertado para sua natureza inquieta e seu espírito aventureiro. Quando tudo estava resolvido, com medo e tremor, ela contou a Laurie, e, para sua surpresa, ele lidou com a situação com muita tranquilidade. O rapaz falou mais sério do que de costume, mas foi muito gentil e, quando foi acusado, sob o pretexto de ironia, de que viraria a página, ele respondeu sério:

— Virarei mesmo, e pretendo mantê-la virada.

Jo ficou muito aliviada por ele ter um ataque de virtude logo naquele momento, e então fez os preparativos com coração leve, pois Beth parecia mais alegre. Esperava que aquilo fosse o melhor para todos.

— Deixo uma coisa ao seu cuidado particular — disse ela, na noite anterior à partida.

— Seus escritos? — perguntou Beth.

— Não. O meu menino. Seja muito boa para ele, certo?

– Mas é claro, só que não posso substituí-la, e ele vai sentir muito sua falta.

– Ele não vai morrer, então lembre-se: ele está em suas mãos, para atazanar, mimar e vigiar.

– Farei meu melhor, por você – prometeu Beth, perguntando-se por que Jo olhava para ela de forma tão esquisita.

Quando Laurie disse adeus, ele sussurrou, decidido:

– Não vai adiantar nada, Jo. Estou de olho em você, então preste atenção no que faz, ou irei até lá e a trarei para casa.

CAPÍTULO DEZ

# O diário de Jo

*Nova York, novembro.*

*Queridas mamãe e Beth,*

*Vou escrever um bom tanto como de costume, pois tenho muitas coisas para contar, embora eu não seja uma dama requintada viajando pelo continente. Quando perdi o rosto do meu querido e velho papai de vista, fiquei um pouco triste e poderia até ter chorado se uma senhora irlandesa com quatro filhos pequenos, todos chorando, não tivesse me desviado a atenção, assim, comecei a me divertir deixando biscoitos de gengibre no assento cada vez que abriam a boca para choramingar.*

*Logo o sol saiu e, tomando aquilo como um bom presságio, eu me alegrei e desfrutei da viagem o quanto pude.*

*A sra. Kirke me acolheu tão gentilmente que logo me senti à vontade, mesmo naquela casa enorme cheia de estranhos. Fiquei em um quartinho curioso, o único que* ela tinha; há um fogão e uma bela mesa próxima a uma janela ensolarada, para que eu possa me sentar e escrever quando quiser. A bela vista e a torre da igreja compensam os muitos degraus, e logo me afeiçoei pelo meu cantinho. O quarto das crianças, onde vou ensinar e costurar, fica em um cômodo aconchegante ao lado dos aposentos privativos da sra. Kirke, e as duas meninas são lindinhas, um pouco mimadas, pude perceber, mas se apegaram depois que lhes contei The Seven Bad Pigs, e não tenho dúvida de que serei uma tutora modelo.

Posso fazer as refeições com as crianças, se eu preferir, em vez de comer com os inquilinos, e por enquanto prefiro, pois sou tímida, embora ninguém acredite nisso.

"Agora, minha querida, sinta-se em casa", disse a sra. K. à sua maneira materna, "fico fora o dia todo, como pode supor, mas serei poupada de uma enorme ansiedade se eu souber que as crianças estão seguras com você. Minhas portas estarão sempre abertas para você, e seu quarto será o mais confortável possível. Há algumas pessoas amáveis por aqui se quiser socializar, e suas noites serão sempre livres. Me procure se algo der errado e seja o mais feliz que puder. Ali fica a campainha do chá. Preciso correr e trocar de chapéu". Assim, ela partiu, deixando-me a sós para me instalar no meu novo ninho.

Quando desci as escadas pouco depois, vi algo que me agradou. Os degraus são muito grandes nesta casa alta e, enquanto eu esperava no terceiro degrau para que uma criada passasse, vi um cavalheiro chegar atrás dela, tirar-lhe o pesado cocho de carvão da mão, carregá-lo até em cima, colocá-lo perto de uma porta e sair dali dizendo, com um simpático aceno de cabeça e um sotaque estrangeiro: "Melhor assim. Essas costas são jovens demais para aguentar tanto peso".

Não foi gentil da parte dele? Eu gosto dessas coisas, porque, como diz o papai, as insignificâncias mostram caráter. Quando mencionei isso à sra. K. naquela noite, ela riu e disse: "Deve ter sido o professor Bhaer, ele sempre faz coisas assim."

A sra. K. disse que ele veio de Berlim, é muito culto e bondoso, mas muito pobre, e dá aulas para sustentar a si e a dois pequenos sobrinhos órfãos que está educando aqui, de acordo com os desejos da irmã, que se casou com um americano. Não é uma história muito romântica, mas achei interessante, e fiquei feliz em saber que a sra. K. empresta uma sala para que ele dê algumas aulas. Há uma porta de vidro entre a sala e a minha "creche", e pretendo dar uma espiada; depois conto como é sua aparência. Ele tem quase quarenta anos, por isso não faz mal, mamãe.

Depois do chá e de algumas brincadeiras antes do horário de dormir das meninas, mergulhei no trabalho e tive uma noite tranquila, conversando com minha nova amiga. Vou manter um diário e enviá-lo uma vez por semana, portanto, boa noite, e amanhã tem mais.

Noite de terça-feira.

Vivi um momento bem agitado na aula esta manhã, pois as crianças fizeram um verdadeiro rebuliço, e por vários momentos eu quis surtar. Uma boa alma me deu a dica de experimentar alguns exercícios, e assim fiz até que se sentassem e ficassem quietas. Depois do almoço, levaram-nas para passear, e eu me dediquei à costura do modo como a pequena Mabel do poema de Howitt faria: "Com uma mente bem disposta." Estava dando graças a Deus por ter aprendido a fazer boas lapelas quando a porta da sala se abriu e fechou, e alguém começou a cantarolar Kennst du das Land, zumbindo como uma abelha enorme. Foi terrivelmente impróprio, eu sei, mas não consegui resistir à tentação e, levantando uma ponta da cortina defronte à porta de vidro, dei uma espiada. O professor Bhaer estava lá e, enquanto ele arrumava os livros, eu o observei bem. Um alemão típico: bem robusto, com cabelos castanhos bagunçados, barba volumosa, nariz bonito, olhos dos mais gentis que já vi e um esplêndido vozeirão que faz bem aos ouvidos, em comparação à nossa tagarelice americana aguda e desordenada. Suas roupas estavam um pouco desbotadas, suas mãos são grandes, e ele não tem traços muito bonitos, exceto pelos lindos dentes, mas gostei dele, pois o formato de sua cabeça é agradável, o tecido de sua roupa, elegante, e ele parecia um cavalheiro, embora dois botões de seu casaco estivessem faltando e houvesse um remendo em um dos sapatos. Parecia sério, apesar do zumbido que emitia, até que foi à janela para virar os jacintos em direção ao sol e acariciar o gato, que o recebeu como um velho amigo. Então ele sorriu e, quando bateram à porta, gritou em tom alto e brusco: "Entre!"

Eu ia correr para me retirar quando vi um pinguinho de gente carregando um grande livro e parei para ver o que aconteceria.

"Quero meu Bhaer", disse a pequenina, deixando cair o livro e correndo para abraçá-lo.

"E terás teu Bhaer. Venha e receba um bom abraço dele, minha Tina", disse o professor, erguendo-a com uma gargalhada e a segurando tão alto sobre a cabeça que ela teve que se abaixar para dar um beijo na testa dele.

"Agora tenho que estudar", continuou aquela coisinha engraçada. Então ele a colocou na mesa, abriu o grande dicionário que ela havia trazido, deu-lhe um papel e um lápis, e ela rabiscou, virando uma folha vez ou outra e passando o dedo gorducho pela página, como se procurasse uma palavra, tão séria que quase me denunciei com uma risada, enquanto o sr. Bhaer acariciava seus lindos cabelos com um olhar paterno que me fez pensar que ela deveria ser filha dele, embora parecesse mais francesa do que alemã.

Outra batida à porta e a chegada de mais duas jovens me mandaram de volta ao trabalho, e ali permaneci, virtuosamente, ouvindo todo o barulho e a tagarelice que aconteciam na sala ao lado. Uma das meninas ria muito e dizia "agora, professor", em tom de flerte, e a outra pronunciava o alemão com um sotaque que deve ter dificultado para ele ficar sério.

Ambas pareciam testar sua paciência, pois, por mais de uma vez, eu o ouvi dizer enfaticamente: "Não, não, não é assim, você não está prestando atenção", e uma vez houve um barulho bem alto, como se ele batesse na mesa com o livro, seguido pela exclamação desesperada: "Nada está dando certo hoje!"

Pobre homem, fiquei com pena dele e, quando as meninas se foram, dei só mais uma espiada para ver se ele havia sobrevivido. Estava estirado na cadeira, cansado. Ficou sentado lá com os olhos fechados até o relógio bater duas horas, quando deu um salto, colocou os livros na bolsa, como se estivesse se preparando para outra aula, e, pegando nos braços a pequena Tina que havia adormecido no sofá, levou-a dali silenciosamente. Acho que a vida dele é difícil. A sra. Kirke me perguntou se eu não iria participar do jantar e, sentindo saudades de casa, pensei em ir, só para ver que tipo de pessoas estão sob o mesmo teto que eu. Então, eu me vesti de maneira respeitável e tentei entrar atrás da sra. Kirke, mas, como ela é baixa e eu sou alta, meus esforços para me esconder foram um fracasso. Ela me concedeu um lugar ao lado dela e, depois que a vergonha passou, arranjei coragem e olhei ao redor. A longa mesa estava cheia, e todos estavam concentrados no jantar, em especial os senhores, que pareciam comer com pressa, pois saíram correndo, em todos os sentidos da palavra, e desapareceram assim que terminaram. Havia a comum variedade de jovens absortos em si mesmos, casais jovens absortos um no outro, senhoras casadas absortas em seus bebês, e senhores velhos absortos em política. Acho que não criarei muitos laços com ninguém, exceto com uma dama de rosto amável e que passa a impressão de ter algo interessante para oferecer.

Na outra ponta da mesa, estava o professor, de um lado gritando respostas às perguntas de um senhor idoso muito inquisitivo e surdo, de outro, falando de filosofia com um francês. Se Amy estivesse aqui, ela teria virado as costas para ele para sempre porque, infelizmente, ele tem um apetite e tanto e engoliu o jantar de uma maneira que teria horrorizado seus bons modos de dama. Eu não ligo, pois gosto de ver as pessoas comerem "com gosto", como diz Hannah, e o pobre homem deve precisar de muita comida depois de lecionar para um monte de tolos o dia todo.

Quando subi as escadas depois do jantar, dois dos jovens arrumavam os chapéus diante do espelho do corredor, e ouvi um dizer para o outro em voz baixa:

"Quem é a novata?"

"Tutora, ou algo assim."

"E por que diabos ela se sentou à nossa mesa?"

"É amiga da velha."

"Bonitinha, mas sem estilo."

"Nem um pouco. Me arranje um fósforo e vamos."

Fiquei com raiva no começo, mas depois deixei para lá, pois uma tutora é tão boa quanto um advogado, e tenho bom senso, mesmo não tendo estilo, que é muito mais do que algumas pessoas têm, a julgar pelos comentários dos seres elegantes que tagarelavam, fumando como velhas chaminés. Odeio pessoas comuns!

Quinta-feira.

Ontem foi um dia calmo; ensinei, costurei e escrevi no meu quartinho, que é muito aconchegante, com o auxílio de uma lamparina. Me inteirei de algumas coisas e fui apresentada ao professor. Parece que Tina é filha de uma francesa que passa as roupas na lavanderia. A pequenina caiu de amores pelo sr. Bhaer e o segue como um cãozinho fiel sempre que ele está em casa, o que o encanta, pois ele gosta muito de crianças, embora seja um "solteirão". Kitty e Minnie Kirke também têm carinho por ele e contam sobre as brincadeiras que o professor inventa, os presentes que traz e as esplêndidas histórias que narra. Os mais jovens o perturbam com perguntas e, ao que parece, o chamam de Velho Fritz, Cerveja Lager, Ursa Maior e todo tipo de piadas com seu nome. Ele se diverte como um garoto, diz a sra. Kirke, e leva tudo tão na esportiva que todos gostam dele, apesar dos costumes estrangeiros.

A moça solteira é a srta. Norton, rica, educada e bondosa. Ela falou comigo no jantar de hoje (pois me sentei à mesa novamente; é muito divertido observar aquelas pessoas) e me pediu para ir visitá-la em seu quarto. Ela tem bons livros e retratos, conhece gente interessante e parece simpática, então vou ser agradável, afinal, quero me enturmar com boas pessoas, mas não do mesmo tipo que Amy gosta.

Eu estava na sala ontem à noite quando o sr. Bhaer chegou com alguns jornais para a sra. Kirke. Ela não estava lá, mas Minnie, que tem espírito de idosa, apresentou-me com muita delicadeza: "Esta é a amiga de nossa mãe, a srta. March."

"Sim, e ela é alegre e gostamos à beça dela", acrescentou Kitty, que é uma "enfant terrible".

Nós nos cumprimentamos e depois rimos, pois a apresentação e o comentário franco formaram um contraste bastante cômico.

"Ah, sim, ouvi dizer que essas malandrinhas andam tirando seu juízo, srta. March. Se continuarem, é só me chamar que virei em seu resgate", disse ele, com uma carranca ameaçadora que encantou as diabinhas.

Prometi que o chamaria em caso de emergência, e ele partiu, mas parece que estou condenada a vê-lo com frequência, pois hoje, ao passar próximo à sua porta ao sair, trombei nela com meu guarda-chuva, por acidente. A porta se escancarou, e lá estava ele de roupão, com uma grande meia azul numa mão e uma agulha na outra. Ele não parecia nada envergonhado, porque, quando me justifiquei e saí apressada, ele acenou com a mão, meia e tudo, dizendo em voz alta e alegre: "Tenha um belo dia para tropeçar por aí. Bon voyage, mademoiselle."

Ri muito enquanto descia as escadas, mas foi um pouco triste pensar que o pobre homem tinha que remendar a própria roupa. Os cavalheiros alemães costuram, eu sei, mas remendar meias não é nada glamuroso.

Sábado

Não aconteceu nada que seja digno de registrar, exceto uma visita à srta. Norton, que tem um quarto cheio de coisas bonitas e que foi muito gentil, pois me mostrou todos aqueles tesouros e me perguntou se eu iria com ela a palestras e a concertos de vez em quando, como sua acompanhante, se eu quisesse. Ela deu a entender que era um favor, mas tenho certeza de que a sra. Kirke contou-lhe tudo sobre nós, e ela age assim por bondade. Sou tão orgulhosa quanto o diabo, porém tais favores de pessoas assim não me oprimem, e aceitei com gratidão.

Quando voltei à creche, havia um alvoroço tão grande na sala que tive que olhar. Lá estava o sr. Bhaer, de quatro, com Tina empoleirada em suas costas, Kitty guiando-o com uma corda, e Minnie dando bolinhos a dois menininhos, enquanto eles rugiam e se enroscavam em gaiolas feitas de cadeiras.

"Estamos brincando de zoológico", explicou Kitty. "Este é meu elefante!", acrescentou Tina, agarrada ao cabelo do professor. "A mamãe sempre nos deixa fazer o que quisermos na tarde de sábado, quando Franz e Emil vêm, não é, sr. Bhaer?", disse Minnie.

O "elefante" se sentou, parecendo tão sincero quanto as crianças, e disse com seriedade: "Juro que é verdade, e se fizermos muito barulho, a senhorita pode fazer um 'xiu!', e então falaremos mais baixo."

Garanti que faria, mas deixei a porta aberta e aproveitei a algazarra tanto quanto eles, porque nunca testemunhei uma diversão mais gloriosa. Brincaram de pega-pega, dançaram e cantaram e, quando começou a escurecer, todos se amontoaram no sofá ao redor do professor, enquanto ele narrava encantadores contos de fada sobre cegonhas no topo de chaminés e de minúsculos "kobolds", que cavalgam flocos de neve. Quem me dera os americanos fossem tão simples e espontâneos quanto os alemães, não acham?

Gosto tanto de escrever que poderia continuar para sempre se o lado financeiro não fosse um problema, pois, embora tenha usado papel fino e escrito tudo bem apertadinho, tremo ao pensar nos selos que esta longa carta vai precisar. Falando nisso, enviem algumas das cartas de Amy para mim assim que puder. Minhas notícias bobas soarão muito sem graça perto dos esplendores que ela está vivenciando, mas vocês vão gostar, eu sei. Teddy está estudando tanto que não encontra tempo para escrever para os amigos? Cuide bem dele por mim, Beth; contem-me tudo sobre os bebês e mandem lembranças minhas para todos.

Da sua leal,

Jo

P.S. Ao reler minha carta, percebi que falei demais do sr. Bhaer, mas sempre me interesso por pessoas estranhas e eu realmente não tinha mais nada para escrever. Deus os abençoe!

Dezembro

Minha querida Bethinha,

Como esta é uma carta-rascunho, vou me dirigir diretamente a você, porque o que vou falar pode entretê-la e dar-lhe alguma noção das minhas empreitadas, pois, mesmo que sejam aventuras domésticas, são divertidas, então se alegre! Depois do que Amy chamaria de esforços hercúleos, no cultivo mental e moral, minhas jovens ideias começam a desabrochar e os pequenos brotos surgem. Não é tão interessante para mim como Tina e os meninos, mas cumpro meu dever. As crianças gostam de mim. Franz e Emil são garotinhos alegres que me conquistaram; a mistura do espírito alemão e americano produz uma constante efervescência. As tardes de sábado são de tumulto, seja em casa ou fora, pois em dias de clima agradável todos saímos para caminhar, como em um seminário, comigo e com o professor para manter a ordem. É muito divertido!

Nós nos tornamos muito bons amigos, e comecei a ter aulas também. Realmente não pude evitar, e tudo aconteceu de maneira tão engraçada que devo contar. Para começar, a sra. Kirke me chamou certo dia quando passei pelo quarto do sr. Bhaer, que estava sendo organizado por ela.

"Já viu uma caverna assim, minha querida? Venha me ajudar a pôr estes livros em ordem, pois virei tudo de pernas para o ar, tentando descobrir o que ele fez com os seis novos lenços que lhe dei não muito tempo atrás."

Entrei e, enquanto trabalhávamos, eu olhava à minha volta, pois era uma caverna de fato. Livros e papéis por todo lado, um cachimbo quebrado, uma flauta velha e abandonada sobre a cornija, um pássaro esfarrapado piava no parapeito de uma janela e uma caixa de ratinhos brancos enfeitava outra. Barcos semiacabados e pedaços de barbante estavam entre os manuscritos. Havia botas infantis sujas secando diante do fogo, e vestígios dos queridos meninos, a quem ele se dedica com paixão, eram vistos por todo o quarto. Depois de uma vistoria, foram encontrados três dos artigos desaparecidos; um sobre a gaiola do pássaro, um coberto com tinta, e um terceiro tostado, usado como pegador de panela.

"Mas que homem desapegado!", riu a sra. K., enquanto punha os resquícios em um saco de pano. "Suponho que os outros lenços foram rasgados para mastrear navios, servir de atadura para dedos cortados ou fazer rabiolas. É terrível, mas não posso repreendê-lo. Ele é tão distraído e bondoso que deixa os meninos passarem por cima dele. Concordei em lavar e remendar suas coisas, mas o professor se esquece de me entregá-las, e eu me esqueço de procurá-las, por isso, às vezes, fica essa bagunça."

"Deixe que eu cuido disso", eu disse. "Não me importo, e ele não precisa saber. Quero muito ajudar, ele é tão gentil em trazer minhas cartas e me emprestar livros."

Então, coloquei as coisas dele em ordem e costurei os calcanhares de dois pares de meia, pois estavam em mau estado com aquela costura malfeita. Nada foi dito, e eu esperava que ele não descobrisse, mas, certo dia na semana passada, ele me flagrou. Ouvir as aulas que ele ministra aos outros me interessou e me divertiu tanto que fiquei com vontade de aprender. Tina entra e sai correndo, deixando a porta aberta, e eu acabo ouvindo tudo. Eu estava sentada perto dessa porta, terminando a última meia e tentando entender o que ele dizia a uma nova aluna, que é tão tola quanto eu. A menina tinha ido embora, e pensei que ele também, porque tudo ficou quieto. Eu fiquei lá balbuciando um verbo e balançando na cadeira de forma ridícula, quando um barulhinho me fez olhar para cima, e lá estava o sr. Bhaer me observando e rindo com a mão sobre a boca, enquanto fazia sinais para que Tina não o entregasse.

"Ora, veja só!", disse ele quando percebi sua presença e o olhei como uma tonta. "Você me espia, eu a espio, e está tudo bem, mas, seja franca, falo sério quando pergunto: quer aprender alemão?"

"Sim, mas você é muito ocupado, e eu, burra demais para aprender", deixei escapar, vermelha como um tomate.

"Ora! Vamos arranjar tempo e entraremos num acordo. É de bom grado que lhe darei aulas à noite, porque, srta. March, tenho uma dívida para pagar" ele disse, apontando para as meias. "Sim, essas damas tão gentis dizem uma à outra, 'ele é um velho estúpido, não perceberá o que fazemos, nunca verá que os calcanhares das meias não têm mais buracos, pensará que botões novos crescem no lugar dos que caem e acreditará que os cadarços fazem a si mesmos'. Ah! Mas tenho olhos e vejo muito bem. Tenho um coração e sou grato por tudo que fazem. Portanto, teremos uma aulinha aqui, outra ali, ou chega de fadinhas bondosas ajeitando minhas coisas."

Claro que não pude dizer nada depois disso. Como era realmente uma oportunidade esplêndida, aceitei a proposta, e nós começamos. Tive quatro aulas e depois fiquei presa num pântano gramatical. O professor foi muito paciente comigo, mas deve ter sido um tormento para ele que, de vez em quando, olhava para mim com uma expressão de desespero tão sutil que eu não sabia se ria ou se chorava. Eu tentei ambos e, quando me lamentei e reclamei, ele jogou a gramática no chão e marchou para fora da sala. Eu me senti envergonhada e abandonada para sempre, mas não o culpei nem um pouco e estava juntando as folhas antes de sair correndo para o meu quarto e me esbofetear com força, quando ele voltou, tão animado e radiante como se eu estivesse banhada em glória.

"Vamos tentar um novo jeito. A senhorita e eu vamos ler estes adoráveis märchen juntos e podemos esquecer aquele livro chato, deixando-o de lado por nos causar tantos problemas", ele falou, com muita gentileza, e abriu os contos de fada de Hans Anderson de maneira tão convidativa que fiquei mais constrangida do que nunca, e mergulhei com tudo naquela aula, coisa que pareceu diverti-lo um bocado. Esqueci minha timidez e foquei com todas as minhas forças, tropeçando nas longas palavras, pronunciando de acordo com a inspiração do momento e dando meu melhor.

Quando terminei de ler a primeira página e parei para respirar, ele bateu palmas e gritou de forma calorosa: "Das ist gut! Agora sim! Minha vez. Vou ler em alemão, preste atenção", e assim ele seguiu, pronunciando as palavras com sua voz forte e certo deleite que era bom de ver e de ouvir. Felizmente, a história era a d'O soldadinho de chumbo, muito engraçada, de modo que eu podia rir, e eu ri, embora não tenha entendido metade do que ele leu. Não consegui evitar; ele estava empolgado, e eu, alegre, e era tudo cômico demais.

Depois disso, tudo melhorou, e agora leio muito bem nas aulas, pois essa maneira de estudar me apetece e percebo a gramática no meio dos contos e poesias, como se fosse um remédio no meio da comida. Estou gostando muito, e ele ainda não parece ter enjoado, o que é muito generoso da parte dele, não é? Quero presenteá-lo no Natal, pois não me atrevo a oferecer dinheiro. Me dê uma dica de algo legal, mamãe.

Fico contente que Laurie está feliz e ocupado a ponto de parar de fumar, e que deixou crescer o cabelo. Percebe que Beth o trata melhor do que eu? Não estou com ciúmes, querida, faça seu melhor, só não faça do garoto um santo. Receio que eu não gostaria dele sem um toquezinho de picardia. Leia alguns trechos de minhas cartas para ele. Não tenho tempo para escrever muito, então isso vai ter que servir. Graças a Deus, a Beth continua bem.

Janeiro

Um feliz Ano Novo para todos, minha querida família, o que inclui, é claro, o sr. L. e um jovem de nome Teddy. Não há palavras que expressem o quanto gostei do presente de Natal, pois ele só chegou à noite, e eu já tinha perdido as esperanças. A carta foi entregue de manhã, mas vocês não disseram nada sobre um pacote, esperando fazer uma surpresa, então fiquei desapontada, porque não queria acreditar que havia sido esquecida. Fiquei um pouquinho triste quando me recolhi depois do chá. E então, quando me trouxeram aquele pacotão sujo e surrado, eu o abracei e pulei feito doida. Foi tão acolhedor e reconfortante, como se eu estivesse em casa outra vez, que me sentei no chão, li, olhei, comi, ri e chorei à minha maneira absurda de sempre.

Era exatamente o que eu queria, e melhor ainda por ter sido feito em vez de comprado. O novo "avental para escritoras" de Beth é maravilhoso, e a caixa de biscoitos de gengibre de Hannah foi um tesouro. Tenha certeza de que vou usar as lindas roupas que mandou, mamãe, e ler com carinho os livros do papai. Obrigada a todos, obrigada infinitas vezes!

Falar em livros me faz lembrar que estou cada vez mais rica nesse quesito, pois, no dia de Ano Novo, o sr. Bhaer me deu um belo volume de Shakespeare. É um que ele valoriza muito, e que eu mesma já admirei muitas vezes, exposto em lugar de honra ao lado de sua Bíblia alemã e versões dos livros de Platão, Homero e Milton. Vocês podem imaginar como me senti quando ele apareceu com o livro, com a capa aberta, mostrando que ali agora constava meu nome, presente "do seu amigo, Friedrich Bhaer".

"Você sempre diz que quer ter uma biblioteca. Bem, estou lhe dando uma, pois entre estas tampas (ele quis dizer capas) estão muitos livros em um. Leia-o com carinho, e ele será um grande amigo, pois o estudo do caráter aqui reunido a ajudará a ler o mundo e, consequentemente, a pintá-lo com sua pena."

Agradeci-lhe da melhor maneira possível e agora falo de "minha biblioteca", como se tivesse uma centena de livros. Eu não sabia o quanto havia em Shakespeare, mas também nunca tive um Bhaer para me explicar. E não riam do nome horrível dele. Não se pronuncia nem "Bar" nem "Bér", como em Bérgamo, mas algo entre os dois, de um jeito que só os alemães conseguem acertar. Ainda bem que estão gostando do que conto sobre ele, e espero que um dia o conheçam. A mamãe admiraria o coração bondoso dele, e o papai, a sabedoria. Admiro ambos e me sinto afortunada com "meu amigo Friedrich Bhaer".

Não tendo muito dinheiro, ou sabendo o que ele gostaria, reuni várias coisinhas e as coloquei em seu quarto, onde ele pudesse encontrá-las inesperadamente. Eram objetos úteis, bonitinhos ou engraçados: um novo tinteiro na mesa, um vasinho para colocar flores, pois ele sempre colhe uma, ou um raminho verde (para mantê-lo revigorado, como ele próprio diz), e um suporte para o seu fole, para que não queime o que Amy chama de "mouchoirs". Eu fiz um imitando aqueles que Beth inventou: uma grande borboleta gorducha, asas pretas e amarelas, anteninhas de lã e olhos de contas. Ele amou no mesmo instante e colocou-o na cornija como uma peça de decoração, por isso, no fim das contas, a intenção do presente foi um fracasso. Mesmo pobre como é, ele não se esqueceu de um criado ou criança nesta casa, e nem uma alma aqui, desde a moça francesa que lava roupas até a srta. Norton, se esqueceu dele. Fiquei muito, muito contente com isso.

Fizeram um baile de máscaras, e a noite de Ano Novo foi muito divertida. Eu não queria descer, não tinha roupa para isso. Mas, no último minuto, a sra. Kirke se lembrou de uns vestidos de brocados antigos que tinha guardados, e a sra. Norton me emprestou rendas e penas. Assim, vesti-me de srta. Malaprop[9] e surgi com uma máscara. Ninguém me reconheceu, pois disfarcei a voz, e ninguém imaginou que a quieta e arrogante srta. March (pois eles acham que sou muito rígida e fria, a maioria deles, e realmente sou com pessoas nariz em pé) podia dançar, se vestir e se soltar em um "belo desarranjo de epitáfios, como uma alegoria nas margens do Nilo".[10] Eu me diverti muito e, quando tiramos as máscaras, foi engraçado ver todos me encarando com surpresa. Ouvi um dos jovens dizer a outro que sabia que eu era atriz e que, na verdade, ele se lembrava de ter me visto em um dos teatros menores. Meg vai gostar dessa piada. O sr. Bhaer era Nick Bottom e Tina era Titania, uma fadinha perfeita nos braços dele. Vê-los dançar era "uma visão e tanto", como falaria Teddy.

Passei um Ano Novo muito feliz, no fim das contas. Quando refleti sobre isso no quarto, senti como se estivesse dando um pequeno passo à frente apesar de meus muitos fracassos; estou sempre animada, trabalho com vontade e me interesso mais por outras pessoas do que antes, o que é uma satisfação. Deus abençoe a todos! De sua sempre querida,

Jo.

9 Referência feita anteriormente por Alcott na primeira parte da história, *Adoráveis mulheres* (1868), à personagem atrapalhada da peça *The Rivals* (1775), de Richard Brinsley Sheridan, que constantemente troca palavras e sentidos. [N.E.]

10 Menção aos deslizes cometidos pela srta. Malaprop na peça referida na nota anterior. [N.E.]

CAPÍTULO ONZE

# Amigo

Embora muito feliz pela atmosfera social que a rodeava, e muito ocupada com o trabalho diário que lhe rendia o pão e o tornava mais saboroso pelo esforço, Jo ainda encontrava tempo para os trabalhos literários. O propósito que passou a orientá-la era natural para uma menina pobre e ambiciosa, mas os meios que encontrou para alcançá-lo não foram os melhores. Jo viu que o dinheiro trazia poder, então, dinheiro e poder ela resolveu obter, não para ser usado de maneira egoísta, mas com aqueles que ela amava mais do que a própria vida. O castelo no céu mais valioso para Jo era aquele que abrigava há anos o sonho de encher a casa da família de conforto, dar à Beth tudo o que ela poderia querer, desde morangos no inverno até um órgão em seu quarto, levar todas para o exterior e ter sempre mais do que o suficiente, para que pudesse se dar ao luxo de fazer caridade.

A experiência de ter ganhado um prêmio por sua história pareceu abrir um caminho que poderia, após longas viagens e muito trabalho duro, levar a esse delicioso *château en Espagne*. Mas o desastre do romance lhe extinguiu a coragem por um tempo, pois a opinião pública é um gigante que já assustou Joões de coração valente em pés de feijão maiores do que o dela. Tal como aquele herói imortal, ela descansou um pouco após a primeira tentativa, que resultou em um tombo e no menos belo dos tesouros do gigante, se bem me lembro.[11] Mas a determinação de se levantar e tentar de novo era tão forte na jovem escritora quanto em João, então ela andou por um lado mais pernicioso a fim de lucrar mais, e quase deixou para trás o que era muito mais precioso do que o dinheiro.

Ela passou a escrever histórias sensacionalistas, pois naqueles tempos sombrios pós-guerra até mesmo as camadas mais perfeitinhas da América apreciavam bobagens. Não contou a ninguém seus planos e, ao escrever um "conto emocionante", ousou levá-lo ao sr. Dashwood, editor do *Weekly Volcano*. Ela nunca havia lido *Sartor Resartus*, mas tinha um instinto feminino de que as vestes possuem uma influência mais poderosa sobre muitas pessoas do que o valor do caráter ou o encanto dos modos. Jo, então, colocou sua melhor roupa e, tentando se convencer de que não estava nem animada nem nervosa, bravamente subiu dois lances de escadas escuras e sujas para chegar a uma sala desorganizada, tomada por uma nuvem de fumaça de charuto, onde estavam três cavalheiros, cujas posturas indicavam egos mais altos do que os modelos de seus chapéus, artigo de vestuário que, por sinal, nenhum deles se deu ao trabalho de retirar diante da aparição da jovem. Um pouco assustada com essa recepção, Jo hesitou no batente da porta e murmurou, muito envergonhada:

– Com licença, estou à procura do escritório do *Weekly Volcano*. Gostaria de ver o sr. Dashwood.

Descendo de sua altivez, levantou-se o cavalheiro que mais fumava e, acariciando com cuidado o charuto entre os dedos, avançou com um aceno de cabeça e um semblante que expressava nada além de sono. Sentindo que precisava tocar no assunto de alguma forma, Jo retirou o manuscrito e, ficando cada vez mais vermelha conforme

---

11 Na versão em inglês da fábula *João e o pé de feijão*, o menino sobe mais de uma vez até a morada do Gigante, e na primeira vez ele só consegue uma bolsa de moedas de ouro que logo acaba. [N.E.]

falava, bagunçou fragmentos do pequeno discurso cuidadosamente preparado para a ocasião.

— Uma amiga minha deseja que eu ofereça uma história... só como um teste... queria sua opinião... ficaria contente por escrever mais, se esta lhe agradar.

Enquanto ela corava e se atrapalhava, o sr. Dashwood pegou o manuscrito e virou as folhas com um par de dedos bastante sujos, lançando olhares críticos pelas páginas bem-organizadas.

— Não é uma primeira tentativa, presumo? — disse, observando que as páginas haviam sido numeradas e escritas apenas em um lado, e que não estavam amarradas com um barbante, atitudes que seriam coisa de novato.

— Não, senhor. Ela tem alguma experiência e ganhou um prêmio por um conto no *Blarneystone Banner*.

— Ah, é mesmo? — O sr. Dashwood deu uma olhadela rápida para Jo, parecendo notar tudo que ela vestia, desde o chapéu até as botas. — Bem, pode deixá-lo aqui, se quiser. Há mais histórias desse tipo acumuladas por aqui do que podemos dar conta, mas vou passar o olho por cima e darei uma resposta na próxima semana.

Bem, Jo *não* gostaria de deixar o manuscrito ali, pois o sr. Dashwood não lhe agradava nem um pouco, mas, dadas as circunstâncias, não havia nada que pudesse fazer a não ser se despedir e ir embora, mostrando-se particularmente digna, como sempre fazia quando estava aborrecida ou envergonhada. Naquele momento, ela se sentia tanto aborrecida quanto envergonhada, pois era perfeitamente evidente, pelos olhares trocados entre os senhores, que a ficçãozinha da "amiga" foi tomada como uma boa piada, e uma risada, vinda de algum comentário inaudível do editor, ao bater da porta, completou seu constrangimento. Quase decidida a nunca mais voltar ali, ela foi para casa e lidou com a irritação remendando roupas com vigor, e em uma ou duas horas estava tranquila o suficiente para rir do ocorrido e esperar a próxima semana.

Quando retornou, o sr. Dashwood estava sozinho, coisa pela qual ela agradeceu. Ele estava muito mais desperto do que antes, o que era desejável, e não estava tão absorto em charutos a ponto de se esquecer de suas maneiras, de modo que o segundo encontro foi muito mais aprazível do que o primeiro.

— Nós vamos ficar com a história — é notável como os editores nunca dizem "eu" —, se não se opuser a algumas alterações. É muito longa; entretanto, se omitirmos os trechos que marquei vai fazer com que tenha o tamanho certo — explicou o sr. Dashwood, em um tom empresarial.

Jo mal reconhecia o manuscrito, tão amassadas e rabiscadas estavam as páginas, e, sentindo-se como uma mãe carinhosa se sentiria ao ser convidada a cortar as pernas do seu bebê para que este coubesse em um novo berço, ela olhou para os trechos marcados e ficou surpresa ao perceber que todas as reflexões morais, que havia cuidadosamente construído como um lastro para o romance, haviam sido eliminadas.

— Senhor, eu pensava que toda história deveria ter algum tipo de moral, por isso tomei o cuidado de fazer com que alguns de meus pecadores se arrependessem.

A seriedade editorial do sr. Dashwood relaxou em um sorriso, pois Jo havia esquecido de sua "amiga" e falou como só uma autora poderia.

— As pessoas querem ser entretidas, e não ouvir sermões, como imagino que sabe. Não se vende moral hoje em dia. — Esta, inclusive, não foi uma afirmação muito correta, vale notar.

— Então o senhor acha que com essas alterações está bom o suficiente?

— Sim, é um enredo diferente, muito bem trabalhado, a linguagem é boa e tudo mais — foi a resposta amável do sr. Dashwood.

— O que vocês... digo, quanto vocês... — começou Jo, não sabendo exatamente como falar.

— Ah, sim, bem, nós pagamos de 25 a 30 dólares por coisas assim. Pagamos quando é publicado — respondeu o sr. Dashwood, como se esse ponto lhe tivesse escapado (tais "bobeiras" costumam escapar à mente editorial, dizem por aí).

— Muito bem, pode ficar com ela — disse Jo, devolvendo a história com um ar satisfeito, pois, depois de trabalhar pelo valor de um dólar por coluna, aquele pagamento parecia um bom tanto. — Devo dizer à minha amiga que o senhor vai ficar com outra se ela escrever uma melhor que essa? — perguntou Jo, alheia ao pequeno deslize que cometera e encorajada pelo sucesso.

— Bem, vamos dar uma olhada. Não posso prometer que aceitaremos. Diga à sua amiga para ser concisa e provocativa, e não se preocupe com a moral. Como ela gostaria de ser creditada? — perguntou o homem, em um tom indiferente.

— Anônimo, por favor. Ela não quer o nome publicado, e não tem um pseudônimo — disse Jo, corando involuntariamente.

— Será como ela quer, é claro. O conto vai ser publicado na próxima semana. Você vem buscar o dinheiro ou devemos enviá-lo? — perguntou o sr. Dashwood, sentindo um desejo natural de saber quem poderia ser sua nova colaboradora.

— Eu venho buscar. Tenha um bom dia, senhor.

Quando Jo partiu, o sr. Dashwood se levantou e soltou um gracioso comentário:

— Pobre e orgulhosa, como de costume, mas é boa.

Seguindo as instruções do sr. Dashwood, e usando a sra. Northbury como modelo, Jo rapidamente deu um mergulho no mar espumoso da literatura sensacionalista. No entanto, graças ao salva-vidas jogado por um amigo, ela voltou à superfície não muito pior do que quando mergulhou.

Como a maioria dos jovens escritores, ela utilizava o exterior como inspiração para seus personagens e cenários; bandidos, condes, ciganos, freiras e duquesas apareciam no palco e desempenhavam seus papéis com tanta exatidão e presença de espírito quanto se podia esperar. Seus leitores não eram exigentes em relação a trivialidades como gramática, pontuação e probabilidades, e o sr. Dashwood generosamente permitia que ela enchesse suas colunas pelos menores preços possíveis, não achando necessário dizer-lhe que a verdadeira causa de sua pronta hospitalidade era o fato de que um de seus escritores amadores, ao receber ofertas de salários melhores, havia abandonado o jornal de um dia para o outro.

Jo logo voltou toda a sua atenção ao trabalho, pois sua carteira vazia se encheu, e a poupança que ela estava fazendo para levar Beth a um passeio pelas montanhas no verão seguinte crescia de forma lenta, mas segura, à medida que as semanas passavam. Uma coisa atrapalhava sua alegria: o fato de não ter contado à família o que estava fazendo. Tinha a sensação de que o pai e a mãe não aprovariam, então preferiu fazer as coisas do seu jeito primeiro e pedir perdão depois. Era fácil manter o segredo, já que as histórias não eram creditadas. O sr. Dashwood, é claro, eventualmente descobriu seu nome, mas prometeu se fazer de ignorante e, por incrível que pareça, manteve sua palavra.

Ela pensou que isso não seria um problema, pois sinceramente não pretendia escrever nada de que se envergonhasse e acalmou todos os picos de crises de consciência com antecipações do momento feliz em que mostraria seus ganhos àqueles que amava e riria de seu segredo bem guardado.

Contudo, o sr. Dashwood rejeitava qualquer história que não fosse emocionante, e como as emoções não podem ser produzidas a não ser através de artifícios que angustiem as almas dos leitores, história e romance, terra e mar, ciência e arte, registros policiais e manicômios tiveram que ser abandonados. Jo logo descobriu que sua inocente experiência lhe havia dado apenas alguns vislumbres do trágico mundo que alicerça a sociedade, então, em relação a isso, ela começou a suprir suas deficiências com a energia característica.

Ansiosa por encontrar material para as histórias, e inclinada a torná-las originais em enredo, se não magistralmente respeitáveis em termos de execução, ela procurou nos jornais por acidentes, incidentes e crimes. Ela levantou suspeitas nos bibliotecários públicos ao pedir por artigos sobre venenos; estudou rostos na rua e as personalidades boas, más e indiferentes daqueles ao seu redor; mergulhou na poeira de tempos primitivos à procura de fatos ou ficções tão antigos que poderiam ser lidos como novos; e se apresentou à loucura, ao pecado e à miséria, tanto quanto lhe permitiam suas oportunidades limitadas. Jo tinha a sensação de que prosperava, mas, inconscientemente, começava a profanar alguns dos atributos mais femininos do caráter de uma mulher. Estava vivendo em más companhias e, por mais imaginárias que fossem, aquelas influências a afetavam, pois ela alimentava o coração e a mente com insumos perigosos e rapidamente desvirtuava o inocente desabrochar de sua natureza por um relacionamento prematuro com o lado mais obscuro da vida, que tão logo chega para todos nós.

Ela começava a sentir tudo isso, em vez de só perceber, pois as descrições das paixões e dos sentimentos de outras pessoas a levaram a estudar e a esmiuçar os seus próprios, um passatempo mórbido ao qual jovens mentes saudáveis não se entregam voluntariamente. Os equívocos sempre cobram seu preço, e quando Jo mais precisou, ela recebeu a conta.

Não sei se o estudo de Shakespeare a ajudou a decifrar o caráter, ou se foi o instinto de mulher que por natureza detecta aquilo que é verdadeiramente honesto, corajoso e forte, mas, enquanto dotava seus heróis imaginários de toda perfeição, Jo descobria um herói vivo, que a interessava, apesar de muitas imperfeições humanas. O sr. Bhaer, em uma de suas conversas, aconselhou-a a estudar personagens simples, verdadeiros e adoráveis, onde quer que ela os encontrasse, como um bom treinamento para uma escritora. Jo aceitou o conselho; começou a analisar aquele homem — algo que o teria surpreendido muito, se ele soubesse, pois o digno professor era muito humilde em sua própria concepção.

O porquê de todos gostarem dele era algo que Jo não compreendia no início. Ele não era nem rico, nem importante; nem jovem, nem bonito; e, em nenhum aspecto, o que se chama de fascinante, imponente ou brilhante. Mesmo assim, era atraente como uma chama gentil, e as pessoas pareciam se reunir em torno dele com tanta espontaneidade quanto fariam em torno de uma lareira quentinha no inverno. Ele era pobre, e ainda assim parecia estar sempre doando algo; era um completo estranho, e ainda assim todos eram seus amigos; não era mais tão jovem, e ainda assim tinha o coração alegre de um menino; era simples e peculiar, e ainda assim suas feições eram belas para muitos, e suas peculiaridades, facilmente perdoadas.

Jo o observava com frequência, tentando descobrir qual era o encanto, e por fim entendeu que era a benevolência daquele homem que operava tal milagre. Quando sentia alguma tristeza, ele a jogava para debaixo do tapete e mostrava apenas seu lado feliz para o mundo. Havia linhas de expressão em sua testa, mas o tempo parecia tê-lo abraçado suavemente, lembrando-se de como ele era bondoso para os outros. As curvas agradáveis da boca eram os memoriais de muitas palavras amigáveis e risos alegres, seus olhos nunca eram frios ou ríspidos, e sua grande mão tinha um aperto quente e forte que era mais expressivo do que qualquer discurso.

Até as roupas pareciam fazer parte da natureza hospitaleira de quem as vestia. Tudo era despojado e confortável. O colete largo sugestivamente guardava um grande coração por baixo. O casaco surrado carregava um ar social, e os bolsos folgados provavam que frequentemente entravam ali mãozinhas vazias que logo saíam cheias. As botas não eram pomposas, e os colarinhos nunca estavam rígidos e ásperos como os de outras pessoas.

— É isso! — disse Jo para si mesma, quando eventualmente se deu conta de que a genuína boa vontade com o próximo poderia embelezar e dignificar até mesmo um professor alemão robusto, que engolia seu jantar, remendava as próprias meias e carregava o fardo de ter um nome difícil de se pronunciar.

Jo valorizava muito a bondade, mas também possuía um respeito muito feminino pelo intelecto, e uma pequena descoberta que fez sobre o professor acrescentou muito ao respeito que estendia ao sujeito. O sr. Bhaer nunca falava de si mesmo, e ninguém sabia que em sua cidade natal ele fora um homem muito honrado e estimado por suas aulas e por sua integridade característica, até que um compatriota foi visitá-lo. Em uma conversa com a srta. Norton, o visitante comentou o fato agradável. Jo soube através dela e gostou mais ainda da informação porque o sr. Bhaer nunca contara. Ela ficou orgulhosa ao saber que ele era um professor respeitado em Berlim, embora fosse apenas um pobre mestre de línguas na América, e sua vida caseira e trabalhadora foi muito embelezada pelo toque de romance que a descoberta proporcionou. Outro dom, melhor que o intelecto, veio à tona de uma forma inesperada. A srta. Norton frequentava setores da alta sociedade que Jo não teria tido a chance de ver se não fosse a amizade delas. A mulher solitária desenvolveu um interesse pela garota ambiciosa e gentilmente concedeu muitos favores tanto a Jo quanto ao professor. Certa noite, ela os levou a um seleto simpósio, realizado em homenagem a várias celebridades.

Jo foi preparada para venerar os poderosos que ela havia adorado de longe com entusiasmo juvenil. Mas sua reverência por aquelas mentes inteligentes teve um baque pesado naquela noite, e levou algum tempo para ela se recuperar da descoberta de que as tais grandes criaturas eram apenas homens e mulheres, no fim das contas. Imagine a consternação ao dar uma olhada de tímida admiração no poeta cujos versos sugeriam um ser etéreo alimentado por "espírito, fogo e orvalho" e vê-lo devorando o jantar com um ardor que corava seu semblante intelectual. Dando as costas a um ídolo caído, fez outras descobertas que rapidamente dissiparam suas ilusões românticas. O grande romancista pendia entre as licoreiras com a regularidade de um relógio; o famoso teólogo flertava abertamente com uma das Madame de Staël da época, que lançava um olhar ferino para outra Corinne,[12] que a satirizava amigavelmente, depois de passar-lhe a perna nos esforços para chamar a atenção do profundo filósofo, que sorvia o chá *à la* Samuel Johnson e parecia prestes a adormecer, devido à loquacidade da dama que tornava impossível qualquer réplica. As celebridades científicas, esquecendo seus moluscos e períodos glaciais, fofocavam sobre arte, enquanto se dedicavam energicamente a aproveitar as ostras e sorvetes; o jovem músico, que recentemente encantara a cidade como um segundo Orfeu, falava de cavalos; e o espécime da nobreza britânica ali presente era o homem mais comum da festa.

Antes que a noite acabasse, Jo estava tão desiludida que precisou se sentar em um canto para se recuperar. O sr. Bhaer logo se juntou a ela, parecendo um peixe fora d'água, e naquele momento vários dos filósofos, cada um com sua especialidade, reuniram-se para realizar um torneio intelectual durante um intervalo. As conversas estavam muito além da compreensão de Jo, mas até que ela gostou, embora Kant e Hegel fossem deuses desconhecidos, "subjetivo" e "objetivo", termos ininteligíveis, e a única coisa que "evoluiu de sua consciência interior" foi uma dor de cabeça péssima depois que tudo acabou. Ela percebeu gradualmente que o mundo estava sendo destroçado em pedaços e montado de uma forma diferente e, de acordo com os tagarelas, em princípios infinitamente melhores do que antes, que a religião seria reduzida ao nada pela racionalidade, e que o intelecto seria o único Deus. Jo nada sabia sobre filosofia ou metafísica de qualquer tipo, mas uma curiosa agitação, meio

12 Anne-Louise Germaine de Staël-Holstein (1766–1817), a Madame de Stäel, foi uma notória intelectual francesa que promovia um famoso salão literário. Aqui, Jo está na presença de alguma dama que organizava o mesmo tipo de encontro. *Corinne* (1807), romance escrito por De Stäel, narra a história de uma poetisa italiana homônima, ou seja, a "Corinne" na festa é outra dama de destaque que atrai olhares e provoca ciúmes. [N.E.]

prazerosa, meio dolorosa, tomou conta dela enquanto ouvia aquele debate com a sensação de estar à deriva no tempo e no espaço, como um jovem balão em um feriado.

Ela olhou em volta para ver como o professor estava lidando com aquilo e se deparou com o próprio encarando-a com a expressão mais triste que já vira em seu rosto. Ele balançou a cabeça e acenou para que fossem embora, porém, àquela altura, Jo estava fascinada pela liberdade da filosofia especulativa e ficou lá mesmo, tentando descobrir em que os sábios cavalheiros pretendiam confiar depois de terem aniquilado todas as crenças antigas.

O sr. Bhaer era um homem desconfiado e vagaroso em oferecer suas próprias opiniões, não porque elas não eram embasadas, mas porque eram sinceras e sérias demais para serem ditas de forma leviana. Enquanto olhava de Jo para vários outros jovens, atraídos pelo brilho da pirotecnia filosófica, ele franziu o cenho e ansiava por falar, temendo que alguma jovem alma inflamável se deixasse levar por aqueles foguetes doutrinantes e descobrisse, quando o show acabasse, que restara apenas um bastão seco ou uma mão queimada.

Ele suportou o máximo que pôde, mas, quando solicitaram sua opinião, indignou-se honestamente e defendeu a religião com toda a eloquência da verdade — uma eloquência que transformou seu inglês precário em música e seu rosto comum em uma obra-prima. Ele enfrentou uma dura batalha, pois aqueles sábios argumentavam bem, mas o homem não se deu por vencido e permaneceu de pé. De alguma forma, enquanto o professor falava, o mundo voltou aos eixos para Jo. As crenças antigas, que duraram tanto tempo, pareciam melhores que as novas. Deus não era uma força cega, e a imortalidade não era uma fábula bonita, e sim um fato abençoado. Ela sentiu como se tivesse terra firme sob seus pés outra vez e, quando o sr. Bhaer fez uma pausa, exausto, porém não convencido, Jo quis bater palmas e agradecê-lo.

Ela não o fez, mas gravou aquela cena em sua mente e concedeu ao professor seu mais profundo respeito, pois sabia que aquilo lhe custara um enorme esforço, e a consciência não o deixara ficar em silêncio. Ela começou a perceber que o caráter é uma posse melhor do que dinheiro, posição, intelecto ou beleza e a sentir que, se a grandeza era o que um homem sábio certa vez definira como "verdade, reverência e boa vontade", então seu amigo Friedrich Bhaer não era apenas bom: era grandioso.

Tal crença se fortalecia mais a cada dia. Jo valorizava a estima, cobiçava o respeito e queria ser digna da amizade do professor, e justamente quando o desejo era o mais sincero, ela chegou perto de perder tudo, por causa de um chapéu.

Certa noite, o professor chegou para a aula de Jo com um chapéu de soldado feito de papel, colocado por Tina, o qual ele se esquecera de tirar. "É óbvio que não se olha no espelho antes de vir", pensou Jo, com um sorriso, quando ele a cumprimentou e se sentou sério, bastante inconsciente do contraste absurdo entre sua figura e seu acessório; ele estava prestes a ler *The Death of Wallenstein*.

Ela não disse nada no início, pois gostava de ouvi-lo rir quando algo engraçado acontecia, então deixou que ele descobrisse por si mesmo e logo esqueceu do assunto, pois ouvir um alemão ler Schiller é uma tarefa que demanda bastante dedicação. Após a leitura veio a lição, bem animada, uma vez que Jo estava de bom humor naquela noite, tendo o chapéu agregado à sua alegria. O professor não estava entendendo a razão daquilo e por fim perguntou, com um ar de surpresa que era irresistível:

— Srta. March, por que ri na cara de seu professor? Não tem um pingo de respeito por mim, é?

— Como posso ter respeito, senhor, quando se esquece de tirar o chapéu? — retrucou Jo.

Levando a mão à cabeça, o desligado professor percebeu e retirou o chapeuzinho, olhou para ele um instante, depois atirou a cabeça para trás e deu uma risada alegre e sonora.

– Ah! Agora entendo, foi aquela pestinha da Tina que fez de mim um bobo com este chapeuzinho. Bom, não tem problema. No entanto, se esta aula não correr bem, a senhorita é quem vai usá-lo.

Mas a aula não continuou por alguns instantes, porque o sr. Bhaer viu uma foto no chapéu e, desdobrando-o, disse com enorme repugnância:

– Quem me dera estes jornais não viessem para cá. Não são para crianças verem, nem para os jovens lerem. Não é certo, e não tenho paciência com aqueles que fazem esse mal.

Jo olhou para a folha e viu uma ilustração interessante, composta por um lunático, um cadáver, um vilão e uma víbora. Ela não gostou, mas o impulso que a fez virá-la não foi de desagrado, mas de medo; por um instante, ela pensou que o jornal era o *Volcano*. Ao ver que não era, seu pânico diminuiu, e também se lembrou de que, mesmo se fosse e houvesse um de seus contos ali, não haveria nome algum para denunciá-la. Ela se entregara, no entanto, por um olhar e um enrubescer. Apesar de parecer desligado, o professor via muito mais do que as pessoas imaginavam. Ele sabia que Jo escrevia e a encontrara metida entre os jornais mais de uma vez, porém, como ela nunca falava sobre o assunto, ele não fazia perguntas, apesar de um forte desejo de ver seu trabalho. Naquele momento, ocorreu-lhe que ela estava fazendo o que tinha vergonha de admitir, e isso o incomodou. Ele não disse a si mesmo "não tenho nada a ver com isso, não tenho o direito de dizer nada", como muitas pessoas teriam feito. Pelo contrário, concentrou-se no fato de que ela era moça jovem e pobre, longe do amor da mãe e dos cuidados do pai, e sentiu o impulso de ajudá-la tão rápida e naturalmente quanto seria levado a estender a mão para salvar um bebê de um afogamento. Tudo isso passou pela mente do sr. Bhaer em um minuto, embora seu rosto não transparecesse nada e, quando o jornal foi descartado e o desconforto de Jo passou, ele se prontificou em dizer com tranquilidade, mas bastante sério:

— A senhorita está certa em se afastar disso. Não acho que boas meninas devam ver tais coisas. São agradáveis para alguns, mas prefiro dar pólvora aos meus meninos para brincar do que este lixo terrível.

— Não deve ser tudo ruim, talvez seja só bobo, e se houver demanda, não vejo problema algum em fornecê-la. Muitas pessoas respeitáveis ganham a vida honestamente com o que se chama de histórias sensacionalistas — disse Jo, remexendo nas dobras do vestido com tanto nervosismo que provocou um pequeno rasgo.

— Há demanda de uísque, mas acho que a senhorita e eu não queremos vendê-lo. Se essas pessoas respeitáveis soubessem o mal que fazem, não sentiriam que os ganhos são honestos. Eles não têm o direito de envenenar o doce e deixar os mais fracos o comerem. Não, deveriam pensar bem e trabalhar em quaisquer outras funções antes de pensar em fazer um jornal desses.

O sr. Bhaer falou com ardor e caminhou para a lareira, amassando o papel nas mãos. Jo ficou quieta; era como se o fogo tivesse encostado nela, pois suas bochechas queimavam tanto quanto aquelas páginas, que se transformaram em cinzas e subiram pela chaminé.

— Quem me dera eu pudesse queimar todos os exemplares desta escória — murmurou o professor, voltando com um ar aliviado.

Jo pensou na bela fogueira que a pilha de jornais em seu quarto faria, e o dinheiro ganho com tanto esforço pesava bastante em sua consciência naquele momento. Então, ela pensou, consolando a si mesma, "meus escritos não são tão ruins assim; são apenas bobos, nunca nocivos, por isso não vou me preocupar", e, pegando o livro, disse, com ar de estudiosa:

— Vamos continuar, senhor? Vou me comportar direitinho agora.

— Espero que sim — limitou-se a dizer o professor, querendo dizer mais do que a jovem imaginava, e o olhar bondoso direcionado a ela a fez sentir como se as palavras "Weekly Volcano" estivessem impressas em letras garrafais em sua testa.

Assim que foi para o seu quarto, ela pegou os jornais e releu com muito cuidado cada uma das histórias. Sendo um pouco míope, o sr. Bhaer às vezes usava óculos, e Jo já os havia experimentado uma vez, sorrindo ao ver como ampliavam as letras miúdas dos livros. Naquele momento, ela parecia usar as lentes mentais ou morais do professor, pois as falhas daquelas histórias pobres a fitavam com horror e a enchiam de consternação.

– São mesmo uma porcaria, e logo ficarão piores se eu continuar; cada uma é mais sensacionalista do que a última. Estive obstinadamente engajada nisso, causando mal a mim e a outras pessoas por causa de dinheiro. E sei que é verdade porque não consigo ler estas coisas a sério sem sentir vergonha. O que devo fazer se forem lidas em casa ou se o sr. Bhaer se apoderar delas?

Jo ficou febril com a mera ideia e enfiou o pacote inteiro no fogareiro, quase incendiando a chaminé.

– Sim, esse é o melhor lugar para tais besteiras. É melhor eu colocar fogo na casa do que deixar outras pessoas se explodirem com minha pólvora – pensou ela enquanto observava os olhos de uma das ilustrações encararem-na como brasas ardentes.

Quando não restou nada de seus três meses de trabalho, exceto um monte de cinzas e o dinheiro no colo, Jo ficou séria, sentada no chão, perguntando-se o que deveria fazer com os pagamentos.

– Acho que ainda não fiz muito mal e posso ficar com o dinheiro para compensar o tempo gasto – disse ela, após longa meditação. Depois acrescentou com impaciência: – Quase desejo não ter consciência alguma, é tão inconveniente. Se eu não me importasse em fazer o certo, e não me sentisse desconfortável ao fazer o errado, tudo ficaria bem. Não posso deixar de desejar, às vezes, que a mamãe e o papai não tivessem sido tão rígidos com isso.

Ah, Jo, em vez disso, agradeça a Deus que "o papai e a mamãe foram rígidos" e tenha piedade do coração daqueles que não têm tais guardiões para os cercar com princípios que podem parecer celas a uma jovem impaciente, mas que se provarão bases seguras para construir o caráter de mulher.

Jo não escreveu mais histórias sensacionalistas, decidindo que o dinheiro não compensava. Entretanto, acabou indo para o outro extremo, como geralmente ocorre em momentos de epifania. Ela passeou pelos escritos de Mary Martha Sherwood, Maria Edgeworth e Hannah More e depois escreveu um conto que poderia ter sido mais propriamente chamado de sermão, tamanha era a intensidade moral. Teve suas dúvidas sobre aquela produção desde o início, pois seu senso de romance alegre e sua imaginação vivaz ficavam tão desconfortáveis no novo estilo quanto ela estaria se colocasse trajes rígidos e pesados do século XVIII. Ela enviou aquela pérola didática para várias editoras, mas não encontrou compradores, e estava inclinada a concordar com o sr. Dashwood que a moral não vendia.

Então, ela se aventurou pelas histórias infantis, das quais poderia facilmente ter se aproveitado se não tivesse sido tão mercenária para tentar um lucro indecoroso por elas. A única pessoa que se ofereceu para fazer valer a pena aquela tentativa no campo da literatura juvenil foi um cavalheiro digno, que sentia ser sua missão converter o mundo à sua crença. Contudo, por mais que ela gostasse de escrever para crianças, Jo não podia consentir em entregar todos os seus menininhos travessos aos ursos ou deixar que fossem arremessados por touros ensandecidos só porque não iam à escola sabatina, nem deixar todos os bons meninos que iam serem recompensados com todo tipo de felicidade, desde biscoitos de gengibre até escoltas de anjos no momento em que partiam dessa para a melhor com salmos ou sermões na ponta da língua. Assim, a coisa não foi para frente, e Jo fechou seu tinteiro e disse em um ataque de humildade muito sã:

– Eu não sei de nada. Vou esperar até saber antes de tentar de novo e, enquanto isso, vou trabalhar se não puder fazer melhor. Isso é honesto, pelo menos. – Tal decisão provou que seu segundo tombo do pé de feijão lhe fizera algum bem.

Enquanto essas revoluções internas aconteciam, sua vida do lado de fora estava tão ocupada e regrada pela rotina que, se por vezes ela parecia séria ou um pouco triste, ninguém notava a não ser o professor Bhaer. Ele fazia isso de forma tão discreta que Jo nunca soube que ele a observava, a fim de reparar se a garota aceitaria e lucraria com sua reprovação. Ela passou no teste, para a satisfação de seu mentor, pois, embora nenhuma palavra tenha sido dita, ele sabia que ela desistira de escrever. Era algo adivinhável para aquele exímio observador não só pelo fato de que o segundo dedo da mão direita dela já não aparecia sujo de tinta o tempo todo, como também porque Jo passava as noites no andar de baixo, já não era mais encontrada em meio aos jornais e estudava com uma paciência obstinada, o que lhe assegurava que ela estava inclinada a ocupar a mente com algo útil, senão agradável.

Ele a ajudou de muitas maneiras, provando ser um verdadeiro amigo, e Jo estava feliz. Enquanto sua pena ficava sem uso, ela aprendia outras lições além do alemão e construía uma base para a história emocionante de sua vida.

Foi um inverno agradável e longo. Jo não deixou a sra. Kirke até junho. Todos pareciam lamentar quando chegou o momento de sua partida. As crianças estavam inconsoláveis, e o cabelo do sr. Bhaer estava de pé (ele sempre remexia as madeixas quando estava aborrecido).

– Voltando para casa? Ah, a senhorita é feliz por ter um lar para voltar – disse ele quando soube, ficando em silêncio logo em seguida e puxando a barba de lado, enquanto Jo tentava manter a postura naquela última noite.

Ela partiria cedo, por isso se despediu de todos durante a noite. Quando chegou a vez do professor, Jo o ameaçou carinhosamente:

– Veja bem, senhor, não se esqueça de nos visitar quando passar por lá, está bem? Nunca o perdoarei se esquecer, pois quero que todos conheçam meu amigo.

– A senhorita quer? Devo ir? – perguntou ele, olhando para Jo com uma expressão ansiosa que ela não captou.

– Sim, vá no próximo mês. Laurie vai se formar, e estou certa de que o senhor adoraria conhecer uma cerimônia de formatura por aqui.

– Esse é aquele seu melhor amigo de quem fala? – perguntou o professor, em um tom alterado.

– Sim, meu menino Teddy. Estou muito orgulhosa dele e gostaria que o conhecesse.

Jo olhou para cima, alheia a qualquer outra coisa além do prazer que aquela perspectiva de os apresentar lhe oferecia. Algo no rosto do sr. Bhaer a lembrou de repente do fato de que ela poderia encontrar em Laurie mais do que um "melhor amigo" e, só porque não desejava deixar transparecer qualquer problema, ela involuntariamente começou a corar. Quanto mais tentava controlar, mais vermelha ficava e, se não fosse por Tina ter se agarrado a seus joelhos, ela não sabe o que teria acontecido. Felizmente, a criança pediu um abraço, de modo que Jo conseguiu esconder o rosto, esperando que o professor não tivesse reparado. No entanto, ele reparou, e suas feições passaram daquela ansiedade momentânea para sua expressão habitual, quando disse com cordialidade:

– Temo não ter tempo para isso, mas desejo ao seu amigo muito sucesso e a todos vocês muita felicidade. *Gott* os abençoe! – Com isso, ele apertou a mão de Jo calorosamente, tomou Tina nos braços e foi embora.

Depois que os meninos foram para a cama, ele se sentou em frente ao fogo, com um olhar cansado e a *Heimweh*, ou "saudades de casa", pesando em seu coração. Quando se lembrou de Jo brincando com Tina em seu colo, a delicadeza no rosto dela, o professor cobriu o rosto com as mãos por um minuto e depois vagou pelo quarto, como se estivesse em busca de algo que não conseguia encontrar.

– Não é para mim, não devo ter esperanças – disse a si mesmo, com um suspiro que foi quase um gemido. Então, como se repreendesse a si mesmo pelo desejo que não conseguia reprimir, beijou as duas cabecinhas desgrenhadas que repousavam sobre o travesseiro, pegou seu cachimbo raramente usado e abriu o volume de Platão.

Ele fez seu melhor, com muita hombridade, mas ouso dizer que não encontrou em um par de garotinhos travessos, um cachimbo, ou mesmo no divino Platão substitutos muito satisfatórios para uma esposa, um filho e um lar.

No dia seguinte, de manhã bem cedo, o professor foi à estação para ver Jo partir e, graças a ele, a jovem moça começou a viagem solitária com a lembrança agradável de um rosto familiar sorrindo em meio ao adeus, um monte de violetas para lhe fazer companhia e, o melhor de tudo, com o seguinte pensamento feliz: "Bem, o inverno se foi, e não escrevi livros nem ganhei rios de dinheiro, mas fiz um amigo que vale a pena ter e vou tentar mantê-lo pelo resto da vida."

CAPÍTULO DOZE

# A dor do amor

Qualquer que tenha sido a motivação, Laurie dedicou-se aos estudos com afinco naquele ano, haja vista que ele se formou com honra e fez a oração latina com a graça de um Phillips e a eloquência de um Demóstenes,[13] assim disseram seus amigos. Estavam todos lá, seu avô (oh, como estava orgulhoso), o sr. e a sra. March, John e Meg, Jo e Beth, e todos se regozijaram na admiração mais sincera para a qual os garotos não dão importância no momento, sem saber que não a receberão tão facilmente do resto do mundo depois.

– Tenho que ficar para esta maldita ceia, mas amanhã estarei em casa cedo. Vocês vão me visitar como sempre, meninas? – disse Laurie, ao colocar as irmãs na carruagem depois das alegrias do dia terem acabado. Por "meninas" ele quis dizer "Jo", pois era a única que mantinha o velho costume. Ela não tinha coragem de recusar nada ao seu esplêndido e bem-sucedido menino e respondeu calorosamente:

– Eu vou, Teddy, faça chuva, faça sol. Marcharei diante de você, bradando "Salve nosso herói conquistador, toquem as trombetas!".

13 Wendell Phillips (1811–1884) foi um advogado abolicionista cuja eloquência oratória o impulsionou como figura proeminente da causa antiescravagista. Demóstenes (384 a.C.–322 a.C.) foi um político grego também reconhecido por sua oratória. [N.E.]

Laurie agradeceu com um olhar que a fez pensar, em um pânico repentino: "Meu Deus! Ele vai dizer alguma coisa, tenho certeza. O que devo fazer?"

Meditação noturna e trabalho matinal acalmaram um pouco seus medos e, tendo decidido que não seria vaidosa a ponto de pensar que alguém a pediria em casamento quando ela já tinha dado a entender qual seria sua resposta, apresentou-se na hora marcada, esperando que Teddy não fizesse nada que a obrigasse a ferir seus sentimentos. Uma visita à casa de Meg e um cheirinho revigorante e um beijinho nos gêmeos fortaleceram Jo ainda mais para o tête-à-tête. Porém, quando viu a figura esguia aproximando-se à distância, teve um forte desejo de se virar e correr.

— Onde estão as trombetas, Jo? — exclamou Laurie, assim que estava a certa distância para falar.

— Esqueci. — Ela retomou a coragem, visto que aquela saudação não era coisa de gente apaixonada.

Ela sempre tomava o braço dele nessas ocasiões, mas não o fez naquele momento, e ele não reclamou, o que era um mau sinal. O rapaz tagarelou rapidamente sobre todos os assuntos vagos, até que saíram da estrada e tomaram o caminho que levava para casa através do bosque. Laurie, então, começou a andar mais devagar, de repente passou a balbuciar e, de vez em quando, fazia uma pausa terrível. Para resgatar a conversa de um dos poços de silêncio em que continuavam caindo, Jo emendou com pressa:

— Agora você vai tirar boas e longas férias.

— Pretendo.

Algo no tom resoluto de Laurie fez Jo olhar para cima no mesmo instante. Deu de cara com os olhos dele, encarando-a com uma expressão que lhe confirmava que o temido momento chegara. Ela uniu as mãos em uma súplica:

— Não, Teddy. Por favor, não faça isso!

— Eu vou, e você vai me ouvir. Não adianta, Jo, precisamos conversar. Quanto mais cedo, melhor para nós dois — respondeu ele, completamente inquieto.

— Diga o que quiser, então. Vou ouvir — disse Jo, com uma paciência desesperada.

Laurie era um jovem perdidamente apaixonado e estava determinado a falar tudo o que sentia, mesmo que morresse tentando, por isso mergulhou no assunto com impetuosidade característica, dizendo, entre engasgos aqui e ali, apesar dos esforços viris para se manter estável:

— Eu me apaixonei por você desde o dia em que te conheci, Jo. Não pude evitar, você sempre foi boa comigo. Tentei demonstrar, mas fui impedido. Agora você vai ouvir e me dar uma resposta, não posso continuar assim por mais tempo.

— Eu queria tanto poupá-lo disso. Pensei que compreenderia... — começou Jo, achando tudo muito mais difícil do que esperava.

— Eu sei que sim, mas garotas são tão estranhas que nunca se sabe o que querem dizer. Elas dizem "não" quando querem dizer "sim" e enlouquecem um homem só por diversão — retrucou Laurie, protegendo-se atrás de um fato inegável.

— Eu nunca fiz isso. Nunca tentei fazer com que gostasse de mim, e até fui embora para mantê-lo afastado dessa ideia, se possível.

— Eu percebi. É bem o tipo de coisa que você faria, mas não adiantou nada. Eu só me apaixonei ainda mais, e me esforcei muito para só para agradá-la. Desisti dos jogos e de tudo que você desaprova. Esperei e nunca me queixei. Tive esperanças de que me amasse, embora eu não seja bom o suficiente... — Um nó na garganta cortou a fala de Laurie, que arrancou algumas flores do chão enquanto tentava limpá-la.

— Você é sim. É melhor do que eu mereço. Só tenho a agradecer, e gosto tanto de você. Tenho tanto orgulho de você. Não sei por que não consigo te amar do modo como deseja. Eu tentei, mas não posso mudar o que sinto, e seria mentira dizer que amo alguém quando não amo.

— Isso é uma certeza, Jo? — Ele parou de falar e pegou as mãos dela ao fazer a pergunta com um olhar que ela não esqueceria.

— Isso é uma certeza, meu querido menino.

Estavam no bosque, perto de alguns degraus. Quando aquelas palavras saíram relutantes dos lábios de Jo, Laurie deixou cair as mãos dela e se virou como se fosse seguir em frente, mas, pela primeira vez na vida, achou a cerca alta demais para cruzá-la. Ele apenas encostou a cabeça em um tronco cheio de musgo e ficou tão quieto que Jo teve medo.

— Oh, Teddy, me desculpe, me desculpe infinitas vezes! Eu me mataria se isso servisse de alguma coisa! Quem me dera você pudesse lidar de forma leve, porque não posso consertar. Sabe que é impossível fazer com que as pessoas amem quem elas não amam! — exclamou Jo de forma desarticulada e cheia de remorso, enquanto dava palmadinhas leves no ombro de Laurie, lembrando-se da época em que ele a consolara, tanto tempo antes.

— Às vezes as pessoas conseguem — disse a voz abafada vinda do sujeito derrotado. — Porém não acredito que seja o tipo certo de amor, então prefiro não arriscar — foi a resposta firme.

Houve uma longa pausa, enquanto um melro cantava alegremente no salgueiro junto ao rio, e a relva alta farfalhava ao vento. Naquele momento, Jo disse muito séria, enquanto se sentava em um degrau:

— Laurie, preciso contar uma coisa.

Ele deu um sobressalto como se tivesse sido baleado, jogou a cabeça para trás e gritou em um tom voraz:

— Não vá me dizer isso, Jo! Não aguento ouvir isso agora!

— Dizer o quê? — perguntou ela, espantada com aquela reação violenta.

— Que você ama aquele velho.

— Que velho? — inquiriu Jo, pensando que ele se referia ao avô.

— Aquele maldito professor diabólico sobre o qual você sempre escrevia. Se disser que o ama, sei que tomarei alguma medida drástica contra mim mesmo! — Ele parecia determinado a manter aquela promessa, enquanto fechava os punhos com uma centelha de fúria nos olhos.

Jo queria rir, mas se conteve e tentou apaziguá-lo, pois também estava ficando agitada com tudo aquilo:

— Não xingue, Teddy! Ele não é velho, nem diabólico, e sim bom e gentil, e o melhor amigo que eu tenho, depois de você. Por favor, não dê chiliques! Quero ser gentil, mas sei que vou ficar zangada se falar mal do meu professor. Não o amo, nem a qualquer outra pessoa.

— Mas em algum momento vai amar, e então o que será de mim?

— Também vai amar outra pessoa, como um garoto sensato, e esquecer toda essa confusão.

— Não vou amar mais ninguém e nunca vou esquecê-la, Jo, nunca! Nunca! — Ele bateu os pés para enfatizar as palavras emocionadas.

"O que faço com ele?", pensou Jo em meio a um suspiro, descobrindo que as emoções do amigo eram mais incontroláveis do que pensava.

— Ainda não ouviu o que eu queria contar. Sente e escute, pois quero de verdade fazer o que é certo e vê-lo feliz — disse ela, esperando acalmá-lo com um pouco de razão, o que provou que ela não sabia nada sobre o amor.

Ao ver um raio de esperança naquela colocação, Laurie se atirou na grama aos pés dela e olhou para Jo com um rosto cheio de expectativa. Isso não era nada favorável a uma conversa calma ou a pensamentos organizados. Como ela poderia dizer coisas duras ao seu menino enquanto ele a observava com olhos cheios de amor e desejo, cujos cílios ainda estavam molhados pelas lágrimas amargas produzidas pela frieza de seu coração? Ela virou a cabeça dele com gentileza, enquanto acariciava os cabelos ondulados que o rapaz deixou crescer por ela... quão comovente!

— Concordo com a mamãe quando ela diz que não combinamos, porque nossos temperamentos explosivos e fortes convicções provavelmente nos fariam infelizes, se fôssemos tão tolos a ponto de nos... — Jo parou um instante antes da última palavra, mas Laurie a pronunciou com uma expressão arrebatadora.

— Casarmos! Não, não seríamos infelizes! Se me amasse, Jo, eu seria um perfeito santo. Você faria de mim o que quisesse.

— Não, não posso. Eu tentei e não deu certo, e não vou arriscar nossa felicidade com um experimento tão sério. Não combinamos como um casal e nunca combinaremos, por isso devemos ser bons amigos pelo resto da vida. Não podemos fazer nada precipitado.

— Sim, podemos, se tivermos a chance — murmurou Laurie, rebelde.

— Vamos, seja sensato e olhe para a situação de forma racional! — implorou Jo, quase perdendo a paciência.

— Não vou ser sensato. Não vou aceitar isso que chama de "racional". Não ajuda em nada e só torna as coisas mais difíceis. Não acredito que você tenha coração.

— Quem me dera não tivesse.

A voz de Jo tremeu um pouco e, pensando ser um bom sinal, Laurie se virou, pronto para usar todo o seu poder de persuasão para apoiar aquela causa, e disse, em um tom sedutor que nunca havia sido tão perigosamente sedutor antes:

— Não nos decepcione, minha amada! Estão todos na expectativa. O vovô aposta em nós, sua família apoia, e não posso seguir em frente sem você. Diga que sim, e vamos ser felizes. Por favor, por favor!

Somente meses depois Jo conseguiu entender como foi forte o bastante para se agarrar à resolução que fizera quando decidiu que não amava seu Teddy e que nunca o amaria. Foi muito difícil, mas ela conseguiu, sabendo que postergar a situação seria inútil e cruel.

— Não posso dizer "sim" de coração, então não vou dizer de jeito algum. Você vai entender que tenho razão, mais cedo ou mais tarde, e vai me agradecer por isso... — respondeu em um tom solene.

— Que eu caia morto se isso acontecer! — Laurie se levantou do relvado, ardendo de indignação.

— Sim, você vai agradecer! — persistiu Jo. — Vai superar isso depois de um tempo e encontrar uma garota encantadora, que vai adorá-lo e ser uma ótima esposa para sua linda casa. Eu não seria assim. Sou caseira, esquisitona, estranha e velha, você sentiria vergonha de mim, e nós bateríamos boca... não conseguimos evitar mesmo agora, como pode ver... e eu não iria gostar de companhias elegantes, ao passo que você sim... e você odiaria o fato de eu passar tanto tempo escrevendo, mas eu não abriria mão disso, então seríamos infelizes e desejaríamos não ter feito nada disso, e tudo seria horrível!

— Mais alguma coisa? — perguntou Laurie, não aguentando mais ouvir aquela profecia catastrófica.

— Não, só posso concluir dizendo que não acredito que chegarei a me casar, de todo modo. Sou feliz do jeito que estou e amo demais minha liberdade para ter pressa em desistir dela por qualquer homem.

— Você não me engana! — irrompeu Laurie. — Você pensa assim agora, mas vai chegar um momento em que vai se importar com alguém, e vai amá-lo tremendamente, e viver e morrer por ele. Sei disso, te conheço, e vou estar aqui para assistir. — O apaixonado e desesperado Laurie jogou o chapéu no chão com um gesto que seria cômico se não houvesse uma expressão trágica em seu rosto.

— Sim, vou viver e morrer por ele, se algum dia ele aparecer e eu me apaixonar involuntariamente, e você deve superar tudo isso da melhor forma que puder! — gritou Jo, perdendo a paciência com o pobre Teddy. — Fiz meu melhor, mas você não consegue ser sensato, e é egoísta da sua parte me provocar por algo que não posso dar.

Sempre vou gostar muito de você, como amigo, mas nunca vamos nos casar... e quanto mais cedo acreditar nisso, melhor para nós dois... então, chega!

Essa declaração explodiu como pólvora. Laurie olhou para Jo por um instante, como se não soubesse o que fazer consigo mesmo e depois se virou bruscamente, dizendo em um tom de agonia:

– Um dia vai se arrepender, Jo.

– Aonde você vai? – gritou, assustada com a expressão dele.

– Para o inferno! – foi a resposta desolada.

Por um instante, o coração de Jo parou, enquanto Laurie cambaleava pela margem em direção ao rio, mas é preciso muita insanidade, pecado ou miséria para enviar um jovem a uma morte violenta, e Laurie não era um dos fracos que são derrotados por um único fracasso. Ele não pensava em um mergulho melodramático, mas algum instinto cego o levou a atirar o chapéu e o casaco em seu barco e remar com todas as suas forças, atravessando o rio em um tempo recorde. Jo respirou fundo e desatou as mãos enquanto observava o pobre sujeito tentando superar os problemas que carregava em seu coração.

– Isso vai fazer bem para ele, e então voltará para casa num estado de espírito tão penitente que não vou me atrever a vê-lo – disse ela, enquanto caminhava devagar para casa, sentindo como se tivesse assassinado alguma criaturinha inocente e a enterrado debaixo das folhas. Acrescentou: – Agora preciso preparar o sr. Laurence para ser muito gentil com meu pobre menino. Quem me dera ele amasse Beth, talvez até consiga com o tempo, mas começo a pensar que eu estava enganada em relação a ela. Oh, meu Deus! Como as meninas podem gostar de ter pretendentes e recusá-los? É horrível!

Tendo a certeza de que ninguém poderia dar a notícia tão bem como ela, Jo foi diretamente ao sr. Laurence, contou a história difícil com bravura e, em seguida, desmoronou, chorando com tanta angústia por sua própria insensibilidade que o gentil senhor, apesar de muito desapontado, não proferiu reprovação. Ele achava difícil entender como qualquer garota poderia não amar Laurie e esperava que ela mudasse de ideia, mas sabia ainda melhor do que Jo que o amor não pode ser forçado, então, só lhe restou balançar a cabeça com tristeza e tomar a decisão de tirar o menino do caminho do mal, pois as palavras de despedida que o rapaz proferira a Jo, juvenis e impetuosas, perturbaram-no mais do que ele confessaria.

Ao ver Laurie chegar em casa, cansado, mas recomposto, seu avô o recebeu como se não soubesse nada e manteve a fachada com muito sucesso por uma ou duas horas. Entretanto, quando se sentaram ao entardecer, momento que aproveitavam juntos, foi um trabalho árduo para o velho divagar, e ainda mais difícil para o jovem ouvir elogios ao sucesso daquele último ano, que para ele parecia ter sido um ano de trabalho duro e perdido, investido em vão naquele amor. Ele suportou o máximo que pôde, depois foi para o piano e começou a tocar. As janelas estavam abertas, e Jo, caminhando no jardim com Beth, naquela única vez reconheceu melhor a música do que a irmã, pois ele tocava a *Sonata Patética* de Beethoven, e a tocava como nunca.

— Ouso dizer que está ótimo, mas é uma música triste o bastante para fazer qualquer um chorar. Toque algo mais alegre, rapaz — pediu o sr. Laurence, cujo bondoso e velho coração transbordava empatia, que ele ansiava por demonstrar, embora não soubesse como.

Laurie se esforçou para tocar algo mais vivaz, executou a melodia com agitação por vários minutos e teria conseguido finalizar com bravura se, durante uma pausa, a voz da sra. March não tivesse invadido o cômodo:

— Jo, querida, entre! Preciso de você!

Era o que Laurie ansiava dizer, mas em outro sentido! Ao ouvir aquilo, ele perdeu o prumo, a música se encerrou com um acorde errado, e o músico ficou sentado em silêncio no escuro.

— Não suporto isso — murmurou o velho cavalheiro. Levantou-se, foi até o piano, gentilmente colocou a mão sobre o ombro largo do neto e disse, com muita bondade:

— Eu sei, meu rapaz, eu sei.

Depois de um instante, Laurie enfim perguntou, seco:

— Quem contou ao senhor?

— A própria Jo.

— Então assunto encerrado! — Ele retirou a mão do avô com um gesto impaciente, pois, embora grato pela empatia, o orgulho de um homem não tolera a pena de outro.

— Ainda não. Quero dizer uma coisa, e então encerraremos — respondeu o sr. Laurence, com gentileza incomum. — Não vai ser difícil permanecer por aqui?

— Eu não pretendo fugir de uma garota. Jo não pode impedir que eu a veja, e vou ficar e vê-la pelo tempo que eu quiser — retorquiu Laurie em um tom desafiador.

— Não se você for o cavalheiro que penso que é. Estou decepcionado, mas a garota não pode fazer nada, e a única coisa que lhe resta é ir embora por um tempo. Para onde quer ir?

— Para qualquer lugar. Não interessa o que vai ser de mim — disse Laurie, levantando-se e rindo de uma maneira inconsequente que doeu nos ouvidos do avô.

— Lide com isso como um homem e não faça nada precipitado, pelo amor de Deus! Por que não vai para o exterior, como planejou, e esquece tudo isso?

— Não posso.

— Mas você estava louco para ir, e eu lhe prometi que poderia, quando acabasse a faculdade.

— Mas eu não queria ir sozinho! — Laurie andou rápido pela sala com uma expressão que o avô não conseguia distinguir.

— Não digo para ir sozinho. Há alguém pronto e contente por ir com você, para qualquer canto do mundo.

— Quem, senhor? — perguntou, parando de repente.

— Eu.

Laurie deu meia-volta tão rápido quanto havia se afastado e estendeu a mão, dizendo com voz rouca:

— Sou um bruto egoísta, mas... sabe... vovô...

— Misericórdia, meu Deus, sim, eu sei, pois já passei por tudo isso antes, uma vez na minha juventude, e depois com seu pai. Agora, meu querido rapaz, sente-se em silêncio e ouça meu plano. Está tudo resolvido e pode ser feito de uma vez — comentou o sr. Laurence, segurando a mão do jovem, como se tivesse medo de que ele fosse embora como o pai fizera antes dele.

— Bem, senhor, e qual é o plano? — indagou Laurie, sentando-se, sem qualquer expressão de interesse, na voz ou no rosto.

— Há negócios em Londres que precisam de atenção. Queria encarregá-lo disso, mas posso cuidar eu mesmo neste caso, e, por aqui, as coisas vão ficar muito bem com Brooke para administrá-las. Os meus sócios fazem quase tudo, então estou apenas segurando as pontas até que você assuma, e eu possa me aposentar.

— Mas o senhor odeia viajar. Não posso pedir que viaje na sua idade — respondeu Laurie, grato pelo sacrifício, sabendo que deveria ir sozinho, se fosse mesmo.

O cavalheiro sabia disso perfeitamente bem e desejava evitar, mas o estado do neto lhe assegurou que não seria prudente deixá-lo à própria sorte. Assim, sufocando um lamento natural ao pensar no conforto do lar que deixaria para trás, disse, com firmeza:

— Por Deus, não estou tão acabado assim. Gosto muito da ideia. Vai me fazer bem, e meus velhos ossos não vão sofrer, pois viajar hoje em dia é quase tão fácil quanto se sentar numa cadeira.

Um movimento inquieto de Laurie sugeriu que ele não estava confortável com o plano, fazendo o velho acrescentar depressa:

– Não quero ser um estraga-prazeres ou um fardo. Eu vou porque acho que você se sentiria melhor do que se eu ficasse aqui. Não pretendo acompanhá-lo o tempo todo, e sim deixá-lo livre para ir aonde quiser, enquanto me divirto do meu jeito. Tenho amigos em Londres e em Paris que gostaria de visitar. Nesse meio-tempo, você pode ir para a Itália, Alemanha, Suíça, onde quiser, e desfrutar de museus, música, paisagens e aventuras, qualquer coisa que agrade seu coração.

Laurie sentia que seu coração estava completamente partido e que o mundo era um abismo frio, mas, ao ouvir aquelas palavras bem colocadas pelo velho cavalheiro, o coração partido pareceu receber um primeiro remendo, e um ou dois oásis verdes surgiram em meio ao deserto de desolação. Ele suspirou e, então, disse, ainda um tanto desanimado:

– Como quiser, senhor. Não importa aonde eu vá ou o que eu faça.

– Importa para mim. Lembre-se disso, meu rapaz. Estou lhe dando toda a liberdade, e confio que a usará de maneira sábia. Prometa, Laurie.

– O que quiser, senhor.

"Muito bem", pensou o velho cavalheiro. "Você não se importa agora, mas chegará um momento em que essa promessa o manterá fora de encrencas, ou eu teria que estar muito, muito enganado."

Sendo um indivíduo enérgico, o sr. Laurence agiu enquanto o neto estava de cabeça quente e, antes que o coração machucado se recuperasse a ponto de se rebelar, eles partiram. Durante o tempo necessário para a preparação, Laurie se aborreceu, tal como um jovem faria nesses casos. Seu temperamento oscilou entre mal-humorado, irritadiço e pensativo, ele perdeu o apetite, negligenciou sua aparência, dedicou muito tempo a tocar piano e evitou Jo, mas se consolou olhando para ela de sua janela, com um rosto triste que a assombrava em sonhos à noite e a oprimia com um pesado sentimento de culpa durante o dia. Ao contrário de alguns sofredores, ele nunca falou de sua paixão não correspondida e não permitia que ninguém, nem mesmo a sra. March, tentasse consolá-lo ou lhe oferecesse empatia. De certo modo, isso foi um alívio para seus amigos, mas as semanas antes de sua partida foram muito desagradáveis, e todos se alegraram com o fato de que o "pobre rapaz, tão querido, estava indo embora para esquecer os problemas e voltar para casa feliz". Claro que ele dava um sorriso sombrio para aquela ilusão, mas deixava passar com a triste superioridade de quem sabia que sua fidelidade, assim como seu amor, era inabalável.

Quando chegou a despedida, Laurie fingia entusiasmo para esconder certas emoções inconvenientes que pareciam determinadas a se mostrar. Aquela falsa alegria não enganou ninguém, mas tentaram manter a farsa por ele, e o garoto estava se saindo muito bem até que a sra. March o beijou, com um sussurro de bons desejos cheio de solicitude maternal. Depois, percebendo que ia sucumbir, abraçou-os depressa, sem esquecer a aflita Hannah, e desceu correndo as escadas como se sua vida dependesse daquilo. Jo foi atrás dele um minuto depois para acenar caso ele olhasse para trás. Ele olhou, voltou e a abraçou, enquanto ela estava no degrau acima, e a olhou com uma expressão que tornou seu breve apelo eloquente e patético.

— Oh, Jo, não pode mesmo me amar?

— Teddy, querido, quem me dera poder!

E isso foi tudo. Laurie se endireitou e disse:

— Está tudo bem, não importa. — E foi embora, sem mais uma palavra.

Ah, mas não estava tudo bem, e importava para Jo, pois, enquanto a cabeça de madeixas encaracoladas repousou em seu braço no instante após a difícil resposta, ela sentiu como se tivesse esfaqueado o querido amigo e, quando ele a deixou sem olhar para trás, ela sabia que o menino Laurie nunca mais voltaria.

CAPÍTULO TREZE

# O segredo de Beth

Quando Jo chegou em casa naquela primavera, foi instantaneamente impactada pela mudança em Beth. Ninguém falava ou parecia estar consciente daquilo, porque as coisas mudaram tão gradualmente que aqueles que estavam no convívio diário não se assustaram, mas, aos olhos aguçados pela ausência, a diferença era muito clara, e um peso se abateu sobre o coração de Jo quando ela viu o rosto da irmã. Não estava mais pálida e magra do que no outono, mas exibia um semblante estranho e esbranquiçado, como se a vida estivesse sendo drenada aos poucos e a morte brilhasse através da carne frágil com uma beleza indescritivelmente terrível. Jo notou e sentiu, mas não comentou nada, e logo a primeira impressão perdeu muito do poder, pois Beth parecia feliz, ninguém duvidava de que ela estava melhor, e, cuidando de outros problemas, Jo esqueceu seu medo por um tempo.

No entanto, quando Laurie partiu com o avô e a paz voltou a prevalecer, a vaga ansiedade começou a assombrá-la de novo. Ela confessou seus pecados e foi perdoada, porém, quando mostrou suas economias e propôs uma viagem às montanhas, Beth agradeceu de coração, mas implorou para não ir tão longe de casa. Outra breve visita ao litoral lhe apetecia mais, e como a avó-coruja não poderia ser persuadida a deixar os gêmeos, Jo levou apenas Beth para aquela paisagem tranquila, onde poderia passar muito tempo ao ar livre e deixar a brisa fresca do mar soprar um pouco de cor em suas bochechas pálidas.

Não era um lugar chique e, mesmo entre as pessoas agradáveis de lá, as meninas fizeram poucos amigos, preferindo dedicar-se uma à outra. Beth era muito tímida para desfrutar de companhia, e Jo estava muito envolvida com a irmã para se importar com qualquer outra pessoa. Assim, no geral, as duas se cuidaram e passearam, para lá e para cá, bem alheias ao interesse que despertavam naqueles ao redor, que observavam com olhos empáticos a irmã forte e a fraca, sempre juntas, como se sentissem por instinto que uma longa separação não estava longe.

Elas também sentiam, mas não mencionavam, pois muitas vezes, entre nós e os mais próximos e queridos, existe uma reserva que é muito difícil de ultrapassar. Para Jo, era como se um véu tivesse caído entre seu coração e o de Beth e, quando tentava levantá-lo, parecia haver outra barreira, algo de sagrado, acobertando aquele silêncio. Esperou que Beth falasse. Jo supunha, e agradecia também, que seus pais pareciam não ver o que ela via; durante as semanas seguintes, conforme as sombras se tornavam mais e mais evidentes para ela, continuou em silêncio, acreditando que a verdade se mostraria quando Beth não voltasse melhor. Ela se perguntava se a irmã realmente sentia a dura verdade e quais pensamentos passavam por sua mente durante as longas horas em que se deitava nas rochas quentes com a cabeça no colo de Jo, enquanto o vento tentava soprar saúde em seu peito e o mar cantava músicas a seus pés.

E então, certo dia, Beth contou tudo. Ela estava deitada tão imóvel que Jo pensou que estivesse dormindo, e, guardando o livro que estava lendo, passou a observar a irmã com olhos melancólicos, tentando encontrar sinais de esperança nas bochechas pálidas de Beth. Não havia ali o suficiente para satisfazê-la, pois as bochechas estavam muito magras e as mãos pareciam muito fracas para segurar até mesmo as conchinhas cor-de-rosa que catavam. Sentiu mais amargamente do que nunca o fato de que Beth estava aos poucos se esvaindo para longe dela, e seus braços abraçaram apertado o tesouro mais querido que possuía. Por um instante, os olhos de Jo estavam muito embaçados para ver e, quando clarearam, Beth a olhava com tanta ternura que quase não houve necessidade de dizer o que declarou em seguida:

– Jo, minha querida, fico feliz que você saiba. Eu tentei contar, mas não consegui.

Não houve resposta a não ser a bochecha da irmã contra a sua; nem mesmo lágrimas foram derramadas, pois, quando mais profundamente comovida, Jo não chorava. Ela era a mais fraca naquele momento, e Beth tentou confortá-la e sustentá-la, com um abraço e palavras apaziguadoras que sussurrava ao seu ouvido.

– Já sei há algum tempo, minha querida, então me acostumei. Não é tão difícil de suportar. Tente focar nisso e não se preocupe comigo, porque é o melhor, de verdade.

– Foi isso que a deixou tão infeliz no outono, Beth? Não me diga que desde aquela época você já se sentia assim, mas não disse nada a ninguém – perguntou Jo, recusando-se a ver ou a dizer que era o melhor, mas contente por saber que Laurie não tinha nada a ver com os problemas de Beth.

– Sim, desisti da esperança naquele momento, mas não admiti. Tentei pensar que era uma fantasia doentia e não deixei que incomodasse ninguém. Mas, quando vi todos tão bem e fortes e cheios de planos alegres, foi difícil saber que eu nunca seria como vocês, então me afundei em tristeza, Jo.

– Oh, minha Beth, e você não me falou nada, não me deixou ajudá-la e confortá-la? Como pôde me excluir e suportar tudo sozinha?

A voz de Jo estava cheia de reprovação carinhosa, e seu coração doía ao pensar na luta solitária que Beth enfrentara enquanto aprendia a dizer adeus à saúde, ao amor e à vida e a carregar sua cruz com tanta resignação.

— Talvez tenha sido errado, mas tentei fazer o certo. Não tinha certeza, ninguém dizia nada, e eu esperava estar enganada. Teria sido egoísta assustar vocês quando a mamãe estava tão ansiosa com Meg, e Amy estava fora, e você tão feliz com Laurie... pelo menos era assim que eu pensava.

— E eu pensei que você o amasse, Beth, então fui embora porque eu não amava! — exclamou Jo, feliz por dizer a verdade. A irmã ficou tão espantada com a ideia que Jo sorriu, apesar da dor, e acrescentou: — Então você não o amava, meu bem? Fiquei com medo e imaginei seu pobre coraçãozinho cheio de amor todo o tempo.

— Ora, Jo, como eu poderia amá-lo de tal maneira sabendo que ele gostava tanto de você? — perguntou Beth, tão inocente quanto uma criança. — Eu o amo muito. Ele é tão bom para mim, como poderia não o amar? Mas ele nunca será nada para mim a não ser um irmão. Espero, aliás, que ele seja meu cunhado, eventualmente.

— Não através de mim — disse Jo, resoluta. — Amy é o que sobra para ele, e eles combinam perfeitamente, mas não tenho tempo para pensar nessas coisas agora. Não me interessa o que acontece a ninguém a não ser a você, Beth. Você precisa ficar boa.

— Oh, e eu quero, quero tanto! Venho tentando, mas a cada dia morro um pouquinho e tenho mais certeza de que nunca mais vou me recuperar. É como a maré, Jo. Ela pode chegar devagar, mas não pode ser impedida.

— Sua maré vai ser impedida, ou, ao menos, vai virar! 19 anos é muito jovem, Beth. Não posso deixar você partir. Vou trabalhar, rezar e lutar contra isso. Vou mantê-la comigo de qualquer maneira. Deve haver algum jeito, não pode ser tarde demais. Deus não será tão cruel a ponto de tirá-la de mim! — gritou a pobre Jo, revoltada, pois seu espírito era muito menos piedoso e submisso do que o de Beth.

Pessoas simples e sinceras raras vezes falam muito de sua devoção. Ela se mostra em atos, e não em palavras, e tem mais influência do que homilias ou protestos. Beth não conseguia racionalizar ou explicar a fé que lhe dava coragem e paciência para desistir da vida e esperar agradecidamente pela morte. Como uma criança confiante, ela não fazia perguntas, mas deixava tudo a cargo de Deus e da Natureza, Pai e Mãe de todos nós, sentindo-se segura de que Eles, e somente Eles, podem ensinar e fortalecer o coração e o espírito para esta vida e para a próxima. Ela não repreendeu Jo com discursos santos, apenas a amou mais por seu afeto caloroso e se apegou mais ao querido amor humano, do qual nosso Pai nunca nos quer afastados, pelo contrário, através do qual Ele nos aproxima de Si mesmo. A jovem não poderia dizer "estou contente por partir", pois a vida era muito doce. Beth só conseguia falar entre soluços "estou tentando estar disposta a partir", enquanto se agarrava a Jo e a primeira onda amarga daquela imensurável tristeza se quebrava sobre as duas.

Depois de um tempo, Beth disse, com serenidade recomposta:

— Você vai contar lá em casa?

— Acho que palavras não serão necessárias — suspirou Jo, pois àquela altura parecia que Beth mudava todos os dias.

— Talvez não. Ouvi dizer que as pessoas que mais amam são muitas vezes as mais cegas a tais coisas. Se não perceberem, você conta por mim. Não quero segredos, e é mais gentil prepará-los. Meg tem John e os bebês para confortá-la, mas você precisa ficar ao lado do papai e da mamãe. Você fará isso, Jo?

— Se eu puder. Mas, Beth, não vou desistir ainda. Acredito que seja loucura e não vou deixar que se entregue — disse Jo, tentando falar com disposição.

Beth pensou por um instante e explicou, de sua maneira tranquila.

— Não sei como me expressar e não tentaria na frente de ninguém além de você, porque não consigo desabafar a não ser com a minha Jo. Só quero dizer que tenho a sensação de que nunca fez parte do meu destino viver muito tempo. Não sou como o resto de vocês. Nunca fiz planos sobre o que eu faria quando crescesse. Nunca pensei em me casar, como todas vocês. Nunca me vi como nada além da boba Beth, andando pela casa, inútil em qualquer lugar exceto lá. Nunca quis ir a lugar nenhum, e a única parte difícil agora é deixar todos vocês. Não tenho medo, mas acho que vou sentir saudades de casa, mesmo no céu.

Jo não conseguia falar, e durante vários minutos não houve um som a não ser o suspiro do vento e da maré. Uma gaivota de asas brancas passou, com o clarão do sol cintilando no peito prateado. Beth a observou até desaparecer, e seus olhos estavam cheios de tristeza. Um pilrito-das-praias planou suavemente por ali, aproveitando o sol e o mar. Ele passou bem perto de Beth, fitou-a com um olhar amistoso e se sentou sobre uma pedra quente, ajeitando suas peninhas molhadas, bastante à vontade. Beth sorriu e se sentiu reconfortada, pois aquele passarinho parecia oferecer uma sutil amizade, lembrando-a de que ainda havia um mundo agradável para ser desfrutado.

— Que passarinho querido! Veja, Jo, como é manso. Gosto mais de pilritos do que de gaivotas. Não são tão selvagens e bonitos, mas parecem felizes e confiáveis. Eu os chamava de "meus pássaros" no verão passado, e a mamãe disse que eles a faziam se lembrar de mim... criaturas trabalhadoras e alegres, sempre perto da costa e chilreando aquele canto alegre. Você é a gaivota, Jo, forte e selvagem, apaixonada pela tempestade e pelo vento, voando longe, em mar aberto, e feliz sozinha. Meg é uma pombinha, e Amy é como a cotovia, tentando se levantar entre as nuvens, mas sempre pousando de novo em seu ninho. Amável menina! Ela é tão ambiciosa, mas seu coração é bom e gentil, e não importa quão alto ela voe, nunca vai esquecer de casa. Espero voltar a vê-la, mas ela parece tão distante.

— Ela vai chegar na primavera, e ouso dizer que você estará pronta para vê-la e aproveitar sua companhia. Você vai estar saudável e melhor até lá – começou Jo, sentindo que, de todas as mudanças em Beth, o modo de falar foi a maior, pois não parecia haver esforço algum mais, e a irmã pensava em voz alta de uma maneira bem diferente da antiga e tímida Beth.

– Jo, querida, não tenha mais esperanças. Não adianta, sei bem disso. Não vamos ficar tristes, mas sim desfrutar por estarmos juntas enquanto esperamos. Vamos compartilhar momentos felizes, porque não estou sofrendo tanto e acho que a subida da maré será tranquila, se você me ajudar.

Jo se inclinou para beijar o rosto tranquilo da doce menina e, com aquele beijo silencioso, demonstrou sua total devoção a Beth.

Ela estava certa. Não houve necessidade de palavras quando chegaram em casa, pois o pai e a mãe viram com clareza aquilo pelo que haviam rezado para não ver. Cansada de sua breve viagem, Beth foi imediatamente para a cama, dizendo como se sentia feliz por estar em casa e, quando Jo desceu, descobriu que seria poupada da difícil tarefa de contar o segredo de Beth. O pai ficou de pé, encarando a lareira, e não se virou quando ela entrou; a mãe esticou os braços como se estivesse pedindo ajuda, e Jo foi confortá-la em silêncio.

CAPÍTULO QUATORZE

# Novas impressões

Às três horas da tarde, todas as pessoas chiques em Nice poderiam ser vistas na Promenade des Anglais, um lugar encantador, com caminhos margeados por palmeiras, flores e arbustos tropicais, delimitados de um lado pelo mar, do outro por uma enorme avenida povoada de hotéis e casas de veraneio, enquanto mais além repousavam pomares de laranja e colinas. Muitas nações eram ali representadas, muitas línguas, faladas, muitos trajes, finamente exibidos, e em dias de sol o espetáculo era tão alegre e brilhante quanto um carnaval. Ingleses altivos, franceses animados, alemães sérios, espanhóis bonitos, russos feios, judeus tímidos, americanos despojados — todos passavam por ali, relaxavam e passeavam, conversando sobre as notícias e criticando a última celebridade do momento, fosse Adelaide Ristori ou Charles Dickens, Vítor Emanuel ou a rainha das Ilhas Sandwich. Os acessórios eram tão variados quanto os donos e atraíam muita atenção, em especial as *barouches* que as damas conduziam sozinhas, puxadas por par de pôneis afoitos, com redinhas bonitas para evitar que suas volumosas saias escapassem do veículo, resguardadas por cavalariços.

Ao longo daquelas alamedas, no dia de Natal, um jovem alto caminhava vagarosamente, com as mãos atrás de si e um olhar um tanto ausente. Ele parecia italiano, estava vestido como um inglês e tinha o ar independente de um americano, uma combinação que fazia com que pares de olhos femininos o fitassem com aprovação e que os dândis, em seus ternos de veludo preto, gravatas vermelhas e luvas de couro, com flores de laranjeira na lapela, o esnobassem para depois invejá-lo. Havia muitos rostos bonitos para admirar, mas o jovem não se importava com eles, exceto quando olhava de vez em quando para alguma garota loira que usasse azul. Ele ficou um momento no cruzamento, como se estivesse indeciso se ouviria a banda no Jardin Public ou se perambularia pela praia em direção a Castle Hill. O som de um trote veloz atraiu seu olhar. Uma das pequenas carruagens, com uma única senhorita, descia pela rua. A dama era jovem, loira e vestia azul. Ele olhou por um instante, depois seu rosto inteiro se iluminou e, abanando o chapéu como um menino, apressou-se para encontrá-la.

— Ah, Laurie, é você mesmo? Pensei que não viria nunca! — gritou Amy, baixando as rédeas e estendendo as mãos, para enorme espanto de uma mãe francesa, que apressou os passos da filha para que ela não fosse desmoralizada ao contemplar os modos livres daqueles "ingleses malucos".

— Tive alguns problemas, mas prometi passar o Natal com você e cá estou.

— Como vai seu avô? Quando você veio? Onde está hospedado?

— Ele está muito bem... chegamos na noite passada... estamos no Chauvain. Eu fui até seu hotel, mas você havia saído.

— Tenho tanto a dizer que nem sei por onde começar! Suba para conversarmos à vontade. Eu ia dar uma voltinha e queria companhia. Flo está descansando para hoje à noite.

— E o que vai acontecer hoje à noite? Um baile?

— Uma festa de Natal no nosso hotel. Há muitos americanos lá, e eles vão festejar em honra à data. É claro que você vai conosco, certo? A titia vai ficar encantada.

– Obrigado. E agora vamos aonde? – perguntou Laurie, inclinando-se para trás e cruzando os braços, um gesto que agradou a Amy, que preferia conduzir, pois seu açoite personalizado e as rédeas azuis sobre as costas dos pôneis brancos lhe satisfaziam de maneira imensurável.

– Primeiro vou ao correio pegar cartas e depois a Castle Hill. A vista é tão bonita, e eu gosto de alimentar os pavões. Já foi lá?

– Muitas vezes, há anos, mas não me importo de ir novamente.

– Agora me conte tudo sobre você. A última vez que ouvi seu nome foi em uma carta de seu avô, dizendo que esperava sua chegada de Berlim.

– Sim, passei um mês lá e depois fui encontrá-lo em Paris, onde ele se hospedou para o inverno. Ele tem amigos e muitas atividades para se divertir por lá, por isso vou e volto, perambulo por aí, e fica tudo bem.

– É um acordo saudável – disse Amy, sentindo falta de algo no jeito de Laurie, embora não soubesse dizer o quê.

– Ele odeia viajar, e eu odeio ficar parado, então cada um faz a seu modo, e assim não há problema. Frequentemente estamos juntos, e ele gosta das aventuras em que me meto. Gosto muito de saber que alguém fica feliz em me ver quando retorno das minhas andanças. Que pocilga, não é? – acrescentou ele, com um olhar de repugnância enquanto dirigiam pela avenida até o Place Napoleon, na cidade velha.

– A lama é pitoresca, por isso não me importo. O rio e as colinas são um deleite, e os vislumbres das estreitas ruas entrecruzadas são um encanto. Agora precisamos esperar que a procissão passe. Está indo para a Igreja de São João.

Enquanto Laurie assistia à procissão de sacerdotes debaixo de pálios, de freiras de véu branco segurando velas e de uma fraternidade de vestes azuis cantando enquanto caminhavam, Amy observava o amigo e sentia um novo tipo de timidez tomá-la. Ele estava mudado, e ela não conseguia encontrar o rapaz alegre que conhecera naquele homem mal-humorado ao seu lado. Estava mais bonito do que nunca e muito melhor em postura, ela pensou, mas agora que a torrente de êxtase em encontrá-la havia passado, parecia cansado e desanimado – não doente, nem exatamente infeliz, mas mais velho e sério do que um ano ou dois de vida próspera deveria tê-lo envelhecido. Amy não conseguia entender e não se aventurou a fazer perguntas, por isso abanou a cabeça e atiçou os pôneis, enquanto a procissão passava pelos arcos da ponte Paglioni e desaparecia na igreja.

– *Que pensez-vous?* – disse ela, treinando o francês, que havia melhorado em quantidade, senão em qualidade, desde que chegara ao exterior.

– Que essa *mademoiselle* fez bom uso do seu tempo, e o resultado é encantador – respondeu Laurie, curvando-se com a mão no coração e um olhar admirador.

Ela corou, lisonjeada, porém, estranhamente, aquele elogio não a satisfez como as saudações grosseiras e brincalhonas que ele costumava fazer em casa, quando a rodeava em ocasiões festivas e dizia que "até que ela estava bonitinha", com um sorriso sincero e um tapinha de aprovação na cabeça. A jovem moça não gostou daquele novo tom, pois, apesar de não ser *blasé*, soava indiferente.

"Se é assim que ele vai amadurecer, gostaria que continuasse um menino", pensou Amy, com uma estranha sensação de decepção e desconforto, tentando parecer tranquila e alegre.

Em Avigdor, ela encontrou as preciosas cartas de casa e, dando as rédeas a Laurie, leu-as com reverência enquanto percorriam a estrada sombreada entre sebes verdes, onde as rosas floresciam tão frescas como em junho.

– Beth está mal, diz a mamãe. Muitas vezes penso que devo ir para casa, mas todos dizem para eu ficar, então, eu fico, pois nunca mais terei outra chance como esta – disse Amy, séria.

— Acho que tem razão. Você não poderia fazer nada em casa, e é um grande conforto para eles saber que está bem e feliz e aproveitando tanto, minha querida.

Ele se aproximou e parecia mais com seu antigo eu enquanto dizia aquilo, e o medo que pesava no coração de Amy foi um pouco aliviado. O olhar, o gesto e o fraternal "minha querida" pareciam assegurar-lhe que, se algum problema surgisse, ela não estaria sozinha em uma terra estranha. Ela riu e mostrou um pequeno esboço de Jo em seu "traje de escrever", com a fita erguida acima do gorro e as palavras "Ser um gênio dói!" saindo de sua boca.

Laurie sorriu, pegou o desenho, colocou-o no bolso do colete, "para evitar que saísse voando", e ouviu com interesse a animada carta que Amy leu.

— Este será para mim um Natal bem feliz, com presentes de manhã, você, cartas à tarde e uma festa à noite — disse Amy, enquanto apeavam entre as ruínas do velho forte e um bando de esplêndidos pavões vinha até eles, esperando serem alimentados.

Amy riu da cena e espalhou migalhas para os cintilantes pássaros, e Laurie a olhou com a mesma atenção que ela havia olhado para ele momentos antes, dotado de uma curiosidade natural de averiguar quais mudanças o tempo e a ausência haviam causado. Ele não encontrou nada que o deixasse perplexo ou desapontado, e sim muito para admirar e aprovar e, com exceção de alguns tons afetados na fala e nos modos, a moça continuava tão alegre e graciosa como sempre, com um quê a mais daquela coisa indescritível na conduta e na vestimenta a que chamamos de elegância. Sempre madura para a idade, Amy ganhara certa desenvoltura tanto na condução da carruagem quanto das conversas, o que a fazia parecer uma mulher mais vivida do que era. A velha petulância de vez em quando também se mostrava, a força de vontade ainda se mantinha, e a franqueza nata não fora arruinada pela polidez estrangeira.

Laurie não depreendeu tudo isso enquanto a observava alimentar os pavões, mas vira o suficiente para instigar seu interesse, e admirou a bela imagem da garota de rosto iluminado pelo sol, que realçava a cor suave de seu vestido e de suas bochechas, e o brilho dourado de seu cabelo que fazia dela uma figura de destaque naquele cenário agradável.

Quando subiram no planalto de pedra no topo da colina, Amy acenou como se o acolhesse em seu refúgio favorito e apontou as coisas ao redor:

— Você se lembra da Catedral e do Corso, dos pescadores arrastando as redes na baía, da bela estrada para Vila Franca, da Torre de Schubert, logo abaixo, e, o melhor de tudo, daquele pontinho longe no mar que eles dizem ser Córsega?

— Lembro. Não mudou muito — respondeu Laurie, sem entusiasmo.

— O que Jo não daria só para dar uma olhada naquele famoso pontinho! — exclamou Amy, bem-humorada e ansiosa para vê-lo animado também.

— Sim — foi tudo o que disse, virando-se e focando os olhos para ver a ilha, berço de Napoleão, que somente a outra grande usurpadora de alegrias, chamada Jo, poderia ter tornado interessante para ele.

— Dê uma boa olhada por ela, e depois me conte o que tem feito esse tempo todo — disse Amy, sentada e pronta para uma boa conversa.

A conversa, entretanto, não aconteceu como esperado, pois, embora ele tenha respondido a todas as perguntas, ela somente soube que ele viajara pelo continente e estivera na Grécia. Então, depois de uma hora sem fazer nada, eles voltaram para casa e, após cumprimentar a sra. Carrol, Laurie os deixou, prometendo voltar à noite.

Deve ficar registrado que Amy parecia uma princesa naquela noite. O tempo e a ausência haviam feito seu trabalho em ambos os jovens. Ela via seu velho amigo sob uma nova luz, não como o "nosso menino", mas como um homem bonito e agradável, e estava consciente de um desejo muito natural de ser adorada por ele. Amy conhecia seus pontos altos e tirou proveito deles com o bom gosto e a habilidade que são o trunfo de uma mulher pobre e bonita.

Tarlatana e tule eram baratos em Nice, então ela os usava em tais ocasiões e, seguindo a moda inglesa de vestidos mais simples para damas, complementou-se com flores e todo tipo de adereço delicado, barato e eficaz. Devemos admitir que às vezes as mulheres exageram, entregando-se a penteados antigos, poses esculturais e drapeados clássicos. Todos nós temos nossos pontos fracos, porém é mais fácil perdoar os pecados dos jovens, que satisfazem nossos olhos com sua beleza e mantêm nossos corações alegres com suas vaidades ingênuas.

– Quero que ele pense que estou linda e diga isso lá em casa – planejou Amy consigo mesma, enquanto colocava o velho vestido branco de seda de Flo, cobrindo-o com um adorno de tule, do qual os ombros brancos e os cabelos dourados emergiam com um efeito artístico. Teve o bom senso de não mexer muito nas madeixas, apenas juntou os cachos volumosos em um coque *à la* deusa Hebe na altura da nuca.

"Não está na moda, mas é adequado, e não posso me dar ao luxo de inventar muito", dizia, quando aconselhada a frisar, armar ou trançar o cabelo conforme mandasse a última moda.

Não tendo ornamentos finos o suficiente para a importante ocasião, Amy colocou azáleas nas saias e videiras verdes nos ombros. Lembrando-se das antigas botas pintadas, examinou os sapatos de cetim branco com satisfação de menina e andou pelo quarto, admirando sozinha os pés aristocráticos.

– O leque novo combina com as flores, minhas luvas são um encanto e o lenço de renda da titia dá o toque final. Se meu nariz e minha boca tivessem um desenho clássico, eu seria feliz por completo — concluiu, avaliando-se com um olhar crítico.

Apesar dessa aflição, estava estranhamente alegre e graciosa quando saiu do quarto. Raras vezes corria, achava que não combinava com seu estilo e, por ser alta, uma postura empertigada era mais apropriada do que uma muito informal ou ousada. Ela andou ao longo do salão enquanto esperava por Laurie e parou debaixo do lustre, que dava um bom efeito sobre seu cabelo; depois, pensou melhor e foi para o outro lado da sala, como se tivesse vergonha do desejo bobo de ser a primeira a ser vista. Porventura, ela não poderia ter feito melhor. Laurie entrou com tanta discrição que ela não o ouviu e, enquanto estava na janela distante, com a cabeça meio virada, o vislumbre da figura branca e esbelta contra as cortinas vermelhas teve o efeito de uma estátua bem-localizada.

— Boa noite, Diana! — cumprimentou Laurie, com aquele olhar satisfeito que tanto lhe agradava ver nos olhos dele quando repousavam sobre ela.

— Boa noite, Apolo! — respondeu, sorrindo de volta, pois ele também estava estranhamente charmoso, e a ideia de passear pelo salão do baile de braços dados com um homem tão elegante fez com que Amy tivesse pena das quatro senhoritas Davis do fundo de seu coração.

— Aqui estão suas flores. Eu mesmo fiz o buquê, porque lembrei que você não gosta dos buquês prontos — disse Laurie, entregando-lhe um delicado ramalhete em um suporte que ela cobiçava há muito tempo quando passava diariamente pelos comércios.

— Como você é gentil! — exclamou com gratidão. — Se soubesse que você viria, teria preparado algo hoje, embora não tão bonito quanto este buquê, receio.

— Obrigado. Não está como deveria, mas só de segurá-lo você já o melhorou — acrescentou Laurie, enquanto colocava uma pulseira prateada no pulso dela.

– Por favor, não.

– Pensei que gostasse desse tipo de coisa.

– Não de você, não parece natural, e me agrada mais sua velha rispidez.

– Fico feliz por isso – respondeu ele, parecendo aliviado e, abotoando as luvas de Amy, perguntou-lhe se sua gravata estava ajeitada, tal como fazia quando iam juntos a festas na adolescência.

As pessoas reunidas na grande *salle à manger* naquela noite não eram nada como se vê em lugar algum do continente. Os hospitaleiros americanos haviam convidado todos os conhecidos em Nice e, não tendo preconceitos contra títulos, arranjaram algumas pessoas importantes para dar mais lustre ao baile de Natal.

Um príncipe russo condescendeu em se sentar em um canto durante uma hora e conversar com uma senhora robusta, vestida como a mãe de Hamlet, em veludo preto com um colarinho de pérolas debaixo do queixo. Um conde polonês, de 18 anos, dedicou-se às damas, que o classificaram como "um fascinante rapaz"; e um alemão, Serene Alguma-Coisa, tendo ido sozinho só para jantar, perambulava vagamente, procurando o que poderia devorar. O secretário particular do barão Rothschild, um judeu de nariz grande e de botas apertadas, amigavelmente conversava com todos, como se o nome de seu mestre o coroasse com uma auréola dourada. Um francês corpulento, que conhecia o imperador, satisfez sua vontade insaciável de dançar, e Lady de Jones, uma matrona britânica, adornou a cena com sua pequenina família de oito filhos. É claro que havia muitas garotas americanas graciosas de vozes estridentes, assim como inglesas igualmente belas e sem graça. Havia também algumas *demoiselles* francesas modernas e, como não poderia faltar, um grupo animado de jovens cavalheiros viajantes que se exibiam, enquanto mães de todas as nacionalidades observavam dos cantos e sorriam bondosas para eles quando dançavam com suas filhas.

Qualquer jovem menina pode imaginar o estado de espírito de Amy quando "subiu ao palco" naquela noite, apoiando-se no braço de Laurie. Ela sabia que estava bonita, adorava dançar, sentia que os pés deslizavam por terras conhecidas naquele salão e desfrutava da deliciosa sensação de poder que emerge quando as jovens percebem pela primeira vez o adorável reino que nasceram para governar em virtude de sua beleza, juventude e feminilidade. Ela teve pena das moças da família Davis, que eram estranhas e sem graça e que estavam desprovidas de companhia, exceto pelo pai desagradável e três tias solteironas mais desagradáveis ainda. Amy se curvou com seu jeitinho mais amigável ao passar por elas, o que lhes permitiu ver o vestido em detalhes e arder de curiosidade para saber quem poderia ser o distinto amigo. Quando a banda começou, Amy corou, seus olhos brilharam e seus pés ficaram impacientes, pois ela dançava bem e queria que Laurie soubesse disso. Grande foi o choque que teve quando ele disse em um tom perfeitamente tranquilo:

— Você se importa em dançar?

— Normalmente é o que se faz em um baile.

Seu olhar espantado e a resposta ligeira fizeram com que Laurie logo percebesse o erro.

— Eu quis dizer a primeira dança. Você pode me dar a honra?

— Posso, se eu adiar a dança com o conde. Ele dança divinamente bem, mas vai ter que me desculpar, pois você é um velho amigo — disse Amy, esperando que aquilo provocasse um bom efeito e mostrasse a Laurie que ela era requisitada.

— Rapazinho boa-pinta, mas é um polonês um tanto baixinho para conduzir "uma filha dos deuses, divinamente alta, e mais divinamente bela"[14] — foi a resposta pouco satisfatória que Amy recebeu.

14 Trecho do poema *A Dream of Fair Women*, de Alfred Tennyson (1806–1892), traduzido livremente. [N.E.]

O grupo em que estavam naquele momento era composto por ingleses, e Amy foi obrigada a caminhar decorosamente durante um cotilhão, sentindo que queria mesmo era dançar a tarantela com vontade. Laurie a entregou ao "rapazinho boa-pinta" e foi cumprir seu dever com Flo, sem garantir nada a Amy quanto às danças seguintes, e essa repreensível falta de previsão foi devidamente punida, pois ela se manteve ocupada até o jantar, resignando-se caso ele não desse algum sinal de penitência. Ela demonstrou como dançava bem com uma satisfação sutil, até que ele caminhou devagar em sua direção a fim de convidá-la para a gloriosa polca que viria em seguida. O conde, porém, foi mais persistente e, quando Amy galopou para longe com ele, viu Laurie se sentar ao lado da tia com uma expressão de verdadeiro alívio.

Aquilo foi imperdoável, e Amy não lhe deu mais atenção por muito tempo, a não ser por uma ou duas palavras aqui e ali, quando ela encontrava sua dama de companhia entre as danças para ajeitar um alfinete ou para descansar. Sua raiva provocou um bom efeito visual, no entanto, escondida sob um rosto sorridente e mais jovial e resplandecente do que o comum. Os olhos de Laurie a seguiram com prazer, pois ela não saltitava ou perambulava, mas dançava com vontade e graça, tirando o melhor proveito do delicioso passatempo. Ele muito naturalmente passou a estudá-la desse novo ângulo e, antes que a noite acabasse, teve a certeza de que "a pequena Amy se transformaria em uma mulher muito encantadora".

Foi uma festa animada. O espírito daquela estação sociável do ano tomou posse de todos, e o júbilo do Natal brilhou em todos os rostos, alegrou os corações e incendiou os calcanhares. Os músicos tocavam, cantavam e tamborilavam, também aproveitando muito; quem podia, dançava, e aqueles que não o faziam, admiravam os amigos com ternura. Havia muitos membros da família Davis e da família Jones. O secretário do barão bailava como um meteoro com uma elegante francesa, que arrastava uma longa saia de cetim rosa. Teuton encontrou a mesa de jantar e ficou contente, comendo tudo que tinha no cardápio e horrorizando os garçons pela devastação. Já o amigo do imperador participava das danças que sabia e das que não sabia, e introduzia piruetas improvisadas quando os passos o confundiam. O desembaraço infantil daquele homem robusto era encantador de se ver, pois, embora fosse pesado, dançava com muita liberdade. Ele corria, deslizava, saltitava, e seu rosto brilhava, a careca reluzia, seu casaco esvoaçava, seus sapatos pairavam no ar e, quando a música parou, ele enxugou as gotículas da testa e sorriu para seus companheiros com jovialidade.

Amy e seu polonês se distinguiam por entusiasmo semelhante, realçado por agilidade mais graciosa, e Laurie involuntariamente acompanhou o tempo rítmico seguido pelos sapatinhos brancos enquanto os dois deslizavam de forma incansável, como se tivessem asas. Quando o pequeno Vladimir enfim a liberou, com a garantia de que estava "desolado por partir tão cedo", Amy estava pronta para descansar e ver como seu cavaleiro desertor suportara o castigo.

Obteve os resultados esperados. Aos 23 anos de idade, os sentimentos machucados encontram um bálsamo na socialização amigável, e os nervos jovens vibram, o sangue dança e os ânimos saudáveis se elevam quando sujeitos ao encanto da beleza, da luz, da música e do movimento. Laurie parecia ter despertado, e se levantou para lhe dar o assento. Quando o rapaz se apressou para lhe trazer alguns aperitivos, Amy pensou, com um sorriso satisfeito: "Eu sabia que isso ensinaria uma lição!"

— Você parece a *La Femme Peinte Par Elle Même*, de Balzac — disse Laurie, enquanto a abanava com uma mão e segurava a xícara de café na outra.

— Meu *rouge* não sai por nada. — Amy esfregou a bochecha avermelhada e lhe mostrou a luva branca com uma simplicidade séria que o fez rir.

— Qual o nome disso? — perguntou ele, tocando em um adorno acrescentado por ela no vestido, que se espalhara sobre seu joelho.

– É chamado de "ilusão".

– Bom nome. É bonito. É algo novo, não é?

– É tão velho quanto as colinas. Você já me viu usando dezenas de vezes e nunca percebeu que era bonito, até agora... *stupide*!

– Nunca reparei que usava, o que justifica o deslize, não é?

– Nada disso, não justifica. Eu prefiro tomar café a receber elogios agora. Não, não se recoste, fico nervosa.

Laurie se sentou bem ereto e pegou o prato vazio dela, sentindo uma espécie de prazer esquisito em ter a "pequena Amy" mandando nele, pois ela perdera a timidez e sentia um desejo irresistível de se aproveitar daquilo, da maneira deliciosa que as garotas encontram quando os cavalheiros mostram quaisquer sinais de submissão.

– Onde aprendeu tudo isso? – perguntou Laurie, curioso.

– Como "tudo isso" é uma expressão bastante vaga, poderia fazer a gentileza de explicar? – retrucou Amy, sabendo perfeitamente bem o que ele quis dizer, mas tendo a malícia de deixar que ele descrevesse o indescritível.

– Bem... a pose, o estilo, a compostura, a roupa... você sabe – riu Laurie, desconcertado.

Amy estava se sentindo satisfeita, é claro, sem demonstrar, e respondeu com modéstia:

– A vida no exterior lapida a pessoa involuntariamente. Estudo tanto quanto me divirto e, em relação a isso... – Ela deu um pequeno aceno para o vestido. – Ora, o tule é barato, as flores são de graça, e estou acostumada a transformar minhas coisas de pobre na melhor versão possível.

Amy se arrependeu da última parte, temendo que não fosse de bom tom, e Laurie gostou mais ainda por causa disso e se viu admirando e respeitando aquela paciência corajosa que aproveitava ao máximo as oportunidades e aquele espírito alegre que cobria a pobreza com flores. Amy não entendeu por que ele a olhava com tanta gentileza, nem por que se dedicou a ela pelo resto da noite da maneira mais deliciosa. O impulso que levou a essa agradável mudança foi resultado das novas impressões que ambos inconscientemente davam e recebiam.

CAPÍTULO QUINZE

# Na estante

Na França, as jovens vivem uma vida de tédio até que se casem, quando "*Vive la liberté!*" se torna o lema. Na América, como todos sabem, as jovens assinam cedo a declaração de independência e desfrutam da liberdade com entusiasmo republicano,[15] mas as jovens esposas normalmente abdicam ao trono com a chegada do primeiro herdeiro e se isolam quase tanto quanto uma freira francesa, embora suas casas não sejam de forma alguma tão calmas quanto um convento. Quer gostem ou não, elas são guardadas na estante assim que a emoção do casamento acaba, e a maioria tem mesmo direito de reclamar, pois ninguém mais repara nelas.

Não sendo considerada uma beldade que se mostrava muito, nem uma dama trajada com as últimas modas, Meg não experimentou essa aflição até que seus bebês tivessem um ano de idade, pois, em seu mundinho, os costumes primitivos prevaleciam, e ela se viu mais admirada e amada do que nunca.

Como era uma adorável mulher dotada de atributos femininos, seu instinto materno era muito forte, e ela estava totalmente absorta nos filhos, distante de tudo e de todos. Dia e noite, ela os

15 O Partido Republicano era, à época, reconhecido por defender ideais de liberdade, tendo se posicionado a favor da abolição da escravatura durante a Guerra Civil Americana. [N.E.]

protegia com incansável devoção e ansiedade, deixando John à terna misericórdia da assistência, enquanto uma irlandesa comandava o departamento da cozinha. Sendo um homem doméstico, John sentiu falta das atenções femininas que estava acostumado a receber, mas, como adorava seus bebês, renunciou com prazer ao conforto por um tempo, supondo com ignorância masculina que a paz logo seria restaurada. Entretanto, três meses se passaram, e não houve retorno do descanso. Meg parecia exausta e nervosa, os bebês tomavam cada minuto de seu tempo, a casa era negligenciada, e Kitty, a cozinheira, que tinha "vida mansa", mantinha o homem com refeições básicas. Quando saía de manhã, ficava desnorteado com todas as encomendas para a mãe cativa e, se chegasse alegre à noite, ansioso para abraçar a família, era nocauteado por um "Xiu! Eles acabaram de cair no sono depois de chorarem o dia todo". Se ele propusesse um pouco de entretenimento em casa, "Não, isso perturbaria os bebês". Se insinuasse ir a palestras ou concertos, era repreendido com um olhar cheio de faíscas e um firme "Deixar meus filhos para me divertir? Nunca". Suas noites de sono eram arruinadas pelos lamentos infantis e visões de uma figura-fantasma andando silenciosamente de um lado para o outro nas vigílias noturnas. As refeições eram interrompidas pelos saltos frequentes do anjo da guarda, que o abandonava com o prato meio-cheio, se qualquer ruído soasse do ninho no andar de cima. E, quando John lia o jornal de noite, a cólica de Demi era a notícia da primeira página e a queda de Daisy atrapalhava o preço das ações no caderno de economia, pois a sra. Brooke só estava interessada nos eventos domésticos.

O pobre homem se sentia incomodado, porque as crianças haviam roubado sua esposa, a casa era um mero berçário e o perpétuo silenciamento fazia-o se sentir como um intruso violento sempre que entrava nos recintos sagrados da Terra dos Bebês. Com muita paciência, ele suportou tudo durante seis meses e, quando não surgiram sinais de melhora, fez o que outros pais exilados fazem: tentou obter um pouco de conforto em outro lugar. Scott havia se casado e arranjado uma casa não muito longe, e John passou a visitá-lo uma ou duas horas por noite, horário em que a própria sala estava vazia e a esposa cantava canções de ninar que pareciam não ter fim. A sra. Scott era uma garota animada e bonita, sem nada para fazer além de ser agradável, e ela cumpria sua missão com muito sucesso. A sala estava sempre resplandecente e atraente; o tabuleiro de xadrez, pronto; e o piano, afinado. Havia muita fofoca alegre e um jantarzinho tentador bem-preparado. John teria preferido o calor da própria lareira se não fosse tão solitário em casa, porém, como era, tirava proveito da companhia dos vizinhos.

Meg aprovou o novo esquema no início e ficou aliviada em saber que John se divertia em vez de dormir na sala ou de perambular pela casa e acordar as crianças. Porém, quando a preocupação com a dentição acabou e os anjinhos dormiam em horas adequadas, deixando tempo para que a mamãe descansasse, ela começou a sentir saudades de John e encontrava na cestinha de costura uma companhia monótona quando ele não estava sentado à sua frente, usando o velho roupão e confortavelmente repousando as pantufas nas grades da lareira. Meg não pedia que ele ficasse em casa, mas se sentia magoada porque John não percebia que era isso que ela queria, sem precisar dizer, esquecendo-se por completo das muitas noites em que ele esperara por ela em vão. A jovem mãe estava nervosa e cansada de tanta vigília e preocupação, e vivia naquele estado de espírito irracional que até a melhor das matriarcas ocasionalmente experimenta quando os cuidados domésticos a oprime. A falta de exercício as priva do vigor, e a demasiada devoção àquele ídolo ainda muito popular entre as mulheres americanas, o bule de chá, faz com que elas pareçam pessoas nervosas o tempo todo.

— Sim, estou ficando velha e feia — dizia ela, olhando para o espelho. — John não me acha mais atraente, então deixa para trás a exaurida esposa e visita a linda vizinha, que não tem preocupações. Bem, os bebês me amam, eles não se importam se estou magra e pálida e se não tenho tempo para arrumar o cabelo, eles são meu conforto, e algum dia John verá o que eu de bom grado sacrifiquei por eles, não é verdade, meus tesouros?

A esse apelo patético Daisy responderia com um grunhido, ou Demi com um gritinho, e Meg superaria as lamentações com deleite maternal, acalmando a solidão por alguns momentos. Entretanto, a dor só aumentava, conforme a política dominava a mente de John, que estava sempre correndo para discutir pontos interessantes com Scott, alheio ao fato de que Meg sentia falta dele. Ela não disse nem uma palavra, até que um dia sua mãe a encontrou aos prantos e insistiu em saber qual era o problema, pois os ânimos esmorecidos da filha não passaram despercebidos.

— Eu não diria a ninguém exceto a você, mamãe, mas realmente preciso de conselhos, pois, se John continuar assim por muito mais tempo, posso muito bem ficar viúva — respondeu a sra. Brooke, magoada e secando as lágrimas no babador de Daisy.

— Continuar assim como, minha querida? — perguntou a mãe, ansiosa.

— Ele fica fora o dia todo e à noite, quando quero vê-lo, vai para a casa dos Scott sempre. Não é justo que eu faça o trabalho mais duro e nunca me divirta. Os homens são muito egoístas, mesmo os melhores.

— Assim como as mulheres. Não culpe John até ver onde você está errada.

— Mas não pode ser correto que ele me negligencie.

— Você não o negligencia?

— Minha nossa, mamãe, pensei que fosse ficar do meu lado!

— Estou do seu lado, até onde a empatia chega, mas penso que a culpa seja sua, Meg.

— Não vejo como.

— Então deixe que eu lhe explique. Alguma vez John a negligenciou, como você diz, enquanto você se esforçava para fazer-lhe companhia de noite, único tempo livre que ele tem?

— Não, mas não consigo fazer isso agora, com dois bebês para cuidar.

— Acho que consegue, querida, e acho que deve. Posso falar com honestidade? Assim você vai se lembrar que as mães tanto culpam quanto se compadecem.

— Sim, vou me lembrar! Converse comigo como se eu fosse a pequena Meg de novo. Sinto muitas vezes como se precisasse aprender mais do que nunca, já que os bebês precisam de mim para tudo.

Meg arrastou a cadeira para o lado da mãe e, com os pequenos no colo, as duas mulheres conversaram com carinho, sentindo que o laço da maternidade as unia mais do que nunca.

— Você só cometeu o erro que a maioria das jovens esposas cometem: se esqueceu de seu dever com seu marido por causa do amor por seus filhos. Um erro muito natural e perdoável, Meg, mas que é melhor ser remediado antes que vocês tomem caminhos diferentes, pois os filhos deveriam aproximar os pais, não os separar, como se pertencessem somente a você, e como se a John só coubesse trazer o sustento. Eu notei isso ao longo de algumas semanas, mas não falei nada, pensando que se resolveria com o tempo.

— Receio que não. Se eu lhe pedir para ficar, ele vai pensar que estou com ciúmes, e eu não o ofenderia com tal noção. John não percebe que eu o quero aqui, mas não sei como dizer sem palavras.

— Torne a casa agradável a ponto de ele não querer sair. Minha querida, ele anseia por estar no lar, mas não é um lar se a esposa estiver sempre no quarto dos bebês.

— Mas eu não deveria ficar lá?

— Nem sempre, confinamento demais pode deixá-la nervosa e despreparada para todo o resto. Além disso, você deve algo a John, assim como deve aos bebês. Não negligencie o marido pelas crianças e não o tranque para fora do quarto; ensine-o a ajudá-la. O lugar dele é lá, assim como o seu, e as crianças precisam dele. Deixe que ele sinta que tem um papel a desempenhar, e ele o fará com alegria e fidelidade. Será melhor para todos.

— Acha mesmo, mamãe?

— Tenho certeza, Meg, pois já passei por isso, e raramente dou conselhos a menos que tenha provado por mim mesma que são possíveis. Quando você e Jo eram pequenas, fiquei assim como você está agora, sentia como se não estivesse cumprindo meu dever a menos que me dedicasse por inteiro às crianças. Seu pobre pai refugiou-se nos livros, depois de eu ter recusado todas as ofertas de ajuda, deixando-me sozinha para enfrentar o desafio. Lutei o melhor que pude, mas Jo era demais para mim. Eu quase a estraguei de tanta indulgência. Você estava doente, e me preocupei tanto até que eu mesma fiquei doente. Então o papai me socorreu, administrou tudo com calma e se fez tão útil que percebi meu erro e nunca mais consegui continuar sem a ajuda dele desde então. Esse é o segredo da felicidade de nossa casa. Ele não deixa que os negócios o privem dos pequenos cuidados e deveres que afetam a todos, e eu tento não deixar que as preocupações domésticas arruínem meu interesse por suas conquistas. Cada um faz sua parte sozinho em muitas coisas, mas em casa nós trabalhamos juntos, sempre.

— É assim mesmo, mamãe, e meu grande desejo é ser para meu marido e filhos o que você tem sido para os seus. Me mostre como, e farei tudo o que disser.

— Você sempre foi minha dócil filhinha. Bem, querida, se eu fosse você, deixaria o John cuidar mais de Demi, pois o rapaz precisa de disciplina, e não é cedo demais para começar. E então faria o que propus muitas vezes que fizesse: deixaria Hannah vir ajudar. Ela é uma babá e tanto, e você pode lhe confiar os preciosos bebês enquanto faz mais tarefas domésticas. Você precisa desse exercício,

Hannah cuidaria do restante, e John encontraria a esposa outra vez. Saia mais e se divirta, tanto quanto se ocupa, pois você é o raio de sol da família, então, se ficar desanimada, não há tempo bom. Depois, eu tentaria me interessar pelo que John gosta: fale com ele, deixe-o ler para você, troquem ideias e ajudem um ao outro dessa maneira. Não se isole em uma caixinha só porque é mulher, entenda o que se passa e estude para que faça parte do mundo. Tudo o que ocorre lá fora afeta você, bem como aqueles que ama.

— John é tão sensato que temo que ele pense que sou estúpida se fizer perguntas sobre política e coisas assim.

— Não acredito que ele pensaria assim. O amor compensa uma multidão de pecados, e a quem você poderia perguntar com mais liberdade do que a ele? Tente e veja se ele não acha sua companhia muito mais agradável do que os jantares da sra. Scott.

— Eu vou. Pobre John! Receio tê-lo negligenciado demais, mas achei que estava certa, e ele nunca disse nada.

— Ele tentou não ser egoísta, mas ficou um pouco desolado, imagino. Esta é justamente a época, Meg, em que os jovens casados estão propensos a se separar, e a mesma época em que deveriam estar mais juntos, pois o arrebatamento inicial logo desaparece, a menos que se tome cuidado para preservá-lo. E nenhum tempo é tão belo e precioso para os pais como os primeiros anos da vida dos filhos. Não deixe John ser um estranho para os bebês; eles farão mais para mantê-lo feliz neste mundo de provação e tentação do que qualquer outra coisa e, através deles, vocês aprenderão a se conhecer e a amar um ao outro como deveriam. Agora, querida, adeus. Pense em minhas palavras e coloque-as em prática. Que Deus os abençoe.

Meg pensou nas palavras da mãe, gostou delas e as colocou em prática, embora a primeira tentativa não tenha ocorrido exatamente como planejava. Claro que as crianças a oprimiram e mandaram na casa assim que descobriram que chutar e gritar lhes trazia o que queriam. A mamãe era uma escrava subserviente de seus caprichos, mas o papai não era subjugado com facilidade e às vezes afligia a terna esposa ao realizar tentativas de disciplina paterna com o filho rebelde. Por Demi ter herdado um pouco da firmeza de caráter do pai, não o chamaremos de teimoso, mas, quando ele decidia ter ou fazer qualquer coisa, todos os cavalos e todos os homens do rei não conseguiriam mudar aquela cabecinha persistente. A mamãe achava que seu amado bebê era muito jovem para aprender a controlar suas falhas, mas o papai acreditava que nunca era cedo demais para ensinar obediência. Então, o pequeno Demi descobriu que, quando se engajava em um embate com o "papá", sempre se dava mal. Porém, tal como um cavalheiro, o bebê respeitava o homem que conseguia dar a palavra final e amava o pai cujo sério "não, não e não" era mais imponente do que todas as palmadinhas de amor da mamãe.

Alguns dias após a conversa com a mãe, Meg resolveu tentar uma noite sociável com John, então encomendou um bom jantar, arrumou a sala, vestiu-se lindamente e colocou as crianças na cama cedo, para que nada interferisse na tentativa. Infelizmente, aquilo que mais despertava o furor de Demi era ir para a cama e, naquela noite, ele decidiu manifestar isso de uma forma extrema. Então a pobre Meg cantou, balançou na cadeira, contou histórias e experimentou todos os macetes que conseguiu imaginar, mas foi tudo em vão. Os olhinhos não se fecharam e, muito tempo depois de Daisy ter caído no sono, como o pacotinho gorducho de afabilidade que era, o travesso Demi continuava encarando a luz, com uma expressão decepcionantemente desperta.

— Será que Demi vai ficar quietinho como um bom menino, enquanto a mamãe desce e serve o chá ao seu pobre papai? — perguntou Meg, enquanto a porta da frente se fechava e o conhecido andar na ponta dos pés era ouvido na sala de jantar.

— Quelo chá! — disse Demi, preparando-se para participar da diversão dos pais.

— Não, não! Mas vou guardar uns biscoitinhos para o café da manhã se você nanar como a Daisy. Certo, meu amorzinho?

— Xim! — Demi fechou bem os olhos, como se quisesse dormir e adiantar o tempo até o dia desejado.

Aproveitando esse momento propício, Meg escapou e correu para receber o marido com um rosto sorridente e o lacinho azul no cabelo de que ele tanto gostava. Ele o notou de imediato e comentou, alegre e surpreso:

— Ora, mãezinha, como está deslumbrante hoje. Está esperando alguém?

— Apenas você, meu querido.

— É nosso aniversário, alguma comemoração ou algo assim?

— Não, apenas cansei de estar desleixada, por isso me vesti assim, só para variar. Você está sempre tão apresentável para o jantar, por mais que esteja cansado. Então por que eu não deveria também, já que tive tempo?

— Faço isso por respeito a você, minha querida — respondeu John, que era adepto dos modos cavalheirescos antigos.

— Eu também, sr. Brooke — respondeu Meg sorrindo, parecendo jovem e bonita mais uma vez, atrás do vapor que saía do bule de chá.

— Bem, é bastante encantador, como nos velhos tempos. Está tudo delicioso. Bebo à sua saúde, amada. — John bebeu o chá com um ar de satisfação reconfortante, que, no entanto, durou pouco. Quando ele pousou a xícara no pires, a maçaneta da porta se mexeu misteriosamente e uma vozinha foi ouvida, dizendo, impaciente:

— Oi, oi, quelo entlá!

— É aquele menino travesso. Eu disse para ele ir dormir sozinho, e aqui está ele, prontinho para pegar um resfriado — lamentou Meg.

— Manhã, já! — anunciou Demi em um tom alegre ao entrar, com sua roupinha de dormir e todos os cachinhos balançando enquanto saltitava em torno da mesa, espiando os bolinhos com olhadelas adoráveis.

— Não, ainda não é de manhã. Você deve ir para a cama e não incomodar sua pobre mãe. Depois poderá comer bolinhos com açúcar.

— Amo papá! — exclamou o pequenino astuto, preparando-se para escalar o joelho do pai e se divertir com alegrias proibidas. John balançou a cabeça e falou para Meg:

— Se você disse para ele ficar lá em cima e dormir sozinho, obrigue-o a isso, ou ele nunca aprenderá a obedecê-la.

— Sim, é claro. Venha, Demi. — Meg levou o filho embora, sentindo um forte desejo de dar alguns tapinhas naquele estraga-prazeres que saltitava ao seu lado e tentando se confortar com a ilusão de que o suborno seria aceito assim que chegassem ao quarto.

O sapeca também não ficou desapontado, pois aquela mulher cega de esperança deu-lhe um torrão de açúcar, enfiou-o na cama e proibiu qualquer outra escapadela até de manhã.

— Tá! — garantiu Demi, em perjúrio, sugando com muito gosto o torrão e considerando a primeira tentativa como bem-sucedida.

Meg voltou à sala, e o jantar progredia agradavelmente quando o fantasminha apareceu de novo e expôs as delinquências maternas, exigindo, com ousadia:

— Mais 'çúcar, mamá!

— Agora basta — disse John, endurecendo o coração contra o insistente diabinho. — Nunca teremos paz até que essa criança aprenda a ir para a cama como deve ser. Você já fez de si uma escrava tempo suficiente. Dê-lhe uma lição e ponha um ponto-final nisso. Coloque-o na cama e deixe-o lá, Meg.

— Ele não vai ficar, nunca fica se eu não me sentar ao lado dele.

— Eu cuido dele. Demi, vá lá para cima e durma, como a mamãe ordenou.

— Não vô! — retorquiu o jovenzinho rebelde, pegando um cobiçado bolinho e começando a comer com audácia tranquila.

— Nunca deve dizer "não" ao papai. Se não for sozinho, eu mesmo o levarei.

— Vai 'bola! Não amo papá! — Demi se escondeu nas saias da mãe para se proteger.

O refúgio se revelou inútil, pois ele foi entregue ao inimigo com um "Seja gentil com ele, John", que deixou o culpado consternado; se a mamãe o abandonara, então o dia do julgamento estava próximo. Privado do bolo, arrancado da brincadeira e levado por uma mão forte até aquela odiada cama, o pobre Demi não conseguiu conter sua ira e desafiou abertamente o papai, chutando e gritando com toda a força até o andar de cima. No momento em que foi colocado na cama de um lado, ele rolou pelo outro e correu para a porta, apenas para ser apanhado de forma vergonhosa pela ponta do pijama e colocado de volta na cama, onde foi mantido até que suas forças se esgotaram. Começou, então, a berrar a plenos pulmões. Esse exercício vocal em geral conquistava Meg, porém John se sentou tão impassível e aparentemente tão surdo quanto um poste. Sem persuasão, sem açúcar, sem canção de ninar, sem história, até mesmo a luz foi apagada e apenas o brilho vermelho da lareira iluminava parcamente a escuridão, para a qual Demi olhava com curiosidade em vez de medo. Aquela nova ordem das coisas era revoltante, e ele chorava desconsolado pela "mamá", enquanto seus sentimentos furiosos diminuíam, e as lembranças de sua terna escrava tomavam a mente do autocrata cativo. O lamento sofrido que sucedeu ao rugido tempestuoso atingiu o coração de Meg, que correu para lá e disse, suplicando:

— Me deixe ficar com Demi, ele vai se comportar agora, John!

— Não, minha querida. Eu disse a ele que fosse dormir, como você ordenou, e ele deve, nem que eu fique aqui a noite toda.

— Mas ele vai chorar até ficar doente! — implorou Meg, repreendendo a si mesma por abandonar o filho.

— Não, não vai. Está tão cansado que logo vai apagar, e então o problema estará resolvido. Ele vai entender que precisa obedecê-la. Não interfira, eu cuido dele.

— Ele é meu filho, e eu não posso permitir que seu espírito seja quebrado por essa severidade.

— Ele é meu filho, e eu não posso permitir que seu temperamento seja arruinado por essa indulgência. Desça, minha querida, e deixe o rapazinho comigo.

Quando John falava nesse tom autoritário, Meg sempre obedecia e nunca se arrependia de sua docilidade.

— Por favor, me deixe dar um beijo nele, John.

— Claro. Demi, dê boa noite à mamãe e deixe-a descansar, pois ela está muito esgotada por passar o dia cuidando de você.

Depois daquele dia, a versão de Meg sobre o causo narraria que o beijo venceu aquela batalha, porque, depois que foi dado, Demi soluçou com menos revolta e ficou quieto no canto da cama, onde estivera se remexendo em toda sua angústia.

"Pobre rapazinho, está acabado de tanto sono e choro. Vou cobri-lo e depois confortar o coração de Meg", pensou John, indo até a beira da cama, esperando encontrar seu herdeiro rebelde adormecido.

Não estava. No momento em que o pai se aproximou, os olhos do menino se abriram, seu queixo pequenino começou a tremer, e ele levantou os braços, dizendo com um soluço penitente:

— Eu bonzinho agola!

Sentada nas escadas do lado de fora, Meg estava curiosa com o longo silêncio que se seguiu ao tumulto e, depois de imaginar todos os tipos de acidentes impossíveis, entrou no quarto para acalmar seus medos. Demi dormia profundamente, não em sua posição habitual, todo esticado, e sim em um rolinho, aninhado na curva do braço do pai e segurando seu dedo, como se sentisse que a justiça tivesse um toque de misericórdia; o pequeno Demi dormira como um bebê mais triste, porém mais sábio. Assim detido, John esperara com paciência de mulher até que a mãozinha relaxasse em seu aperto e, enquanto esperava, havia adormecido, mais cansado por aquela briga com o filho do que pelo dia inteiro de trabalho.

Enquanto Meg olhava os dois rostos no travesseiro, ela sorriu e depois se retirou, dizendo, satisfeita:

— Não preciso ter medo de que John vá ser muito duro com meus bebês. Meu marido sabe como lidar com eles e será de grande ajuda, pois Demi está me cansando demais.

Quando John enfim desceu, esperando encontrar uma esposa calada ou repreensiva, teve uma agradável surpresa ao ver Meg costurando tranquila um chapéu e ser recebido com o convite para que lesse algo sobre a eleição, se não estivesse muito cansado. John viu que uma revolução de algum tipo estava em curso, e prudentemente não fez perguntas, sabendo que Meg era uma pessoa tão transparente que não conseguiria guardar segredo. Com amável prontidão, ele leu um longo debate sobre certa questão política e depois o explicou da maneira mais didática que podia, enquanto Meg tentava parecer muitíssimo interessada, fazer perguntas inteligentes e evitar que seus pensamentos vagassem do estado da nação para o estado do chapéu. Em seu íntimo, porém, percebeu que política era tão ruim quanto matemática e que a missão dos políticos parecia ser xingar uns aos outros, mas guardou essas ideias femininas para si e, quando John parou, ela balançou a cabeça e disse, com aquilo que pensava ser ambiguidade diplomática:

— Bem, eu realmente não vejo a que ponto estamos chegando.

John riu e a observou por um instante, enquanto ela arrumava uma bela armação de rendas e flores com o interesse genuíno que a tagarelice dele não conseguia despertar.

“Ela tenta gostar de política por mim, por isso devo tentar me interessar por chapéus, é o correto”, pensou o justo John, acrescentando, em voz alta:

— É muito bonito isso que tem em mãos. É o que usam para o dia a dia?

— Meu querido, é o melhor chapéu que tenho para ir ao teatro e a concertos!

— Peço desculpas, é tão pequenino que naturalmente o confundi com essas coisas que você às vezes usa. Como se veste?

— Estes fitilhos de renda devem ser amarrados debaixo do queixo com um botão de rosa. — Meg exemplificou, colocando o chapéu com um ar de tranquila satisfação que era irresistível.

— É um chapéu adorável, mas prefiro o rosto abaixo dele, pois parece jovem e feliz de novo. — John beijou aquela moça sorridente, para enorme prejuízo do botão de rosa embaixo do queixo.

— Ainda bem que gosta, pois quero que me leve a um dos novos concertos qualquer noite dessas. Preciso mesmo de um pouco de música para me recompor. Pode me levar, por favor?

— Claro que sim, com todo o meu coração, ou a qualquer outro lugar que queira ir. Você está isolada há tanto tempo, isso não faz bem algum, e eu aproveitaria muito a sua companhia, mais do que qualquer outra coisa. O que a fez mudar de ideia, mãezinha?

— Bem, conversei com a mamãe no outro dia e contei o quanto me sentia nervosa, irritada e fora de mim, e ela disse que eu precisava de uma mudança de ares, e menos tarefas nas costas. Então, Hannah está me ajudando com as crianças, e estou cuidando mais das coisas da casa e, de vez em quando, poderei me divertir um pouco, só para evitar que eu me torne uma velha ranzinza e acabada antes do tempo. É apenas uma experiência, John, e quero tentar tanto para o seu bem quanto para o meu, porque eu o negligenciei vergonhosamente, e vou fazer desta casa o que costumava ser, se puder. Você não se opõe, espero?

Não importa o que John disse, nem como o chapeuzinho escapou por um triz da completa ruína. Tudo o que precisamos saber é que John não pareceu se opor, a julgar pelas mudanças que aconteceram aos poucos na casa e em seus moradores. Não era tudo um mar de rosas, de forma alguma, mas tudo melhorou com o sistema de divisão do trabalho. As crianças se desenvolviam sob o domínio paterno, pois o pulso firme e preciso de John trazia ordem e obediência à Terra dos Bebês, enquanto Meg recuperava o ânimo e recompunha os nervos com muito exercício saudável, um pouco de lazer e muito diálogo com o sensato marido. O lar voltou a ser acolhedor, e John não tinha vontade de deixá-lo, a menos que levasse Meg com ele. Os Scott iam até a casa dos Brooke agora, e todos achavam a casinha um lugar alegre, cheio de felicidade, satisfação e amor familiar. Até Sallie Moffat gostava de aparecer por lá.

— Aqui é sempre tão tranquilo e agradável que me faz bem, Meg — dizia a amiga, olhando o entorno com olhos pensativos, como se tentasse descobrir a mágica, para que pudesse usá-la em sua grande casa, cheia de esplêndida solidão, pois lá não havia bebês desordeiros e sorridentes, e Ned vivia em um mundo só dele, onde não havia lugar para ela.

Essa felicidade doméstica não brotou de uma só vez, mas John e Meg haviam encontrado a chave para ela, e cada ano da vida de casados lhes ensinava como melhor usá-la, abrindo o baú dos tesouros do amor doméstico e da ajuda mútua, que os mais pobres podem possuir, e os mais ricos não podem comprar. Esse é o tipo de estante em que jovens esposas e mães podem consentir em ser colocadas, a salvo da constante inquietação e da fúria do mundo, encontrando o amor leal nos filhos e filhas que se agarram a elas, sem medo de tragédias, pobreza ou do avanço da idade, caminhando lado a lado, na calmaria e na tempestade, com seu mais fiel amigo, o elo da casa, e aprendendo, como Meg aprendeu, que o reino mais feliz de uma mulher é o lar e sua maior honra, a arte de governá-lo, não como uma rainha, mas como uma sábia esposa e mãe.

CAPÍTULO DEZESSEIS

# Laurence preguiçoso

Laurie foi para Nice com a intenção de ficar uma semana, mas ficou um mês. Estava cansado de vagar sozinho, e a presença familiar de Amy parecia dar um toque caseiro à cena estrangeira. Ele sentia um pouco a falta do carinho que recebia e desfrutou novamente desse sabor, pois nenhuma atenção de estranhos, por mais bajuladora que fosse, era agradável como a adoração fraterna das meninas de casa. Amy não o tratava como as outras, mas ela estava muito contente por vê-lo naquele momento e bastante apegada a ele, sentindo que Laurie era o representante da querida família que ela ansiava ver mais do que admitiria. Eles naturalmente se confortaram na companhia um do outro e estavam muito próximos. Cavalgavam, caminhavam, dançavam e aproveitavam o ócio juntos, visto que em Nice ninguém pode ser muito produtivo durante aquela temporada alegre.

Embora aparentemente se divertissem de maneira despreocupada, estavam fazendo descobertas e formando opiniões um sobre o outro de forma semiconsciente. Amy crescia em estima cada dia mais aos olhos do amigo, que, por sua vez, piorava aos dela, e cada um sentiu a verdade antes de uma palavra ser dita. Amy tentou agradar, e conseguiu, pois era grata pelos muitos prazeres que ele lhe dava, e lhe retribuía com sutis ajudas às quais as damas sabem emprestar um encanto indescritível. Laurie não fez qualquer tipo de esforço, apenas se deixou levar da forma mais confortável possível, tentando esquecer sua tragédia pessoal e sentindo que todas as mulheres lhe deviam uma palavra amável, porque uma o tratara com frieza. Não lhe custava nada ser generoso, e ele teria dado a Amy todas as joias existentes em Nice se ela as aceitasse, embora sentisse que não mudaria a opinião que ela formava sobre ele. Temia os aguçados olhos azuis que pareciam observá-lo com surpresa um tanto pesarosa, um tanto desdenhosa.

— Todos foram para Mônaco passar o dia. Eu preferi ficar em casa e escrever cartas. Já acabei, e agora vou a Valrosa para desenhar. Quer vir? — disse Amy, quando Laurie apareceu um belo dia, como sempre, por volta do meio-dia.

— Bem, sim, mas não está quente demais para uma caminhada tão longa? — respondeu, pois o salão fresquinho parecia mais convidativo.

— Vou chamar a carruagem menor, e Baptiste pode conduzir, por isso não terá que fazer nada a não ser segurar a sombrinha e manter as luvas ajeitadas — barganhou Amy, com um olhar sarcástico para as luvinhas imaculadas do rapaz, que eram um ponto fraco de Laurie.

— Então eu vou com prazer. — Ele estendeu a mão para carregar o caderno de esboços da amiga, mas ela o colocou debaixo do braço e disse, afiada:

— Não se incomode. Não é esforço para mim, diferente de você.

Laurie levantou as sobrancelhas e a seguiu em um ritmo lento enquanto desciam as escadas. Quando entraram na carruagem, ele mesmo tomou as rédeas e deixou o pequeno Baptiste com nada para fazer a não ser cruzar os braços e adormecer no seu canto.

Os dois nunca discutiam. Amy era muito bem-educada, e Laurie naquele momento estava com muita preguiça, então ele espreitou por debaixo da borda do chapéu dela com um ar inquisitivo. Ela respondeu com um sorriso, e eles seguiram caminho da maneira mais amigável.

Foi um passeio adorável, ao longo de estradas sinuosas e ricas em cenários pitorescos que encantariam os olhos de qualquer amante da beleza. Aqui, um antigo mosteiro, de onde o canto solene dos monges emergia; ali, um pastor de pernas de fora, com sapatos de madeira, chapéu pontiagudo e casaco áspero sobre um ombro, sentado sobre uma pedra fumando um cachimbo enquanto suas cabras saltavam entre as rochas ou deitavam-se a seus pés; burrinhos de cor amarronzada, carregando alforjes de grama recém-cortada, passaram próximos a uma linda moça sentada em meio ao verde e uma velhinha que caminhava; crianças bronzeadas com olhos gentis corriam das cabanas de pedra e ofereciam ramalhetes ou punhados de laranjas ainda no ramo; oliveiras nodosas cobriam as colinas com sua folhagem escura; frutas se penduravam reluzentes das árvores nos pomares; e grandes anêmonas escarlate margeavam a beira da estrada, enquanto, além das encostas verdes e montes pontiagudos, os Alpes Marítimos se erguiam afiados e brancos contra o céu azul italiano.

Valrosa merecia bem o nome, porque naquele clima de verão perpétuo, rosas floresciam por toda parte. Lotavam os espaços entre as barras do grande portão como uma doce recepção aos passantes e forravam a avenida, serpenteando por entre limoeiros e palmeiras até a vila na colina. Cada recanto sombreado, onde os bancos eram muito convidativos para um descanso, era cercado por uma massa de flores, cada gruta fresca tinha sua ninfa de mármore sorrindo por trás de um véu de flores, e cada fonte refletia rosas carmesim, brancas ou amarelas, sorridentes à própria beleza. A flora cobria as paredes das casas e as cornijas, trepavam nos pilares e corriam sobre as balaustradas dos amplos terraços, de onde se observava o Mediterrâneo ensolarado e os muros brancos da cidade na costa.

— Aqui é como se fosse um paraíso eterno para luas de mel, não é? Você já viu rosas assim antes? — perguntou Amy, parando em um terraço para apreciar a vista e aproveitar o aroma requintado de perfume que se espalhava.

— Não, nem nunca me espetei com espinhos assim — respondeu Laurie, com o polegar na boca, após uma tentativa vã de capturar uma flor escarlate solitária que crescia fora de seu alcance.

— Tente mais embaixo para colher as que não têm espinhos — disse Amy, juntando três das minúsculas flores cor de creme que sobrepujavam a mureta atrás dela.

Ela as colocou na lapela de Laurie como uma oferta de paz, e ele ficou um minuto olhando para as flores com uma expressão curiosa. Da parte italiana de sua natureza, ele carregava um toque de superstição, e encontrava-se naquele estado de melancolia agridoce em que os jovens cheios de imaginação veem significado em besteiras e alimentam o romance com tudo ao redor. O rapaz pensara em Jo ao tentar chegar até a espinhosa rosa vermelha, pois flores vívidas lhe agradavam, e a própria já havia colhido flores semelhantes na estufa dos Laurence. As rosas pálidas dadas por Amy eram do tipo que os italianos colocavam nas mãos de pessoas mortas, nunca em coroas de noiva, e, por um momento, ele se perguntou se o presságio era para Jo ou para si mesmo. Já no instante seguinte, seu senso prático tipicamente americano levou a melhor sobre o sentimentalismo, e ele deu a gargalhada mais sonora que Amy ouvira desde sua chegada.

— É um bom conselho, é melhor aceitá-lo e salvar seus dedos — complementou ela, acreditando que a risada do amigo se devia ao que dissera.

— Obrigado, eu aceito — respondeu em tom de brincadeira, e alguns meses depois ele de fato seguiu aquela recomendação.

— Laurie, quando você vai encontrar seu avô? — perguntou ela, enquanto se sentava em um banquinho rústico.

— Muito em breve.

— Você disse isso uma dúzia de vezes nas últimas três semanas.

— Ouso dizer que respostas curtas poupam tempo.

— Ele está te esperando, e você deveria mesmo ir.

– Criatura preocupada! Eu sei.

– Então por que você não vai?

– Depravação natural, suponho.

– Insolência natural, você quer dizer. Ultrajante! – Amy parecia zangada.

– Não é tão ruim quanto parece, pois eu só o atormentaria se fosse, por isso mais vale ficar aqui e atormentar a senhorita um pouco mais, você suporta melhor. Na verdade, acho que a agrada muito. – Laurie se espichou no amplo parapeito da balaustrada.

Amy sacudiu a cabeça e abriu seu caderno de esboços com um ar de resignação, mas estava decidida a dar um sermão naquele "menino insolente" e, em um instante, começou de novo:

– O que está fazendo agora?

– Observando lagartos.

– Não, não. Quero dizer, o que pretende e deseja fazer?

– Fumar um cigarro, se me permite.

– Mas que irritante você é! Eu não aprovo cigarros e só permitirei se me deixar desenhá-lo. Preciso de uma silhueta.

– Com todo o prazer. Como vai me desenhar? De corpo inteiro ou uns três quartos? Focando na minha cabeça ou nos meus calcanhares? Sugiro respeitosamente uma postura reclinada, depois se desenhe também e chame o esboço de "*Dolce far niente*".

– Fique como está e durma, se quiser. Pretendo me concentrar no trabalho – disse Amy em seu tom mais enérgico.

– Mas que entusiasmo maravilhoso! – Laurie se encostou em um vaso alto com ar de satisfação.

– O que a Jo diria se o visse agora? – perguntou Amy impaciente, na esperança de cutucar o amigo ao mencionar o nome da irmã ainda mais enérgica.

— Como sempre: "Vá embora, Teddy. Estou ocupada!" — Ele riu ao falar aquilo, mas o riso não foi natural, e uma sombra perpassou seu rosto.

A menção àquele nome familiar tocou a ferida que ainda não estava curada. O semblante de Laurie não passou despercebido, Amy já tinha visto aquela sombra antes. Ela notou a tempo de captar um agravo na expressão no rosto de Laurie: um olhar amargo, cheio de dor, insatisfação e arrependimento, que logo desapareceu antes que ela pudesse estudá-lo, e a aparente indiferença logo voltou. Amy observou o amigo por um momento com prazer artístico, pensando como ele parecia italiano, deitado ao sol com a cabeça descoberta e os olhos cheios de sonhos. Ele parecia tê-la esquecido e caído em um devaneio.

— Você parece a efígie de um jovem cavaleiro dormindo em seu túmulo — disse ela, traçando cuidadosamente o perfil bem-definido e ressaltado contra a pedra escura.

— Quem me dera ser!

— Mas que desejo tolo, a menos que tenha arruinado sua vida. Você está tão mudado que às vezes penso... — Amy se interrompeu, com um olhar meio tímido, meio pensativo, mais significativo do que o discurso inacabado.

Laurie viu e compreendeu a ansiedade afetuosa que ela hesitou em expressar e, olhando diretamente em seus olhos, disse tal como costumava dizer à sra. March:

— Está tudo bem, madame.

Aquilo satisfez Amy e acalmou as dúvidas que a preocupavam naqueles dias, o que demonstrou pelo tom cordial com que respondeu:

— Fico feliz por isso! Não pensei que você tivesse agido mal, mas imaginei que pudesse ter desperdiçado dinheiro naquele maldito casino Baden-Baden, perdido o coração para alguma francesa casada e encantadora ou se metido em alguma outra das confusões que os jovens consideram parte obrigatória de uma viagem ao exterior.

Não fique aí no sol, venha e se deite na grama, e "vamos ser bons amiguinhos", como Jo dizia quando nos empoleirávamos no canto do sofá e contávamos segredos.

Laurie obedientemente se jogou na relva e se distraiu colocando margaridas nas fitas do chapéu de Amy, esquecido no chão.

— Estou pronto para os segredos — anunciou, com verdadeiro interesse.

— Não tenho nada para contar. Pode começar.

— Não tenho nem unzinho para fazer as honras. Pensei que você talvez tivesse notícias de casa...

— Você ouviu todas que recebi. Não recebe cartas de lá sempre? Imaginei que Jo te mandava um punhado.

— Ela está muito ocupada, e como estou sempre mudando de lugar, é impossível manter uma rotina. Quando começa sua grande obra de arte, Pequena Rafael? — perguntou Laurie, mudando de assunto abruptamente, pensando se Amy saberia seu segredo.

— Nunca — respondeu ela, desanimada, mas decidida. — Roma me tirou toda a vaidade. Depois de ver as maravilhas de lá, me senti insignificante demais para viver, então, em pleno desespero, desisti de todas as minhas esperanças tolas.

— E por que deveria, com tanta energia e talento?

— É exatamente por isso: porque talento não é genialidade, e nenhuma quantidade de energia pode fazer com que seja. Eu quero ser perfeita ou nada. Não vou ser uma mera desenhista comum e medíocre, por isso pretendo não tentar mais.

— E o que vai ser de você agora, se me permite perguntar?

— Vou lapidar meus outros talentos e ser um enfeite para a sociedade, se eu tiver oportunidade.

Era um discurso característico, e soava audacioso, mas a audácia combina com a juventude, e a ambição de Amy tinha uma boa base. Laurie sorriu e gostou do espírito com que ela assumia um novo propósito, uma vez que o mais querido e mais antigo se fora, sem perder tempo com lamentos.

— Muito bem! E é aqui onde entra Fred Vaughn, imagino.

Amy manteve um silêncio discreto e o rosto conscientemente abaixado. Laurie recomeçou, com seriedade:

— Agora vou bancar o irmão e fazer perguntas. Posso?

— Não prometo responder.

— Seu rosto vai, se suas palavras não o fizerem. Você ainda não é uma mulher vivida o suficiente para esconder seus sentimentos, minha querida. Ouvi rumores sobre Fred e você no ano passado, e é de minha opinião que, se ele não tivesse sido chamado para voltar para casa tão de repente e ficado lá por tanto tempo, algo teria acontecido, não é?

— Não cabe a mim dizer — foi a resposta vaga de Amy, embora seus lábios sorrissem, e o brilho em seu olhar entregava que ela conhecia seu poder e tirava proveito disso.

— Você não está noiva, espero? — Laurie parecia mesmo um irmão mais velho.

— Não.

— Mas ficará, se ele voltar e se puser de joelhos, não é?

— Muito provavelmente.

— Então você gosta do velho Fred?

— Eu poderia, se tentasse.

— E não pretende tentar até o momento certo? Meu Deus, que prudência de outro mundo! Ele é um bom sujeito, Amy, mas não é o tipo de homem que eu pensei que despertaria seu interesse.

— Ele é rico, cavalheiro e tem modos maravilhosos — argumentou Amy, tentando ser fria e decorosa, mas sentindo um pouco de vergonha, apesar da sinceridade de suas intenções.

— Eu compreendo. As rainhas da sociedade não podem viver sem dinheiro, e então, você quer concretizar uma boa união para começar. Muito certo e apropriado, do jeito que a banda toca. Entretanto, parece estranho de se ouvir de uma das meninas da sra. March.

— Não deixa de ser verdade.

A firmeza com que aquela observação fora proferida contrastou curiosamente com a jovem que a disse. Laurie sentiu isso e se deitou mais uma vez, com um sentimento de decepção que não conseguia explicar. O olhar e o silêncio do rapaz, assim como uma certa autodesaprovação interior, perturbaram Amy e fizeram com que ela decidisse retrucar em um sermão.

— Gostaria que me fizesse o favor de animar um pouco esse seu estado de espírito — disse ela, ríspida.

— Seja uma boa menina e faça isso por mim.

— Eu poderia, se tentasse. — E ela deu a impressão de que gostaria de fazer aquilo sem demora.

— Tente, então. Dou permissão — retrucou Laurie, que adorava ter alguém para provocar, depois de uma longa abstinência de seu passatempo favorito.

— Ficaria zangado em cinco minutos.

— Eu nunca fico zangado com você. São necessárias pelo menos duas pessoas para incitar as faíscas de uma briga, e você é fria e macia como a neve.

— Você não sabe do que sou capaz. A neve produz frisson, quando intensa. Sua indiferença é um tanto fingida, e uma cutucada provaria isso.

— Ora, me cutuque então, não vai me atingir e você pode se divertir, como diria um homenzarrão quando sua esposinha miúda lhe levanta a mão. Me considere um marido ou um tapete e me pise até cansar, se for do seu agrado.

Estando decididamente aborrecida e desejando sacudir aquela apatia que tanto o mudara, Amy afiou a língua e o lápis e começou:

— Flo e eu temos um novo nome para você: Laurence Preguiçoso. O que acha?

A moça pensou que aquilo irritaria Laurie, mas ele só dobrou os braços debaixo da cabeça, imperturbável.

— Nada mal. Obrigado, senhoritas.

— Quer saber o que penso de verdade de você?

— Estou morrendo de vontade.

— Bem, eu te desprezo!

Se ela tivesse dito "eu te odeio" em um tom petulante ou provocador, ele teria rido e gostado, mas o toque grave, quase triste, na voz de Amy o fez abrir os olhos e perguntar no mesmo instante:

— E poderia me dizer o porquê?

— Porque, com todas as chances de ser bom, útil e feliz, você é falho, preguiçoso e miserável.

— Palavras fortes, *mademoiselle*.

— Se quiser, eu continuo.

— Por favor, continue. Estou achando bastante interessante.

— Pensei que acharia mesmo. As pessoas egoístas sempre gostam de falar de si.

— E eu sou egoísta? — A pergunta escapou involuntariamente e em um tom de surpresa, pois a única virtude da qual ele se orgulhava era a generosidade.

— Sim, muito egoísta — continuou Amy, com uma voz calma e fria, duas vezes mais eficaz do que um tom zangado. — Vou dar um exemplo. Tenho observado você em nossos momentos de ociosidade, e não estou nada satisfeita. Você está no estrangeiro há quase seis meses e não fez mais nada senão perder tempo e dinheiro e desapontar seus amigos.

– Um sujeito não pode se divertir depois de quatro anos de trabalho duro na faculdade?

– Não parece estar se divertindo muito. De qualquer forma, pelo que posso ver, isso não o exime da culpa. Afirmei, quando nos encontramos aqui, que você havia melhorado. Mas agora retiro o que eu disse. Não acho que seja tão simpático como quando parti de casa. Você se tornou abominavelmente preguiçoso, tomou gosto por fofoca, perde tempo com coisas frívolas, contenta-se em ser paparicado e admirado por pessoas bobas, em vez de ser amado e respeitado por pessoas sábias. Tem dinheiro, talento, posição, saúde e beleza... oh, mas está apaixonado pela boa e velha vaidade! É a verdade, e não posso evitar dizer: com todas essas coisas esplêndidas para usar e desfrutar, você não encontra nada para fazer a não ser vadiar e, em vez de ser o homem que deveria ser, você é apenas... – Amy se interrompeu, com um olhar que carregava tanto dor quanto pena.

– São Lourenço na grelha[16] – acrescentou Laurie, terminando a frase.

O sermão começou a ter efeito. Havia um brilho aceso nos olhos dele, e uma expressão um tanto enfurecida e ferida tomou o lugar da indiferença.

– Eu imaginei que reagiria assim. Vocês, homens, dizem que somos anjos e que podemos fazer de vocês o que quisermos, mas, no instante em que tentamos ajudar de verdade, riem de nós e não nos ouvem, o que prova o quanto vale sua lisonja – falou Amy com amargura, virando as costas ao exasperante mártir a seus pés.

Uma mão cobriu a página do caderno, para que Amy não pudesse desenhar, e a voz de Laurie soou como a de uma criança penitente:

– Vou ser bom, juro que vou ser bom!

16 São Lourenço (225–258) foi um mártir cristão condenado pelo imperador romano Valeriano a morrer queimado em uma fogueira, por cima de uma grelha. Conta-se que no momento da execução, São Lourenço teria dito aos soldados "Podem me virar, este lado já está bem assado". [N.E.]

Amy não riu, pois estava levando o assunto bem a sério e, batendo na mão dele com o lápis, disse com sobriedade:

– Você não tem vergonha de uma mão assim? É tão macia e clara quanto a de uma mulher e parece que nunca fez nada além de usar as melhores luvas de Jouvin e colher flores para as damas. Você não é um dândi, graças a Deus, então fico feliz de ver que não usa diamantes ou grandes anéis, apenas o pequenino e antigo que Jo te deu há tanto tempo. Minha nossa, como eu gostaria que ela estivesse aqui para ajudar!

– Eu também!

A mão desapareceu tão repentinamente quanto surgiu, e ele replicou o desejo de Amy com energia suficiente para satisfazê-la. Ela o olhou com uma nova ideia em mente, mas ele estava deitado com o chapéu um pouco sobre o rosto, como se procurasse sombra, e seu bigode escondia a boca. Ela só via o peito dele subir e descer, com inspirações longas que poderiam ser suspiros, e a mão que usava o anel estava aninhada na grama, como se escondesse algo muito precioso ou muito terno para ser mencionado.

Várias pistas assumiram forma e significado na mente de Amy e lhe contaram o que a irmã não confidenciara a ela. A jovem dama percebeu que Laurie não falava voluntariamente de Jo, lembrou-se da sombra que perpassara seu rosto momentos antes, e refletiu sobre a mudança em seu caráter e o uso do anelzinho antigo que não era adereço para uma mão bonita. Garotas são rápidas em ler tais sinais e entendê-los. Amy imaginara que talvez um problema amoroso fosse a raiz da mudança, e naquele momento passou a ter certeza. Seus olhos aguçados marejaram e, quando ela falou mais uma vez, foi no tom mais delicado.

– Sei que não tenho o direito de falar assim, Laurie, e, se não fosse a pessoa mais doce do mundo, ficaria muito zangado comigo, mas gostamos muito de você e temos muito orgulho de quem é, e eu não suportaria que o pessoal lá de casa se desapontasse com sua conduta, do modo como eu me desapontei. Embora talvez os demais compreendam essa mudança melhor do que eu.

— Acho que compreendem, sim — foi a resposta vinda de debaixo do chapéu, um tanto engasgada.

— Deviam ter me contado, em vez de me deixarem cometer esse deslize e repreendê-lo, quando eu deveria ter sido mais gentil e paciente do que nunca. Nunca gostei daquela srta. Randal, e agora eu a odeio! — disse a astuta Amy, desejando estar certa dessa vez.

— Para o diabo a srta. Randal! — Laurie tirou o chapéu do rosto e seu olhar não deixava dúvidas quanto a seus sentimentos em relação àquela jovem.

— Me perdoe, pensei... — Amy fez uma pausa diplomática.

— Não, não pensou nada. Você sempre soube perfeitamente bem que nunca liguei para ninguém além de Jo — retrucou Laurie no velho e impetuoso tom, virando o rosto para longe enquanto falava.

— Sim, eu pensava isso, mas, como nunca disseram nada sobre o assunto e você veio para cá, supus estar enganada. E Jo não foi gentil com você? Ora, eu estava certa de que ela te amava muito.

— Ela foi gentil, mas não como deveria, e é bom que ela não me ame, se sou mesmo esse inútil que você pensa. Mas a culpa é dela, e você pode ir brigar com a sua querida irmã.

O olhar duro e amargo reapareceu quando ele disse isso, desconcertando Amy, pois ela não sabia como remediar a situação.

— Eu me enganei, eu não sabia. Lamento muito por ter sido indelicada, mas não posso deixar de desejar que você estivesse reagindo melhor, Teddy, querido.

— Não diga isso! É ela quem me chama assim! — Laurie levantou a mão em um gesto para interromper as palavras ditas naquele tom metade bondoso e metade repreensivo que Jo também usava. — Espere passar por isso você mesma — acrescentou em voz baixa enquanto arrancava um punhado de grama.

— Eu encararia de cabeça erguida e seria respeitada se não pudesse ser amada — disse Amy, com a firmeza de alguém que nada sabia sobre aquilo.

Laurie se gabava por ter suportado notavelmente bem, não ter se lamentado, não ter esperado por empatia e encarado tudo sozinho. O sermão de Amy colocou o assunto sob uma nova luz e, pela primeira vez, parecia fraco e egoísta perder o ânimo no primeiro fracasso e se fechar em indiferença ressentida. Ele sentiu como se de repente tivesse despertado de um sonho e fosse impossível dormir de novo. Laurie se sentou e questionou:

— Acha que Jo me desprezaria como você?

— Sim, se o visse agora. Ela odeia pessoas preguiçosas e indispostas. Por que não faz algum gesto esplêndido para que ela te ame?

— Fiz meu melhor, mas não serviu de nada.

— Seu melhor foi se formar com honra, é isso? Você não fez mais que sua obrigação, em respeito ao seu avô. Teria sido vergonhoso falhar depois de gastar tanto tempo e dinheiro, quando todos sabiam de seu potencial.

— Pense como quiser, mas eu falhei, porque Jo não me ama — lamentou Laurie, escondendo o rosto com as mãos, em uma atitude desolada.

— Não, não falhou, e vai ver isso no fim das contas. Você fez o certo e provou que pode conseguir o que quer, se tentar. Se você se engajasse em outra coisa, em breve voltaria a ser espirituoso e feliz como antigamente, e esqueceria dessa chateação.

— Isso é impossível.

— Dê uma chance. Não precisa dar de ombros e pensar "e ela lá sabe algo sobre essas coisas?". Eu não finjo ser sábia, apenas observo e vejo muito mais do que imagina. Tenho interesse nas experiências e inconsistências das outras pessoas e, embora não possa explicar tão bem, lembro-me delas e as uso a meu favor. Passe todos os seus dias amando Jo, se assim escolher, mas não deixe que isso o destrua. É perverso jogar fora tantos dons só porque não pode ter o que deseja. E chega de sermões. Sei que vai acordar e agir feito homem, e deixar para lá aquela garota de coração de pedra.

Ninguém falou durante vários minutos. Laurie ficou girando o anelzinho no dedo, e Amy deu os últimos retoques no esboço em que estava trabalhando enquanto falava. Ela então o colocou sobre os joelhos de Laurie, dizendo apenas:

— O que acha?

Ele olhou e sorriu, como não poderia deixar de fazer, pois estava muito bem-feito: a figura longilínea e preguiçosa sobre a grama, com o rosto apático, os olhos semicerrados e uma mão segurando um cigarro, de onde se desenrolava uma pequenina coroa de fumaça circundando a cabeça do sonhador.

— Como você desenha bem! — exclamou o amigo, com genuína surpresa e prazer ao se dar conta da habilidade de Amy. Acrescentou, em uma meia risada: — Sim, sou eu.

— É você agora. Este é você antes. — Amy pôs outro esboço ao lado daquele.

Não era tão bem-feito, mas havia nele uma vida e um ânimo que expiava muitas falhas e lembrava o passado de forma tão vívida que uma mudança súbita varreu o rosto do jovem enquanto ele observava. Era apenas um esboço grosseiro de Laurie domesticando um cavalo. Estava sem chapéu e casaco, e cada traço da figura ativa, do rosto decidido e da atitude dominante transbordava energia e significado. O bonito brutamontes, subjugado, arqueava o pescoço sob a rédea bem-puxada, com uma pata impaciente suspensa e as orelhas eretas como se estivesse ouvindo a voz que o dominara. Na crina desgrenhada do animal, no cabelo esvoaçante e na postura ereta do cavaleiro havia uma sugestão de movimento repentino, de força, coragem e comoção juvenil que contrastava fortemente com a delicadeza excessiva do esboço *Dolce far niente*. Laurie não disse nada e olhou de um desenho para o outro, e Amy o viu corar e torcer os lábios como se lesse e aceitasse a pequena lição que ela estava dando. Aquilo a deixou satisfeita e, sem esperar que ele falasse, disse, com seu jeitinho astuto:

— Não se lembra do dia em que usou a técnica Rarey para lidar com o Puck e todos nós assistimos? Meg e Beth ficaram assustadas, mas Jo aplaudiu e vibrou, e eu me sentei na cerca e fiz um desenho. Encontrei o esboço na minha pasta outro dia, dei alguns retoques e guardei para te mostrar.

— Muito obrigado. Você melhorou muito desde então, meus parabéns. Agora, acredito que o jantar seja às cinco, mesmo aqui no paraíso das luas de mel.

Laurie se levantou enquanto falava, devolveu os desenhos, com um sorriso e uma reverência, e olhou para o relógio, como se quisesse lembrar Amy de que até os sermões morais deveriam ter um fim. Ele tentou retomar o antigo ar tranquilo e indiferente, o que não passava de encenação, pois o despertar fora mais eficaz do que admitiria. Amy sentiu a sombra da frieza em seus modos. "Pois bem", pensou consigo mesma, "agora eu o ofendi. Bom, se isso trouxer algum bem, fico contente, mas, se ele me odiar, paciência, é a verdade, e não vou retirar uma palavra".

Eles riram e conversaram até em casa, e Baptiste, logo atrás, pensou que o *monsieur* e a *mademoiselle* estavam com ânimos encantadores.

Entretanto, sentiam-se pouco à vontade. A franqueza amigável estava abalada, uma sombra encobria o sol e, apesar da aparente alegria, havia um descontentamento secreto no coração de cada um.

— Vamos ter sua companhia hoje à noite, *mon frère?* — perguntou Amy, enquanto se despediam à porta da tia.

— Infelizmente eu tenho um compromisso. *Au revoir, mademoiselle.* — Laurie se curvou para beijar sua mão, à moda estrangeira, que combinava com ele melhor do que com muitos homens. Algo em seu rosto fez Amy dizer rápida e calorosamente:

— Não, seja você mesmo comigo, Laurie, e vá embora do bom e velho jeito. Prefiro um sincero aperto de mão inglês a todas as saudações sentimentais francesas.

— Adeus, querida. — Com essas palavras, pronunciadas no tom que ela gostava, Laurie partiu, depois de um aperto de mão quase doloroso de tão firme.

Na manhã seguinte, em vez da visita de sempre, Amy recebeu um bilhete que a fez sorrir no início e suspirar no final:

*Minha cara mentora, por favor, dê meu adieux à sua tia e se alegre, pois o "Laurence Preguiçoso" foi encontrar o avô, como o mais bonzinho dos meninos. Que você tenha um inverno agradável e que os deuses lhe concedam uma lua de mel abençoada em Valrosa! Acho que faria bem para o Fred ter alguém para animá-lo. Diga-lhe isso, com meus parabéns.*

*Atenciosamente, Telêmaco.*

— Bom menino! Estou feliz por ele ter partido — disse Amy, com um sorriso de aprovação. No minuto seguinte, sua expressão mudou enquanto olhava para a sala vazia, acrescentando, com um suspiro involuntário: — Sim, estou feliz, mas como sentirei falta dele!

CAPÍTULO DEZESSETE

# O vale das sombras

Quando a primeira tristeza passou, a família aceitou o inevitável e tentou suportar com alegria, ajudando uns aos outros com o afeto que aproxima mais ternamente as famílias em tempos de dificuldades. Eles deixaram de lado o pesar, e cada um fez sua parte para transformar aquele último ano em um ano feliz.

O quarto mais agradável da casa foi reservado para Beth, e reuniram ali tudo que ela mais amava: flores, quadros, o piano, a mesinha de trabalho e os adorados gatinhos. Os melhores livros do pai foram enviados para lá, a cadeira de balanço da mãe, a escrivaninha de Jo, os melhores esboços de Amy, e todos os dias Meg trazia os bebês em uma peregrinação amorosa, para irradiarem alegria sobre a adorada tia Beth. John discretamente separou uma pequena soma para ter o prazer de manter a enferma abastecida com as frutas que tanto gostava. A velha Hannah nunca se cansava de preparar pratos delicados para atiçar o apetite caprichoso da jovem, derramando lágrimas enquanto trabalhava, e, do outro lado do oceano, vieram mimos e cartas alegres, trazendo os ares calorosos e as fragrâncias das terras que não conhecem o inverno.

Adorada como uma santa doméstica em seu santuário, Beth ficava sentada, tranquila e ocupada como sempre, pois nada poderia mudar sua natureza doce e altruísta, e, mesmo enquanto se preparava para deixar a vida, tentava torná-la mais feliz para aqueles que ficariam para trás. Os dedos fracos nunca ficavam ociosos, e um de seus prazeres era fazer mimos para as crianças da escola que passavam todos os dias de um lado para o outro e jogá-los pela janela: um par de luvas para mãos arroxeadas; um porta-agulhas para alguma mãezinha de muitas bonecas; limpadores de pena para jovens escritores que desbravavam os vales da caligrafia; álbuns para amantes de retratos; e todo tipo de aparato útil. Os hesitantes aprendizes encontravam seu caminho em meio às flores e apareciam para agradecer a gentil doadora, que era como uma espécie de fada-madrinha, sentada no alto e jogando presentes milagrosamente adequados a seus gostos e necessidades. Se Beth quisesse alguma recompensa, encontrava-a sempre nos rostinhos resplandecentes que se viravam para a janela, com acenos e sorrisos, e nas divertidas cartas que chegavam, cheias de rabiscos e gratidão.

Os primeiros meses foram muito felizes, e Beth olhava em volta e dizia "que coisa mais linda!" quando todos se sentavam juntos em seu quarto ensolarado, os bebês fazendo bagunça pelo chão, a mãe e as irmãs trabalhando perto, e o pai lendo, em sua voz agradável, os livros antigos e sábios, ricos em boas palavras de aconchego, tão aplicáveis naquele momento como eram séculos antes. Era como uma pequena capela, onde um padre paternal ensinava ao rebanho as duras lições que todos devem aprender, tentando lhes mostrar que a esperança é o consolo do amor, e que a fé torna possível a resignação. Os sermões simples atingiam em cheio as almas daqueles que escutavam, pois o coração do pai residia na fé do pastor, e as falhas na voz davam uma dupla eloquência às palavras que ele pronunciava.

Foi bom para todos que aquele tempo de paz tenha sido possível, pois serviu como preparação para as tristes horas que se seguiriam. Beth começou a reclamar que a agulha era "muito pesada", e largou-a para sempre. Conversar era algo que a cansava, os rostos a perturbavam, a dor a tomava para si, e seu espírito tranquilo foi atormentado pelos males que afligiam a carne frágil. Oh, Deus! Dias tão pesados, noites tão, tão longas, corações tão machucados e orações tão suplicantes. Aqueles que mais a amavam foram obrigados a ver suas mãos magras estendidas implorarem por ajuda, acompanhadas de um choro doloroso, sabendo que nada poderiam fazer. Um triste eclipse da alma serena, uma luta brutal da jovem vida contra a morte. Entretanto, o drama foi misericordiosamente breve, e logo a rebelião natural acabou, dando lugar à velha paz. Com o naufrágio de seu corpo debilitado, a alma de Beth se fortaleceu e, embora ela falasse pouco, aqueles que a cercavam sentiam que ela estava pronta, viam que o primeiro peregrino a ser recrutado era também o mais apto e esperavam com ela na margem, tentando ver os seres de luz que a receberiam quando ela cruzasse o rio.

Jo não saiu do lado de Beth por mais do que alguns minutos desde que a enferma disse “me sinto mais forte quando você está aqui”. Ela dormia em um sofá no quarto e se levantava com frequência para colocar mais lenha na lareira, auxiliar, alimentar e esperar as ordens da criatura paciente que raramente pedia alguma coisa e “tentava não ser um problema”. Jo perambulava pelo quarto o dia todo, com ciúme das outras enfermeiras, e mais orgulhosa de ter sido escolhida para aquela missão do que de qualquer outra honra que a vida lhe concedera até ali. Foram horas preciosas para Jo, e seu coração recebeu os ensinamentos de que precisava: lições de paciência, de caridade, do espírito amável que pode perdoar e esquecer a indelicadeza, de lealdade ao dever que torna a mais difícil tarefa em algo fácil, e de fé sincera que nada teme e confia sem duvidar.

Muitas vezes, quando acordava, Jo encontrava Beth lendo seu livrinho puído, ouvia-a cantar baixinho para passar a noite sem sono, ou a via cobrir o rosto com as mãos, enquanto lágrimas lentas rolavam pelos dedos transparentes. Jo ficava deitada, observando a irmã, às vezes com pensamentos complexos demais até para chorar, sentindo que Beth, à sua maneira simples e altruísta, estava tentando se desgarrar da antiga e querida vida e se preparar para a vida futura, apoiando-se em palavras sagradas de conforto, nas orações silenciosas e na música que ela tanto amava.

Vivenciar aquilo fez mais por Jo do que os sermões mais sábios, os hinos mais santos e as orações mais fervorosas que qualquer voz poderia proferir. Com os olhos lavados pelas lágrimas e o coração suavizado pela mais terna dor, ela reconheceu a beleza da vida da irmã: sem grandes acontecimentos, sem ambição, mas cheia das virtudes mais genuínas e doces, da abnegação que faz com que os mais humildes da Terra sejam lembrados no céu e do tipo de sucesso que é acessível para todos.

Certa noite, quando Beth procurou entre os livros algo que a fizesse esquecer o cansaço mortal, que era quase tão difícil de suportar quanto a dor, ao virar as folhas de um velho favorito, O *peregrino*, ela encontrou um pequeno papel rabiscado com a letra de Jo. Aquilo chamou sua atenção, e os borrões nas linhas fez com que tivesse certeza de que lágrimas haviam sido derramadas ali.

"Pobre Jo! Está dormindo tão profundamente que não vou acordá-la para pedir autorização. Ela sempre me mostra tudo, e acho que não vai se importar se eu der uma olhadinha", pensou Beth, fitando a irmã deitada no tapete, com a pinça da lareira ao seu lado, pronta para acordar no momento em que a lenha se apagasse.

*Minha Beth*

*Sentada paciente na sombra*
*Até que a luz abençoada a tenha iluminado,*
*Uma presença serena e sacra*
*Santifica nosso lar atormentado.*
*Alegrias, esperanças e tristezas terrenas*
*Quebram-se como ondas na rebentação*

Das águas profundas e amenas
Do rio onde agora seus pés se banharão.

Ó, minha irmã, que de mim se afasta,
Apesar do cuidado, do conflito e da lástima,
Deixe-me, como presente, a virtude casta
Que embelezou sua alma.
Querida, lega-me essa imensa paciência
Que tem o poder de sustentar
Um espírito alegre, com resiliência.
Em sua casa-prisão de pesar.

Dá-me, pois preciso dolorosamente,
Dessa coragem, sábia e cativante,
Que tornou o caminho do dever subserviente
Perene sob seu passo vacilante.
Dá-me essa natureza altruísta
Que, com caridade bondosa,
Perdoa o mal pelo bem do amor otimista...
Manso coração, perdoe essa alma geniosa!

Assim, todos os dias, perde nossa separação
Algo de sua amarga dor,
E, enquanto aprendemos esta dura lição,

*Minha grande perda torna-se o meu valor.*
*Porque o toque da dor tornará*
*Minha natureza selvagem mais sensível,*
*E vida nova às aspirações dará,*
*Concedendo-me nova confiança no invisível.*

*Doravante, a salvo do outro lado do rio,*
*Para sempre avistarei*
*Um espírito familiar e notório*
*À minha espera no porto que lhe deixei.*
*Esperança e fé, nascidas da tristeza em meu âmago;*
*Transformam-se em um Anjo da guarda fiel,*
*E a irmã que se foi primeiro ao divino aconchego*
*Irá me conduzir para meu castelo no céu.*

Mesmo borrados e desfocados, mesmo imperfeitos e frágeis como eram esses versos, eles colocaram um semblante de conforto inexprimível no rosto de Beth. O único arrependimento daquela menina até então era o de ter feito tão pouco, e aquele poema parecia assegurar que sua vida não teria sido assim tão inútil e que sua morte não traria o desespero que ela temia. Enquanto estava sentada com o papel dobrado entre as mãos, um pedaço de lenha chamuscada rolou para fora. Jo deu um pulo, reacendeu a chama e se arrastou até a beirada da cama, esperando encontrar Beth dormindo.

– Não estou dormindo. Estou tão feliz, minha querida. Veja, encontrei isto e li. Sabia que não se importaria. Eu significo tanto assim para você, Jo? – perguntou ela, com uma serenidade humilde e contemplativa.

– Ah, minha Beth, tanto, mas tanto! – Jo repousou a cabeça sobre o travesseiro ao lado da irmã.

– Então eu não sinto como se tivesse desperdiçado minha vida. Não sou assim tão boa quanto você me faz parecer, mas tentei fazer o bem. E agora que é tarde demais para fazer melhor, é um grande alívio saber que alguém me ama tanto e pensa que fui de grande ajuda.

– Mais do que qualquer outra pessoa no mundo, Beth. Eu pensava que não podia deixar você partir, mas estou aprendendo a entender que não vou perdê-la, que você vai significar mais do que nunca para mim e que a morte não pode nos separar.

– Eu sei que não pode, e não a temo mais. Tenho certeza de que ainda serei sua Beth, que te amarei e te ajudarei mais do que nunca. Você deve assumir meu lugar, Jo, e ser tudo para o papai e a mamãe quando eu partir. Eles recorrerão a você, não falhe com eles e, se for difícil enfrentar tudo sozinha, lembre-se de que não te esquecerei e de que você será mais feliz ajudando sua família do que escrevendo livros esplêndidos ou viajando o mundo. O amor é a única coisa que podemos levar conosco quando partimos, e isso faz do fim algo fácil de se lidar.

– Vou tentar, Beth. – Naquele momento, Jo renunciou à sua velha ambição, subjugando-se a uma nova, maior e melhor, reconhecendo a pobreza de outros desejos e sentindo o abençoado aconchego da crença na imortalidade do amor.

Assim passaram os dias de primavera. O céu ficou mais claro, a terra mais verde, as flores desabrocharam cedo e os pássaros voltaram a tempo de dizer adeus a Beth, que, como uma criança cansada, mas confiante, agarrou-se às mãos que a conduziram durante toda a vida, enquanto o pai e a mãe a guiavam com ternura pelo Vale das Sombras e a entregavam a Deus.

Com exceção dos personagens de livros, dificilmente aqueles que estão à beira da morte proferem palavras memoráveis, têm visões ou partem com semblantes beatificados, e os que auxiliam as almas a partir sabem que o fim vem tão natural quanto o sono. Como Beth esperava, a "maré avançou tranquila" e, na hora escura antes do amanhecer, repousada sobre o seio onde inspirara pela primeira vez, ela calmamente expirou pela última, sem nenhum adeus, mas com um olhar amoroso e um leve suspiro.

Com lágrimas, orações e mãos carinhosas, a mãe e as irmãs a prepararam para o longo sono que a dor jamais voltaria a arruinar, vendo com olhos gratos a bela serenidade que logo substituiu a terrível paciência que havia dilacerado seus corações por tanto tempo e sentindo com reverente alegria que a querida morte era um anjo bondoso, e não um fantasma apavorante.

Quando amanheceu, pela primeira vez em muitos meses o fogo estava apagado, o cantinho de Jo, vazio, e o quarto, muito quieto. Um pássaro cantava vividamente, pousado em um ramo de flores próximo, as amarílis floresciam tenras na janela, e o sol da primavera reluzia como uma bênção sobre o rosto pálido repousado no travesseiro, um rosto tão cheio de paz indolor que aqueles que mais o amavam sorriam por entre lágrimas e agradeciam a Deus por Beth enfim estar em paz.

CAPÍTULO DEZOITO

# Aprendendo a esquecer

O sermão de Amy fez bem a Laurie, embora, claro, ele não tenha admitido até muito tempo depois. Os homens quase nunca admitem, pois, quando as mulheres são as conselheiras, os cavalheiros não seguem o conselho até que se convençam de que aquilo era exatamente o que pretendiam fazer. Então, eles o colocam em prática e, se tiverem sucesso, dão ao lado mais fraco da corda metade do crédito. Se falharem, eles generosamente concedem toda a culpa. Laurie reencontrou o avô e agiu de forma tão devota durante várias semanas que o velho declarou que o clima de Nice fizera um bem danado ao neto e que era melhor ele retornar para lá. Não havia nada que o jovem cavalheiro desejasse mais, porém nem mesmo elefantes poderiam tê-lo arrastado de volta depois da repreensão que recebera. O orgulho o proibia, e sempre que o desejo falava alto demais, ele fortalecia sua resolução repetindo as palavras que causaram a mais profunda marca: "Eu te desprezo" e "Por que não faz algum gesto esplêndido para que ela te ame?".

Laurie revirava o assunto em sua mente com tanta frequência que logo admitiu que havia sido egoísta e preguiçoso, entretanto, quando um homem sente uma grande tristeza, ele precisa se entregar a todo tipo de capricho até que ela passe. Ele sentia que seus sentimentos machucados já estavam mortos e, embora nunca fosse deixar de se lamentar, não havia necessidade de usar ostensivamente suas vestes de luto. Jo não o amaria, mas ele poderia fazer com que ela o respeitasse e o admirasse, demonstrando que o "não" de uma garota não havia arruinado sua vida. Já era sua intenção fazer algo, e o conselho de Amy fora bastante desnecessário. Ele só havia esperado até que os referidos sentimentos machucados fossem enterrados com dignidade. Assim sendo, Laurie sentia que estava pronto para passar por cima daquilo e colocar as mãos na massa.

Quando Goethe lidava com a alegria ou com a tristeza, ele as transformava em música, então Laurie resolveu embalsamar a dor de amor em uma melodia e compor um réquiem que arrebataria a alma de Jo e derreteria o coração de cada ouvinte. Por isso, quando o avô o encontrou inquieto e mal-humorado e disse que ele deveria viajar de novo, Laurie foi para Viena, onde tinha amigos músicos, e trabalhou duro com a firme determinação de se destacar. Entretanto, fosse porque a tristeza era vasta demais para ser incorporada na música, fosse porque a música era demasiada etérea para elevar um pesar mortal, ele logo descobriu que o réquiem estava além de seu alcance naquele momento. Ficou claro que sua mente ainda não estava em ordem e que as ideias precisavam ser clareadas, pois, muitas vezes, no meio de uma lamentosa composição, Laurie se pegava cantarolando uma melodia dançante que lembrava vividamente o baile de Natal em Nice, em especial o francês robusto, o que por vezes colocava fim à empreitada.

Então ele tentou uma ópera, pois nada parecia impossível no início, porém, mais uma vez, dificuldades imprevistas surgiram. Ele queria Jo como sua heroína e recorreu à memória para encontrar lembranças ternas e visões românticas de sua amada. Contudo, a memória se mostrou traidora e, como se estivesse possuída pelo espírito perverso da garota, só o permitia se lembrar das estranhezas, falhas e tolices de Jo, mostrando-a apenas nos aspectos mais insensíveis — cabelos embaraçados e amarrados de qualquer jeito, a barricada feita pela almofada do sofá, ou o balde de água fria brutalmente jogado em sua paixão *à la* sra. Gummidge –, e uma risada irresistível arruinava o quadro reflexivo que ele se esforçava para pintar. Jo não seria colocada em uma ópera por nada, e ele teve que desistir dela com um "Deus abençoe aquela garota, que tormento ela é!", puxando tufos de cabelo, um gesto muito apropriado para um compositor frustrado.

Quando procurou por outra donzela menos intratável para imortalizar na melodia, a memória trouxe à tona uma com a prontidão mais obsequiosa. Esse fantasma usava muitos rostos, mas sempre tinha cabelos dourados, envolto em uma nuvem diáfana, e flutuava, idílica, em meio a um caos adorável de rosas, pavões, pôneis brancos e fitas azuis. Laurie não batizou a complacente aparição, mas a tomou por sua heroína e ficou muito afeiçoado a ela, pois a presenteou com todo dom e graça existente sob o sol e a guiou, incólume, através de provações que teriam aniquilado qualquer mulher mortal.

Graças a essa inspiração, por um bom tempo ele ficou imerso na arte. Aos poucos, porém, a obra foi perdendo seu encanto, e Laurie se esquecia de compô-la, enquanto permanecia sentado, contemplativo, pena na mão, ou vagueava pela cidade descontraído, em busca de novas ideias e de refrescar a mente, que parecia um tanto instável naquele inverno. Ele não fez muito, mas pensou demais e estava consciente, de alguma forma da mudança involuntária que ocorria em seu âmago. "É a genialidade se desenvolvendo, talvez. Vou deixar crescer e ver o que acontece", pensou, com uma suspeita secreta de que não era genialidade, e sim algo muito mais comum. O que quer que fosse, crescia com algum propósito, pois ele ficava cada vez mais descontente com sua vida inconstante, começava a ansiar por algum trabalho real e sério, algo a que se dedicar de corpo e alma, e, por fim, chegou à sábia conclusão de que todos os que amavam música não eram compositores. Voltando de uma das grandes óperas de Mozart, esplendidamente apresentada no

Royal Theatre, ele analisou a que havia composto, tocou algumas das melhores partes e se sentou fitando os bustos de Mendelssohn, Beethoven e Bach, que o encaravam de volta, inofensivos. Depois, de repente, rasgou as partituras, uma a uma, e, quando a última voou de sua mão, disse sério para si mesmo:

— Ela está certa! Talento não é genialidade, e não podemos fazer que seja. Esta melodia arrancou de mim a vaidade tal como Roma fez com ela, e eu não vou ser mais um charlatão! O que farei agora?

Parecia uma pergunta difícil de responder, e Laurie começou a desejar que precisasse trabalhar para ganhar o pão de cada dia. Mais do que nunca, havia uma oportunidade favorável de "ir aos diabos", como xingava, pois ele tinha muito dinheiro e nada para fazer, e o Diabo é conhecido proverbialmente por gostar de arrumar ocupação para mãos ociosas. O pobre sujeito tinha tentações mais do que suficientes vindas de fora e de dentro, mas resistiu muito bem a elas. Por mais que valorizasse a liberdade, valorizava mais ainda a boa-fé e a confiança, assim sua promessa ao avô e seu desejo de poder olhar nos olhos das mulheres que o amavam e dizer honestamente "está tudo bem" mantinham-no seguro e firme.

É muito provável que alguma sra. Grundy dirá "Não acredito, rapazes sempre serão rapazes e sempre agirão como querem, e as mulheres não devem esperar milagres". Atrevo-me a dizer que está errada, sra. Grundy. As mulheres operam muitos milagres, e estou convicta de que elas podem realizar até mesmo o milagre de elevar os homens a outro patamar. Que os rapazes sejam rapazes, quanto mais tempo melhor, e que os jovens ajam com imprudência, se for preciso. Mas mães, irmãs e amigas podem ajudar os rapazes a reduzir o joio no momento da colheita dos resultados de suas ações, acreditando, e mostrando que acreditam, em sua lealdade às virtudes que tornam os homens mais homens aos olhos das boas mulheres. Se é uma ilusão feminina, deixe-nos desfrutar dela enquanto podemos, pois sem ela metade da beleza e do romance da vida se perde, e os pressentimentos tristes amargurariam todas as nossas esperanças nos rapazes corajosos e meigos, que ainda amam suas mães mais do que a si mesmos e não têm vergonha de admitir.

Laurie pensou que o esforço de esquecer seu amor por Jo drenaria toda a sua energia por anos, contudo, para sua grande surpresa, descobriu que a cada dia ficava mais fácil. Ele se recusou a acreditar no início, ficou bravo consigo mesmo e não compreendia, mas esses nossos corações são coisinhas estranhas e contraditórias, e o tempo e a natureza trabalham a seu próprio ritmo, independentemente de nós. O coração de Laurie não doía mais. A ferida insistiu em se curar com uma rapidez que o espantou e, em vez de tentar esquecer, ele começou a tentar lembrar. Não previra tal reviravolta, e não havia se preparado para ela. Estava enojado consigo mesmo, surpreso com a própria inconstância e cheio de uma mistura estranha de decepção e alívio por conseguir se recuperar desse tremendo golpe tão cedo. O rapaz remexeu com cuidado nas brasas do amor perdido, que se recusaram a pegar fogo. Restara ali apenas um brilho confortável que aquecia e fazia bem sem queimar, sem deixá-lo febril, e, ainda que relutante, foi obrigado a confessar que a paixão infantil estava aos poucos esmorecendo para um sentimento mais tranquilo, muito terno, um pouco triste e ainda ressentido, mas que com certeza passaria com o tempo, deixando um afeto fraterno que duraria até o fim da vida.

Quando a palavra "fraterno" passou por sua mente em um de seus devaneios, Laurie sorriu e olhou de relance para a imagem de Mozart diante dele. "Bem, ele era um grande homem e, quando não conseguiu conquistar uma irmã, tentou com a outra e foi feliz", pensou. No instante seguinte, beijou o velho anel e mudou de ideia: "Não, não posso! Eu não esqueci, e nunca irei. Vou tentar mais uma vez e, se eu falhar, ora, então..."

Sem finalizar o pensamento, ele pegou a pena e o papel e escreveu para Jo, dizendo-lhe que não se contentaria com nada enquanto houvesse a menor esperança de que ela mudasse de ideia. Será que ela não poderia... não deveria mudar de ideia... e o deixaria voltar para casa e ser feliz? Enquanto esperava por uma resposta, não fez nada, ainda que tenha feito esse nada de forma enérgica, ardendo de impaciência.

A resposta chegou afinal e, de maneira eficaz, Laurie silenciou as vozes teimosas de sua cabeça, pois Jo estava decidida que não poderia e não deveria mudar de ideia. Estava ocupada, dedicando-se por completo à Beth, e nunca mais queria ouvir a palavra "amor". Então, ela lhe implorou que fosse feliz com outra pessoa, mas que sempre guardasse um cantinho de seu coração para a amada irmã Jo. Em uma nota de rodapé, pediu que ele não dissesse à Amy que Beth estava pior, porque ela voltaria para casa na primavera, e não havia necessidade de entristecer o resto de sua estadia. Seria tempo suficiente ("por favor, Deus"), e Laurie deveria escrever com frequência para Amy, de modo que ela não se sentisse só, com saudades de casa ou ansiosa.

— Vou escrever já, imediatamente. Pobre menina, vai ser uma viagem de volta muito triste para ela, receio. — Laurie se empertigou para escrever para Amy como se aquela fosse a conclusão adequada da frase deixada inacabada algumas semanas antes.

No entanto, ele não escreveu naquele dia, pois, enquanto procurava pelo melhor papel de carta, deparou-se com algo que mudou seu objetivo. Remexendo contas, passaportes e documentos comerciais de vários tipos, estavam as cartas de Jo e, em outro compartimento, três bilhetes de Amy, cuidadosamente amarrados com uma de suas fitas azuis e docemente arrematados com pequenas rosas secas guardadas dentro do envelope. Com uma expressão um tanto arrependida, um tanto entretida, Laurie recolheu todas as cartas de Jo, desamassou, dobrou e as organizou em uma pequena gaveta da escrivaninha. Depois, ficou girando o anel no dedo, pensativo, tirou-o e colocou-o na gaveta. Em seguida, saiu para assistir à missa em Saint Stefan, sentindo como se estivesse indo a um funeral. Embora não estivesse em plena agonia, aquela parecia uma forma mais adequada de passar o resto do dia do que escrevendo cartas a jovens damas encantadoras.

A carta logo foi escrita, porém, e prontamente respondida, pois Amy estava com saudades de casa e admitiu isso da maneira mais maravilhosamente confidencial. A troca de correspondências floresceu, e as cartas viajaram de um lado para o outro com uma regularidade infalível durante todo o início da primavera. Laurie vendeu os bustos de estátuas, picou sua ópera em pedacinhos e voltou a Paris, na esperança de que alguém chegasse à cidade em breve. Queria desesperadamente ir a Nice, mas não iria até que o convidassem. Era pouco provável que Amy o fizesse, porque ela estava vivendo as próprias experiências, o que a fazia querer evitar os olhos curiosos do "nosso menino".

Fred Vaughn havia voltado e feito a pergunta à qual ela estivera uma vez decidida a responder "sim, obrigada", mas à qual por fim respondeu "não, obrigada", firme e gentil. Quando chegou a hora, a coragem dela vacilou, e a jovem dama descobriu que algo além de dinheiro e posição era necessário para satisfazer seu coração, tão repleto de ternas esperanças e medos. As palavras "Fred é um bom sujeito, mas não é o tipo de homem que eu pensei que despertaria seu interesse" e a expressão de Laurie quando ele as pronunciou continuavam voltando à sua mente de modo tão perturbador quanto o que ela disse pelo olhar, senão por palavras: "Eu me casarei por dinheiro". Ficava incomodada de se lembrar disso e queria voltar atrás, porque soava pouco adequado para uma moça. Ela não queria que Laurie a achasse uma criatura sem coração e superficial. Não se importava mais em ser uma dama de destaque da sociedade tanto quanto se importava em ser uma mulher amável. Amy estava muito feliz que ele não a odiava pelas coisas terríveis que dissera, e estava sendo mais gentil do que nunca. Suas cartas eram um aconchego, pois a correspondência vinda de casa era muito irregular e não tão satisfatória quanto a dele. Não era apenas um prazer, mas um dever respondê-lo. O pobre amigo estava abandonado e precisava de carinho, já que Jo persistia em manter o coração de pedra. Ela deveria ter se esforçado para tentar amá-lo. Não poderia ser tão difícil, e muitas pessoas ficariam orgulhosas e felizes por ter um rapaz tão querido cuidando delas. Entretanto, Jo nunca agiria como as outras garotas, então não havia nada a fazer além de ser muito gentil e tratá-lo como um irmão.

Se todos os irmãos fossem tratados tão bem como Laurie foi nesse período, seriam uma espécie muito mais feliz. Amy não discutia mais com ele, no lugar disso, passou a pedir a opinião dele sobre todos os assuntos, interessava-se por tudo que ele fazia, confeccionava presentinhos lindos e enviava duas cartas por semana, cheias de fofocas animadas, confidências fraternais e esboços cativantes de cenários encantadores. Como poucos irmãos são sortudos por terem suas cartas carregadas no bolso da irmã, lidas e relidas diligentemente, guardadas com zelo, beijadas quando longas e lastimadas quando concisas, não vamos insinuar que Amy fez qualquer uma dessas coisas fofas e tolas. Diremos apenas que ela adquiriu um aspecto mais pálido e reflexivo naquela primavera, perdeu muito de seu gosto pelos círculos sociais e saiu sozinha para desenhar em paz uma boa quantidade de vezes. Não tinha muito material para mostrar quando retornava, porém é preciso dizer que estava estudando a natureza enquanto se sentava por horas, com o queixo apoiado na mão, no terraço em Valrosa, ou que, às vezes, distraída, esboçava qualquer ideia que lhe ocorresse, que em geral consistia em um cavaleiro robusto sobre uma sepultura, um jovem dormindo na grama, com seu chapéu sobre os olhos, ou uma garota de cabelos encaracolados em um belo vestido, deslizando por um salão de baile de braços dados com um cavalheiro alto, esfumando ambos os rostos de acordo com a última moda na arte, que era uma escolha segura.

Sua tia pensava que a pobre menina se arrependia da resposta dada a Fred e, vendo que negar e explicar era inútil, Amy deixou que pensasse o que quisesse, preocupando-se apenas em contar para Laurie que Fred havia partido para o Egito. Isso bastou, e ele entendeu o recado e pareceu aliviado, como disse a si mesmo, com ar respeitoso:

– Eu sabia que ela pensaria melhor. Pobre sujeito! Já passei por isso e sei muito bem como é.

Deu um grande suspiro e então, como se tivesse cumprido seu dever com o passado, colocou os pés no sofá e desfrutou suntuosamente da carta de Amy.

Enquanto essas mudanças aconteciam no exterior, os problemas se agravavam no lar dos March. A carta que anunciava que Beth estava morrendo nunca chegou à Amy e, quando outras cartas chegaram, a grama já estava verde sobre o túmulo da irmã. As tristes notícias a encontraram em Vevey, uma vez que o calor intenso os expulsara de Nice em maio, levando-os para a Suíça, através de Gênova e dos lagos italianos. Ela encarou tudo muito bem e, com discrição, submeteu-se ao decreto familiar de não encurtar sua viagem, já que era tarde demais para se despedir de Beth, era melhor que ficasse e deixasse a ausência aplacar a tristeza. No entanto, o coração da moça estava pesado de saudades do lar. Todos os dias ela observava o lago com melancolia, esperando que Laurie o atravessasse para confortá-la.

E ele foi. O correio levou as mesmas notícias para ambos, porém, como ele estava na Alemanha, demorou alguns dias a mais para que a correspondência chegasse em suas mãos. No momento em que a leu, arrumou as malas, deu adeus aos companheiros de viagem e partiu para cumprir sua promessa, com o coração cheio de alegria e tristeza, esperança e suspense.

Laurie conhecia bem Vevey e, assim que o barco tocou o pequeno cais, ele correu ao longo da costa para La Tour, onde os Carrol estavam instalados em uma hospedaria. O criado alertou que toda a família havia saído para um passeio no lago, exceto a *mademoiselle* loira, que poderia estar no jardim do castelo. Se *monsieur* tivesse a bondade de se sentar por alguns minutos, em um piscar de olhos ela seria chamada. O *monsieur* não esperaria nem um "piscar de olhos" e, enquanto o criado falava, Laurie partiu para localizar por si próprio a *mademoiselle*.

Era um agradável e antigo jardim nas margens do lindo lago, com castanheiras espalhadas ao redor, heras subindo pelos cantos e a sombra da torre se projetando nas águas ensolaradas. Próximo ao muro largo e baixo havia um banco, onde Amy se sentava com frequência para ler ou trabalhar, ou se consolar com a beleza de tudo o que a cercava. Era lá que estava naquele dia, com a cabeça repousada na mão, um coração cheio de saudades de casa e os olhos pesados, pensando em Beth e se perguntando por que Laurie não aparecera. Ela não o ouviu cruzar o pátio, nem o viu parar no arco que levava até o jardim. Ele ficou um instante olhando para ela de um novo ponto de vista e vendo o que ninguém jamais havia visto antes: o lado terno do caráter de Amy. Tudo em sua postura silenciosa sugeria amor e tristeza: as cartas borradas de lágrimas no colo, a fita preta que amarrava os cabelos, a dor e a paciência feminina no semblante, até a pequena cruz de ébano no pescoço parecia lamuriosa aos olhos de Laurie, um presente dado por ele mesmo, que Amy usava como seu único adereço.

Se ele tinha dúvidas de como seria recebido, elas logo foram dizimadas no momento em que Amy olhou para cima e o viu. Largando tudo, ela correu até ele, exclamando em um tom inconfundível de amor e de saudade:

– Oh, Laurie, Laurie! Eu sabia que viria me ver!

Acho que tudo foi dito e resolvido naquele instante. Enquanto ficaram juntos em silêncio por um momento, com a cabeça de cabelos escuros espessos curvada protetoramente sobre a de cachos loiros, Amy sentiu que ninguém poderia confortá-la e apoiá-la tão bem quanto Laurie, que, por sua vez, decidiu ali mesmo que Amy era a única mulher no mundo que poderia ocupar o lugar de Jo e fazê-lo feliz. Ele não disse isso, e ela não ficou desapontada, pois ambos sentiam essa verdade e, de bom grado, deixaram o resto para o silêncio.

Amy se recompôs e, enquanto secava as lágrimas, Laurie recolheu os papéis espalhados, encontrando várias cartas desgastadas e esboços sugestivos de bons presságios para o futuro. Ao se sentar ao lado dela, a menina ficou tímida e corada ao se dar conta de sua saudação impulsiva.

— Não deu para segurar. Eu estava me sentindo muito sozinha e triste. Fiquei muito feliz quando te vi. Foi um choque levantar a cabeça e encontrá-lo. Eu temia que não viesse — disse ela, tentando em vão falar de forma bastante natural.

— Eu vim assim que soube. Quem me dera poder dizer algo para confortá-la pela perda da querida Beth, mas só consigo sentir e... — Laurie não conseguiu continuar, pois também ficou tímido de repente e não sabia bem o que dizer.

O rapaz ansiava por colocar a cabeça de Amy em seu colo e deixá-la chorar até secarem as lágrimas, mas não ousou. Ele apenas pegou a mão dela e deu um aperto empático mais eficiente do que palavras.

— Não precisa falar nada, isso já me consola — falou ela com gentileza. — Beth está bem e feliz, e não devo desejar que ela volte. Só confesso que temo a volta para casa, por mais que eu queira rever todos. Não vamos falar sobre isso agora, porque me faz chorar, e quero desfrutar da sua companhia enquanto está aqui. Não precisa voltar já, precisa?

— Não se quiser que eu fique, meu bem.

— Eu quero, muito. A titia e Flo são muito gentis, mas você é como se fosse da família, então seria um alívio tê-lo por perto por um tempo.

Amy tinha a aparência de uma criança com saudades de casa, e tudo que falava sinalizava seu coração pesado. Laurie deixou a timidez de lado e deu-lhe exatamente o que ela queria: o carinho com o qual estava acostumada e a conversa alegre de que precisava.

— Pobrezinha, parece que sofreu até quase adoecer! Vou cuidar de você, então não precisa mais chorar. Vamos, caminhe comigo, o vento está muito gelado para você ficar aqui parada — disse o rapaz, daquela forma carinhosa e um tanto autoritária de que Amy tanto gostava, enquanto amarrava o chapéu dela, entrelaçava seu braço no dele e a levava pelo caminho sob as castanheiras cheias de folhas novas. Laurie se sentia mais à vontade em movimento, e Amy achou agradável ter um braço forte em que se apoiar, um rosto familiar para oferecer um sorriso e uma voz gentil que se dedicava a ela.

O antigo e pitoresco jardim já havia abrigado muitos casais e parecia feito para eles sob medida, tão ensolarado e isolado que era, sem nada mais que a torre para os observar e o amplo lago para levar o eco de suas palavras. Durante uma hora, aquele par recém-formado caminhou, conversou e descansou ao longo do muro, desfrutando da atmosfera encantadora. Quando um sino pouco romântico os alertou da hora do jantar, Amy sentia como se tivesse deixado seu fardo de solidão e melancolia para trás.

No momento em que a sra. Carrol viu o semblante mudado da menina, foi acometida por uma nova compreensão e pensou consigo mesma: "Agora eu entendo tudo! A garota tem chorado pelo jovem Laurence. Meu bom Deus, nunca pensei nisso!"

Com louvável discrição, a boa senhora não disse nada e não demonstrou sinal algum de que sabia de algo, apenas instigou Laurie cordialmente a ficar e insistiu que Amy desfrutasse da companhia dele, pois faria um bem tremendo à moça solitária. Amy era um modelo de docilidade e, como a tia estava muito ocupada com Flo, ficou a seu encargo entreter o amigo, o que ela fez com mais disposição do que nunca.

Em Nice, Laurie exibira uma postura ociosa, e Amy o repreendera. Em Vevey, Laurie não ficou parado nem um minuto: caminhou, cavalgou, andou de barco e estudou com vontade, enquanto Amy admirava tudo o que ele fazia e seguia seu exemplo o máximo possível.

Ele disse que a mudança se devia ao clima, e ela não argumentava, estando feliz por poder usar uma desculpa semelhante para justificar a melhora em sua saúde e em seu humor.

O ar revigorante fez bem a ambos, e muito exercício resultou em mudanças positivas tanto na mente quanto no corpo. Eles pareciam ter uma visão mais clara da vida e de seus deveres enquanto estavam lá em cima, entre as colinas eternas. Os ventos frescos dissiparam as dúvidas desanimadoras, as fantasias ilusórias e as névoas de instabilidade. O sol quente da primavera trouxe à tona ideias inspiradoras, esperanças ternas e pensamentos felizes. O lago parecia lavar os problemas do passado, enquanto as grandes e velhas montanhas pareciam observá-los do alto, dizendo: "Minhas crianças, amem-se umas às outras."

Apesar dos pesares, aquela foi uma época muito feliz, tão feliz que Laurie não suportaria arruiná-la por nada. Demorou um pouco para que ele se recuperasse da surpresa que tivera diante da cura de seu primeiro e, como ele acreditava piamente, último e único amor. Consolou-se contra aquela aparente deslealdade com o pensamento de que a irmã de Jo era quase como ela e pela convicção de que teria sido impossível amar qualquer outra mulher a não ser Amy, tão cedo e de forma tão intensa.

Sua primeira aventura no amor fora tempestuosa, e ele olhava para trás com um misto de compaixão e remorso. Não se envergonhava dela e a carregava como uma das experiências agridoces da vida, pela qual ele seria grato quando a dor cessasse. A segunda aventura, estava decidido, deveria ser o mais calma e simples possível. Não havia necessidade de exageros, e quase não havia necessidade de dizer à Amy que a amava: ela sabia disso mesmo sem palavras proferidas, e já havia correspondido há muito tempo. Tudo aconteceu de modo tão natural que ninguém poderia reclamar, e ele sabia que todos ficariam satisfeitos, até mesmo Jo. É verdade, porém, que quando nossa primeira paixonite é pisoteada, ficamos mais cautelosos em tentar de novo, então Laurie deixou que os dias passassem, aproveitando cada hora e legando ao acaso a palavra que coroaria a primeira e mais doce parte de seu novo romance.

Imaginara que tal desfecho teria lugar no jardim do castelo ao luar, da maneira mais graciosa e decorosa. É claro que o exato oposto disso aconteceu. O assunto foi resolvido no lago, ao meio-dia, em poucas palavras sinceras. Haviam navegado por toda a manhã, desde a sombria Saint-Gingolph até a ensolarada Montreux, com os Alpes de Savoy de um lado e Grand Saint-Bernard e os Dents du Midi do outro, a bonita Vevey no vale, e Lausanne mais além, um céu azul sem nuvens sobre a colina, e o lago ainda mais azul abaixo, salpicado com os pitorescos barcos que ao longe parecem pequenas gaivotas de asas brancas.

Falaram de Bonnivard enquanto deslizavam por Chillon, e de Rousseau enquanto olhavam para a vila de Clarens, onde ele escrevera *Heloísa*. Nenhum dos dois havia lido o romance, mas sabiam que era uma história de amor, e cada um se perguntava em segredo se era metade tão interessante quanto a que viviam. Amy estava com a mão mergulhada na água durante a breve pausa que pairou entre eles e, quando olhou para cima, Laurie estava apoiado nos remos com uma expressão nos olhos que a fez dizer bem depressa, apenas para falar alguma coisa:

— Você deve estar cansado. Descanse um pouco e me deixe remar. Vai me fazer bem, porque, desde que você chegou, fiquei toda preguiçosa e deslumbrada.

— Não estou cansado, mas pode pegar um remo, se quiser. Há espaço suficiente, embora eu precise me sentar quase no meio, se não o barco não se endireita — respondeu Laurie, gostando do novo arranjo.

Tomando o remo, Amy tirou o cabelo do rosto e se posicionou no terço oferecido do assento. Ela remava tão bem quanto fazia muitas outras coisas e, embora usasse as duas mãos, e Laurie apenas uma, os remos mantiveram o ritmo, e o barco atravessou a água suavemente.

– Como nos damos bem, não é? – disse Amy, recusando-se a ficar em silêncio.

– Tão bem que eu gostaria que pudéssemos sempre guiar o mesmo barco. Você aceita, Amy? – perguntou o rapaz, com muita ternura.

– Sim, Laurie – respondeu a doce menina, bem baixinho.

Então ambos pararam de remar e, inconscientemente, adicionaram uma ilustração viva de amor e felicidade humana às cenas que se dissolviam no reflexo do lago.

CAPÍTULO DEZENOVE

# Sozinha

É fácil prometer abnegação quando absorta em outra pessoa, de coração e alma purificados por um exemplo amável. Entretanto, quando a voz prestativa se calou, a lição diária cessou, a presença amada desapareceu e nada restou a não ser solidão e tristeza, Jo começou a achar que sua promessa era muito difícil de cumprir. Como poderia "consolar o pai e a mãe" quando seu próprio coração doía com saudade incessante da irmã? Como poderia "alegrar a casa" quando toda luz, calor e beleza pareciam ter sumido no momento em que Beth deixou a velha morada rumo à nova? E onde, em todo o mundo, ela poderia "encontrar algum trabalho útil e feliz para desempenhar", que tomaria o lugar do serviço amoroso que era uma recompensa em si? Ela tentou desesperadamente cumprir seu dever, rebelando-se em segredo contra aquilo o tempo todo. Parecia injusto que suas poucas alegrias fossem reduzidas, seus fardos se tornassem mais pesados e a vida ficasse cada vez mais difícil à medida que mais se esforçava. Algumas pessoas pareciam receber todos os raios de sol, e outras, apenas as sombras. Não era justo, pois a jovem tentara ser boa mais arduamente do que Amy, mas nunca recebeu recompensa alguma, apenas decepções, problemas e trabalho duro.

Pobre Jo. Foram dias sombrios para ela, e o desespero tomava conta dela quando pensava em passar o resto da vida naquela casa silenciosa, dedicando-se aos pequenos cuidados, a alguns poucos prazeres e aos deveres que nunca pareciam ficar mais fáceis.

— Eu não consigo fazer isso. Não nasci para levar uma vida assim, e sei que vou desmoronar e fazer uma besteira se não aparecer alguém para me ajudar — disse a si mesma, quando seus primeiros esforços falharam e ela caiu em um estado de espírito miserável, que muitas vezes aparece quando mentes fortes têm que ceder ao inevitável.

E alguém apareceu e a ajudou, embora Jo não tenha reconhecido seus anjos da guarda logo de cara, porque eles tinham formas familiares e usavam os feitiços simples que mais se atribuem aos humanos. Muitas vezes, ela acordava de sobressalto à noite, pensando que a irmã a chamava e, quando a visão da cama vazia a fazia chorar lágrimas amargas de tristeza insistente, clamando por sua Beth, ela não esticava os braços ansiosos em vão. Tão rápido quanto a própria Jo fazia ao ouvir o sussurro mais fraco da irmã, a mãe ia confortá-la ao ouvir seus soluços, não apenas com palavras, mas com a ternura paciente que acalma com um toque, com lágrimas que eram lembranças silenciosas de uma dor maior que a de Jo e com murmúrios entrecortados, mais eloquentes do que orações, com lições de resignação esperançosa que deveriam andar de mãos dadas com aquela tristeza natural. Eram momentos sagrados, quando aqueles dois corações conversavam no silêncio da noite, transformando a aflição em uma bênção, que castigava a dor e fortalecia o amor. Ao sentir isso, o fardo de Jo parecia mais fácil de carregar, o dever se tornava mais doce e a vida parecia mais suportável, vista do abrigo seguro dos braços de sua mãe.

Quando o coração dolorido se sentiu um pouquinho confortado, a mente perturbada também encontrou orientação. Um dia, Jo foi ao escritório e, inclinando-se sobre a boa e velha cabeça grisalha que se virara para recebê-la com um sorriso tranquilo, disse muito humildemente:

– Papai, fale comigo como você fazia com Beth. Preciso mais do que ela, porque sou toda errada.

– Minha querida, nada poderia me deixar mais feliz – respondeu ele, com uma voz vacilante e ambos os braços em volta da filha, como se ele também precisasse de ajuda e não temesse pedi-la.

Então, sentada na cadeira de Beth perto dele, Jo contou os problemas, o ressentimento pela perda, os esforços infrutíferos que a desencorajavam, a falta de fé que fazia a vida parecer tão sombria e toda a desorientação triste a que chamamos de desespero. Ela confiou totalmente no pai, ele lhe deu a ajuda necessária, e ambos encontraram alívio naquela ação. Havia chegado o momento em que podiam conversar não só como pai e filha, mas como homem e mulher, capazes e felizes de servir um ao outro com empatia e amor mútuos. Tiveram momentos felizes e reflexivos no velho escritório, que Jo passou a chamar de "a igreja de um membro só", e de onde ela saía com coragem renovada, alegria recuperada e um espírito mais submisso. Os pais que haviam ensinado uma filha a encontrar a morte sem medo tentavam ensinar a outra a aceitar a vida sem desânimo ou desconfiança e a usar as belas oportunidades com gratidão e energia.

Jo teve ainda mais ajuda: deveres saudáveis e humildes, e prazeres que não deixariam de servi-la, os quais aos poucos aprendeu a enxergar e a valorizar. Vassouras e panos de prato não poderiam mais ser tão desagradáveis como eram antes, pois Beth tinha o domínio de ambos, e algo de seu espírito de dona de casa parecia estar impregnado no esfregão e na esponja. Ao usá-los, Jo se pegou cantarolando as músicas que Beth cantarolava, imitando seus modos ordeiros e dando os pequenos toques aqui e ali que mantinham tudo renovado e aconchegante, primeiro passo para deixar uma casa feliz, embora não tivesse percebido até que Hannah dissesse, com um aperto de mão que aprovava suas ações:

— Está sendo tão cuidadosa, criatura! No que depender de você, a gente não vai sentir falta daquela ovelhinha querida. Não damos quase um pio, mas estamos de olho, e o Senhor vai abençoá-la por isso! Espere e verá!

Enquanto tiravam um tempo para costurar juntas, Jo foi descobrindo o quanto sua irmã Meg havia progredido, o quanto falava bem, o quanto encontrava felicidade no marido e nos filhos, o quanto aprendera sobre fazer o bem, controlar impulsos, interpretar pensamentos e sentimentos femininos e o quanto todos faziam uns pelos outros.

— O casamento é um negócio excelente, no fim das contas. Eu me pergunto se eu floresceria metade do que você floresceu, se tentasse, isso é, se eu chegasse a me casar — disse Jo, enquanto fazia uma pipa para Demi no quarto das crianças, que estava de pernas para o ar.

— É exatamente do que precisa para trazer à tona a parte feminina carinhosa de sua natureza, Jo. Você é como o fruto de uma castanheira: espinhoso por fora, mas macio como seda por dentro, de miolo bem docinho, se alguém conseguir chegar nele. O amor vai abrir seu coração um dia, e a casca espinhosa vai ceder.

— A geada abre as cascas desses frutos, madame, e é preciso uma sacudida e tanto para fazê-los cair. Os rapazes ficam doidos atrás deles, e não me importo de oferecer uma pequena dificuldade — respondeu Jo, tentando retomar a pipa que vento algum poderia levantar, já que Daisy resolvera se pendurar nela como um pêndulo.

Meg riu, feliz por ter um vislumbre do velho espírito de Jo, mas sentiu o dever de reforçar sua opinião com cada argumento a seu alcance, e as conversas fraternais não foram desperdiçadas, especialmente porque dois dos argumentos mais eficazes de Meg eram os bebês, que Jo amava com ternura. O luto é a melhor abertura para alguns corações, e o fruto de Jo estava quase pronto para ser colhido. Era preciso um pouquinho mais de sol para amadurecer a castanha, então, não seria a sacudida impaciente de um menino, mas a mão habilidosa de um homem que se elevaria para colhê-la com gentileza e encontrar o miolo doce. Se suspeitasse disso, teria se fechado e criado mais espinhos do que nunca, porém, felizmente, não estava prestando atenção em si mesma. Assim, quando chegou a hora, ela cedeu.

Veja, se fosse a heroína de um livro de histórias moralistas, ela deveria, nesse período de sua vida, ter se tornado bastante santa, renunciado ao mundo e ido fazer o bem em vestes beatificadas, com panfletos no bolso. Jo não era uma heroína; era apenas uma garota humana e batalhadora como centenas de outras, que agia de acordo com sua natureza, sendo triste, rabugenta, indiferente ou enérgica conforme ditava o humor. É virtuoso afirmar que seremos bons, mas não podemos nos transformar de uma vez só; é preciso um bom empurrão para alguns de nós colocarmos os pés no caminho certo. Jo havia chegado longe, estava aprendendo a cumprir seu dever e a se sentir infeliz se não o fizesse. Entretanto, cumpri-lo com alegria... ah, isso era outra coisa! A jovem moça dissera muitas vezes que queria fazer algo esplêndido, por mais difícil que fosse; e seu desejo enfim estava sendo atendido, pois o que poderia ser mais belo do que dedicar a vida ao pai e à mãe, tentando deixar a casa feliz, como eles fizeram por ela? E, se fossem necessárias dificuldades para aumentar o esplendor do esforço, o que poderia ser mais difícil para uma menina irrequieta e ambiciosa do que renunciar às próprias esperanças, planos e desejos para voluntariamente dedicar-se aos outros?

A Providência decidiu testá-la. Ali estava a tarefa, não aquela pela qual havia esperado, mas uma melhor, porque o ego não poderia fazer parte dela. Será que ela conseguiria? Estava determinada a pensar e, na primeira tentativa, encontrou as ajudas mencionadas. Um outro auxílio inesperado também veio em seu socorro, e ela aceitou, não como recompensa, mas como conforto, como um cristão que aceita a refeição leve que lhe é ofertada por uma árvore onde ele repousa, enquanto sobe a colina chamada Dificuldade.

— Por que você não escreve? Isso a fazia feliz — disse a mãe uma vez, quando o desânimo tomou conta de Jo.

— Não tenho coração para escrever e, se tivesse, ninguém quer saber das minhas histórias.

— Nós queremos. Escreva algo para nós e não se preocupe com o resto do mundo. Tente, querida. Tenho certeza de que vai fazer bem, e nos agradaria muito.

— Acho que não consigo. — De todo modo, Jo começou a rever os manuscritos inacabados.

Uma hora depois, a mãe deu uma espiada, e lá estava ela, rascunhando, com seu avental preto e uma expressão absorta, o que fez a sra. March sorrir e se retirar, bem satisfeita com o sucesso de sua sugestão. Jo nunca soube como aconteceu, mas algo naquela história atingiu em cheio os corações daqueles que a leram. Sua família riu e chorou enquanto a lia, e seu pai a enviou, muito contra a vontade da autora, para uma das revistas mais populares. Para sua total surpresa, não só recebeu pagamento por aquilo, como também pedidos para que escrevesse outras. Cartas de várias pessoas, cujos elogios eram uma honra, chegaram aos montes depois da publicação da história, jornais a copiaram, e estranhos, assim como amigos, viraram admiradores. Algo aparentemente tão pequeno se transformou em um grande sucesso, e Jo ficou mais espantada do que quando seu primeiro romance fora elogiado e criticado de uma só vez.

— Não entendo. O que pode haver numa história simples como essa para que as pessoas a elogiem assim? — comentou ela, bastante confusa.

— Há verdade nela, Jo, esse é o segredo. Humor e compaixão dão vida à obra, e você encontrou seu estilo afinal. Escreveu sem pensar na fama e no dinheiro e colocou seu coração nela, minha filha. Você já provou do amargo, agora vem o doce. Faça seu melhor e fique tão feliz quanto nós com seu sucesso.

— Se há algo bom ou verdadeiro no que escrevo, não é mérito meu. Eu devo tudo a você, à mamãe e à Beth — disse Jo, mais tocada pelas palavras do pai do que por todos os elogios do mundo.

Depois de aprender lições de amor e de tristeza, Jo continuou a escrever suas histórias e as soltou no mundo para cultivar amigos para elas mesmas e para si própria, e descobriu um mundo muito caridoso para as humildes andarilhas, pois estas foram gentilmente acolhidas e mandaram para casa amáveis lembranças para sua criadora, como crianças obedientes banhadas pela sorte.

Quando Amy e Laurie anunciaram seu noivado, a sra. March temeu que Jo tivesse dificuldade em se regozijar com aquilo. Seus medos logo foram aplacados, porém, pois, embora a filha parecesse séria no começo, ela encarou tudo com muita tranquilidade e se encheu de esperanças e planos para "as crianças" antes mesmo de ler a carta pela segunda vez. O casal era um dueto em uníssono, que glorificava um ao outro de forma muito romântica, agradável e satisfatória. Ninguém tinha qualquer objeção a fazer.

— Você está de acordo, mamãe? — perguntou Jo, enquanto guardavam os papéis e olhavam uma para a outra.

— Sim, eu esperava que fosse assim, desde que Amy escreveu que havia recusado o pedido de Fred. Então tive certeza de que algo melhor do que aquilo que você chama de "espírito mercenário" havia tomado conta dela, e algumas dicas nas cartas seguintes me fizeram suspeitar que o amor e Laurie venceriam.

— Como você é astuta, mamãe! E como é discreta! Nunca disse uma palavra sobre isso.

— Mães precisam de olhos aguçados e línguas discretas quando têm garotas para criar. Fiquei com certo receio de meter essa ideia na sua cabeça, com medo de que você escrevesse e os felicitasse antes de tudo estar resolvido.

— Não sou aquela cabeça de vento de antes. Pode confiar em mim. Sou sensata o suficiente para ser a confidente de qualquer um agora.

— É mesmo, minha querida, e eu deveria ter feito de você minha confidente, apenas imaginei que ficaria magoada ao saber que seu Teddy ama outra pessoa.

— Você realmente pensou que eu seria tão tola e egoísta mesmo depois de ter recusado o amor dele quando estava no auge?

— Eu sei que estava sendo sincera na época, Jo, mas andei pensando que, se ele voltasse e perguntasse de novo, talvez você pendesse a dar outra resposta. Me perdoe, querida, não consigo deixar de notar que fica muito sozinha e que às vezes há um olhar faminto em seu rosto que aperta meu coração. Então imaginei que seu menino poderia encher esse lugar vazio se tentasse de novo.

— Não, mamãe, é melhor assim, e estou contente por Amy ter aprendido a amá-lo. Mas você está certa numa coisa: estou me sentindo sozinha, e, talvez, se o Teddy tivesse perguntado mais uma vez, eu poderia ter dito "sim", não porque o amo, mas porque me importo mais em ser amada agora do que quando ele partiu.

— Estou contente por isso, Jo, pois mostra que está no caminho da compreensão. Há muitas pessoas que a amam, por isso tente ficar satisfeita com o papai, comigo, com suas irmãs, cunhados, sobrinhos e amigos, até que o melhor pretendente apareça para recompensá-la.

— As mães são as que mais amam, e não me importo de confidenciar a você que eu gostaria de testar todos os tipos de amor. É muito estranho, mas, quanto mais tento me satisfazer com os afetos naturais que me cercam, mais eu quero. Não fazia ideia de que o coração pudesse carregar tanto. O meu é tão elástico, nunca parece cheio, e até então eu ficava bastante satisfeita com minha família. Não entendo.

— Eu entendo. — A sra. March deu seu sábio sorriso, enquanto Jo folheava novamente a carta para ler o que Amy dizia de Laurie:

*É tão bonito ser amada como Laurie me ama. Ele não é sentimental, não fala muito sobre o assunto, mas eu vejo e sinto seu amor em tudo que diz e faz, e fico tão feliz e lisonjeada que não pareço ser a mesma garota de antes. Nunca tinha percebido como ele era bom, generoso e meigo, até agora. Ele abriu o coração para mim, e ali encontrei nobres impulsos, esperanças e propósitos. Estou tão orgulhosa de saber que ele me pertence. Ele diz que gostaria de embarcar em uma viagem próspera comigo a bordo como companheira e viver de amor pelo caminho. Rezo para que essa viagem de fato aconteça, e tento ser tudo aquilo que ele acredita que sou, pois amo meu capitão galanteador de corpo e alma e nunca vou abandoná-lo enquanto Deus permitir que estejamos juntos. Oh, mamãe, eu não sabia que este mundo poderia ser como o Paraíso, quando duas pessoas se amam e vivem uma para a outra!*

– Aqui está nossa tranquila, discreta e realista Amy! É verdade, o amor faz milagres. Eles devem estar muito, muito felizes! – Jo juntou as farfalhantes folhas com mãos zelosas, como se fechasse um romance adorável, desses que prendem o leitor até o fim e o distraem do mundo real.

Jo partiu para o andar de cima, pois estava chovendo e não havia como sair para dar uma volta. Uma sensação inquieta a tomou, e o velho sentimento reapareceu, não amargo como antes, mas melancólico e questionador: por que uma irmã tinha tudo o que desejava, e a outra, nada? Não era verdade, ela sabia, e tentou ignorar tais pensamentos, mas seu desejo natural por afeto era forte, e a felicidade de Amy despertou aquela fome de que alguém "a amasse de corpo e alma e não a abandonasse enquanto Deus permitisse". No sótão, onde as andanças desassossegadas de Jo sempre acabavam, havia quatro baús de madeira enfileirados, cada um marcado com o nome de sua dona e cheios de relíquias da infância e da adolescência passadas. Jo olhou para eles e, quando chegou ao seu, espiou a coleção caótica, até que uma pilha de antigos cadernos de exercícios chamou sua atenção. Ela os pegou e os folheou, revivendo aquele agradável inverno na casa da gentil sra. Kirke. Ela sorriu no início, depois ficou pensativa, depois triste e, quando chegou a um bilhetinho escrito na caligrafia do professor, seus lábios começaram a tremer, os cadernos escorregaram de seu colo, e ela encarou as palavras amigáveis enquanto tomavam um novo significado e tocavam seu coração: "Espere por mim, minha amiga. Posso estar um pouquinho atrasado, mas com certeza irei."

— Quem me dera ele aparecesse! Sempre tão amável, tão bondoso, tão paciente comigo, meu caro Fritz. Não o valorizei o suficiente quando estávamos próximos, mas amaria encontrá-lo agora, porque todos parecem se afastar de mim, e me sinto muito sozinha.

Segurando o papelzinho com força, como se aquilo fosse uma promessa a ser cumprida, Jo deitou a cabeça em um confortável saco de roupas e chorou, competindo com a chuva que caía no telhado.

Autopiedade, solidão ou tristeza? Ou era o despertar de um sentimento que tomara seu tempo para amadurecer tão pacientemente quanto aquele que o inspirara? Quem saberá?

CAPÍTULO VINTE

# Surpresas

Jo estava sozinha ao entardecer, deitada no velho sofá, olhando para o fogo e pensando. Era sua forma preferida de passar a hora crepuscular. Ninguém a perturbava, e ela se deitava ali com a cabeça no travesseirinho vermelho de Beth, planejando histórias, sonhando sonhos ou pensando pensamentos carinhosos da irmã que nunca parecia estar longe. Seu rosto transparecia cansaço, seriedade e tristeza, pois no dia seguinte era seu aniversário, e ela refletia sobre como os anos passavam rápido, como estava envelhecendo e como parecia ter realizado tão pouco. Quase 25 anos, e nada do que se gabar. Estava, porém, demasiado equivocada. Havia muito do que se gabar, e cedo ou tarde ela enxergaria isso e ficaria grata.

— Uma solteirona, é isso que vou ser. Uma escritora solteirona, casada com uma pena, uma família de histórias como filhos, e que vinte anos depois recebe um pouquinho de fama, talvez, quando, como o pobre Johnson, estiver velha e não puder desfrutar; solitária, e não puder compartilhar; bem-instalada, e não mais precisar. Bem, não necessariamente serei uma santa amargurada ou uma pecadora egoísta. Ouso dizer, as solteironas são muito felizes quando se acostumam, mas... — Jo suspirou, como se a perspectiva não fosse convidativa.

Raramente é, no início, e, quando se tem 25 anos, a chegada dos 30 parece o fim do mundo. Contudo, não é tão ruim quanto parece, e podemos nos sair muito bem, se tivermos algo em nós mesmos para nos apoiar. Aos 25, as meninas começam a falar em ser solteironas, mas secretamente decidem que nunca o serão. Aos 30, nada dizem sobre isso, e simplesmente aceitam o fato. Se forem sensatas, consolam-se lembrando que têm mais vinte anos úteis e felizes, nos quais podem aprender a envelhecer com graça. Não riam das solteironas, queridas meninas, pois muitas vezes romances muito ardentes e trágicos estão escondidos nos corações que batem tão silenciosamente sob os vestidos discretos, e muitos sacrifícios silenciosos de juventude, saúde, ambição e amor-próprio tornam os rostos cansados bonitos aos olhos de Deus. Mesmo as irmãs tristes e amarguradas devem ser tratadas com gentileza, ainda que seja apenas porque perderam a parte mais doce da vida. Olhando para essas damas com compaixão, e não com desprezo, as garotas à flor da idade devem se lembrar que também vão sentir falta do tempo do desabrochar, que as bochechas rosadas não duram para sempre, que os fios prateados cobrirão seus cabelos castanhos e que, de vez em quando, a bondade e o respeito serão tão doces quanto o amor e a admiração.

Cavalheiros e rapazes, sejam corteses com as solteironas, por mais pobres, sem graça e afetadas que sejam, pois o único cavalheirismo que vale a pena cultivar é aquele que oferece deferência aos velhos, protege os fracos e serve às mulheres, independentemente da posição, idade ou cor. Basta lembrar das boas tias que não só deram sermões e broncas, como também cuidaram e mimaram, muitas vezes sem agradecimento, das confusões das quais elas os ajudaram a sair, das dicas que lhes deram com base em suas experiências, dos remendos que os velhos dedos pacientes fizeram em suas roupas e dos passos que os velhos pés dispostos caminharam por vocês. Agradeçam às queridas senhoras e deem as atenções que as mulheres gostam de receber enquanto vivem. As meninas de olhos cintilantes são rápidas em perceber tais gentilezas e vão gostar mais de vocês; e quando a morte, praticamente a única força que pode separar mães e filhos, roubar-lhes as suas queridas, terão a certeza de encontrar uma recepção amável e carinho materno em alguma tia, que manteve o canto mais quente de seu coração velho e solitário para os adorados sobrinhos.

Jo deve ter caído no sono (e ouso dizer que meus leitores também, durante essa breve homilia), pois de repente o fantasma de Laurie parecia estar diante dela, um fantasma substancial, realista, inclinando-se sobre ela com o mesmo olhar que ele carregava quando estava empolgado, mas não queria demonstrar. Mas, tal como Jenny, da balada medieval de Lady Anne, "ela não poderia pensar que era ele...", e ficou deitada olhando, em silêncio perplexo, até que ele se abaixou e lhe deu um beijo. Ela então o reconheceu e saltou, exclamando em êxtase:

– Oh, meu Teddy! Oh, meu Teddy!

– Querida Jo, está contente em me ver?

– Contente?! Meu menino abençoado, palavras não conseguem expressar minha alegria. Onde está Amy?

– Está com sua mãe na casa de Meg. Paramos lá no caminho, e não teve Cristo que tirasse minha esposa das garras deles.

– Sua o quê?! – gritou Jo, pois Laurie pronunciou aquelas duas palavras com um orgulho e satisfação inconscientes que o traíram.

– Ah, mas que diabos! Falei demais. – Ele parecia tão culpado que Jo pulou em cima dele.

– Você se casou?!

– Sim, senhora! Uma vez para nunca mais. – Ele se ajoelhou, com as mãos unidas como em penitência e um semblante brincalhão e alegre.

– Mas casado de verdade?

– Muito casado, obrigado.

— Deus tenha piedade de nós! Que coisa terrível vai fazer em seguida? — Jo caiu de volta em seu lugar com um suspiro.

— Seus parabéns são característicos, mas não exatamente elogiosos — retrucou Laurie, ainda fingindo abjeção, mas irradiando satisfação.

— E o que esperava? Você quase me matou de susto entrando na surdina assim e dando com a língua nos dentes. Levante-se daí, garotinho ridículo, e me conte tudo.

— Não direi nem uma palavra sequer, a menos que me deixe sentar no lugar de sempre sem levantar a barricada.

Jo riu como não fazia havia tempos e deu uma palmadinha no sofá de forma convidativa, enquanto dizia em um tom cordial:

— A velha almofada está no sótão, e não precisamos dela agora. Vamos, venha e desembuche, Teddy.

— Como é bom ouvi-la dizer "Teddy"! Ninguém nunca me chama assim a não ser você. — Laurie se sentou ao lado dela muito satisfeito.

— Como a Amy lhe chama?

— Meu caro senhor.

— Típico dela. Bem, você parece um caro senhor. — O olhar de Jo deixou claro que ela achava que seu menino estava mesmo mais bonito do que nunca.

A almofada estava longe dali, mas havia barreiras entre os dois, no entanto. Uma barricada natural, levantada pelo tempo, pela ausência e pela mudança de sentimentos. Ambos perceberam e, por um minuto, encararam-se como se aquele bloqueio invisível os refreasse. Não demorou, porém, para que aquela sensação desaparecesse, porque Laurie disse, em uma tentativa vã de dignidade:

— Não pareço um homem casado e chefe de família?

— Nem um pouco, e nunca vai parecer. Você cresceu e está mais forte, mas é o mesmo patife de sempre.

— Realmente, Jo, você deveria me tratar com mais respeito — começou Laurie, adorando tudo aquilo.

— Como posso, quando a mera ideia de você casado é tão irresistivelmente engraçada que não consigo ficar séria!? — respondeu Jo, sorrindo de forma tão contagiante que eles gargalharam. Depois se acalmaram para uma boa conversa, do jeito agradável de sempre.

— Não vale a pena sair nesse frio para buscar Amy, mesmo porque já devem estar voltando. Eu não consegui esperar. Queria ser o primeiro a te contar a novidade e ter o "primeiro gostinho", como costumávamos dizer quando discutíamos para ver quem comeria o pudim primeiro.

— Mas é claro que queria, e ainda estragou a história ao começar pelo final. Agora comece direito e me conte como tudo aconteceu. Estou morrendo de curiosidade.

— Bem, foi só para agradar Amy — disse Laurie, com um olhar travesso que fez Jo exclamar:

— Primeira lorota. Amy se casou para agradar *você*. Continue e fale a verdade, se puder, senhor.

— Ora, agora é ela quem está estragando a história. Não é ótimo ouvi-la? — disse Laurie para o fogo, que brilhou e crepitou como se estivesse de acordo. — É mais do mesmo. Eu e ela somos um e por aí vai. Planejamos voltar para casa com os Carrol, há um mês mais ou menos, mas de repente mudaram de ideia e decidiram passar outro inverno em Paris. O vovô queria voltar para casa. Ele foi para me agradar, e eu não poderia deixá-lo vir sozinho, nem deixar Amy. A sra. Carrol tem essas ideias inglesas sobre acompanhantes e tais besteiras e não queria deixar Amy vir conosco. Por isso, resolvi o problema dizendo "vamos nos casar, e então poderemos fazer o que quisermos".

— Óbvio que você fez isso. As coisas sempre têm que ser do seu jeito.

— Nem sempre. — O tom na voz de Laurie fez Jo dizer bem depressa:

— E como convenceu a titia?

— Deu um trabalhão, mas, cá entre nós, enchemos a paciência dela, porque tínhamos dezenas de boas razões do nosso lado. Não havia tempo para escrever e pedir autorização. Todos vocês gostaram da ideia, consentiram e era somente questão de tempo, como diz minha esposa.

— Como estamos orgulhosos dessas duas palavras a ponto de repeti-las de minuto em minuto! — interrompeu Jo, sendo sua vez de se dirigir ao fogo e observar com deleite a centelha alegre que parecia fulgurar nos olhos do amigo, que estiveram tão tragicamente sombrios quando ela os vira pela última vez.

— É uma besteira, talvez, mas ela é uma mulher tão cativante que não consigo deixar de sentir orgulho. Bem, então o titio e a titia estavam lá para garantir que tudo acontecesse de forma correta. Estávamos tão absortos um no outro que não tínhamos mais qualquer utilidade separados, de modo que este arranjo maravilhoso facilitaria tudo. Assim, nos casamos.

— Quando, onde, como?! — perguntou Jo, ardendo de interesse e curiosidade típicos das mulheres em situações emocionantes, porque estava tão empolgada que não conseguia adivinhar nadinha de nada.

— Há seis semanas, no consulado americano, em Paris. Um casamento muito tranquilo, obviamente, pois, mesmo felizes, não esquecemos a querida Bethinha.

Jo colocou a mão sobre a dele enquanto ele dizia isso, e Laurie afofou o travesseiro vermelho de que se lembrava muito bem.

— Por que não nos avisou depois? — perguntou Jo, mais calma após um breve silêncio.

— Queríamos fazer uma surpresa. Pensamos que voltaríamos direto para casa, a princípio, mas meu querido avô, assim que nos casamos, descobriu que não estaria pronto para partir por pelo menos um mês. Ele nos mandou passar a lua de mel onde quiséssemos. Amy uma vez chamou Valrosa de "um paraíso eterno para luas de mel", então partimos para lá e fomos felizes do modo como as pessoas ficam apenas uma vez em suas vidas. Deus! Um típico romance entre as roseiras!

Laurie pareceu esquecer de Jo por um minuto, o que a deixou feliz. Ouvi-lo dizer aquelas coisas com tanta liberdade demonstrava que ele tinha perdoado e esquecido. Ela tentou puxar a própria mão, mas, como se adivinhasse o pensamento que desencadeou o impulso quase involuntário, Laurie segurou-a depressa e disse, com uma seriedade masculina que ela nunca vira nele:

— Jo, querida, preciso dizer uma coisa para que possamos encerrar o assunto de vez. Como eu disse na carta em que falei de Amy e a gentileza dela comigo, eu nunca deixarei de te amar, mas é um amor diferente, e aprendi a ver que é melhor assim. Você e Amy mudaram de lugar no meu coração, só isso. Acho que foi o destino, e teria acontecido de qualquer forma se eu tivesse esperado, como tentou me alertar, mas nunca fui paciente, então meu coração se estraçalhou. Eu era um moleque naquela época, obstinado e bruto, e foi preciso uma dura lição para me mostrar meu erro. Eu errei, Jo, como você disse, e descobri isso depois de me fazer de tolo. Juro por tudo, eu estava tão fora de mim que, por um tempo, não sabia quem eu amava mais, você ou Amy, e tentei amar vocês duas da mesma forma. É claro que não consegui e, quando a vi na Suíça, tudo pareceu se esclarecer de uma só vez. Vocês se encaixaram nos devidos lugares, e tive a certeza de que estava tudo bem com o antigo amor antes de embarcar no novo, de modo a poder compartilhar meu coração com a irmã Jo e a esposa Amy e amá-las muito. Consegue acreditar em mim, para podermos voltar aos velhos e felizes tempos quando nos conhecemos?

— Eu acredito, de todo meu coração, mas, Teddy, nunca mais poderemos ser crianças de novo. Os velhos e felizes tempos não podem voltar, e não devemos esperar isso. Somos homem e mulher agora, com trabalhos sérios em nossas mãos, pois a brincadeira acabou e devemos desistir das nossas bobagens. Tenho certeza de que sabe disso. Vejo como mudou, e você vai ver isso em mim também. Sentirei falta do meu menino, mas amarei esse homem tanto quanto, e vou admirá-lo mais, porque ele está tentando ser o que eu esperava que fosse. Não podemos mais ser amiguinhos de brincadeiras, mas seremos irmãos, para nos amarmos e nos ajudarmos por toda a vida, não é, Laurie? — Ele não disse uma palavra e pegou a mão que ela ofereceu, onde repousou o rosto por um minuto, sentindo que, da sepultura de uma paixão juvenil, nascia uma bela e forte amizade que abençoaria os dois. Para desanuviar o clima, Jo acrescentou alegremente: — Não dá para acreditar que vocês, crianças, se casaram e vão construir um lar. Parece que foi ontem que eu estava abotoando as roupas para Amy e puxando seu cabelo quando você me provocava. Misericórdia, como o tempo voa!

— Como uma das crianças é mais velha que você, não precisa falar como uma vovozinha. Posso afirmar sem humildade que sou um "cavalheiro crescido", como disse Peggotty sobre David Copperfield. Quando você vir a Amy, ainda achará que ela é uma criancinha — disse Laurie, divertindo-se com o ar maternal de Jo.

— Você pode ser um pouco mais velho em idade, mas sou muito mais velha em sentimentos, Teddy. As mulheres sempre são, e este último ano foi tão difícil que me sinto com 40 anos.

— Sinto muito, Jo. Nós a deixamos sozinha enquanto nos divertíamos. Você envelheceu. Aqui está uma ruga, e aqui está outra. A menos que sorria, seus olhos transparecem tristeza e, quando toquei no travesseiro, agora há pouco, senti a umidade de uma lágrima. Você precisou suportar tanta coisa, e sozinha, ainda por cima. Que besta egoísta eu fui! — Laurie passou a mão no cabelo, com um olhar de remorso.

Jo virou o travesseiro traidor e respondeu, tentando demonstrar mais alegria:

— Não, o papai e a mamãe estavam aqui para me ajudar, e tinha os queridos bebês para me confortar. Pensar que você e Amy estavam seguros e felizes tornou os problemas mais fáceis de suportar. Eu me sinto só, às vezes, mas ouso dizer que é bom para mim e...

— Nunca mais vai se sentir assim — interrompeu Laurie, abraçando-a, como se estivesse disposto a protegê-la de todos os males humanos. — Amy e eu não podemos seguir sem você, então terá que ensinar "as crianças" a gerir um lar e participar de tudo, além de nos deixar cuidar de você. Seremos todos felizes.

— Se eu não for um incômodo para vocês, vai ser muito agradável. Já começo a me sentir jovem outra vez, porque, de alguma forma, todos os meus problemas pareceram voar para longe quando você chegou. Você sempre foi um aconchego, Teddy. — Jo encostou a cabeça no ombro dele, assim como fizera anos antes, quando Beth ficou doente e Laurie disse que estava ali por ela.

O bom rapaz olhou para a irmã, em dúvida se ela se lembrava daquele tempo. Jo, distraída, sorria para si mesma, como se os problemas tivessem mesmo desaparecido assim que ele chegou.

— Você ainda é a Jo de sempre, chorando em um instante e rindo no outro. No que está pensando, vovó?

— Em como você e Amy estão se dando.

— Como dois anjinhos!

— Sim, é claro, mas sob quais regras?

— Não tenho problemas em admitir que é ela quem manda agora, ou, pelo menos eu a deixo pensar assim, pois a agrada, sabe? Revezaremos aqui e ali, porque, no casamento, dizem, perde-se metade dos direitos e duplicam-se os deveres.

— E vai continuar desse jeito, porque Amy vai mandar em você todos os dias pelo resto de sua vida.

— Bem, ela faz isso de um jeito tão imperceptível que eu acho que não vou me importar tanto. Ela é o tipo de mulher que sabe mandar. Eu até gosto, porque ela me enrola tão delicada e maravilhosamente como se enrolasse um fio de seda no carretel, me induzindo a achar que ela está me fazendo um favor o tempo todo.

— Quem diria que eu viveria para vê-lo se transformar em um marido submisso, e ainda por cima gostando! — exclamou Jo, com as mãos erguidas.

Foi bom para a amiga ver Laurie endireitar os ombros e sorrir com desprezo masculino a essa insinuação, enquanto respondia, em seu melhor tom de "todo-poderoso":

— Amy é muito bem-educada para agir assim, e não sou o tipo de homem que se submete. Minha esposa e eu nos respeitamos demais para querer dominar ou discutir.

Jo gostou daquilo e achou que a postura digna era muito adequada, mas o menino parecia se transformar muito depressa em homem, e remorso e satisfação se misturavam dentro dela.

— Tenho certeza disso. Você e Amy nunca discutiam, tal como nós fazíamos. Ela é o sol, e eu, o vento, e, como na fábula de Esopo o sol tratava melhor o homem... bem, você se lembra.

— Ela sabe soprar furiosamente tanto quanto sabe brilhar. — Laurie riu daquela colocação. — Que sermão recebi em Nice! Juro que foi bem pior do que as broncas que você já me deu. Um dia eu conto tudo, já que ela nunca vai contar, porque, depois de dizer que me desprezava e se envergonhava de mim, acabou perdendo o coração para este sujeitinho ignóbil e se casando com o acusado de ser inútil.

— Que baixaria! Bem, se ela maltratar você, fale comigo que irei te defender.

— E eu pareço alguém que precisa de defesa, é? — rebateu Laurie, levantando-se e assumindo uma atitude imponente, que durou pouco e foi substituída por outra mais humilde quando a voz de Amy foi ouvida:

— Cadê ela? Cadê minha querida e velha Jo?

A família toda entrou no maior alvoroço, todos se abraçaram e se beijaram e, depois de várias tentativas vãs, os três viajantes se sentaram para serem admirados. O sr. Laurence, forte e bem-humorado como sempre, melhorara tanto quanto os outros durante a passagem pelo exterior. A casca grossa havia praticamente desaparecido, e a cordialidade antiquada fora polida de tal maneira que ele estava mais gentil do que nunca. Era bonito vê-lo encantado com "as minhas crianças", como ele chamava o jovem casal. Era mais bonito ainda ver Amy cumprindo o dever de filha e dando afeto ao velho cavalheiro, conquistando aquele coração. O melhor de tudo era ver Laurie sondar os dois, como se nunca se cansasse de apreciar a bela pintura que faziam.

Assim que pôs os olhos em Amy, Meg percebeu que o próprio vestido não tinha ares parisienses, que a jovem sra. Moffat seria totalmente eclipsada pela jovem sra. Laurence e que "sua senhoria" era uma mulher muito elegante e graciosa. Jo pensou, enquanto observava o casal, "como eles combinam! Eu estava certa, e Laurie encontrou a bela e talentosa moça que vai fazer bem para ele, muito mais do que a velha e desajeitada Jo, sendo seu motivo de orgulho, não de tormento". A sra. March e o marido sorriam e assentiam um para o outro felizes, pois compreendiam que a filha mais nova agira muito bem, não só em termos de convívio social, como em termos de encontrar para si a riqueza do amor, da confiança e da felicidade.

O semblante de Amy resplandecia o brilho sutil que denuncia um coração sossegado, sua voz difundia ternura, e a postura calculada se transformara em uma dignidade gentil. Não havia fingimento algum ali que arruinasse tudo, e a doçura cordial de suas maneiras era mais encantadora do que qualquer outra beleza nova ou elegância velha, uma vez que Amy fora carimbada com a marca inconfundível de dama respeitável que ela tanto queria.

– O amor fez muito pela nossa menina – disse a mãe com tranquilidade.

— Ela teve um bom exemplo diante de si toda a vida, minha querida — sussurrou o sr. March, com um olhar amoroso para o rosto cansado e para a cabeça grisalha ao seu lado.

Daisy achava impossível tirar os olhos de sua "titia bunitinha", agarrando-se como um cachorrinho de colo ao maravilhoso *chatelaine* cheio de encantos deslumbrantes. Demi fez uma pausa para analisar a nova relação antes de se comprometer a aprová-la diante da aceitação precipitada de um suborno, que tinha a forma tentadora de uma família de ursinhos de madeira trazida de Berna. Um abraço gerou uma rendição incondicional, pois Laurie sabia como conquistá-lo.

— Meu jovem, quando tive a honra de conhecê-lo, você me deu um tapa na cara. Agora exijo a cordialidade de um cavalheiro. — O tio alto passou a arremessar para o alto e a despentear o sobrinho de uma maneira que afetou sua dignidade filosófica tanto quanto encantou sua alma infantil.

— Que raios me partam se ela não estiver de seda da cabeça aos pés! Não é um encanto ver que ela conseguiu tudo do bom e do melhor e ouvir as pessoas chamando a pequena Amy de "sra. Laurence"? — murmurou a velha Hannah, que não conseguia resistir a espiar a família, enquanto colocava a mesa aleatoriamente sem prestar atenção no que fazia.

Misericórdia, como tagarelaram! Primeiro um, depois o outro, e depois todos juntos, tentando contar uma história de três anos em meia hora. Foi sorte que o chá estivesse à mão, para introduzir algumas pausas e um pouco de alimento, pois teriam ficado roucos e fracos se tivessem continuado daquele jeito por muito mais tempo. E que procissão mais feliz seguiu até a sala de jantar! O sr. March escoltou a sra. Laurence com orgulho. A sra. March se apoiou orgulhosa no braço daquele que chamava de "meu filho". O velho cavalheiro acompanhou Jo e sussurrou:

— Cabe a você ser minha netinha agora. — Ele deu um olhar para o canto vazio junto à lareira.

Jo sussurrou de volta:

— Vou tentar ocupar o lugar dela, senhor.

Os gêmeos foram atrás, sentindo que o fim dos tempos estava próximo, haja vista que todos estavam tão ocupados com os recém-chegados que deixaram os bebês livres para se divertir a seu bel-prazer, e podem ter certeza de que aproveitaram ao máximo a oportunidade. Roubaram goles de chá, empanturraram-se de biscoitos de gengibre *ad libitum*, ganharam bolinhos quentinhos e, em uma transgressão gloriosa, enfiaram tortinhas irresistíveis em seus bolsos minúsculos, apenas para melecarem e esfarelarem traiçoeiramente, o que foi uma lição de que os quitutes são tão frágeis quanto a natureza humana. Saturados com a consciência culpada pelas tortinhas sequestradas e temendo que os olhos afiados da tia Dodo furasse o fino disfarce de cambraia e merino que escondia seu espólio, os pequenos pecadores se agarraram ao vovô, que não estava com seus óculos. Amy, que circulava entre todos como uma bandeja de petiscos, voltou para a sala de estar de braços dados com Laurie. Os outros se juntaram como sempre, e esse arranjo deixou Jo sem companhia. Ela não se importou no momento, pois estava sendo alugada por Hannah.

— Será que a srta. Amy vai conduzir seu cupê e usar aquele adorável aparelho de jantar de prata que está guardado há séculos?

— Não me espantaria se ela conduzisse seis cavalos brancos, comesse em pratos de ouro e usasse diamantes e renda todos os dias. Teddy acha que nada é demais para ela — respondeu Jo com infinita satisfação.

— E é verdade! Você quer caldo ou bolinho de peixe? — perguntou Hannah.

— Qualquer um. — Jo sentia que comida era um tópico não muito apropriado naquele momento. Ela parou por um minuto, olhando para o grupo que então subia as escadas e, enquanto as pernas curtas de Demi sumiam no último degrau, uma repentina sensação de solidão a tomou com tanta força que ela olhou o entorno com olhos embaçados, como se quisesse encontrar algo em que se apoiar. Até Teddy a havia abandonado. Se Jo soubesse que seu presente de aniversário se aproximava a cada minuto, ela não teria dito para si mesma: "Vou chorar um pouquinho quando for dormir. Não adianta nada ficar lamentando agora." Então, ela passou a mão sobre os olhos, pois um de seus hábitos de menino era nunca saber onde estava seu lenço de bolso, e havia acabado de elaborar um sorriso quando uma batida à porta do alpendre soou.

Ela abriu a porta com uma pressa hospitaleira e deu um pulo como se outro fantasma tivesse aparecido. Lá estava um cavalheiro alto e barbado, sorrindo para ela da sombra como um sol da meia-noite.

— Oh, sr. Bhaer, estou tão feliz em vê-lo! — gritou Jo, pulando para um abraço, como se ela temesse que a noite o engolisse antes que ele entrasse.

— E eu em ver a srta. March, mas, espere, vocês têm companhia? — O professor fez uma pausa enquanto o som de vozes e de pés chegavam até o lado de fora.

— Não, é só a minha família. Minha irmã e amigos acabaram de chegar de viagem, e estamos muito felizes. Entre e complete a festa!

Embora fosse um homem muito sociável, acho que o sr. Bhaer teria ido embora educadamente e voltado em algum outro dia. Entretanto, como ele poderia ter feito isso se Jo fechou a porta atrás dele e arrancou seu chapéu? Talvez o semblante dela tivesse algo a ver com a permanência do professor, pois ela esqueceu de esconder a alegria em vê-lo e a demonstrou com uma franqueza que se mostrou irresistível ao homem solitário, cuja recepção superou em muito suas mais ousadas esperanças.

— Se não for inconveniente, conhecerei de bom grado todos eles. Esteve doente, minha cara?

A pergunta foi abrupta, pois, enquanto Jo pendurava o casaco, a luz recaiu sobre seu rosto, e ele percebeu uma mudança.

— Não doente, mas cansada e triste. Passamos por problemas desde a última vez que o vi.

— Ah, sim, eu sei. Fiquei de coração partido pela senhorita quando soube. — Ele apertou as mãos dela mais uma vez, com um rosto tão simpático que Jo sentiu como se nenhum conforto pudesse se igualar àqueles olhos bondosos e àquelas mãos grandes e quentes.

— Papai, mamãe, este é meu amigo, o professor Bhaer — disse ela, com uma expressão e um tom de orgulho e satisfação tão irreprimíveis que poderia muito bem ter tocado uma trombeta e desenrolado um tapete vermelho.

Se o recém-chegado tinha dúvidas sobre a recepção, elas foram apaziguadas em um instante pela acolhida cordial que recebeu. Todos o cumprimentaram com gentileza — no início, em respeito a Jo, mas logo se afeiçoaram a ele de modo genuíno. Não puderam evitar, o professor carregava a chave que abre todos os corações, e aquelas pessoas simples se renderam de uma só vez, ainda mais amigáveis por ele ser pobre, pois a pobreza enriquece aqueles que são gratos pela vida apesar dessa condição, e é um passaporte seguro para os espíritos verdadeiramente hospitaleiros. O sr. Bhaer se sentou olhando à sua volta com o ar de um andarilho que bate a uma porta estranha e, quando esta se abre, ele se sente em casa. As crianças foram atraídas a ele como abelhas a um pote de mel e se sentaram nos joelhos do bom homem, cativando-o, vasculhando seus bolsos, puxando sua barba e investigando seu relógio com audácia juvenil. As mulheres transmitiram sua aprovação umas às outras, e o sr. March, sentindo que o sujeito tinha um espírito afável, contou suas várias histórias, enquanto o silencioso John ouvia e aproveitava a conversa, mas não dizia uma palavra, e o sr. Laurence descobria que não conseguiria ir dormir tão cedo.

Se Jo não estivesse compenetrada, o comportamento de Laurie a teria surpreendido, porque uma sutil pontada, não de ciúmes, mas de algo como suspeita, fez com que o cavalheiro se afastasse a princípio e observasse o professor com circunspecção fraternal. Contudo, tal postura não durou muito tempo. Ele se interessou sem querer e, antes que percebesse, fora atraído para a conversa, pois o sr. Bhaer falava bem e fazia justiça a si mesmo. Quase não se dirigia a Laurie, mas o olhava com frequência e, nesses momentos, uma sombra passava por seu rosto, como se lamentasse a própria juventude perdida, enquanto observava o jovem rapaz em seu auge. Seus olhos então se voltavam para Jo tão melancólicos que é certo que ela teria respondido ao inquérito silencioso se o tivesse percebido. A moça, porém, tinha os próprios olhos para cuidar e, sentindo que não podia confiar neles, os mantinha prudentemente depositados sobre a meia que tricotava, como um bom modelo de tia solteirona.

Um olhar furtivo vez ou outra a revigorava como goles de água fresca depois de uma caminhada extensa, pois as espreitadelas de canto de olho revelaram vários presságios oportunos. O rosto do sr. Bhaer havia perdido a expressão ausente e parecia interessado naquele momento; estava, na verdade, "jovem e bonito", pensou ela, esquecendo-se de compará-lo a Laurie, como fazia com homens estranhos, em grande detrimento deles. Depois, ele pareceu estar bastante inspirado, embora os costumes fúnebres dos antigos, caminho pelo qual a conversa havia se desviado, pudessem não ser considerados um tema estimulante. Jo brilhou de triunfo quando Teddy foi derrotado em uma discussão, pensando consigo mesma, enquanto observava o rosto absorto de seu pai: "Como ele gostaria de ter um homem como o meu professor para conversar todos os dias!" Por fim, vale mencionar que o sr. Bhaer estava em um traje preto que o deixara mais elegante do que nunca. Seu cabelo volumoso fora cortado e delicadamente penteado, mas não ficou arrumado por muito tempo, já que, em momentos agitados, ele o bagunçava da maneira divertida e costumeira. Jo, é claro, gostava mais ainda quando ele fazia aquilo, pois achava que o cabelo desordenado conferia à sua bonita testa um toque divino. Como ela glorificava aquele homem simples, sentada e tricotando tão silenciosamente, sem deixar escapar nada, nem mesmo o fato de que o sr. Bhaer realmente tinha botões de ouro nos imaculados punhos das mangas.

"Pobre sujeito! Ele não teria se arrumado com tanto cuidado nem se estivesse aqui para cortejar alguém", pensou Jo, e então um pensamento repentino oriundo dessas palavras a fez corar tão terrivelmente que precisou deixar cair a almofadinha de costura e correr atrás dela para esconder o rosto.

A manobra, porém, não foi tão bem-sucedida quanto esperava, pois, como se estivesse disposto a incendiar aquela fogueira, o professor deixou cair seu fósforo, metaforicamente falando, e mergulhou atrás da almofadinha azul. Claro que bateram a cabeça em cheio, viram estrelas e, levantando-se, corados e risonhos, retornaram aos seus lugares sem a almofada, desejando não os ter deixado para começo de conversa.

Ninguém sabia explicar como a noite passou tão rápido. Hannah habilmente tirou os bebês do caminho e os colocou para dormir bem cedo quando cochilaram como dois porquinhos rosados, e o sr. Laurence foi para casa descansar. Os outros se sentaram em volta da lareira, conversando, sem se dar conta do tempo, até que Meg, cuja mente materna estava tomada pela firme convicção de que Daisy havia caído da cama e se ferido gravemente e de que Demi já teria colocado fogo na camisola àquela altura, fez menção de partir.

— Devemos cantar, do nosso bom e velho jeito, pois estamos todos juntos mais uma vez — disse Jo, sentindo que uma canção seria um desabafo seguro e agradável para as emoções jubilosas de sua alma.

Não estavam todos lá, mas ninguém achou as palavras descuidadas ou falsas, pois Beth ainda parecia estar entre eles, com sua presença pacífica, invisível e mais querida do que nunca, porque a morte não poderia quebrar o laço doméstico que o amor tornava insolúvel. O banquinho dela estava em seu antigo lugar. A cesta organizada, com o pouco trabalho que ela deixou inacabado quando a agulha ficou "pesada demais", ainda estava em sua prateleira habitual. O amado instrumento, que poucas vezes era tocado então, não fora movido e, acima dele, o rosto de Beth, sereno e sorridente, olhava para eles, parecendo dizer: "Sejam felizes. Eu estou aqui."

— Toque alguma coisa, Amy. Deixe que ouçam o quanto você melhorou – disse Laurie, com orgulho perdoável de sua promissora aluna.

Amy sussurrou, com os olhos marejados, enquanto girava o banco desgastado:

— Hoje não, querido. Não consigo me exibir hoje.

Por fim, Amy exibiu algo melhor do que genialidade ou habilidade, cantando as músicas de Beth com um tom de voz cheio de ternura que mesmo o melhor mestre não poderia ter ensinado e tocou o coração dos ouvintes com mais poder e doçura do que qualquer outra inspiração poderia ter provocado. A sala estava muito quieta quando a voz límpida falhou no último verso da canção favorita de Beth. Foi difícil concluir:

*A Terra não tem tristeza que o céu não possa curar...*[17]

Amy se encostou no marido, que estava atrás dela, sentindo que a casa não poderia ser perfeita sem o carinho de Beth.

— Agora temos que terminar com a *Canção de Mignon*, pois o sr. Bhaer sabe cantá-la – disse Jo, antes que a pausa se tornasse dolorosa. O sr. Bhaer, por sua vez, limpou a garganta com uma tossidinha gratificante enquanto se aproximava de Jo, dizendo:

— A senhorita vai cantar comigo? Somos excelentes juntos.

Uma bela de uma mentira, a propósito, porque Jo não tinha mais noção de música do que uma porta, mas ela consentiria mesmo que ele tivesse proposto cantar uma ópera inteira. Assim, ela chilreou feliz, sem dar muita importância a compasso e melodia. Não foi um grande transtorno, pois o sr. Bhaer cantava como um verdadeiro

---

17 Verso da música de Thomas Moore, *Come, ye disconsolate*, em tradução livre. [N.E.]

alemão, com emoção e ênfase, e Jo logo se conformou em acompanhá-lo com um sussurro, para que pudesse ouvir aquela voz forte que parecia cantar só para ela.

*Conheces tu a terra onde floresce o limão...*[18]

Era o verso favorito do professor, pois "a terra" era a sua Alemanha, porém, naquele momento, ele se demorou com ímpeto peculiar nas palavras:

*Lá, ó, lá, eu poderia ir contigo,*
*Ó, minha amada, vamos...*

A ouvinte mais interessada naquela cantoria ficou tão arrebatada com o convite que teve o impulso de dizer ali mesmo que partiria alegremente quando ele quisesse.

A música foi aprovada como um grande sucesso, e o cantor se retirou coberto de louros. Alguns minutos depois, ele quase cometeu uma indiscrição ao encarar Amy enquanto ela punha o chapéu, pois apresentaram-na apenas como "minha irmã", e ninguém a havia chamado pelo seu novo nome desde que ele chegara. Ficou ainda mais perdido quando Laurie disse, do modo mais educado que pôde, ao se despedir:

– Minha esposa e eu estamos muito contentes por conhecê-lo, senhor. Por favor, não se esqueça de que é sempre muito bem-vindo.

O professor agradeceu de forma tão calorosa, e parecia tão subitamente iluminado de satisfação, que Laurie o achou o sujeito mais maravilhosamente franco que já conhecera.

– Estou indo também, mas voltarei de bom grado, se me permitir, querida madame, pois tenho negócios a tratar na cidade que me manterão aqui alguns dias.

---

18 Verso da *Canção de Mignon*, de Johann Wolfgang von Goethe, em tradução livre. [N.E.]

Dirigia-se à sra. March, mas olhava para Jo, e a voz da mãe deu um consentimento tão cordial quanto os olhos da filha, pois a sra. March não era tão cega aos interesses de suas filhas como a sra. Moffat supunha.

— Suspeito que ele seja um homem sábio — comentou o sr. March de frente para a lareira, com plácida satisfação, depois de o último convidado ter partido.

— Sei que ele é um bom homem — acrescentou a sra. March, com aprovação firme, enquanto dava corda no relógio.

— Eu sabia que iriam gostar dele — foi tudo o que Jo disse, enquanto ia para a cama.

Ela se perguntou quais seriam os negócios que levaram o sr. Bhaer para a cidade e concluiu que ele devia ter sido indicado para receber alguma grande honra, em algum lugar, mas era muito modesto para mencionar o fato. Se Jo tivesse visto o rosto dele enquanto, seguro em seu próprio quarto, ele olhava para o retrato de uma jovem severa e rígida — com uma boa quantidade de cabelo e que parecia olhar sombriamente para o futuro —, ela poderia ter descoberto algo sobre o assunto, especialmente quando o professor apagou a luz e beijou a imagem no escuro.

CAPÍTULO VINTE E UM

# Sr. e sra. Laurence

Por favor, madame-mãe, poderia me emprestar minha esposa por meia hora? A bagagem chegou, e estou simplesmente perdido em meio às roupas chiques e parisienses de Amy na tentativa de encontrar alguma coisa que me sirva – disse Laurie, chegando no dia seguinte e encontrando a sra. Laurence sentada no colo da mãe, como se fosse criança outra vez.

– Sem dúvida. Vá, querida, esqueci que você tem outra casa além desta. – A sra. March apertou a mão branca que usava a aliança, como se pedisse perdão por sua cobiça maternal.

– Eu não teria vindo se pudesse evitar, mas não consigo sobreviver sem minha adorável esposa mais do que um...

– Cata-vento sem vento – sugeriu Jo, enquanto ele fazia uma pausa para tecer uma comparação. A audácia de Jo voltava aos poucos desde que Teddy retornara.

– Exato. Amy me mantém apontado para o oeste a maior parte do tempo, com apenas um giro ocasional para o sul, e não me voltei para o leste desde que me casei. Não sei absolutamente nada sobre o norte, mas estou razoavelmente saudável e tranquilo, não é, minha senhora?

— O tempo está lindo até agora. Não sei até quando vai durar, mas não tenho medo de tempestades, pois estou aprendendo a velejar meu barco. Vamos, querido, e vou encontrar seu saca-botas. Suponho que seja isso que procura entre minhas coisas. Os homens são tão incapazes, mamãe – disse Amy, com um ar materno que encantou seu marido.

— O que vão fazer depois de se acomodarem? – perguntou Jo, abotoando o casaco de Amy, como o antigo costume.

— Temos nossos planos. Não vamos contar muito ainda, porque somos novatos nisso tudo, mas não queremos cair no ócio. Vou começar a trabalhar com uma devoção que vai encantar o vovô e provar que não sou mimado. Preciso de algo assim para me manter firme. Estou cansado de ficar à toa, quero trabalhar como um homem.

— E Amy, o que vai fazer? – perguntou a sra. March, satisfeita com a decisão de Laurie e a energia com que ele falou.

— Depois de fazer o giro social por aí e tirarmos a poeira dos móveis, vamos surpreendê-los com a elegante hospitalidade da nossa mansão, com as inteligentes companhias que nos rodearão e com a boa influência que exerceremos sobre o mundo em geral. É isso, não é, Madame Récamier?[19] — perguntou Laurie à Amy, com um olhar divertido.

— O tempo vai mostrar. Vamos embora, sr. Impertinência, e não choque minha família me chamando de nomes na frente deles – respondeu Amy, decidida a promover um lar com uma boa esposa antes de um salão com uma nova dama da sociedade.

— Como essas crianças parecem felizes juntas! – observou o sr. March, achando difícil se concentrar em seu Aristóteles depois que o jovem casal havia partido.

19 Juliette Récamier (1777–1849) foi uma proeminente socialite francesa que organizava encontros para intelectuais literários e políticos de seu tempo. [N.E.]

— Sim, e acho que vai durar — acrescentou a sra. March, com a expressão tranquila de um capitão que trouxe o navio em segurança ao porto.

— Eu sei que sim. Feliz e sortuda é nossa Amy! — suspirou Jo, que logo em seguida abriu um sorriso escancarado quando viu o professor Bhaer abrir o portão com um empurrão impaciente.

Mais tarde naquela noite, quando estava mais calmo quanto ao saca-botas, Laurie disse à esposa de repente:

— Sra. Laurence.

— Sim, meu caro senhor?

— Aquele homem pretende se casar com a nossa Jo!

— Espero que sim. Você não, querido?

— Bem, meu amor, ele é um achado, no sentido mais completo dessa expressiva palavra, mas quem me dera fosse um pouco mais jovem e um pouco mais rico.

— Ora, Laurie, não seja exigente e materialista demais. Se eles se amam, não importa nada quão velho nem quão pobre ele é. As mulheres nunca devem se casar por dinheiro... — Amy se interrompeu quando essas palavras escaparam e olhou para o marido, que respondeu, com seriedade maliciosa:

— Certamente que não, embora às vezes seja possível ouvir garotas encantadoras dizerem que pretendem fazer isso. Se minha memória não falha, tempos atrás você pensava ser seu dever encontrar um marido rico. Isso explica, talvez, seu casamento com um inútil como eu.

— Meu amado menino, não diga isso! Esqueci completamente que você era rico quando eu disse "sim". Eu teria me casado com você mesmo que não tivesse um centavo, e às vezes desejo que fosse pobre para poder mostrar o quanto te amo. — Amy, que era muito reservada em público e muito carinhosa em particular, deu provas convincentes de que suas palavras eram genuínas. Ela acrescentou:

— Você não acha mesmo que sou uma criatura tão mesquinha como tentei ser antes, acha? Partiria meu coração se não acreditasse que estaria naquele mesmo barco com você, mesmo que tivesse que ganhar a vida remando.

— E por acaso sou idiota? Como poderia pensar assim, quando recusou um homem mais rico por mim? Quando não me deixa te dar metade do que quero, mesmo que eu tenha o direito? As meninas fazem esse tipo de coisa todos os dias, pobrezinhas, porque são ensinadas a pensar que é a única salvação. Você, no entanto, foi mais bem orientada e, embora eu temesse por você em alguns momentos, não fiquei desapontado, pois a filha foi fiel aos ensinamentos da mãe. Eu disse isso à mamãe ontem, e ela ficou tão feliz e grata que parecia que eu tinha dado um cheque de um milhão para ser gasto em caridade. Você não está prestando atenção aos meus comentários morais, sra. Laurence. — Laurie fez uma pausa, pois os olhos de Amy estavam ausentes, embora fixos em seu rosto.

— Sim, estou, ao mesmo tempo que admiro o furinho em seu queixo. Não quero que fique todo vaidoso, mas devo confessar que estou mais orgulhosa do meu belo marido do que de todo o seu dinheiro. Não ria, mas seu nariz é um colírio para os meus olhos. — Amy acariciou suavemente as feições bem-definidas do amado com prazer artístico.

Laurie recebera muitos elogios na vida, mas nunca um que agradasse tanto, o que ele procurou demonstrar, embora tenha rido do gosto peculiar da esposa. Cuidadosa, ela retomou o assunto:

— Posso fazer uma pergunta, querido?

— Claro que pode.

— Você vai se importar se a Jo se casar com o sr. Bhaer?

— Ah, é esse o problema, então? Pensei que havia algo nesta covinha aqui que não era de seu agrado. Já que não sou um cão na manjedoura, e sim o sujeito mais feliz que existe, asseguro-lhe que dançarei no casamento de Jo com o coração mais leve e feliz. Você duvida, minha querida?

Amy olhou para ele e ficou satisfeita. Seu temor ciumento desapareceu para sempre, e ela agradeceu ao marido, com um semblante cheio de amor e confiança.

— Quem me dera pudéssemos fazer algo por aquele excelente professor. Não poderíamos inventar um parente rico, que nos faça o favor de morrer na Alemanha e lhe deixar uma fortunazinha que seja? — disse Laurie, enquanto caminhavam pela longa sala de estar, de braços dados, como gostavam de fazer, para se lembrar do jardim do castelo.

— Jo descobriria e estragaria tudo. Ela tem muito orgulho dele, do jeitinho que ele é, e ontem ela disse que achava a pobreza uma coisa linda.

— Que Deus a proteja! Ela não vai pensar assim quando tiver um marido letrado e uma dúzia de pequenos professores e professoras para sustentar. Não vamos interferir agora, mas quando tivermos oportunidade, vamos ajudá-los sem que percebam. Eu devo a Jo parte da minha educação, e ela acredita que as pessoas devem pagar honestamente suas dívidas, então vou contornar qualquer objeção dela dessa maneira.

— Como é bom poder ajudar os outros, não é? Sempre sonhei com isso, poder doar livremente, e, graças a você, o sonho se tornou realidade.

— Ah, vamos fazer um monte de coisas boas, não é mesmo? Há um tipo de pobreza que me agrada muito poder aliviar. Os necessitados que saem pedindo de porta em porta são assistidos, mas as pessoas pobres e gentis demais para falar algo se dão mal, porque não pedem ajuda, e os outros não ousam oferecer caridade mesmo sabendo da situação. No entanto, há mil maneiras de ajudá-las, se soubermos fazê-lo de uma forma delicada que não as ofenda. Devo dizer que gosto mais de ajudar um cavalheiro decadente do que um indigente bajulador. Suponho que seja errado, mas é a verdade, embora seja uma tarefa de fato mais difícil.

— Porque é preciso ser um cavalheiro para realizá-la — acrescentou a outra integrante da Sociedade da Admiração Doméstica.

— Obrigado, mas receio não merecer esse lindo elogio. Contudo, eu ia dizer que, enquanto estava à toa no exterior, vi muitos jovens talentosos fazendo todo tipo de sacrifícios e suportando dificuldades reais para conseguirem realizar seus sonhos. Esplêndidos sujeitos, alguns deles, trabalhando como heróis, pobres e sem contatos, tão cheios de coragem, paciência e ambição que senti vergonha de mim mesmo e fiquei morrendo de vontade de dar um bom empurrão. São pessoas a quem é uma satisfação ajudar, porque são dotadas de talento, e é uma honra poder servi-las e não deixar que se percam ou se atrasem por falta de fogo para manter a panela fervendo. Se não tiverem talento, é também um afago consolar essas pobres almas e mantê-las longe do desespero quando o descobrem.

— Sim, de fato, e há outra classe que não pede ajuda e sofre em silêncio. Sei bem disso; pertenci a ela antes de você fazer de mim uma princesa, como certo rei fez na antiga história. As meninas ambiciosas sofrem, Laurie, e muitas vezes são obrigadas a verem a juventude, a saúde e as preciosas oportunidades passarem só por falta de ajuda no momento certo. As pessoas têm sido muito gentis comigo, e sempre que vejo essas jovens batalhando, como eu e minhas irmãs sempre fizemos, quero estender minha mão e ajudá-las, pois também fui ajudada.

— E você ajudará, como o bom anjo que é! — exclamou Laurie, resolvendo, com uma centelha de zelo filantrópico, fundar e doar para uma instituição voltada a jovens mulheres com talentos artísticos. — Os ricos não têm o direito de se divertir a torto e a direito ou de deixar o dinheiro acumular para que outros o desperdicem. Não é tão sensato deixar heranças quando se morre quanto é usar o dinheiro sabiamente enquanto se vive e fazer o bem ao ajudar os outros. Vamos nos divertir e aumentar nossa satisfação ao dividir com nossos semelhantes um bom pedaço daquilo que temos. Você será como Dorcas, do Novo Testamento, esvaziando sua cesta de coisas boas e a enchendo com boas ações?

– De todo o coração, se você for um corajoso São Martinho, parando enquanto cavalga com bravura pelo mundo para compartilhar seu manto com os necessitados.

– Temos um acordo, e vamos tirar o melhor disso!

Então o jovem casal apertou as mãos para oficializar o combinado e continuaram andando, felizes, sentindo que aquele lar agradável era mais acolhedor porque seus moradores esperavam iluminar outras casas, acreditando que seus próprios pés andariam com mais retidão ao longo do caminho florido à frente se suavizassem caminhos difíceis para outros pés. Seus corações se uniram mais ainda por um amor que era capaz de se lembrar daqueles menos abençoados.

CAPÍTULO VINTE E DOIS

# Daisy e Demi

Não posso achar que cumpri meu dever como humilde historiadora da família March sem dedicar pelo menos um capítulo aos dois membros mais preciosos e importantes do clã. Daisy e Demi tinham chegado à idade do poder de decisão, pois, aos três ou quatro anos, os bebês começam a afirmar seus direitos, e também a adquiri-los, o que é mais do que muitos adultos conseguem. Se alguma vez houve um casal de gêmeos com risco de serem arruinados por completo pela veneração, foram esses danadinhos da família Brooke. É claro que eram as crianças mais notáveis que já haviam nascido, fato que será demonstrado quando eu mencionar que eles começaram a andar com oito meses, a falar fluentemente com um ano e, com dois anos, a tomar seus lugares à mesa e se comportar com tamanha propriedade que encantava todos os espectadores. Aos três anos, Daisy exigiu uma agulha e costurou mesmo um saco com quatro pontos. Ela também montou uma casinha no aparador e fez um fogão de cozinha minúsculo com uma habilidade que trouxe lágrimas de orgulho aos olhos de Hannah, enquanto Demi aprendeu a ler com seu avô, que inventou um novo modo de ensinar o alfabeto, formando letras com seus braços e pernas, unindo assim exercícios mentais e físicos. O menino logo cedo desenvolveu uma habilidade para a mecânica que encantou o pai e ocupou a mãe, pois ele tentava copiar cada máquina que via e mantinha o quarto em uma condição caótica, com seu "costulador", uma misteriosa estrutura de cordas, cadeiras, alfinetes e carretéis, para que os rolos rodassem. Outra engenhoca envolvia uma cesta em uma poltrona, com a qual ele tentou em vão içar uma irmã muito confiante, que, com devoção feminina, permitiu que sua cabecinha sofresse pancadas até ser resgatada, quando o jovem inventor comentou indignado:

— Mamãe, é minha atiladola, eu tô tentando puxá!

Embora totalmente diferentes em personalidade, os gêmeos se davam muito bem juntos e quase nunca brigavam mais de três vezes por dia. É claro que Demi tiranizava Daisy e a defendia com bravura de todos os outros agressores, enquanto Daisy fazia de si uma criada e adorava o irmão como o único ser perfeito no mundo. Criaturinha rosada, gorducha e resplandecente era Daisy, que abriu caminho no coração de todos e ali se aninhou permanentemente. Era uma daquelas crianças cativantes, que parecem feitas para serem beijadas e abraçadas, paparicadas e adoradas como pequenas deusas, e vestidas para aprovação geral do público em todas as ocasiões festivas. Suas virtudes eram tão doces que ela teria sido considerada um anjo se algumas insignificantes travessuras não a tivessem mantido encantadoramente humana. Em seu mundinho, o tempo estava sempre bom, e todas as manhãs ela se dirigia à janela em sua camisolinha para olhar o lado de fora e dizer, não importando se chovia ou se fazia sol: "Dia bunitu, dia bunitu!" Todos eram seus amigos. Ela oferecia beijos a estranhos com tanta confiança que até os mais sisudos cediam, e os adoradores de bebês se tornavam devotos fiéis.

— Eu amá todo mundo! — disse a pequena uma vez, abrindo os braços, com a colher em uma mão e a caneca na outra, como se estivesse ansiosa por abraçar e cuidar do mundo inteiro.

Enquanto Daisy crescia, a mãe começou a sentir que o Ninho de Pombinhos fora abençoado pela presença de uma moradora tão serena e amorosa quanto aquela que ajudara a fazer da velha casa um lar. Também rezava para que fosse poupada de uma nova perda, como aquela que ensinara aos membros da família March que eles haviam tido a chance de cuidar de um anjo sem perceber, por tempo limitado. O avô chamava a menina de "Beth" com frequência, e a avó a vigiava com incansável devoção, como se tentasse expiar algum erro do passado, que nenhum olhar além do seu próprio conseguia enxergar.

Demi, como um verdadeiro ianque, tinha uma veia inquisitiva, queria saber tudo e, muitas vezes, ficava aborrecido porque não conseguia obter respostas satisfatórias ao seu incansável "por quê?".

Ele também possuía uma inclinação filosófica, para grande deleite do avô, que mantinha conversas socráticas com ele, durante as quais o aluno precoce ocasionalmente desafiava seu professor, para a satisfação indisfarçada das mulheres da casa.

— O que faz as minhas pernas andá, vovô? — perguntou o jovem filósofo, observando aquelas partes ativas de sua estrutura com um ar contemplativo, enquanto descansava depois de uma noite de brincadeiras.

— Sua mentezinha, Demi — respondeu o sábio, acariciando a cabeça de madeixas douradas com esmero.

— O que é uma menteminha?

— É algo que faz seu corpo se mexer, igual a mola faz as engrenagens girarem no meu relógio, que mostrei a você outro dia.

— Então me able, vovô. Quelo vê gilá.

— Não posso abri-lo como o relógio. É Deus que dá corda em você, até que Ele decida parar.

— É? — Os olhos castanhos de Demi cintilavam à medida que ele absorvia o novo conhecimento. — Sou dado códa que nem um relógio?

— Sim, mas não posso mostrar como, porque isso acontece quando não estamos vendo.

Demi sentiu as costas, como se esperasse encontrar uma abertura como a do relógio, e depois comentou com seriedade:

— Acho que Deus faz issu quando eu dumo.

Seguiu-se uma explicação cuidadosa, à qual ele ouviu com tanta atenção que a ansiosa avó disse:

— Meu querido, acha mesmo sensato falar sobre tais coisas com o bebê? Ele já está criando olheiras e começa a fazer as perguntas mais sem resposta que existem.

— Se ele tem idade suficiente para fazer essas perguntas, tem idade suficiente para receber respostas verdadeiras. Não estou enfiando os pensamentos em sua cabeça, mas sim o ajudando a desvendar aqueles que já estão lá. Essas crianças são mais sábias do que nós, e não tenho dúvida de que o menino entende cada palavra que digo a ele. Agora, Demi, me conte onde você guarda sua mente.

Se o menino tivesse respondido como Alcibíades, "Pelos deuses, Sócrates, não sei dizer", seu avô não teria ficado surpreso. Porém, depois de se equilibrar em uma perna por uns instantes, como uma jovem cegonha reflexiva, ele respondeu, em um tom de calma convicção:

— Na minha baliguinha!

O sr. March só conseguiu se juntar ao riso da esposa e dispensar a aula de metafísica.

Poderia ter havido motivo para ansiedade materna, se Demi não tivesse dado provas convincentes de que, além de um filósofo em ascensão, era também um típico menino. Muitas vezes, após uma discussão, Hannah profetizava, com um sinistro aceno de cabeça, "Essa criança não vai viver muito". Mas, então, ele acalmava o medo da mãe com as travessuras que os queridos diabinhos aprontam para distrair e encantar o coração dos pais.

Meg criou muitas regras e tentou mantê-las, mas qual mãe é à prova das artimanhas imbatíveis, das engenhosidades evasivas ou da audácia sossegada dos homens e mulheres em miniatura que tão cedo se mostram habilidosos como o Matreiro, em *Oliver Twist*?

— Chega de uvas-passas, Demi. Você vai ficar enjoado — disse a mamãe para o jovenzinho que oferece seus serviços na cozinha com uma regularidade inabalável no dia em que há pudim de ameixa.

— Eu gostá de enjoado, mamãe.

— Não quero que coma mais, então vá e ajude Daisy a fazer bolinhos.

Ele partiu relutantemente, com os erros pesando em sua consciência, mas, quando surgiu uma oportunidade, venceu a mãe com uma barganha astuta.

— Bem, vocês têm sido bons filhos, então vou brincar do que quiserem — disse Meg, enquanto guiava os cozinheiros-assistentes para o andar de cima, quando o pudim enfim estava a salvo dentro da fôrma.

— Mesmo, mamãe? — perguntou Demi, com uma ideia brilhante em sua cabecinha coberta de farinha.

— Sim, mesmo. *Tudo* que quiserem — respondeu a mãe desajuizada, preparando-se para cantar alguma música ou brincar de encenação.

Demi a encurralou com uma resposta tranquila:

— Vamu blincá de comê todas as uvas-passas!

A titia Dodo era a principal companheira de brincadeiras e confidente de ambas as crianças, e o trio virava a casa de pernas para o ar. A titia Amy ainda era apenas um nome para eles, e a titia Beth logo se desvaneceu em uma memória agradavelmente vaga, ao passo que a titia Dodo era uma realidade viva, e eles a aproveitavam ao máximo, o que era uma honra para ela. Entretanto, quando o sr. Bhaer apareceu, Jo negligenciou seus companheirinhos, e o desânimo e a desolação tomaram suas almas. Daisy, que gostava de distribuir beijos, perdeu sua melhor cliente e faliu. Demi, com sua astúcia infantil, logo descobriu que Dodo gostava mais de brincar com "o homem urso" do que com ele, mas, embora magoado, escondeu sua angústia, pois não tinha coragem de insultar um rival que guardava uma mina de gotas de chocolate no bolso do colete e um relógio que podia ser tirado do pulso e sacudido livremente por fervorosos admiradores.

Algumas pessoas poderiam ter considerado essas liberdades agradáveis como subornos, porém Demi não as via sob essa luz e continuou a tratar com indulgência e simpatia o "homem urso", ainda que um pouco desconfiado, enquanto Daisy passou a despejar seus afetos na terceira visita e considerava o ombro dele seu trono, os braços, seu refúgio, e os mimos, tesouros de valor supremo.

Os cavalheiros são, por vezes, tomados de súbitos acessos de admiração pelos jovens parentes das damas que tentam honrar com seu respeito, mas essa falsa pose acaba caindo por terra e não engana ninguém. A devoção do sr. Bhaer aos pequenos era sincera e igualmente eficaz, pois a honestidade é a melhor política no amor, tal como na lei. Ele era o tipo de homem que gosta mesmo de crianças, e ficava particularmente bonito quando aquelas carinhas formavam um contraste agradável com seu rosto másculo. Os negócios que o professor tinha a tratar, fossem quais fossem, o mantinham ocupado o dia todo, porém o turno da noite não falhava em trazê-lo para ver... bem, ele sempre chamava pelo sr. March, então suponho que era este o alvo de suas visitas cotidianas. O excelente pai aceitou essa ilusão e se regozijava em longas discussões com seu semelhante, até que um comentário ao acaso de seu neto mais observador revelou-lhe a verdade.

O sr. Bhaer apareceu certa noite apenas para se deter no limiar da porta do escritório, espantado com o espetáculo com o qual se deparou. Estirado no chão, estava o sr. March, com suas respeitáveis pernas no ar, e ao seu lado, estirado da mesma forma, estava Demi, tentando imitar o gesto com as próprias perninhas curtas e calçadas em meias vermelhas, ambos os brincalhões tão seriamente absortos que não notaram o espectador, até que o sr. Bhaer deu sua risada sonora, e Jo exclamou, escandalizada:

— Papai, papai, o professor está aqui!

Desceram as pernas e ergueram as cabeças, enquanto o preceptor dizia, com a dignidade intacta:

— Boa noite, sr. Bhaer. Dê-me licença um instante. Estamos terminando nossa lição. Agora, Demi, escreva a letra e me diga como chama.

— Eu sei! Eu sei! — Após alguns esforços convulsivos, as perninhas tomaram forma, e o aluno inteligente gritou triunfante: — É um V, vovô, é um V!

— Ele é um Sam Weller nato. — Jo riu, enquanto o pai se recompunha e o sobrinho tentava plantar bananeira, como única forma de expressar adequadamente sua satisfação por ter terminado a lição.

— O que você aprontou hoje, rapazinho? — perguntou o sr. Bhaer, pegando o ginasta no colo.

— Fui na Mary.

— E o que você fez lá?

— Eu dei um beijo nela — respondeu Demi, com uma franqueza inocente.

— Começou cedo. E o que a pequena Mary falou? — perguntou o sr. Bhaer, interrogando o jovem pecador, que ficou de pé em seu joelho, explorando o bolso do colete.

— Ela gostou, e me beijou também, e eu gostei! Os meninos não gostam de meninas? — perguntou Demi, com a boca cheia e um ar de satisfação.

— Seu apressadinho! Quem meteu isso na sua cabeça? — disse Jo, divertindo-se tanto com a revelação inocente quanto o professor.

— Não tá na minha cabeça, tá na minha boca — respondeu o literal Demi, colocando a língua para fora, com uma gota de chocolate na ponta, pensando que a tia falava de confeitaria, não de ideias.

— Devia guardar um pouco para sua amiguinha. Doces para o seu docinho, rapaz. — O sr. Bhaer ofereceu alguns a Jo, com um olhar que a fez pensar se chocolate não seria o néctar bebido pelos deuses antigos. Demi também viu o sorriso, ficou impressionado e, muito astuto, perguntou:

— Os meninos glandes também gostam de meninas glandes?

Tal como reza a lenda sobre o jovem George Washington, o sr. Bhaer "não conseguia mentir", então ele deu uma resposta vaga que acreditava ser adequada, em um tom que fez o sr. March parar de escovar a própria roupa, olhar para o rosto acanhado de Jo e depois se afundar em sua cadeira, como se o "apressadinho" tivesse colocado uma ideia em sua cabeça que era, ao mesmo tempo, doce e azeda.

Por que a titia Dodo, quando flagrou o sobrinho na dispensa de louças meia hora depois, quase o matou sufocado com um abraço terno, em vez de puni-lo por estar lá, e por que continuou essa performance inédita ao presenteá-lo inesperadamente com uma grande fatia de pão com geleia, tornaram-se questionamentos que tiraram o sossego de Demi, que foi obrigado a ficar na dúvida.

CAPÍTULO VINTE E TRÊS

# Sob o guarda-chuva

Enquanto Laurie e Amy davam passeios conjugais sobre tapetes de veludo, arrumavam a casa e planejavam um futuro feliz, o sr. Bhaer e Jo desfrutavam de passeios diferentes ao longo de estradas enlameadas e campos encharcados.

– Eu sempre dou uma volta no começo da noite e não sei por que deveria abrir mão disso só porque, por acaso, encontro o professor em sua caminhada – disse Jo para si mesma, depois de dois ou três encontros, pois, embora houvesse dois caminhos para chegar até Meg, havia apenas um pelo qual ela tinha certeza de que o encontraria, indo ou voltando. Ele sempre caminhava com pressa e nunca a enxergava até estarem bem perto, por conta de seus olhos míopes. Se Jo estivesse indo até Meg, ele sempre tinha algo para os bebês. Se estivesse voltando para casa, ele alegava que apenas havia descido para ver o rio e que já estava voltando, a menos que a família não estivesse cansada de suas frequentes visitas.

Em tais circunstâncias, o que Jo poderia fazer senão cumprimentá-lo com educação e convidá-lo a entrar? Se ela estava cansada das visitas, era seguro dizer que escondia tal cansaço com maestria, pois era indetectável, e sempre cuidava para que houvesse café no jantar, “já que Friedrich... quero dizer... o sr. Bhaer não gosta de chá”.

Na segunda semana, todos sabiam perfeitamente o que estava acontecendo, mas tentaram fingir que não viam as mudanças no semblante de Jo. Nunca perguntavam por que ela cantarolava enquanto trabalhava, por que arrumava o cabelo três vezes ao dia e ficava tão feliz com seu exercício noturno. E parecia que ninguém suspeitava de que o professor Bhaer, enquanto falava de filosofia com o pai, estava dando aulas de amor para a filha.

Jo não conseguia nem mesmo amolecer o coração de uma maneira digna, e tentou severamente extinguir seus sentimentos. Não conseguindo, passava os dias agitada. Ela tinha um medo mortal de ser ridicularizada por se render, depois de suas muitas e veementes declarações de independência. Laurie era seu pavor principal, mas, graças à nova gerente, ele se comportou com louvável propriedade, nunca chamou o sr. Bhaer de "excelente sujeito" em público, nunca mencionou, nem da maneira mais remota, a melhora na aparência de Jo ou expressou a menor surpresa ao ver o chapéu do professor na mesa dos March quase todas as noites. Regozijava-se em segredo e ansiava pelo momento em que poderia dar a Jo uma tabuleta estampada com um urso segurando um cajado surrado como um brasão apropriado para a nova família.

Durante quinze dias, o professor ia e voltava com a frequência de um homem apaixonado. Depois, ele não apareceu por três dias inteiros e não mandou sinal algum, gesto que fez com que todos ficassem muito preocupados, e Jo, pensativa, no início, e depois – coitadinha, como em um romance – muito mal-humorada.

– Decerto enjoou e voltou para casa tão de repente quanto veio. Não significa nada para mim, é claro, mas pensei que ele se despediria como um cavalheiro – disse para si mesma, olhando desesperada para o portão, enquanto se vestia para o passeio habitual, em um fim de tarde enfadonho.

– É melhor levar o guarda-chuva, querida. Parece que vai chover – disse a mãe, observando que Jo estava com seu novo chapéu, sem mencionar o fato.

– Sim, mamãe, quer alguma coisa da cidade? Preciso comprar papel – respondeu Jo, amarrando o laço debaixo do queixo em frente ao espelho, como uma desculpa para não olhar para a mãe.

– Sim, quero um pouco de sarja grossa, uma cartela de agulhas número nove e dois metros de fita roxa fina. Você calçou as botas reforçadas e vestiu algo quente debaixo do manto?

– Acredito que sim – respondeu Jo, desatenta.

– Se por acaso encontrar o sr. Bhaer, convide-o para um chá. Quero muito ver aquele querido – acrescentou a sra. March.

Jo ouviu, mas não respondeu; apenas deu um beijo na mãe e saiu apressada, pensando, com uma pontada de gratidão, apesar do coração partido, "como ela é boa para mim! O que fazem as meninas que não têm suas mães para ajudá-las a superar os problemas?".

As lojas de tecidos não estavam em meio aos escritórios, bancos e armazéns onde a maioria dos cavalheiros se reúne, mas Jo se viu naquela parte da cidade antes de realizar qualquer uma das tarefas, vagando como se estivesse esperando por alguém, examinando instrumentos de engenharia em uma janela, com o menor interesse possível, esbarrando em barris, ficando encurralada entre mercadorias e sendo empurrada sem cerimônia por homens ocupados que pareciam se perguntar "como diabos ela veio parar aqui?". Gotas de chuva na bochecha a arrancaram dos devaneios de esperanças confusas e a trouxeram de volta para a realidade dos laços arruinados, pois, sendo mulher e estando apaixonada, ela sentia que, embora fosse tarde demais para salvar seu coração, poderia salvar o chapéu.

Naquele momento, lembrou-se do guarda-chuva, o qual havia esquecido de levar na pressa de sair. O arrependimento era inútil, e nada poderia ser feito a não ser pedir um emprestado ou se submeter à chuva torrencial. Ela olhou acima, para o céu nublado, depois abaixo, para o laço carmesim já encharcado; olhou para frente, ao longo da rua lamacenta; por fim, deu um olhar demorado e persistente para trás, na direção de um certo armazém encardido, com um letreiro que dizia "Hoffmann, Swartz & Co.", e disse para si mesma, com um ar reprovador muito severo:

— Mas é bem feito mesmo! Por que eu tinha que me vestir bem e vir até aqui, torcendo para ver o professor? Jo, você me envergonha! Não, você não deve ir lá para pedir um guarda-chuva emprestado, ou tentar saber com os amigos dele onde o sujeito está. Devia ir embora e cumprir as tarefas debaixo de chuva, e se ficar doente e estragar seu chapéu, você bem que mereceu. Vamos!

Com isso, ela correu tão impetuosamente pela rua que escapou por um triz de um acidente envolvendo uma carroça que passava, jogando-se nos braços de um velho cavalheiro robusto, que disse:

— Perdoe-me, madame.

Assustada, ela se endireitou, passou o lenço sobre a cabeça e, deixando a tentação para trás, apressou-se, com os pés cada vez mais encharcados e desviando do embate de guarda-chuvas pela rua. O fato de um guarda-chuva azul um tanto surrado ter permanecido imóvel acima de seu chapéu outrora desprotegido chamou sua atenção e, levantando a cabeça, ela viu o sr. Bhaer.

— Acho que conheço a dama determinada que se mete com tanta coragem na frente dos focinhos dos cavalos e anda tão depressa através de um lamaçal. O que faz por essas bandas, minha cara?

— Compras.

O sr. Bhaer sorriu, enquanto olhava da ferraria de um lado da rua para a loja de atacado de peles e couro do outro. Sendo educado, ele se limitou a dizer:

— A senhorita está sem guarda-chuva. Posso acompanhá-la e carregar suas compras?

— Sim, obrigada.

As bochechas de Jo estavam vermelhas como o laço do chapéu, e ela se perguntava o que ele estava pensando dela, mas não importava. Em um minuto já estava andando de braços dados com o professor, sentindo como se o sol tivesse voltado a brilhar, o mundo estivesse em ordem e nada mais importasse além do fato de ela ser uma mulher completamente feliz em meio àquela chuva.

— Pensamos que tinha ido embora — disse Jo depressa, ciente de que ele a encarava. O chapéu não era grande o suficiente para esconder seu rosto, e ela temia que ele pudesse ver a alegria ali como algo inapropriado.

— A senhorita acha mesmo que eu partiria sem me despedir daqueles que foram tão maravilhosos comigo? — perguntou o professor, com tanta censura que ela achou que o tivesse insultado pela insinuação e respondeu bem sincera:

— Não, não acho. Eu sabia que estava ocupado com seus problemas, mas sentimos sua falta, principalmente o papai e a mamãe.

— E a senhorita?

— Sempre fico feliz em vê-lo, senhor.

Em sua ansiedade para manter a voz calma, Jo foi um pouco fria, e o tom monossilábico pareceu arrefecer o professor, pois seu sorriso desapareceu enquanto dizia:

— Obrigado, e tratarei de visitá-los mais uma vez antes de ir.

— Vai partir, então?

— Não tenho mais negócios aqui, já acabei tudo.

— Foi bem-sucedido, espero? — emendou Jo, sentindo a amargura da decepção na breve resposta dele.

— Penso que sim, abri algumas portas pelas quais posso ganhar meu pão de cada dia e ajudar muito meus meninos.

— Me conte, por favor! Quero saber tudo sobre os... os meninos.

— Muito gentil de sua parte, será um prazer lhe contar. Meus amigos me arrumaram uma vaga em uma faculdade, onde posso ensinar como faço em casa e ganhar o suficiente para facilitar o caminho para Franz e Emil. Então eu deveria estar grato, não deveria?

— De fato, deveria mesmo. Que maravilhoso ver o senhor fazendo aquilo que ama, e ainda poder vê-lo com frequência, e os meninos! — gritou Jo, usando as crianças como desculpa para a satisfação que não conseguiu evitar de demonstrar.

— Ah! Mas não vamos nos ver sempre, receio. A faculdade fica no oeste.

— Ora, tão longe assim? — Jo largou a barra do vestido à própria sorte, como se não importasse mais com o que aconteceria à roupa ou a ela própria.

O sr. Bhaer sabia ler em várias línguas, mas ainda não havia aprendido a ler mulheres. Ele acreditava conhecer Jo muito bem, mas ficou muito surpreso com as contradições de voz, feições e modos mostradas em rápida sucessão, pois ela apresentou meia dúzia de humores no decorrer de meia hora. Quando ela o encontrou, parecia surpresa, embora fosse impossível não suspeitar que estivesse ali com aquele propósito exato. Quando ele lhe ofereceu o braço, ela o tomou com um olhar que o encheu de satisfação, mas, quando perguntou se sentia falta dele, a moça deu uma resposta tão fria e formal que o desespero recaiu sobre ele. Ao saber de sua sorte, ela quase bateu palmas. A alegria era toda pelos meninos? Então, ao ouvir o destino de sua empreitada, Jo disse "tão longe assim?" em um tom de desolação que o levou ao ápice da esperança. Porém, no minuto seguinte, ela o derrubou outra vez, observando, como se estivesse totalmente alheia ao assunto:

— Bem, é aqui onde pego as encomendas. Vai entrar comigo? Não vou demorar muito.

Jo se orgulhava bastante de seu talento para fazer compras e, em particular, queria impressionar seu acompanhante com a eficiência e rapidez com que realizaria a tarefa. É claro que, devido à agitação, deu tudo errado. Ela derrubou as bandejas de agulhas, esqueceu o corte que a sarja deveria ter, pagou o valor errado e ficou toda confusa ao pedir fitas roxas no balcão de calicô. O sr. Bhaer ficou parado, vendo-a corar e errar, e, enquanto a observava, sua própria perplexidade parecia diminuir, pois ele começou a compreender que, em algumas ocasiões, as mulheres, assim como os sonhos, agem ao contrário do que gostariam.

Quando saíram, ele colocou os pacotes debaixo do braço, parecendo mais alegre, e saiu pulando as poças como se estivesse, no fim das contas, divertindo-se com tudo aquilo.

— Que tal comprarmos algumas coisinhas para os bebês e fazermos um banquete de despedida se eu fizer uma última visita à sua tão agradável casa? — perguntou o professor, parando diante de uma janela cheia de frutas e flores.

— O que vamos comprar? — perguntou Jo, ignorando a última parte do discurso, sentindo os diversos aromas e fingindo deleite enquanto entravam.

— Eles comem laranjas e figos? — perguntou o sr. Bhaer, com um ar paternal.

— Comem quando conseguem apanhá-los.

— Você gosta de nozes?

— Como um esquilo.

— Uvas Moscatel de Hamburgo. Vamos beber à minha pátria?

Jo franziu o cenho a essa pequena extravagância e perguntou por que ele não comprava logo um punhadinho de tâmaras, uma caixa de passas e um saco de amêndoas e andava com isso de uma vez. Nesse momento, o sr. Bhaer confiscou a carteira dela, pegou a dele e finalizou as compras, levando muitas uvas, um vaso de margaridas rosadas e um belo pote de mel, que decerto teria a vigília ilustre de Demi. Depois, colocando tudo nos bolsos e dando as flores para Jo segurar, abriu o velho guarda-chuva, e eles seguiram caminho.

— Srta. March, tenho um grande favor para lhe pedir — começou o professor, depois de andarem meio quarteirão.

— Sim, senhor. — O coração de Jo começou a bater com tanta força que ela teve medo de que ele ouvisse.

— Tenho pouco tempo, então sou ousado o bastante para dizer aqui mesmo, na chuva.

— Sim, senhor. — Jo quase quebrou o vaso com um apertão repentino.

— Quero comprar um vestido para minha Tina, mas sou muito desajeitado para fazer isso sozinho. Será que a senhorita poderia me ajudar a decidir?

— Sim, senhor. — E então Jo sentiu como se tivesse tomado um balde de água fria.

— Talvez também um xale para a mãe da Tina, ela é tão pobre e doente, e o marido dá muito trabalho. Sim, um xale grosso e quente seria um presente amigável para aquela mãe necessitada.

— Será um prazer, sr. Bhaer — respondeu Jo, acrescentando para si mesma "estou indo rápido demais, a cada segundo ele se torna mais querido". Balançando a cabeça, ela se engajou naquela missão com energia.

O sr. Bhaer deixou a cargo dela, que escolheu um lindo vestido para Tina e depois encomendou os xales. O balconista, sendo um homem casado, interessou-se pelo casal, que parecia comprar para a própria família.

— Sua dama talvez goste deste aqui. É de qualidade superior, uma cor muito procurada, bastante refinado — disse ele, sacudindo um confortável xale cinza e o jogando sobre os ombros de Jo.

— O que acha, sr. Bhaer? — perguntou Jo, virando de costas e se sentindo profundamente grata pela oportunidade de esconder o rosto.

— Gostei muito, vamos ficar com ele — respondeu o professor, sorrindo para si mesmo enquanto pagava e Jo continuava a bisbilhotar os balcões como boa caçadora de pechinchas.

— Vamos para casa, então? — perguntou ele, como se essas palavras fossem agradáveis aos seus ouvidos.

— Sim, está tarde, e estou *tão* cansada. — A voz de Jo soou de forma desagradável. Naquele momento, o sol imaginário se escondeu tão de repente quanto surgiu, e o mundo real, enlameado e triste se revelou novamente. Ela enfim notou que seus pés estavam gelados, que sua cabeça doía e que seu coração estava machucado. O sr. Bhaer estava de partida e só gostava dela como amiga. Fora tudo um equívoco, então, quanto mais cedo acabasse, melhor. Com essa ideia na cabeça, ela acenou para uma diligência que se aproximava com um gesto tão apressado que as margaridas caíram do vaso e ficaram muito danificadas.

— Esta não é nossa diligência — disse o professor, dispensando o veículo lotado e parando para apanhar as pobres florezinhas.

— Desculpe-me. Não vi direito. Não importa, posso andar. Estou acostumada a me arrastar pela lama — respondeu Jo, piscando muito, porque ela preferia morrer a enxugar os olhos diante dele.

O sr. Bhaer viu as lágrimas nas bochechas de Jo, embora ela tenha virado a cabeça para longe. Aquilo o comoveu e, inclinando-se, ele perguntou em um tom de preocupação e afeto:

— Minha querida, por que está chorando?

Se Jo não fosse uma novata nesses assuntos, ela teria dito que não estava chorando, mas sim que estava resfriada, ou contado qualquer outra mentira característica das mulheres e apropriada para a ocasião. Em vez disso, aquela criatura respondeu, com um soluço irreprimível:

— Porque o senhor está indo embora.

— *Ach, mein Gott*, como é bom ouvir isso! — exclamou o sr. Bhaer, batendo as mãos apesar do guarda-chuva e dos pacotes. — Jo, eu não tenho nada para lhe dar a não ser amor. Vim para saber se a senhorita se importava e esperei para ter certeza de que eu era algo mais do que um amigo. Eu sou? Tem um lugarzinho em seu coração para o velho Fritz? – acrescentou ele, de uma vez só.

– Mas é claro! – exclamou Jo, e o sr. Bhaer ficou exultante enquanto ela envolvia os braços dele e o olhava com uma expressão que mostrava com clareza como ela ficaria feliz em caminhar pelo resto da vida ao lado dele, mesmo que não houvesse um abrigo melhor do que o velho guarda-chuva.

O pedido foi feito com dificuldade, pois, embora quisesse, o sr. Bhaer não pôde se ajoelhar por causa da lama, nem pôde literalmente oferecer a mão à Jo, ambas ocupadas com os pacotes. Entregar-se a demonstrações de afeto em público também estava fora de questão. Assim, a única maneira de expressar seu êxtase foi olhar para Jo com uma expressão que glorificava seu rosto a ponto de realmente parecer que havia pequenos arco-íris nas gotas que brilhavam em sua barba.

Se ele não amasse muito Jo, nada disso teria acontecido. A jovem estava longe do ideal de beleza naquele momento, com a saia do vestido em um estado deplorável, as botas imundas até o tornozelo e o chapéu em ruínas. Felizmente, o sr. Bhaer a considerava a mulher mais bonita do mundo, e ela o achou mais parecido com um semideus do que nunca, embora as bordas de seu chapéu transbordassem água (já que ele segurava todo o guarda-chuva em cima de Jo) e cada dedo das luvas precisasse de remendo.

Os transeuntes provavelmente os viam como um casal de lunáticos inofensivos, que se esqueceram por completo de tomar algum transporte e caminharam sem pressa, ignorando o avançar do crepúsculo e do nevoeiro. Pouco se importavam com o que os outros pensariam, aproveitando ao máximo aquela hora feliz que raramente acontece mais de uma única vez na vida: o momento mágico que rejuvenesce os velhos, que embeleza os pouco atraentes, que enriquece os pobres e que dá aos corações humanos uma amostra do Paraíso. O professor parecia ter conquistado um reino, e o mundo nada mais poderia oferecer em termos de felicidade. Jo caminhava ao seu lado, sentindo como se o seu lugar sempre tivesse sido ali e se perguntando como poderia ter escolhido qualquer outro homem. Ela foi a primeira a falar... de forma inteligível, quero dizer, pois a maior parte dos comentários emocionados que se seguiram ao seu impetuoso "Mas é claro que sim!" não eram coerentes ou relatáveis.

— Friedrich, por que não...

— Oh, céus! Ela me chama pelo nome que ninguém me chamou desde que Minna morreu! — exclamou o professor, parando em uma poça para observá-la com grato deleite.

— É assim que eu o chamo quando estou sozinha... Me esqueci, mas não vou mais falar assim, a não ser que goste.

— Gostar? Soa mais doce do que consigo explicar. Me chame de "amor" também, e direi que seu idioma é quase tão belo quanto o meu.

— Não é um tanto sentimental? — perguntou Jo, secretamente achando que era um belo apelido.

— Sentimental? Sim. Graças a *Gott*, nós, alemães, acreditamos nos sentimentos e nos mantemos jovens através deles. Me chame de "amor" — suplicou o sr. Bhaer, parecendo mais um estudante apaixonado do que um professor sério.

— Bem, então, por que não me disse isso antes, amor? — perguntou Jo, acanhada.

— Então agora vou mostrar-te de bom grado meu coração, porque, de agora em diante, tu terás que cuidar dele. Veja, então, minha Jo... ah, o nome mais querido e engraçado ... eu queria ter dito alguma coisa no dia em que nos despedimos em Nova York, mas achei que aquele seu amigo bonito estava noivo de ti, e por isso não falei nada. Terias dito "sim" se eu tivesse perguntado?

— Eu não sei. Receio que não, pois não tinha coração naquela época.

— *Prut*! Não acredito nisso. Seu coração estava adormecido, até que o príncipe encantado veio pelo bosque e o despertou. Ah, bem, *Die erste Liebe ist die beste*, mas não devo pensar assim.

— Sim, o primeiro amor é o melhor, portanto, se alegre, pois nunca tive outro. Teddy era apenas um menino e logo superou a paixonite idiota — disse Jo, ansiosa para corrigir o erro do professor.

— Bom! Então ficarei sossegado e terei certeza de que me concedes a sua paixonite idiota. Esperei tanto tempo que me tornei um egoísta, como verás, *Professorin*.

— Gostei disso! — exclamou Jo, encantada com seu novo apelido. — Agora me conte, o que foi que realmente o trouxe aqui quando eu mais precisei?

— Isto. — O sr. Bhaer tirou um pedaço de papel desgastado de dentro do bolso do colete.

Jo o desdobrou e ficou muito envergonhada. Era um de seus escritos para um jornal que pagava por poesia.

— E como isto o trouxe? — indagou, imaginando o que ele quis dizer.

— Encontrei-o por acaso. Reconheci pelos nomes e iniciais, e há um verso que, quando li, senti que me chamava. Leia e encontre-o. Tomarei conta para que não pegue chuva.

*No sótão*

*Quatro baús lado a lado,*
*Empoeirados pelas eras transcorridas,*
*Antigos e abastecidos no passado,*
*Por crianças agora crescidas.*
*Quatro chavinhas em um barbante*
*Evocam lembranças de alegria,*

*Amarradas com orgulho dignificante,*
*Há muito tempo, num dia em que chovia.*
*Quatro nomes, nas tampas esculpidos,*
*Pela mão hábil de um rapaz;*
*Lá dentro, estão escondidos*
*Os relatos do grupo vivaz.*
*Entre pausas, aqui brincavam,*
*Ouvindo o doce refrão,*
*Vindo de cima, dos céus que derramavam*
*A chuva torrencial de verão.*

*"Meg" é o nome esculpido na primeira tampa.*
*Vasculho o interior com olhar amoroso,*
*Dobrado, com cuidado e pompa,*
*Organizado de modo bem rigoroso,*
*Está o registro de uma vida de paz...*
*Regalos para a menina gentil,*
*Um vestido de noiva, versos que o tempo não desfaz,*
*Um cachinho de bebê, um sapatinho infantil.*
*Desse baú os brinquedos foram retirados,*
*Tudo foi cedido e entregue:*
*Aos gêmeos foram legados,*
*E são eles a nova diversão de Meg.*
*Eu sei bem, ah, feliz mãezinha!*

Que você canta, como um doce refrão,
Uma canção de ninar em voz baixinha,
Na chuva torrencial de verão.

"Jo" na tampa seguinte, muito surrada,
Por dentro uma desordem total
De cadernos rasgados, bonecas quebradas,
A história selvagem do caos.
Uma terra encantada para casa trazida,
Por onde caminharam dois pés juvenis,
Uma utopia nunca vivida,
A imaginação fértil, as memórias primaveris.
Histórias a esmo, poesia inacabada,
Uma carta de abril a fenecer,
Diários de uma criança obstinada,
Pistas de uma mulher envelhecida a perecer.
Uma mulher num solitário lar,
Ouvindo, como um triste refrão,
"Seja digna, e o amor a irá recompensar",
Na chuva torrencial de verão.

Minha Beth! O pó tirado quase todo dia
Da tampa que contém seu nome santo,
Pelas mãos e pelas lágrimas de agonia

*De quem sente falta do seu encanto.*
*A morte a canonizou sem retorno,*
*Agora menos humana e mais imortal.*
*Vivemos com o coração em sufoco,*
*Apegados às relíquias deste depósito angelical.*
*Tão raramente tocada, aquela sineta prateada,*
*O gorrinho que ela usou no final,*
*A bela e morta Catherine pendurada*
*Pelos anjos, acima de seu portal.*
*As canções que ela cantava, sem lamentar,*
*Em sua prisão de aflição,*
*Para sempre com doçura a ecoar,*
*Com a chuva torrencial de verão.*

*Sobre o último baú bem polido,*
*A bela lenda da mais adorada,*
*No escudo de um cavaleiro galante e bonito*
*O nome "Amy", em letras azuis e douradas.*
*Dentro, redinhas que protegeram seu cabelo,*
*Pantufas que pela última vez dançaram,*
*Flores desbotadas guardadas com desvelo,*
*Leques cujos labores etéreos agora passaram.*
*Namoricos alegres, uma chama ardente,*
*Trivialidades que são a cara dela;*

Esperanças, medos e timidez de adolescente,
O registro de um coração de uma donzela.
Agora está aprendendo novos ideais,
Ouvindo, como um jovial refrão,
O som metálico dos sinos nupciais,
Em meio à chuva torrencial de verão.

Quatro baús ordenados em fila,
Desgastados pelas idas e vindas,
Quatro mulheres, aprendizes da dor e da alegria,
Ensinadas a amar e a lutar, agora crescidas.
Quatro irmãs, unidas pelo destino,
Uma partiu mais cedo, mas nenhuma foi perdida,
Tornada imortal em sua versão d'O Peregrino,
Está ainda mais próxima e mais querida.
Quando os baús de nossas vidas
Aos olhos do Pai forem abertos,
Que sejam ricos em boas notícias,
Repletos de feitos dignos e concretos.
Nossa música por muito tempo ressoará,
Cantaremos o ensolarado refrão.
Fortes em espírito, a alma se alegrará
Depois da chuva torrencial de verão.

— É um poema muito ruim, mas eu sentia tudo isso quando o escrevi, certo dia em que estava muito sozinha e chorei copiosamente, deitada em um saco de tecidos. Nunca pensei que chegaria tão longe — disse Jo, rasgando os versos que o professor guardara durante tanto tempo.

— Deixe-o ir, ele cumpriu seu dever, e eu vou achá-lo de novo assim que ler todo o diário de capa marrom em que a autora guarda seus segredos — disse o sr. Bhaer com um sorriso enquanto observava os fragmentos de papel serem carregados pelo vento. — Sim, eu o li e pensei comigo, "ela está triste, sozinha e encontraria conforto no verdadeiro amor". Se meu coração transborda por ela, não deveria encontrá-la e dizer "se não for pouco demais para dar em troca do que espero receber, tome todo o meu amor, pelo amor de *Gott*"?

— E então descobriu que não era pouco demais, e sim a única preciosidade de que eu precisava — sussurrou Jo.

— Não tive coragem de pensar isso a princípio, tão bondosas foram suas boas-vindas. Mas logo comecei a ter esperança e então pensei "eu a terei, nem que precise lutar até a morte", e morrerei mesmo! — exclamou o sr. Bhaer, com um aceno desafiador, como se as paredes de névoa se fechando em torno deles fossem muros que derrubaria com bravura se necessário.

Jo achou tudo aquilo esplêndido e resolveu ser digna de seu cavaleiro, embora ele não tenha aparecido montando um cavalo de batalha em uma bela entrada dramática.

— E por que se manteve longe por tanto tempo? — perguntou ela, tão empolgada com aquela dinâmica de fazer perguntas confidenciais e obter respostas encantadoras que não conseguia ficar calada.

— Não foi fácil. Não encontrei coragem suficiente para tirá-la daquele lar tão feliz até que eu tivesse a perspectiva de algo que pudesse oferecer, que terei depois de investir tempo e trabalho duro. Como eu poderia pedir que abrisse mão de tanto por um sujeito pobre e velho como eu, sem fortuna alguma a não ser um pouquinho de conhecimento?

— Estou feliz que seja pobre. Não suportaria um marido rico — disse Jo com firmeza. Ela acrescentou em um tom mais suave: — Não tenha medo da pobreza. Eu a conheço há tempo suficiente para não a temer e ser feliz trabalhando por aqueles que amo, e não se chame de velho... 40 anos é o auge da vida. Eu não deixaria de amá-lo nem que tivesse 70 anos!

O professor se comoveu com aquelas palavras e teria ficado feliz em apanhar seu lenço de bolso, se pudesse alcançá-lo. Como não conseguiu, Jo enxugou seus olhos e disse, rindo, enquanto tomava um ou dois pacotes:

— Posso até ser teimosa, mas ninguém pode dizer que estou fora da minha alçada agora, pois a missão especial de uma mulher é supostamente enxugar lágrimas e carregar fardos. Devo fazer minha parte, Friedrich, e ajudar na conquista do lar. Coloque isso na cabeça já, ou nunca poderei acompanhá-lo — anunciou com determinação, impedindo o professor de pegar de volta os pacotes.

— Veremos. Será paciente para esperar, Jo? Preciso ir embora e fazer meu trabalho sozinho. Tenho que ajudar meus meninos primeiro, porque nem mesmo pela senhorita posso quebrar minha promessa à Minna. Consegue me perdoar por isso e ser feliz enquanto esperamos?

— Sim, consigo. Nós dois nos amamos, e isso torna o resto mais fácil de encarar. Também tenho meus deveres e meu trabalho. Não ficaria em paz se os negligenciasse, mesmo pelo senhor, então não há necessidade de pressa ou impaciência. Vá e cumpra sua parte no oeste, e eu cumpro a minha por aqui. Ambos seremos felizes esperando pelo melhor e deixando o futuro nas mãos de Deus.

— Ah! Trazes tanta esperança e coragem, e não tenho nada com que retribuir a não ser um coração cheio e estas mãos vazias! — exclamou o professor, bastante emocionado.

Jo nunca, nunca aprenderia a agir de maneira adequada, pois, quando ele disse isso, ela apenas colocou as mãos nas dele, sussurrando com ternura "não estão vazias agora", e, subindo um degrau, beijou seu Friedrich sob o guarda-chuva. Foi terrível, mas ela o teria feito mesmo se o bando de pardais na sebe fossem pessoas, uma vez que estava mesmo fora de si e desatenta a tudo, exceto à própria felicidade. Embora tenha chegado sob sutil disfarce, aquele foi o momento que entrelaçou as duas vidas. Jo deu as costas para a escuridão, a tempestade e a solidão e, voltando-se para a luz, o calor e a paz do lar que esperava para recebê-los com um alegre "Bem-vindos!", ela conduziu seu amado e fechou a porta.

CAPÍTULO VINTE E QUATRO

# Tempo de colheita

Durante um ano, Jo e seu professor trabalharam, esperaram, cultivaram esperança e amor, encontrando-se vez ou outra e escrevendo cartas tão volumosas que com certeza contribuíram para o aumento no preço do papel, como disse Laurie. O segundo ano começou com menos empolgação, pois as perspectivas não melhoraram, e tia March morreu de repente. Entretanto, quando o primeiro momento de pesar passou – todos amavam a velha senhora apesar da língua afiada –, tiveram motivos para se regozijar, porque ela havia deixado a propriedade de Plumfield para Jo, possibilitando muitas alegrias vindouras.

– É um lugar belo e antigo e com certeza vai dar um bom dinheiro, porque, é claro, você tem a intenção de vendê-lo – disse Laurie, enquanto conversavam sobre o assunto algumas semanas depois.

– Não, não tenho – foi a resposta firme de Jo, enquanto fazia carinho no poodle gorducho, que adotara por respeito à antiga dona.

– Está querendo dizer que vai morar lá?

– Sim, estou.

— Mas, minha querida menina, é uma casa imensa, e você vai precisar de rios de dinheiro para mantê-la em ordem. Só o jardim e o pomar precisam de dois ou três homens, e cultivar e plantar não está nos planos do Bhaer, presumo eu.

— Se eu pedir, ele tenta.

— E espera viver da produção do lugar? Bem, isso soa mesmo como um sonho, mas você vai se desesperar quando se der conta do trabalho que dá.

— A plantação que vamos cultivar é bem lucrativa. — Jo riu.

— E em que consiste essa bela plantação, minha senhora?

— De meninos. Quero abrir uma escola para rapazinhos... uma escola boa, feliz e acolhedora. Eu cuidarei deles e Fritz dará as aulas.

— Um plano *à la* Jo! Não é mesmo a cara dela? — expressou Laurie, apelando para a família, que parecia tão surpresa quanto ele.

— Gostei muito! — afirmou a sra. March.

— Eu também — acrescentou o marido, que recebeu bem a ideia de ter uma chance para experimentar o método socrático de educação na juventude moderna.

— Vai ser um trabalhão para Jo — disse Meg, acariciando os cabelos do filho que mais demandava atenção.

— Jo é muito capaz, e será feliz com isso. É uma ideia esplêndida. Conte-nos tudo! — exclamou o sr. Laurence, que desejava dar uma mãozinha ao casal, mas sabia que eles recusariam a ajuda.

— Eu sabia que me apoiaria, senhor. Amy também apoia. Consigo ver nos olhos dela, embora ela prudentemente esperaria para revirar o assunto em sua mente antes de dar alguma opinião. Agora, meus queridos, entendam que isso não é uma ideia nova, mas sim um plano há muito tempo nutrido. Antes de meu Fritz chegar, eu pensava em como, uma vez que me tornasse rica e não mais necessária em casa, poderia alugar uma casa grande, pegar alguns meninos pobres e abandonados que não tivessem mãe, cuidar deles e tornar suas vidas alegres antes que fosse tarde demais. Vejo tantos garotos por aí desperdiçando suas vidas por falta de ajuda no momento certo que adoraria ajudá-los. Consigo sentir suas necessidades e ter compaixão por seus problemas... e, ah, como eu gostaria de ser uma mãe para eles!

A sra. March estendeu a mão para Jo, que a tomou, sorrindo, com lágrimas nos olhos, e continuou a tagarelar da maneira entusiasmada que eles não viam há muito tempo:

– Contei meu plano ao Fritz uma vez, e ele disse que era exatamente isso que também desejava e concordou em tentar quando ficássemos ricos. Que Deus o abençoe! Ele tem feito isso durante toda a vida... ajudar meninos pobres, quero dizer, não ficar rico, coisa que ele nunca vai ser. O dinheiro não fica em suas mãos tempo suficiente para encher seus bolsos. Mas agora, graças à minha boa e velha tia, que me amava mais do que eu merecia, sou rica, ou, pelo menos, me sinto assim, e podemos morar em Plumfield perfeitamente bem, se tivermos uma escola próspera. É um lugar ótimo para os meninos: a casa é grande, e a mobília, resistente e simples. Há espaço para dezenas de meninos no interior, e um terreno esplêndido do lado de fora. Eles poderiam ajudar no jardim e no pomar. É um trabalho saudável, não é, papai? Então Fritz poderia treiná-los e ensiná-los à sua maneira, e o papai poderia ajudar. Posso alimentá-los, mimá-los, dar bronca e cuidar deles, e a mamãe pode ser meu apoio. Sempre quis ter um monte de garotos por perto, nunca enjoei de sua companhia, e agora posso encher a casa e me divertir com esses queridos à vontade. Pensem só que luxo: Plumfield toda minha, e um montão de meninos para aproveitá-la comigo.

Quando Jo levantou os braços e deu um suspiro de felicidade, a família começou a rir, e o sr. Laurence gargalhou tanto que acharam que teria um derrame.

— Não vejo qual é a graça — disse ela muito séria, quando pôde ser ouvida. — Nada poderia ser mais natural e apropriado do que o meu professor abrir uma escola, e eu preferir morar na minha própria casa.

— Ela já está bancando a sabichona — disse Laurie, que considerava a ideia como uma piada. — Mas posso perguntar como pretende sustentar o estabelecimento? Se todos os alunos forem pobres maltrapilhos, receio que sua plantação não será rentável num sentido material, sra. Bhaer.

— Não seja um estraga-prazeres, Teddy. É claro que teremos alunos ricos também, e talvez até possamos começar por eles. Então, quando estivermos um passo à frente, acolheremos um ou dois pobrezinhos, com muito prazer. Os filhos dos ricos muitas vezes precisam de cuidados e conforto, assim como os pobres. Já vi criaturinhas infelizes serem esquecidas com os criados, e outras simplesmente deixadas de lado, o que é uma verdadeira crueldade. Alguns desses meninos são maldosos pela educação ruim ou negligência que receberam, outros perderam suas mães. Além disso, mesmo os melhores precisam passar pelo período esquisito da adolescência, momento em que mais precisam de paciência e bondade. As pessoas riem deles, os provocam, tentam escondê-los e esperam que passem de crianças bonitas para jovens requintados de uma vez só. Eles não se queixam muito, almas corajosas, mas sentem. Eu já passei por isso, sei como é. Cultivo um interesse muito especial por esses desajeitados e quero lhes mostrar que enxergo seus corações amorosos, honestos e bem-intencionados, apesar dos braços e pernas desastrados e das cabeças de vento. E também tenho experiência. Criei ou não criei um menino que se tornou o orgulho e a honra da família?

— Posso afirmar que você *tentou* — disse Laurie, com um olhar de gratidão.

— E obtive sucesso além das expectativas, pois aqui está você, um homem de negócios, estabelecido e sensato, fazendo o bem com seu dinheiro e abençoando os mais pobres, em vez de apenas aumentar a própria fortuna. E você não é apenas um homem de negócios, também é um admirador de coisas boas e bonitas, desfruta delas e as compartilha com os outros, como sempre fez. Estou orgulhosa de você, Teddy. Vejo que melhora a cada ano, e todos sentem isso, embora você não nos deixe dizer. Sim, e quando eu tiver meu bando, vou apenas apontar para você e dizer "Aí está seu modelo, meus meninos".

O pobre Laurie não sabia onde enfiar a cara, pois, embora fosse homem, algo da antiga vergonha juvenil se apoderou dele enquanto tal explosão de elogios fazia com que todos os rostos se voltassem para ele com aprovação.

— Está exagerando, Jo — começou ele, à sua velha maneira de menino. — Vocês todos fizeram mais por mim do que posso agradecer, exceto dando o meu melhor para não ser uma decepção. Nos últimos tempos, você tem me deixado solto, Jo, mas tenho o melhor dos suportes, mesmo assim. Por isso, se continuo nos trilhos, podem agradecer a esses dois. — Ele repousou uma mão suavemente na cabeça do avô, e a outra nos cabelos dourados de Amy, que sempre se sentavam próximos.

— Acho que as famílias são a coisa mais bonita do mundo! — exclamou Jo, que estava em um estado de espírito mais animado do que nunca. — Quando eu tiver uma só minha, espero que eu seja tão feliz como as três que conheço e amo de todo coração. Se John e meu Fritz apenas estivessem aqui, teríamos nosso pedaço do Paraíso na Terra —acrescentou. Naquela noite, quando foi para o quarto depois de um dia feliz de conselhos familiares, esperanças e planos, seu coração transbordava tanto que ela só conseguiu acalmá-lo se ajoelhando ao lado da cama vazia e pensando com muito carinho em Beth.

Aquele foi um ano muito surpreendente, uma vez que as coisas aconteceram de uma forma estranhamente rápida e encantadora. Antes que pudesse se dar conta, Jo se casou e se estabeleceu em Plumfield. Em seguida, uma família de seis ou sete garotos brotou como cogumelos, e floresceu maravilhosamente bem, tanto de meninos pobres quanto ricos, pois o sr. Laurence a todo instante encontrava um caso emocionante de algum rapazinho necessitado e implorava aos Bhaer que tivessem piedade da criança, e ele se encarregaria de pagar de bom grado pelo sustento. Dessa forma, o velho cavalheiro astuto deu a volta no orgulho de Jo e levava até ela os meninos de quem ela queria cuidar.

Claro que no início foi um trabalho duro, e Jo cometeu erros bobos, mas o sábio professor a conduziu com segurança para águas mais calmas, e até mesmo o diabinho mais descontrolado foi conquistado no final. Jo amava tanto aquela baderna! A pobre e querida tia March teria lamentado se estivesse lá para ver os recintos sagrados e organizados de Plumfield repletos de meninos! Havia uma espécie de justiça poética sobre isso, pois a velha senhora fora o terror dos garotos das redondezas, e os antes exilados passaram a se deliciar à vontade nas frutas proibidas, corriam por todo o gramado com botas maculadas sem qualquer repreensão e jogavam críquete no grande campo para onde uma irritadiça vaquinha atraía os jovens curiosos apenas para expulsá-los. Era o paraíso dos rapazes, e Laurie sugeriu que fosse chamado de *Bhaergarten*, como uma homenagem ao seu mestre e por ser muito apropriado aos seus habitantes.

Nunca foi uma escola requintada, e o professor não fazia uma fortuna, mas era exatamente o que Jo pretendia que fosse: um lugar feliz e acolhedor para os meninos, que precisavam de ensino, carinho e bondade. Todos os quartos do casarão logo estavam cheios. Cada espacinho no jardim logo ganhou um dono. Praticamente um zoológico foi acomodado no celeiro, porque animais de estimação eram permitidos. Três vezes ao dia Jo sorria para seu Fritz da ponta de uma longa mesa preenchida de ambos os lados com fileiras de rostinhos jovens e felizes, que se voltavam para ela com olhos carinhosos, palavras de confiança e corações agradecidos, cheios de amor pela "Mãe Bhaer". Ela já tinha meninos suficientes, e não se cansava deles, embora não fossem anjos, de forma alguma, e alguns deles causassem muitos problemas e ansiedade, tanto ao professor quanto à professora. A fé na bondade que existe no coração até dos diabinhos mais desobedientes, mais ousados e mais provocadores era o que lhe dava paciência e jogo de cintura e, com o tempo, sempre obtinham sucesso, pois nenhum rapazinho mortal poderia resistir muito tempo ao Pai Bhaer lançando sua luz tão benevolente quanto o sol, e a Mãe Bhaer perdoando as travessuras infinitas vezes. Para Jo, as amizades, os soluços penitentes e as lições, as brincadeiras e as confidências comoventes, o entusiasmo agradável, as esperanças e os planos, até mesmo os infortúnios eram tudo de mais precioso que poderia existir. Tudo isso a fazia amá-los ainda mais. Havia meninos com mais dificuldades, tímidos, debilitados, desordeiros, que gaguejavam, mancavam, e um menininho negro, que não seria acolhido em outro lugar, mas que era bem-vindo ao *Bhaergarten*, embora algumas pessoas achassem que sua admissão arruinaria a escola.[20]

Sim, Jo era uma mulher muito feliz lá, apesar do cansativo trabalho, de toda a ansiedade e da algazarra sem fim. Ela adorava tudo isso e achava a apreciação de seus meninos mais satisfatória do que qualquer elogio no mundo: passou a contar histórias exclusivamente para o seu bando de seguidores e admiradores

20 Mesmo após o fim da Guerra Civil, os Estados Unidos ainda mantiveram, por muitos anos, práticas segregacionistas. Em vários estados ainda existiam leis que corroboravam com essas práticas, proibindo, inclusive, crianças negras de frequentarem as mesmas escolas que crianças brancas. [N.E.]

entusiasmados. Com o passar dos anos, dois pequeninos vieram para aumentar sua felicidade: Rob, em homenagem ao avô, e Teddy, um bebê alegre, que parecia ter herdado a personalidade calorosa do pai, assim como o espírito agitado da mãe. Como o casal conseguia sobreviver naquele turbilhão de meninos era um mistério para a avó e as tias, mas continuava a florescer como dentes-de-leão na primavera.

Havia muitos recessos em Plumfield, e um dos mais deliciosos era o que ocorria durante a colheita anual de maçãs. Os March, os Laurence, os Brooke e os Bhaer aproveitavam ao máximo e faziam daquela uma bela ocasião. Cinco anos após o casamento de Jo, uma dessas festas frutíferas ocorreu em um dia agradável de outubro, quando o ar estava cheio de um frescor estimulante que levantava os ânimos e fazia o sangue pulsar nas veias. O velho pomar usava seu costumeiro traje de gala para a festa. Varas-de-ouro e ásteres margeavam os muros. Os gafanhotos saltavam ligeiros na grama seca, e os grilos chilreavam como flautistas de contos de fada. Os esquilos estavam ocupados com sua própria colheita, os pássaros piavam seu *adieux*, e cada árvore estava prontinha para fazer chover maçãs vermelhas ou amarelas na primeira sacudida. Estavam todos lá, rindo, cantando, subindo e descendo. Todos afirmaram que nunca houvera um dia tão perfeito ou tão alegre para desfrutar, entregando-se aos simples prazeres do momento tão à vontade como se não existisse preocupação ou tristeza no mundo.

O sr. March andava tranquilo para lá e para cá, citando Thomas Tusser, Abraham Cowley e Lucius Columella ao sr. Laurence, enquanto desfrutava de uma suave cidra. O professor andava para lá e para cá em meio aos corredores verdes como um robusto cavaleiro teutônico, com uma vara imitando uma lança, liderando os rapazes, que usavam ganchos e escadas para ajudar. Laurie se dedicou aos menores: colocou a filhinha em um cesto, içou Daisy para ver os ninhos dos pássaros e cuidou para que o aventureiro Rob não quebrasse o pescoço. A sra. March e Meg se sentaram entre os montes de maçã como duas Pomonas, colocando em ordem as provisões que não paravam de chegar, enquanto Amy, com uma expressão materna no rosto, esboçava os vários grupos e vigiava um menino pálido, que estava sentado próximo a ela com sua pequena muleta ao lado.

Jo estava muito à vontade naquele dia, correndo livremente, com a barra do vestido presa para cima, seu chapéu em qualquer lugar menos na cabeça, e seu bebê enfiado debaixo do braço, pronto para qualquer aventura animada que pudesse aparecer. O pequeno Teddy tinha uma vida encantada, pois nada de ruim nunca lhe acontecera, e Jo não se desesperava quando ele era pendurado em uma árvore por algum dos meninos, levado nas costas de outro ou alimentado com maçãs azedas por seu papai indulgente, que acreditava na ilusão germânica de que os bebês podiam digerir qualquer coisa, desde repolho em conserva até botões, pregos e seus próprios sapatinhos, que viviam mastigando. Jo sabia que o pequeno Ted sempre ficaria bem, seguro e rosado, sujo de lama e sereno, e ela sempre o receberia em seus braços calorosos. Aquela era uma mãe que amava muito seus bebês.

Às quatro horas da tarde ocorreu uma pausa, os cestos foram esvaziados e os colhedores descansaram e compararam cortes e hematomas. Jo e Meg então prepararam a refeição na grama. O chá ao ar livre era sempre o toque que coroava o dia. Era como se leite e mel figurativamente transbordasse da terra em tais ocasiões — os rapazes não eram obrigados a se sentar à mesa e tinham permissão para comer à vontade, e a liberdade é o refresco mais amado pelo espírito juvenil. Eles aproveitavam ao máximo esse raro privilégio, e alguns experimentavam a agradável experiência de tentar ingerir líquido plantando bananeira, outros brincavam de pular carniça comendo torta, biscoitos eram semeados no campo, e tortinhas de maçã, empoleiradas nas árvores como uma nova espécie de pássaro. As pequeninas faziam uma festa do chá mais privativa, e Ted vagueava entre os grupos a seu bel-prazer.

Quando ninguém aguentava mais comer, o professor propôs o primeiro brinde:

— Tia March, que Deus a abençoe! — Foi o brinde oferecido de coração pelo bom homem, que nunca esquecia o quanto devia àquela senhora, e compartilhado por todos, que foram ensinados a manter a memória dela sempre viva. — Agora, ao sexagésimo aniversário da vovó! Longa vida para ela! Três urras!

E foram dados com vontade, como você pode muito bem acreditar, e a celebração, uma vez começada, era difícil de terminar. A saúde de todos foi saudada, desde o sr. Laurence, que era considerado um patrono muito especial, até o assustado porquinho-da-índia, que fugira da gaiolinha àquela altura. Demi, como neto mais velho, presenteou então a rainha do dia com vários presentes, tão numerosos que foram transportados para a cena festiva em um carrinho de mão. Presentes engraçados, alguns deles, mas o que seriam defeitos para outros olhos eram ornamentos para a avó. Cada ponto que os dedinhos da paciente Daisy costuraram nos novos lenços era melhor do que qualquer bordado para a sra. March. Havia também uma engenhoca milagrosa oriunda da habilidade mecânica de Demi, cuja tampa não fechava; o banquinho de Rob estava bambo nas pernas desiguais, o que a avó afirmou ser relaxante; e nenhuma página do livro que a filha de Amy lhe deu era tão linda quanto aquela em que foram gravadas, em letras garrafais e desalinhadas, as palavras *Para a querida vovó, de sua pequena Beth.*

Durante a cerimônia, os meninos de Jo haviam desaparecido misteriosamente e, quando a sra. March tentou agradecer aos filhos, sem sucesso, pois estava aos prantos, enquanto Teddy enxugava os olhos dela com o avental, o professor começou a cantar. Então, mais vozes foram surgindo, e de árvore em árvore ecoou a música do coro invisível de meninos, que cantavam com todo o coração a pequena canção que Jo escrevera, para a qual Laurie fizera o arranjo, ensinada aos rapazinhos pelo professor. Aquilo foi algo totalmente surpreendente e emocionante, e a sra. March não conseguiu superar a surpresa. Ela apertou a mão de cada um daqueles anjos sem asas, desde os altos Franz e Emil até o menininho negro, que tinha a voz mais doce de todas.

Depois disso, os garotos se dispersaram para brincar mais, deixando a sra. March e suas filhas debaixo da árvore festiva.

— Acho que nunca mais vou me chamar de "Jo azarada", quando meu maior desejo foi realizado desse jeito tão lindo — disse a sra. Bhaer, soltando o pequenino punho de Teddy da leiteira, que ele entusiasticamente chacoalhava.

— E, no entanto, sua vida é muito diferente da que imaginou há tanto tempo. Você se lembra dos nossos castelos no céu? — perguntou Amy, sorrindo enquanto observava Laurie e John jogando críquete com os meninos.

— Faz bem ao meu coração vê-los esquecer os negócios e se divertir por um dia — respondeu Jo, que agora falava da maneira mais maternal do mundo. — Sim, eu me lembro, e a vida que eu queria naquela época me parece egoísta, solitária e fria agora. Ainda não perdi a esperança de escrever um bom livro, mas posso esperar e tenho certeza de que será melhor por causa de experiências e exemplos como estes. — Jo apontou dos meninos animados à distância para o pai, apoiado no braço do professor, enquanto andavam de um lado para o outro ao sol, absortos em uma de suas conversas que tanto gostavam, e depois para a mãe, sentada como em um trono entre as filhas, com seus netinhos espalhados no colo e a seus pés, como se todos encontrassem auxílio e felicidade naquele rosto que nunca envelheceria a seus olhos.

— O meu castelo foi aquele que mais chegou perto de se realizar. Eu pedi por coisas esplêndidas, porém, em meu coração, sabia que ficaria satisfeita se tivesse uma casinha, John e crianças queridas como estas. Tenho tudo, graças a Deus, e sou a mulher mais feliz do mundo. — Meg colocou a mão na cabeça de seu filho alto, com um semblante cheio de ternura e alegria devota.

— Meu castelo é muito diferente daquilo que planejei, e ainda assim eu não mudaria nada, embora, como Jo, não tenha abandonado minhas esperanças na arte, nem me limitado a ajudar os outros a realizar seus belos sonhos. Comecei a modelar uma estátua de bebê, e Laurie diz que é a melhor coisa que já fiz. Acho que é mesmo e quero esculpi-la em mármore, para que, aconteça o que acontecer, eu possa ao menos manter a imagem do meu anjinho.

Enquanto Amy falava, derramou uma grande lágrima sobre os cabelos dourados da criança dormindo em seus braços, pois sua amada filha única era uma criaturinha frágil, e o pavor de perdê-la era a única nuvem que encobria o sol de Amy. Essa cruz unia ainda mais pai e mãe, devido ao laço de amor e angústia pela filha. A natureza de Amy estava mais doce, mais profunda e mais terna. Laurie estava mais sério, forte e sensato, e ambos aprendiam que a beleza, a juventude, a sorte, e até mesmo o próprio amor não podem afastar os mais abençoados da preocupação, da dor, da perda e da tristeza.

*Em cada vida, deve chover um pouco,*
*Alguns dias devem ser sombrios, tristes e melancólicos.*[21]

— Ela está melhor, tenho certeza, minha querida. Não desanime, tenha esperança e continue feliz — disse a sra. March,

21 Trecho da balada de Henry Wandsworth Longfellow, *The Rainy Day*, traduzido livremente. [N.E.]

enquanto a amorosa Daisy encostava a bochecha rosada contra o rosto pálido de sua priminha.

— Não vou desanimar, não enquanto eu tiver você para me animar, mamãe, e Laurie para carregar mais do que a metade de cada fardo — respondeu Amy calorosamente. — Ele nunca me deixa vê-lo ansioso, e é tão doce e paciente comigo, tão dedicado à Beth e um apoio e aconchego tão grande para mim que não penso ser possível amá-lo o suficiente. Então, apesar da minha única cruz, posso dizer, como Meg: "Graças a Deus, sou uma mulher feliz."

— Não preciso nem dizer nada, pois todos veem que sou muito mais feliz do que mereço — acrescentou Jo, olhando do bom marido para seus filhos gorduchos, rolando pela grama. — Fritz está ficando grisalho e mais robusto, eu estou emagrecendo que nem um palito, e só tenho 30 anos. Nunca seremos ricos, e Plumfield pode pegar fogo qualquer noite, pois aquele incorrigível Tommy Bangs fuma debaixo dos lençóis, mesmo que já tenha colocado fogo em si mesmo umas três vezes. Ainda assim, apesar desses fatos nada românticos, não tenho nada do que reclamar e nunca fui tão feliz em minha vida. Desculpem o comentário, mas, vivendo entre meninos, não consigo não falar como eles, de vez em quando.

— Sim, Jo, acho que sua colheita vai ser boa — comentou a sra. March, espantando um grande grilo preto que encarava Teddy.

— Não chega aos pés da sua, mamãe. Aqui estão os frutos do seu cultivo, e nunca seremos capazes de agradecer o suficiente pela paciente semeadura e colheita que a senhora proveu! — exclamou Jo, com a impetuosidade amorosa que ela nunca abandonaria.

— Espero que haja mais trigo e menos joio a cada ano — disse Amy sutilmente.

— É um estoque enorme, mas sei que há espaço suficiente em seu coração, nossa querida mamãe — acrescentou a voz carinhosa de Meg.

Muito comovida, a única coisa que a sra. March fez foi abrir os braços para abrigar as filhas e os netos e dizer, com o semblante e a voz cheios de amor materno, gratidão e humildade:

— Oh, minhas meninas, pelo tempo que viverem, nunca serei capaz de lhes desejar felicidade maior do que esta!